btb

Buch

Joakim Hill, Kommissar bei der Polizei in Helsingborg, freut sich auf einen gemütlichen Feierabend mit seinem Kollegen Gårdeman, als er zu einem Mord gerufen wird. In ihrem Auto sitzt, noch angeschnallt, eine Tote, wunderschön – und hochschwanger. Die junge Frau wurde Opfer eines Giftmordes, die Untersuchungen ergeben, dass sie an Zyanid gestorben ist. Eine erste Spur führt zu Leif Nilsmed, dem Besitzer des Wagens und Liebhaber des Opfers. Noch ehe Hill mit seinen Ermittlungen richtig loslegen kann, passiert ein zweiter Mord …
Zu Recht wird Bodil Mårtensson als neue schwedische Queen of Crime gefeiert: Mit ihren ebenso spannenden wie witzigen Kriminalromanen um Kommissar Hill und seine Kollegen von der Polizei Helsingborg eroberte sie die Herzen der schwedischen LeserInnen im Sturm. Auch in Deutschland wächst ihre Fangemeinde stetig.

Autorin

Bodil Mårtensson, geboren 1952, wuchs in Karlskrona auf und lebt seit einigen Jahren in Helsingborg. Dort spielt auch ihre Krimiserie um Kommissar Joakim Hill, die in Schweden sofort begeistert aufgenommen wurde. Nach »Die zärtliche Zeugin« ist »Die Frau im Schatten« der zweite Roman dieser Reihe, der in Deutschland erscheint.

Bodil Mårtensson bei btb

Die zärtliche Zeugin. Roman (72894)
Die Tote im Sund. Roman (72895)

Bodil Mårtensson

# Die Frau im Schatten

Roman

*Aus dem Schwedischen*
*von Antje Rieck-Blankenburg*

btb

Die Originalausgabe erschien 2000 unter dem Titel
»Beckmörker« bei Bokförlaget Prisma, Stockholm.

Umwelthinweis:
Alle bedruckten Materialien dieses Taschenbuches
sind chlorfrei und umweltschonend.

Der btb-Verlag ist ein Unternehmen der Verlagsgruppe
Random House.

2. Auflage
Deutsche Erstveröffentlichung April 2004

Umschlaggestaltung: Design Team München
Umschlagfoto: Wolf Huber
Satz: Uhl+Massopust, Aalen
KP, – Herstellung: Augustin Wiesbeck
Made in Germany
ISBN 3-442-73174-7
www.btb-verlag.de

FÜR BERTIL UND NICOLAS

*Ein großes Dankeschön an die Freunde bei der Polizei von Helsingborg und Lund für ihre Tipps und Korrekturen, was die polizeilichen Details betrifft.
Mein Dank gilt ebenso denen, die mich mit medizinischen, technischen und anderen Fakten beraten haben.*
*Die Handlung und die im Buch vorkommenden Personen hingegen sind frei erfunden.
Eventuelle Übereinstimmungen mit realen Personen und Handlungen sind reiner Zufall.*

# MONTAG 16:15:05

Während der letzten Kontrollrunde durch die alten Säle beschlich sie ein außerordentlich unangenehmes Gefühl.

Schon jetzt herrschte da oben nicht viel mehr als ein zweifelhaftes Dämmerlicht, und bald würde es endgültig bis in alle Ecken und Winkel hinein stockfinster sein.

Außerdem wusste man im Moment nie genau, *was* passieren könnte. In der letzten Zeit waren eine ganze Menge, offen gesagt, rätselhafte Dinge geschehen. Manches konnte man damit erklären, dass sich alter Putz plötzlich von den Wänden löste und herunterfiel – denn sie befanden sich ja wohl kaum in einem Neubau! Aber die anderen Begebenheiten…

Plötzlich, als sie gerade auf der Schwelle zum zweiten Stockwerk stand, drängte sich ihr ein merkwürdiges Geräusch auf.

Ein unangenehm fremder, fast schabender Laut.

Sie hielt augenblicklich inne und versuchte verzweifelt, im Dunkel etwas zu erkennen, konnte aber lediglich ihren eigenen Herzschlag hören, der im Takt mit der aufsteigenden Panik immer wilder wurde.

Das Schaben hörte auf, aber es gelang ihr nicht, den außer Kontrolle geratenen Puls zu beruhigen. Es hämmerte in ihren Ohren und pochte an den Schläfen.

Deshalb nahm sie kaum den neuen Laut wahr.

Erst als sie im letzten Schimmer des abnehmenden Tageslichts etwas aufblitzen sah, hörte sie es.

Ein wütend zischendes Sausen wie von kaltem Stahl.

Und es flog geradewegs auf sie zu…

Der Festungsturm hier oben auf dem Burgwall hatte seit Urzeiten über die Küsten des Öresund gewacht. Kärnan, oder Schloss Helsingborg, wie das Gebäude auch in alten Zeiten genannt wurde, hatte Jahrhunderte und Generationen Revue passieren sehen – seit dem Beginn des 14. Jahrhunderts, oder vielleicht sogar schon um einiges früher, wie die jüngste Forschung vermuten ließ.

Die Burg hatte Krieg, Elend und Belagerung gleichermaßen wie Fortschritt und Triumph erlebt, um im 18. Jahrhundert schließlich modernen Verteidigungsansprüchen zu weichen und ihrem Verfall überlassen zu werden.

Bis am Ende des vorigen Jahrhunderts eine dringend notwendig gewordene Restaurierung ihr neues Ansehen verlieh und sie zum Symbol vergangener Blütezeiten erhob.

Heute waren es nicht mehr die Soldaten des Königs, sondern neugierige Touristen, die in breitem Strom das Torgewölbe passierten. Ein Strom, der im Sommer allerdings wesentlich stärker war als jetzt im Winterhalbjahr.

Aber selbst in diesen windgepeinigten Tagen wollten eifrige Besucher die steilen Treppen erklimmen. Rotwangig von Winterluft und Bewegung entrichteten sie erwartungsvoll ihren Obulus an der Kasse und wanderten weiter durch den Treppenturm nach oben.

Bis vor fast zwei Wochen das Unheil seinen Lauf nahm…

»Wir müssen die Polizei rufen!«, sagte Linda.

Museumsdirektor Bo Jernback zögerte. Was zum Teufel sollte er der Polizei *sagen*?

Doch Linda Persson, die Museumsangestellte, ließ nicht locker. Sie insistierte, denn es waren ja in erster Linie – wie immer, meinte sie – sie selbst und Anna, die während der vergangenen Wochen mit all den Unannehmlichkeiten hier gesessen hatten.

Und jetzt war es wirklich genug!

»Ruf die Polizei!«, drängte sie nun etwas hartnäckiger. »Du musst jetzt sofort anrufen, Bosse, bevor noch jemand von uns zu Tode kommt!«

Aus einem alten DUX Transistorradio, das eingeklemmt auf einem der abgenutzten Regalbretter des Büroschranks stand, begann die Stimme des Nachrichtensprechers im selben Augenblick über aktuelle Erdbeben auf der anderen Seite des Erdballs zu informieren. Dann fuhr er fort, über den Erstickungstod Tausender von Menschen in den Ruinen ihrer, von schurkenhaften Baumeistern hochgezogenen Häuser zu berichten.

Das DUX war normalerweise an, um zur allgemeinen Erheiterung an der Kasse beizutragen, und gewöhnlich erfüllte es seine Aufgabe auch ziemlich gut. Linda hatte es in den Sechzigern von ihren Eltern bekommen, und es war ein Wunder, dass es immer noch funktionierte. Obwohl das Frequenzrädchen stark klemmte, war es ihr tatsächlich gelungen, auf der Wellenlänge 106 Radio Stella einzustellen. Deshalb fragte sie sich jetzt, wer diesen verflixten Nachrichtensender eingestellt hatte. Bessere Laune bekam man davon jedenfalls nicht gerade.

»Mach den Mist aus!«, fauchte der Direktor ungehalten, während ihm der Schweiß in seinen gestärkten Hemdkragen lief.

Nicht etwa, weil es hier im Eingangsbereich des Mittelaltermuseums Kärnan in Helsingborg übermäßig warm gewesen wäre – auch wenn hier unten ein weitaus besseres Klima herrschte als in den oberen Räumen des Gebäudes –, sondern weil das Ganze hier ausgesprochen unangenehm war.

Auch wenn Linda sich beeilte, das Radio abzustellen, hatte sie wahrhaftig nicht die Absicht, im entscheidenden Punkt nachzugeben.

»Ich habe Angst, Bosse!«, gestand sie mit einem verdächtigen Zittern in der Stimme.

Gleich würde sie anfangen zu weinen – das wusste er. Dies war wirklich ein grässlicher Nachmittag, und er hatte nicht die geringste Ahnung, was er dagegen unternehmen sollte.

Anna Stråhed, die andere Angestellte des Museums, stand ein wenig entfernt am Eingangstor und umfasste nervös ihre mageren Oberarme. Dann zog sie die selbst gestrickte Jacke so eng sie konnte um den Körper und starrte geradewegs ins Leere.

Die ganze Geschichte ängstigte sie furchtbar, und sie wollte nichts mehr damit zu tun haben. In all ihren langen Jahren im Fremdenverkehrsamt der Stadt war ihr so etwas noch nicht passiert.

Zum ersten Mal fand sie das Angebot der vorzeitigen Pensionierung richtig verlockend. Und das hatte in keiner Weise damit zu tun, dass sie sich hintergangen fühlte, obgleich sie sich schon manchmal ein wenig mehr Anerkennung gewünscht und erhofft hatte. Besonders damals vor sechs Jahren, als sie eine große Konferenz und einige Kurse über Tourismus organisiert hatte.

Sie hatte sogar schon ein Auge auf eine attraktive PR-Stelle in der Stadtverwaltung geworfen, für die es wirklich wert gewesen war, zu kämpfen. Aber die Stelle war natürlich an einen Mann gegangen – einen Politiker, der sich so unbeliebt gemacht hatte, dass man sich gezwungen sah, ihn weiterzubefördern.

Nein, sie war nicht verbittert – sie hatte sich mit der Welt, wie sie nun einmal war, versöhnt. Außerdem gefiel ihr ein Monatsgehalt besser als der vorzeitige Ruhestand, denn sie kam wirklich gern unter Leute.

Bis zum heutigen Tag.

Sie starrte mit leerem Blick auf das Torgewölbe, das nun seit einer guten Stunde geschlossen war. Als könnte sie mit ihrem Blick geradewegs durch die rustikale alte Eingangstür dringen und den Sund da draußen verführerisch in der Winterkälte glitzern sehen. Die großen weißen Fähren beobachten, die auf dem schwarzen Winterwasser einander geschickt passierten. Und die Stadt unterhalb der Festungsanlage in der ersten erwartungsvollen Weihnachtsstimmung pulsieren sehen.

Die aus der Jahrhundertwende stammenden, ziegelgedeckten Gebäude der Innenstadt schienen im eisigen Wind enger zusammenzurücken und sich über den Köpfen der Menschen Weihnachtsgeheimnisse zuzuraunen.

Selbst das Glockenspiel des Rathauses bekam in der unerwarteten Kälte mit ein wenig Fantasie einen anheimelnden, festlichen Klang und…

…sie standen hier oben – eingesperrt!

Weit entfernt von jeglicher menschlichen Gemeinschaft.

Eingesperrt mit etwas Furchtbarem – etwas vollkommen Verrücktem!

Dort oben in den Sälen der anderen Stockwerke wütete es und verhöhnte, bedrohte und terrorisierte das treue Museumspersonal.

Aber jetzt hatte jemand die Sache wirklich auf die Spitze getrieben – so konnte es definitiv nicht weitergehen!

Auch wenn man das Museum vor einer guten Stunde geschlossen hatte, wollte keiner nach Hause gehen, solange die Sache nicht geklärt war.

Oder wenigstens nicht, bevor die Polizei kam.

»Ruf an! Ruf jetzt sofort an, bevor er jemanden von uns tötet!«

Linda spürte, wie die Hysterie ihr die Kehle zuschnürte. Sie versuchte, dem Gedanken an das Messer auszuweichen, das geradewegs auf sie zugeflogen kam, als sie einige Stunden zuvor auf dem Weg in die zweite Etage gewesen war.

Doch so etwas vergisst man nicht so leicht.

Ehrlich gesagt hatte sie es kaum wahrgenommen. Sie hatte nur etwas aufblitzen sehen und diesen zischenden Laut gehört – so unangenehm nahe.

Dann war es unmittelbar neben ihr in der Tür eingeschlagen, und als sie das unheimliche Klirren hörte, dachte sie, dass es auf den Boden gefallen sei. Aber sie war sich nicht hundertprozentig sicher, denn sie war sofort in Panik die Wendeltreppe hinuntergeflüchtet.

Jetzt legte sie verzweifelt die Fingerspitzen an die bereits schmerzenden Schläfen und drückte fest zu, um nicht die Kontrolle über sich zu verlieren.

Bo Jernback begriff, dass er keinen einfachen Ausweg aus dem Dilemma finden würde. Dieses Mal würde es nicht so leicht wie sonst für ihn werden, den Kopf in den Sand zu stecken.

Er ging zur Kasse, zwängte sich hinter die schützenden Glaswände und nahm den Hörer ab.

Begann zu wählen – und hielt inne. »Aber was zum Teufel soll ich denn sagen?«, wollte er wissen.

Plötzlich war Linda wieder vollkommen ruhig und klar. Als ob der bloße Gedanke daran, endlich Hilfe zu bekommen, ihr neue Kräfte verlieh. »Sag, wie es ist, verdammt!«, fauchte sie.

»Wie es ist? Du spinnst doch!«

In diesem hitzigen Augenblick traf Anna Stråhed unvermittelt eine Entscheidung: Sie würde wirklich in Rente gehen!

Wollte sich plötzlich keine Sekunde länger als notwendig hier aufhalten. Gedachte wahrhaftig nicht zu bleiben und zu erleben, wie sich die Tragödie vollenden würde.

Es konnte ja jeden treffen, einen Touristen, Linda, Bosse – oder sogar sie selbst! Denn das hier würde in einem Unglück enden, davon war sie felsenfest überzeugt. Und sie dachte nicht daran, darauf zu warten!

Linda stampfte so erbost mit ihrem Stiefel auf den Holzfußboden im Eingangsbereich, dass es schicksalsträchtig im Gebälk krachte.

Das Echo hallte nach, wand sich über die ziegelgemauerte Wendeltreppe, die Könige und Königinnen früherer Jahrhunderte in ihre Gemächer getragen hatte, aufwärts. Stieß gegen die Rundungen der Wände und setzte sich in Richtung der nasskalten Schlosssäle in den oberen Etagen fort.

Hörte er sie?, dachte sie atemlos. Der da – in der Dunkelheit da oben?

»Sag einfach, wie es ist …«, forderte sie den Direktor auf, und ihre Stimme ging in ein schneidendes Falsett über, was Bo Jernback schließlich einsehen ließ, dass er keine andere Wahl hatte.

»… sag, dass es spukt!«

## 16:58:33

Es war nasskalt und ungewöhnlich frostig für Schonen, als Kriminalkommissar Joakim Hill das Polizeipräsidium verließ und seine Schritte in Richtung der stark befahrenen, hektischen Carl-Krooksgatan steuerte.

Ein rauher Wind blies ihm entgegen, und Hill fröstelte, kaum dass die Eingangstür hinter ihm zugefallen war. Er schlug den Kragen der Winterjacke hoch und schloss ausnahmsweise den Reißverschluss bis unter das Kinn.

Es war unwiderruflich Winter geworden.

In der Stadt spürte man schon den Weihnachtstrubel – eine elektrisierende Spannung, die die Menschen erfasste und in erwartungsvoller Vorfreude auf die Straßen und Plätze zog, als ob das kindliche Gemüt in ihrem Inneren weiterhin existierte und genau wusste, wann es an der Zeit war, hervorzuluken und zur Begrüßung der weißen Jahreszeit frostüberzogene Blüten treiben zu lassen.

Und das, obwohl es noch nicht einmal Advent war, ja, es bis dahin immerhin noch fast zwei Wochen dauerte.

Kriminalkommissar Joakim Hill von der Polizei Helsingborg war im besten Junggesellenalter. Mit neununddreißig Jahren würde er zwar bald unleugbar die magische Vierzig passieren – die Schrecken erregende Grenze zwischen unbeschwerten Jugendjahren und dem trägen Erwachsenenleben –, doch das Nahen einer größeren Krise glaubte er noch nicht zu spüren. Andererseits wusste er ja nicht, wie eine

Vierzigerkrise sich anfühlte, denn er war nie zuvor vierzig geworden.

Es passierte manchmal, dass er von seinen Kollegen auf dem Revier scherzhaft »Joe Hill« genannt wurde, was bei seinem Namen unvermeidbar war. Die freundlichen Sticheleien ertrug er meistens mit ebenso freundlichem Gleichmut; außerdem war der Vergleich nicht ganz unberechtigt.

Joakim Hill war dem jungen Schauspieler Thommy Berggren, der Anfang der Siebziger den alten, schwedisch-amerikanischen Klassenkämpfer Joe Hill unter Bo Widerbergs meisterlicher Regie mit starker Ausstrahlung auf der Kinoleinwand dargestellt hatte, in der Tat nicht unähnlich. Wo dieser allerdings wie selbstverständlich sein Charisma offenbarte und hauptsächlich seiner Natürlichkeit wegen die Aufmerksamkeit seiner Umgebung auf sich zog, benahm sich Joakim unauffälliger und war meistens dankbar dafür, sich weder im Beruf noch privat besonders von der Masse abzuheben.

Er selbst hielt sich für eine recht stille Natur, und er wendete, im Unterschied zu seinem Kollegen Sahlman, dem Snob des Reviers, weder mehr Zeit noch Geld als nötig für sein Äußeres oder für Vergnügungen irgendwelcher Art auf.

Joakim Hill war möglicherweise etwas größer als der Durchschnitt und ansonsten weder mager noch dicklich, weder blond noch dunkel, sondern einfach nur – wie er selbst zu sagen pflegte – ganz gewöhnlich aschblond. Hingegen hatte er genau die gleichen sinnlich dunklen Augen wie Thommy Berggren.

Sein Leben war bisher ziemlich anspruchslos verlaufen. Er wohnte in einer zentral gelegenen, kleineren Wohnung, die er persönlich recht ansprechend fand. Er besaß einen hochwertigen Fernseher mit 84-Zentimeter-Bildschirm sowie ein Videogerät, schaffte es aber nur selten, tatsächlich mal etwas anzugucken. Seine Videosammlung umfasste unter anderem *Dirty Harry* und eine Anzahl weiterer Clint-Eastwood-Klassiker aus den Siebzigern. Doch wenn er erst einmal in sein Fernsehsofa sank, ging ihm entweder irgendein Fall im Kopf herum, oder er schlummerte selig ein und wachte nicht auf, bevor der Bildschirm nur noch flimmerte und er einsehen musste, dass es endgültig Zeit wurde, in die Falle zu kriechen. In der Speisekammer stand meistens eine Flasche Single-Malt-Whisky – für die Freitagabende, an denen die Arbeit einfach nicht aufhörte, in seinem Kopf herumzuspuken.

Und dann hatte er natürlich seine alte LP-Sammlung mit Buddy Rich, Bud Powell und selbstverständlich Charlie Parker. Aber er spielte sie nicht mehr so oft, zum einen, weil der Plattenspieler, den er zusammen mit einem Teil der Jazzsammlung von seinem exzentrischen Onkel Akke geerbt hatte, noch mit einem verschlissenen *Shure*-Tonabnehmer aus den frühen Siebzigern versehen war. Zum anderen aber, weil er sich stattdessen eine handlichere Sammlung der Ausgaben auf CD angeschafft hatte. Wenn er heutzutage in Helsingborg in den Jazzclub ging, dann meist aus fahndungstechnischen Gründen.

Seine Beförderung auf den jetzigen Posten war zwar erst etwas mehr als zwei Jahre her, doch er hatte in dieser Zeit schon verdienstvolle Polizeiarbeit geleistet. Hin und wieder musste er sich eingestehen, dass der Job auf eine gefährlich schleichende Art und Weise sogar zu seiner wichtigsten Freizeitbeschäftigung zu werden drohte.

Das Mysterium der Rubbellosmorde hatte er noch im Frühjahr gelöst und sich den Sommer über intensiv und letztlich erfolgreich einem Fahndungsauftrag in Zusammenarbeit mit dem Zoll gewidmet. Es war ihnen gelungen, einen Drogenring, der den Grenzschutz eine Zeit lang an der Nase herumgeführt hatte, einzukreisen. Eine Gang hatte nichts ahnende Rentner dafür gewonnen, in ihren kleinen, harmlosen Einkaufstüten Drogen durch den Zoll zu schleusen. Als die Alten unbeschadet die Abfertigung passiert hatten und hinein in das turbulente Hauptgebäude von Knutpunkten gelangt waren, diesem designtechnisch überdimensionierten Shoppingcenter und Verkehrsknotenpunkt der Stadt, war es ein Leichtes gewesen, einen kleinen Tumult zu arrangieren und die arglosen Kuriere mit einem unauffälligen Handgriff ihres überzähligen Einfuhrgutes zu entledigen.

Heute war im Polizeidistrikt von Helsingborg bis auf den üblichen Kleinkram – Diebstahl, Hausfriedensbruch und natürlich Sachbeschädigung – nicht besonders viel los gewesen.

Einige Ladendiebe hatten ihre Fähigkeiten überschätzt und wurden von den Warenhausdetektiven auf frischer Tat ertappt.

Ein Betrunkener hatte erstmalig seine Frau geschlagen und erleben müssen, dass sie sich zur Wehr setzte. Zur selben Zeit hatte ein anderer alkoholisierter Mann zum mindestens zwanzigsten Mal seine eingeschüchterte Lebensgefährtin erbarmungslos misshandelt – diesmal mit tödlichem Ausgang.

Und wie gewöhnlich waren einige Jugendliche mit Graffitispray durch die Stadt gezogen.

Insgesamt also die üblichen Alltagstragödien, die von den Streifenpolizisten routinemäßig abgehandelt wurden. Da aber Personalmangel herrschte, nicht so sehr aufgrund von Einsparungen, sondern eher wegen der ersten Grippewelle des Winters, hatte Hill hauptsächlich Einsätze koordiniert und die zur Verfügung stehende Mannschaft eingeteilt, um die notwendigen Zeugenaussagen entgegenzunehmen.

Den Leuten in der Bürokratie weitergeholfen.

Die Staatsanwaltschaft informiert.

Telefongespräche geführt.

Berichte verfasst.

Er hatte, kurz gesagt, einen richtigen Herumsitztag hinter sich.

Eigentlich sollte ich nach Hause joggen, dachte er und nickte einem Bekannten zu, der sich genau wie er in einem tapferen Versuch, ins Zentrum zu gelangen, aus dem Schutz der Eingangstür gegen den Wind stemmte.

Dennoch dachte er kurz darüber nach, ausnahmsweise das Auto zu benutzen. Für gewöhnlich zog er es vor, das kurze Stück den Bergaliden hoch in Richtung seiner Wohnung in der Rektorsgatan zu gehen und den Wagen auf dem Parkplatz hinter dem Polizeipräsidium abzustellen, wo er relativ sicher stand. Auf diese Weise vermied er es auch, sich am Gerangel um die wenigen Parklücken, die den Anwohnern in seiner engen Straße zur Verfügung standen, beteiligen zu müssen.

Plötzlich flog die Tür hinter ihm auf. Er bekam sie in den Rücken und wurde schonungslos weiter in die winterkalte Wirklichkeit gedrängt.

»Oh, Verzeihung! Bist du das, Joe Hill?« Der Kollege, Polizeiinspektor Ulf Gårdeman, legte entschuldigend die Hand auf seine Schulter.

»Tut mir Leid, das wollte ich nicht. Alles in Ordnung?«, fragte er aufrichtig besorgt.

»Ach, du bist das, alter Rowdy?«, lachte Hill. »Nein, so schlimm war es nicht, keine Angst. Machst du auch Feierabend?«

»Ja«, sagte Gårdeman zufrieden, »wie schön, endlich mal ein bisschen früher Schluss zu machen.«

Hill nickte zustimmend.

»Ich hab auch keine Ahnung, warum es heute so ungewöhnlich ruhig war«, fuhr Gårdeman fort, schauderte und schlug den Mantelkragen hoch. »Es könnte ja sein, dass der erste knackige Frost seine kühlende Hand über die Unterwelt legt. Doch die gewöhnt sich leider rasch, und deswegen ist es wohl am besten, wir nutzen die Ruhe, so lange sie anhält.«

»Dagegen ist nichts einzuwenden«, meinte Hill. »Gehst du direkt nach Hause?«

»Ja, und zwar schnurstracks«, versicherte Gårdeman.

»Muss nur noch kurz ein paar Sachen einkaufen. Ich hab vor, Lena heute Abend mit etwas richtig Raffiniertem zu überraschen, wenn sie von der Arbeit kommt.«

»Mhm, hört sich gut an«, gab Hill fröstelnd von sich, als würde er an etwas ganz anderes denken. »Ja, so oft kommen wir ja nicht in den Genuss«, fügte er hinzu. »Und was planst du Leckeres?«

Ulf Gårdeman war nicht nur ein geschickter Fahnder, den seine typisch schonische Geduld auszeichnete, sondern auch ein Gourmet. Lena behauptete allerdings nachdrücklich, dass er alles andere als jovial und geduldig war, wenn er in der Küche wirbelte. Da trieb er mit starkem Enthusiasmus seine Kochkunst in ungeahnte kulinarische Höhen und war nicht eher zufrieden, bevor das Essen auf dem Tisch stand und die Weinflasche entkorkt war.

»Ich dachte an etwas ganz Einfaches«, führte er enthusiastisch aus. »Was hältst du von … Schweinefilet mit frischen Champignons an Sahnesoße und einem knusprig goldenen Kartoffelgratin?«

»Klingt nicht schlecht«, sagte Hill abwesend, denn gerade war ihm eine Idee gekommen.

»An einem solchen Abend muss das Essen sättigen und wärmen«, erklärte Gårdeman. »Die Finessen gehören dem Wochenende. Ich habe übrigens neulich eine brasilianische Rezeptsammlung im Internet gefunden …«

»Ich selbst dachte an einen Hamburger und eine Tüte Pommes«, unterbrach Hill die kulinarischen Ausführungen seines Kollegen polemisch.

»Oh, Mann.« Gårdeman schlug sich die Arme um den Oberkörper, um die Wärme zu halten.

»Da fällt mir ein, ich könnte ja auch nach Lund fahren und Catharina überraschen. Sie hat bis um sieben Dienst. Aber um die Zeit ist der Abend ja noch jung – also, wer weiß?«

Die Ärztin Catharina Elgh aus Lund war völlig unvorhergesehen im Frühling in sein bis dahin so eingleisiges Leben getreten. Gerade als das Grün am zartesten gewesen war und er mit seinen verdammten Rubbellosmorden dagestanden hatte.

Sie war eine der Hauptzeuginnen in diesem Fall gewesen, und Hill hatte es nie so sehr genossen, eine Zeugenaussage aufzunehmen und die Details doppelt zu kontrollieren. Ihre Intelligenz, gepaart mit ihrem durchtrainierten, verführerischen Körper hatten einen höchst stimulierenden Einfluss auf ihn. Außerdem waren ihm ihre Fertigkeiten als Ärztin schneller, als er hätte ahnen können, zugute gekommen. Ein romantisches Abendessen auf der Sundfähre Aurora war völlig anders als geplant abgelaufen, aber immerhin hatte sie ihn hinterher liebevoll und geschickt verpflastert, nachdem ein paar ziemlich brutale Typen geglaubt hatten, ihn auf bequeme Weise zum Schweigen bringen zu können.

Seitdem waren sie einander stetig näher gekommen, und sein Wunschtraum war ebenso sanft wie leidenschaftlich Wirklichkeit geworden. Sie waren jetzt gewissermaßen ein Paar – wenn auch räumlich getrennt.

»Ja, klingt auch gut«, erwiderte Gårdeman ebenso fröstelnd. »Viel Spaß dann!«

Er machte sich auf den Weg zum Lebensmittelgeschäft, dessen erhellte Front sich hinter dem Parkplatz abzeichnete.

»Warte«, sagte Hill, »ich glaube, ich leiste dir Gesellschaft! Ich brauche noch Milch und Butter, bevor ich mich auf den Weg nach Süden mache. Falls sie danach mit zu mir kommt, muss ich ja ein gutes und nahrhaftes Frühstück anbieten können.«

»Klar«, antwortete Gårdeman, »aber beeil dich, bevor wir hier festfrieren!«

Sie duckten sich vor dem Wind und gingen raschen Schrittes voran, um nicht ganz auszukühlen.

Gårdeman war fast gleichgroß wie Hill, möglicherweise geringfügig kleiner und sicherlich etwas fülliger, aber das stand ihm gut. Das meinte jedenfalls Lena.

Er selbst fand, dass die leichten Rundungen ihm ein höheres Maß an Glaubwürdigkeit und Autorität im Außendienst verleihen würden, und da benötigte man als Fahnder jede Hilfe, die man irgendwie bekommen konnte, besonders, wenn man sich wie Gårdeman auf etwas so Kniffliges wie rivalisierende Motorradgangs spezialisiert hatte.

»Was willst du eigentlich kochen?«, fragte Hill plötzlich und bemerkte zu seiner Verwunderung, dass er selbst ziemlich hungrig war.

Gårdeman wiederholte sein Rezept, da sein verfrorener Kollege offenbar nicht besonders aufmerksam zugehört hatte. »Ja, ich dachte mir etwas Einfaches, ein bisschen Schweinefilet, ein perfektes Kartoffelgratin und dazu frische Champignons an Sahnesoße.«

»Oh nein, hör auf!«, sagte Hill, dem das Wasser im Mund zusammenlief. »Das klingt fantastisch. Hör mal, ich glaube, ich komme mit zu dir.«

»Okay, du bist willkommen, aber was wird Cathi dann sagen?«

»Nein, ich mache nur Spaß, aber es klingt unverschämt gut.«

Sie stapften über den asphaltschwarzen Parkplatz vor dem Lebensmittelladen. Es war bereits völlig dunkel, und die Scheinwerfer der Autos blendeten sie, während die Fahrer auf der Jagd nach möglichst nahe am Eingang gelegenen Parkplätzen hin und her rangierten.

»Vielleicht schauen wir auch bei *Petri Pumpa* rein, wenn Catharina Dienstschluss hat, und essen etwas französisch Angehauchtes«, fuhr Hill fort, nachdem er angefangen hatte, in kulinarischer Hinsicht zu fantasieren. »Wie auch immer, wird es ein richtig angenehmer und entspannter Feierabend. Wie oft hat man das schon in diesen modernen Zeiten?«

Im Eingangsbereich zum Supermarkt war es eng. Menschen mit übervollen Einkaufswagen wollten raus, und frierende Kunden drängten nach drinnen.

Warme Luftzüge entwichen zwischen zwei konkurrierenden, in den automatischen Türen stecken gebliebenen Einkaufswagen, in die Nacht. Hill und Gårdeman mussten also draußen warten und empfingen fürs Erste nur einen äußerst schwachen Hauch von der verheißungsvollen Wärme im Inneren des Supermarktes.

»Verflixt!«, brummte Gårdeman irritiert.

Aber was sollte man machen? Bestimmte Streitigkeiten waren ganz einfach nicht Sache der Polizei.

Endlich entschloss sich einer der mürrischen Kontrahenten, nachzugeben und dem anderen den Vortritt zu lassen. Gleich würden sogar die beiden Kollegen innerhalb der Schleuse sein – drinnen in der freundlichen, lebensbejahenden Atmosphäre des Konsumtempels.

In diesem viel versprechenden Augenblick klingelte Hills Diensthandy. Er wühlte in der Tasche danach, aber die eiskalten Finger bekamen das Plastik zuerst nicht zu fassen.

»Teufel auch«, fluchte er leise. »Gerade jetzt!« Aber es könnte ja durchaus Catharina sein.

»Hill hier«, meldete er sich schließlich, immer noch auf der Eingangsschwelle.

Es war Mandén, Dienst habender Inspektor der Spätschicht und somit Leiter der Verbrechensbekämpfung des Präsidiums.

»Hallo, Joe«, witzelte er zur Begrüßung.

»Sicher, aber was gibt's? Ich bin auf dem Nachhauseweg.«

»Nun nicht mehr«, verkündete Mandén.

»Verdammt«, sagte Hill und biss die Zähne zusammen, während er die Neuigkeiten erfuhr. »Okay«, sagte er nach einem Augenblick verdrossen, klappte das Handy zu und steckte es zurück in die Jackentasche.

Die strahlende Weihnachtsfreude in seinen Augen war erloschen, doch Gårdeman, der seine Aufmerksamkeit auf etwas anderes gelenkt hatte, merkte nichts und ergriff die

Chance, einen Fuß in das verführerisch lockende Warenhaus zu setzen.

Hill fasste Gårdeman am Arm und hielt ihn zurück.

»Sorry«, sagte er und meinte es ehrlich. »Das war Mandén – du kannst das Gratin heute Abend vergessen.«

Sie fühlte sich in der Dunkelheit wohl, war in den vergangenen Monaten gleichsam eins und Freund mit ihr geworden. Hatte gelernt, sich in der schwarzen Nacht zu orientieren, in der das Leben wieder einen Sinn bekommen hatte.

Es war so, dass die Gedanken leichter und zielgerichteter flossen, wenn sie nicht vom verwirrenden Schein des Tageslichts auf der Netzhaut gestört wurden. In der Dunkelheit wurde alles auf einmal bedeutend klarer, und sie hatte den Eindruck, in ihrem beschützenden Schatten größer und mächtiger zu sein.

Sie hatte gelernt, den unzuverlässigen Kanten der Pflastersteine auszuweichen, die Unebenheiten des Bodens wahrzunehmen und ihre Schritte danach auszurichten. Das Mondlicht war ihr einerseits zum Freund und andererseits zum Feind geworden, und sie hatte sich von den knorrigen Stämmen und dem Astwerk der Bäume und ihrer undurchdringlichen Dichte decken lassen.

Sie war ein Kind der Nacht geworden, und sie beherrschte deren besondere Gesetze bis zur Vollendung. Das war eine absolute Notwendigkeit gewesen, eine unbedingte Voraussetzung, um ihre Pläne erfolgreich umzusetzen.

Mit der Zeit war sie ebenfalls eins mit der Kälte geworden – diesem untrennbaren Teil ihrer neuen Freundin Dunkelheit. Sie hatte gelernt, sie ebenso wie die Geräusche und den Duft der Nacht in jeder Minute und Sekunde, in der sie auf der Jagd war, zu genießen. Von ihr erhielt sie alles, was sie jetzt wusste. Sie stand für Kraft als auch für Verschlagenheit.

Für die Durchführung des Plans war genaueste Vorarbeit

notwendig gewesen. Jede durchwachte Nacht, die sie in der Dunkelheit verbrachte, hatte ihr Wissen und Einsicht geschenkt, so schmerzlich es ihr auch erschienen war. Den richtigen Moment abzupassen und auszunutzen, hatte ihrer verletzten Seele neue Hoffnung verliehen und ihrem Leben einen Sinn gegeben. Ihre Lebensfreude hatte er ihr ja bereits gestohlen. Ihr unschuldiges Vertrauen missbraucht und ihr gebrochenes Herz verhöhnt – war es nicht genau so?

Aber sie hatte sich entschieden, niemals aufzugeben. Niemals! Sich entschlossen, ihm zu zeigen, wer die wahre Stärke besaß und am Ende die Oberhand behalten würde.

Und nun war es geschehen.

Sie zog den pelzgefütterten Popelinemantel enger um den Körper. Knöpfte ihn mit dem obersten, blank polierten Hirschhornknopf bis zum Hals zu und rückte die Kapuze zurecht.

Doch die feuchte Kälte drängte sich trotzdem unerbittlich auf.

In weniger als einer Woche würde ganz Råå bereits im ersten, verfrühten Weihnachtslicht baden. Dann würde die Nacht nicht mehr ihr allein gehören. Adventsleuchter würden erwartungsfroh in den Fenstern der Häuser erstrahlen, und die konsumhungrigen Menschen würden die abendlich erleuchteten Straßen auf der Jagd nach teuer zu erstehenden Weihnachtsschnäppchen bevölkern.

Es war ihr schon früh klar gewesen, dass alles bereits vorher entschieden sein müsste.

Deshalb hatte sie alles so arrangiert, dass sich die Gelegenheit schon früher ergeben hatte, genau in dem Augenblick, als die Dunkelheit hereinbrach und ihr den Weg wies. Das schwarzblaue Gewand hatte ihr sowohl Schutz geboten als auch Mut eingeflößt – jetzt, wo sie endlich ihr Leben zurückgefordert und Rache genommen hatte!

Das dunkle Gewand umhüllte sie noch immer, als sie sich durch die winterschläfrigen Gassen schlich – schützte und verbarg sie vor den Augen der Welt. Innerlich schien sie schon den klagenden Gesang der Polizeisirenen in der Ferne zu vernehmen.

Kommissar Knut Sahlman war genau in dem Moment, als Hill und Gårdeman blaugefroren ins Polizeipräsidium zurückstiefelten, auf dem Weg nach draußen.

Sahlman machte die Kälte nicht so viel aus, da er in seinen teuren Kamelhaarulster zuverlässig eingehüllt war, und der Stetsonhut im perfekten Winkel über dem rechten Ohr saß.

Er war etwas älter als Hill und Gårdeman, vermutlich irgendwo zwischen fünfundvierzig und fünfzig. Doch er redete nicht gerne über sein Alter und betrachtete sich selbst vorzugsweise als jemanden mit Stil, als einen Lebemann, wenn er das so sagen durfte.

Nach Ansicht vieler machte Sahlman eine viel zu adrette Figur für seinen Beruf. Er wählte alles, was ihn persönlich betraf, mit äußerster Sorgfalt aus. Manchmal war es hart an der Grenze zu lächerlichem Snobismus. Doch man konnte ihm nicht vorwerfen, dass auch nur ein einziges Detail in seiner Aufmachung nachlässig oder uninspiriert wirkte.

Außerdem musste Hill zugeben, dass Sahlman ein verdammt guter Polizist sein konnte. Bei der Auflösung der Rubbellosmorde hatte er nicht nur seine tiefe Mitmenschlichkeit unter Beweis gestellt, sondern auch gezeigt, wozu er fähig war, wenn es wirklich drauf ankam.

Wenn er nur wollte, konnte Sahlman mit Leichtigkeit seine übliche Schlappheit in ungeahnte Energie verwandeln – doch heute Abend hatte er dazu wirklich keine Lust!

Er wollte nicht bis ins Zentrum der Stadt stiefeln, andererseits war die Strecke aber viel zu kurz, um sich die Mühe zu machen, das Auto zu nehmen.

»Tag, Jungs«, grüßte er einschmeichelnd, »wollt ihr gerade gehen?«

Die Frage »Wollt ihr gerade gehen?« bedeutete unter Polizisten oftmals eher »Seid ihr im Einsatz – und wenn ja, könnte ich dann mitfahren?«

»Vielleicht«, nickte Hill. »Wohin willst du denn?«

»Äh, nur bis hoch zum Stortorget.«

»Okay, aber ich muss erst noch ein paar Details mit Mandén abklären. Warte kurz.«

Sahlman und Gårdeman warteten im Eingang des menschenleeren Foyers, der eine erwartungsvoll – Letzterer ungeduldig.

So was Blödes, dachte Gårdeman. Gerade jetzt, wo ich das abendliche Menü bis ins kleinste Detail geplant habe – und zwar so ins Detail, dass mein Magen bereits knurrt!

An der Rezeption bekam Hill ein paar Unterlagen und einige kurze Instruktionen von Mandén, nickte ihm zu und trabte zurück zur Tür.

»Tut mir Leid, Knut«, sagte er und klopfte dem Kollegen flüchtig auf die Schulter. »Wir müssen genau in die entgegengesetzte Richtung – nach Råå raus. Und wir haben es eilig! Aber man sieht sich!«

Gårdeman schloss sich Hill an und fischte gleichzeitig sein Handy aus der Tasche. Es war wohl am besten, Lena vorzuwarnen, dass es auch heute wieder spät werden könnte. Ohne Genaueres über den Fall zu wissen, beschlich ihn so eine Ahnung, dass er gut daran täte.

Die zwei waren bereits auf dem Weg zur Garage, bevor Knut begriffen hatte, dass er tatsächlich stehen gelassen worden war.

Er zuckte mit den Achseln, rückte den Mantel zurecht, schlug den Kragen hoch und zog die sandfarbenen Rindslederhandschuhe an. Da musste er wohl oder übel zu Fuß gehen.

Übel nicht etwa deshalb, weil sein Ziel so verdammt weit entfernt vom Präsidium lag, das auf seinem strategischen

Eckgrundstück mit sechs Stockwerken aus braunroten Ziegeln hochragte und gleichsam über den südlichen Zubringer der Stadt bis ins Zentrum und zum Stortorget hinüberspähte.

Nein, es war nur so, dass es ihn im Moment rein gefühlsmäßig zu sehr aufreiben würde, durch die Geschäftsstraßen zu schlendern. Wenn er nun zufällig etwas richtig Schickes entdeckte? Etwas, das ohne Zweifel würdig wäre, seiner Garderobe hinzugefügt zu werden?

Jetzt – da vollkommene Ebbe in seiner Kasse herrschte!

Und außerdem fragte er sich, warum Mandén eigentlich gerade ihn in dieser Sache losschicken musste. Hatte er keinen anderen, dem er das Leben schwer machen konnte?

War wirklich nur er, Knut Sahlman, der einzig denkbare Kandidat für diesen Job?

Und war das Ganze überhaupt ein Fall für die Polizei?

Oben in diesem schauerlich kalten Kärnan Gespenster zu jagen!

## 17:25:22

Råå – das einst so bedeutsame Fischerdorf, das in einer blutigen Schlacht nach der anderen den großen Dänen auf der anderen Seite des schmalen Sundes so beständig abgewehrt hatte – schien heute die Wiege von Harmonie und Ruhe zu sein.

Über die Jahrhunderte konnte man verfolgen, wie die wechselhafte Konjunktur, die vom Heringfang abhing, die Lebensbedingungen des Dorfes diktierte: von vornehmem Wohlstand bis hin zu äußerster Armut.

Heutzutage war der Ort wieder ausgesprochen wohlhabend, obgleich längst nicht mehr die Fischerei das Geld einbrachte. Das Gold der Yuppies und das Silber der Boutiquen waren verantwortlich für die gefüllten Kassen, und über die stolzen Einkünfte wurde schamlos im Verzeichnis der Steuerzahler höherer Einkommen Rechenschaft abgelegt.

Doch allen Modernisierungen zum Trotz lebte man hier immer noch ein bisschen wie zur Zeit der Jahrhundertwende. Umgeben von Strandpromenaden und kleinen Läden in überschaubaren Geschäftszeilen aus dunkelrotem oder hellgelbem Ziegel verband die Einwohner des Ortes eine altmodische Vertrautheit.

Ein Idyll – ohne jeden Zweifel. Aber die Frau, die an diesem Abend auf dem Fahrersitz im Auto draußen in Råå saß, hatte überhaupt nichts Idyllisches an sich. Ihr Oberkörper war in einem schiefen Winkel an den Beifahrersitz gelehnt, und ihr Kopf ruhte auf dessen Nackenstütze.

Sie starrte vor sich hin in eine unbekannte Ferne, und der offene Mund gab dem Gesicht einen merkwürdigen, leicht verwunderten Ausdruck.

Sie war tot.

Leider bestand daran nicht der geringste Zweifel. Außerdem musste alles ziemlich schnell gegangen sein, denn sie hatte es weder geschafft, aus dem Auto zu steigen, noch, die geringste Aufmerksamkeit auf sich zu lenken. Gewiss gab es nicht viele Leute, die sich an diesem nasskalten Abend hier in dem verschlafenen kleinen Vorort von Helsingborg auf der Straße aufhielten, aber *irgendjemand* hätte doch immerhin auf sie aufmerksam werden müssen, falls sie wider Erwarten die geringste Chance gehabt hätte, nach Hilfe zu rufen. Sollte man zumindest meinen.

Warum man den Vorfall überhaupt bemerkt hatte, lag einzig daran, dass ein Bewohner von Råå während des Abendspaziergangs mit seinem Hund dankenswerterweise auf sie aufmerksam geworden war, weil sie so verwundert zum funkelnden Sternenhimmel emporgeblickt hatte.

Seine Aussage war furchtbar umständlich formuliert.

Er hat sie wiedererkannt, sagte er, obwohl sie noch nicht besonders lange in Råå wohnte. Manchmal hatte er sie im Laden gesehen. Sie war sehr jung – sicher nicht älter als fünfundzwanzig oder achtundzwanzig Jahre –, aber dennoch eine flotte junge Dame.

Auf so etwas achtete man eben.

Und träumen dürfte man doch wohl!

Sie hatte angeblich ein kleines Reihenhaus, glaubte er zu wissen, nicht weit von dort, wo das Auto jetzt am Bürgersteig geparkt war. Ein Reihenhaus, in das sie ziemlich genau vor einem Jahr eingezogen war.

Erst ging er einfach an dem Auto vorbei. Trottete den Bürgersteig entlang, ohne den glänzend gewachsten, mitternachtsblauen Mitsubishi näher zu beachten. Der Hund musste ja wohl oder übel sein Geschäft machen!

Erst auf dem Rückweg mit seinem Hund, da schwante ihm nichts Gutes.

Denn da saß sie noch immer, die hübsche, elegante junge Frau, die er meinte, schon einmal im Supermarkt gesehen zu haben. Hatte sich seit Minuten nicht bewegt. Nicht einmal mit der Wimper gezuckt, seitdem sie vorbeigegangen waren…

So, als ob sie da saß und direkt ins Paradies schaute.

Und eine andere Sache, die ihn stutzig machte, war, dass der Hund plötzlich den Schwanz einzog. Der alte schwarze Labradorrüde zog unruhig an der Leine und winselte, als würde er Prügel bekommen.

Da kapierte der Mann endlich.

Trotz seines hohen Alters lief er den ganzen Weg zum örtlichen Polizeirevier Söder am Landskronavägen.

Tja, was sollte man machen? Er besaß kein neumodisches Mobiltelefon – er war ja immerhin nur ein gewöhnlicher Frührentner!

Und dann rannte er, bis das Herz kaum noch mitmachte, um völlig außer Atem an der geschlossenen und verrammelten Wache anzukommen.

In diesen schnöden Sparzeiten konnte man sich nur minimale Öffnungszeiten von zehn bis dreizehn Uhr leisten und hoffen, dass sich alle Verbrecher danach richteten. Doch wie aus einer Laune des Schicksals heraus, hatte die Belegschaft des Reviers die restlichen Stunden des Tages auf eine interne Fortbildung im eigens vorhandenen Konferenzraum verwandt. Die Polizeibediensteten waren gerade dabei, die Mühsal des arbeitsreichen Tages zusammenzufassen, als der erschrockene und völlig erschöpfte Alte fordernd gegen Türen und Fenster hämmerte.

Die Hartnäckigkeit seiner Bemühungen führte schließlich dazu, dass einer der Polizisten die Glastür einen Spalt breit öffnete, um zu hören, worum es ging. Sobald er den Ernst der Lage erfasst hatte, leitete er den Alarm zu Mandén ins Polizeipräsidium weiter.

Und jetzt waren Hill und Gårdeman vor Ort.

Der Bereich um die kleine Steinbrücke am Lussebäcken, wo das Auto stand, war bereits abgesperrt und der Verkehr auf eine südlichere Route umgeleitet. Die Mannschaft hier draußen hatte zügig gearbeitet, und dennoch bildete sich außerhalb des blauweißen Absperrbandes rasch eine Menschenmenge, die so weit wie möglich nach vorne drängte, um einen Blick auf das, was sich in einiger Entfernung bei dem Auto abspielte, zu erhaschen.

Die Menschen fühlten sich angezogen, obwohl das Ganze etwas kolossal Abstoßendes an sich hatte.

Spannend und unheimlich zugleich, bot sich ihnen ein Schauspiel sondergleichen, und das auch noch in unmittelbarer Nachbarschaft. Hier ging etwas vor sich, dass das Fernsehen nicht bieten konnte.

Ein waschechtes, reales Abenteuer!

Hill dachte, dass sie sehr schön war.

Gårdeman dachte genau dasselbe.

Trotz einer unnatürlichen Verzerrtheit – das Signum des plötzlichen Schmerzes und des Todes – muss sie mit ihren unglaublich hübschen und reinen Zügen zweifellos sehr anziehend gewesen sein.

Das wohlgeformte Gesicht mit der geraden Nase und den sinnlichen Lippen war von fülligem, blondem Haar eingerahmt. Nicht, dass es ihren Tod mehr oder minder tragisch gemacht hätte, doch es war eine Tatsache. Die junge Dame war auf eine sonderbare Weise attraktiv gewesen. Nur zu jung, um einfach so zu sterben.

Hill merkte, wie dieses Gefühl ungewollt von ihm Besitz ergriff, als er sich vorsichtig ins Auto beugte, um sie näher zu betrachten. Er würde sich nie an den Tod gewöhnen. Ein ums andere Mal war er ihm erneut zuwider. Sicherlich ein Handikap in seinem Beruf, aber so war es nun einmal. Eine abgrundtiefe Trauer erfasste ihn, sobald er mit ihm konfrontiert wurde.

Was er sah, als er die Taschenlampe ins Coupé richtete, machte die Sache nicht leichter. Der Sicherheitsgurt hielt den Körper in einem festen, verkehrssicheren Griff – obgleich er kaum reichte.

Sie musste mindestens im achten Monat gewesen sein!

»Ulf, guck mal hier!«, entfuhr es ihm.

Gårdeman war schnell neben ihm, verstand aber nicht sofort, was Hill meinte, denn es war dämmrig im Coupé, und die Frau war in einen kostspieligen, dicken Pelz gehüllt.

Hill richtete die Taschenlampe besser aus, und auf einmal wurde die Wölbung ihres Bauches deutlich sichtbar.

»Oh, verdammt auch!«

Gårdemans hilfloses Fluchen vermischte sich mit dem Geräusch weiterer herannahender Sirenen, die durch die Dunkelheit des Winters drängten. Man sah bereits den Schein rotierender Blaulichter in der Ferne.

Neue Akteure waren auf dem Weg zur Bühne, und das Schauspiel entwickelte sich in eine immer fantastischere Richtung. Das Publikum hielt den Atem an, als Krankenwagen und Notarzt um die Kurve des Landskronavägen bogen. Die Wagen schienen von innen heraus zu leuchten, als sie in ihrem signalgelben Glanz heranglitten und auf die Absperrung zu rollten.

»Das Kind«, rief Hill in die Kälte, »vielleicht kann man das Kind retten! Hol den Arzt, schnell!«

Er wusste kaum, ob er das überhaupt selbst glaubte oder einfach nur hoffen wollte.

Irgendwo hatte er gehört, dass es funktionieren könnte… Wenn nicht allzu viel Zeit vergangen war…

Gårdeman lief zum Notarztwagen, rutschte auf einer gefrorenen Pfütze aus, fand die Balance wieder und erreichte den Arzt, der mit stoischer Ruhe seine Notarzttasche aus dem Auto nahm.

Der Tod hatte es nicht eilig.

Vielleicht das einzig Positive daran.

Dass er nicht den geringsten Stress kannte.

»Los, beeilen Sie sich!«, rief Gårdeman.

Der Arzt starrte ihn an, ohne zu verstehen.

»Sie hat ein Kind … einen Fötus, meine ich. Vielleicht kann man ihn retten!«

Der junge Notarzt wurde mit einem Mal ganz munter. »Die Trage!«, rief er dem Rettungspersonal zu, während er zu dem mitternachtsblauen Mitsubishi lief. »Schnell, schnell!«

Der Einsatz des Arztes war plötzlich dringend geworden, so wie er es sich immer gewünscht hatte. Genau deswegen hatte er seinen Beruf gewählt: nicht, um Totenscheine auszustellen und sich geschlagen zu geben, sondern der Möglichkeit wegen, Wunder zu vollbringen.

Zu Gårdemans Verwunderung traf der junge Arzt lange vor ihm am Auto ein. Das Krankenwagenpersonal wartete fröstelnd auf seine Anweisungen und hatte bereits mit professioneller Geschwindigkeit eine Trage ausgeklappt.

Hier ging es jetzt um verzweifelt kurze Sekunden. Innerhalb der Vorschriften selbstverständlich, geschriebene Gesetze und ethische Regeln durften nicht außer Acht gelassen werden.

Der Arzt war schon überzeugt, als er ihrer gewahr wurde. Die Frau im Auto schien keine, wie auch immer gearteten Lebensfunktionen aufzuweisen. Trotzdem sah er sich gezwungen, die übliche Routineuntersuchung durchzuführen.

Er ließ die Fingerspitzen über den Hals der Toten gleiten. Wie vermutet, fand er keinen Puls, kein Lebenszeichen. Nur eine Eiseskälte, die auf frappierende Weise die Nacht um sie herum widerspiegelte.

»Kein Puls«, sagte er mehr zu sich selbst. »Niedrige Körpertemperatur. Vermutlich unter 15°C.«

Hill war etwas zur Seite gegangen, um ihn in Ruhe seinen Job machen zu lassen, verfolgte die Prozedur aber aufmerksam, während er noch immer auf ein Wunder hoffte.

Der Arzt leuchtete mit einer starken Taschenlampe in die weit geöffneten Augen. »Die Hornhaut erweist sich eindeutig als trüb«, stellte er trocken fest.

Dieses Leben war also unwiederbringlich erloschen.

Dann steckte er die Stöpsel des Littmannstethoskops in die Ohren, zwang seine eiskalten Finger um die Membran und führte sie an den Körper der Frau.

Zwischen den Ösen des Pelzes fand er eine Öffnung, und er setzte sie direkt unter ihrer linken Brust auf.

Weder Hill noch Gårdeman wagten zu atmen.

Es war, als ob sie dem kleinen, ungeborenen Leben, das dort drinnen in seiner zunehmend ungastlichen Umgebung vielleicht immer noch zu überleben versuchte, Raum geben wollten – Raum zum Atmen.

Die Stimmung schien sich auf die wachsende Anzahl von Zuschauern zu übertragen. Obwohl die Menschen viel zu weit vom Auto entfernt standen, um mitzubekommen, was sich dort abspielte, warteten sie dennoch in atemloser Stille.

Das Rettungspersonal stand weiterhin in Bereitschaft neben der Trage. Die Decken waren schon ausgebreitet, bereit, zu umhüllen und zu wärmen. Selbst der Fahrer stand bereit – gewillt, mit Vollgas zurück in die Stadt zur Intensivstation und einem posthumen Kaiserschnitt zu fahren.

Der Wagen stand im Leerlauf hinter ihnen, und das Signal auf seinem Dach warf dramatisch sein blaues Licht in rotierenden Kaskaden auf die unschuldigen Gärten der umliegenden Villen.

Immer im Kreis herum tanzte es und sandte seinen unwirklichen Schein über die Szenerie, während der junge Arzt mitten in der Umklammerung des Todes nach Leben suchte.

Er konnte nicht wissen, ob sich das Kind inzwischen gedreht hatte und bereits mit dem Kopf nach unten lag.

Das Herz konnte sich also überall befinden.

Eine Sekunde.

Nichts.

Eine weitere Sekunde – nichts.

Er bewegte die Membran weiter über den immer stärker auskühlenden Bauch der Frau. Systematisch und in geometrischen Mustern führte er sie Zentimeter für Zentimeter über den leblosen Leib.

Mit keiner Miene verriet er, was seine Hände fühlten. In dieser Hinsicht war er längst ein gewiefter Pokerspieler.

Hill war gezwungen zu atmen.

Gårdeman schaute ihn an, sah wieder eine Sekunde vorbeifliegen und wandte den Blick unmittelbar zurück zum Arzt.

Der beließ das Stethoskop auf einem bestimmten Punkt und horchte intensiv. Die Augen schienen jetzt ein wenig zu leuchten. In einem letzten Versuch, irgendein entscheidendes Nebengeräusch zu erhalten, drehte er den Kopf des Stethoskops von der Membran auf den Trichter. Mit sicherer Hand hielt er die doppelten Schläuche hoch und biss die Zähne fester als nötig zusammen.

Er horchte – rechnete.

Horchte wieder.

Bewegte das Instrument nicht.

Horchte nur.

Als ob er intensiv eine Antwort aus dem Inneren, das den ganzen Kosmos des Ungeborenen ausmachte, erhoffte.

Ein Meer, ein Heim – eine Unendlichkeit für das Kind da drinnen.

Horchte verzweifelt, obgleich er bereits verstand.

Hill wollte etwas sagen, hielt sich aber zurück. Er wartete noch ein wenig. Geduldete sich noch eine unfassbar lange Sekunde.

Endlich nahm der Notarzt die Stöpsel aus den Ohren, wand sich vorsichtig rückwärts aus dem Coupé und konstatierte, was keiner hören wollte.

»Nein, leider – es gibt keine Lebenszeichen.«

»Aber… aber…«

Hill hätte die Wirklichkeit am liebsten verändert.

»Aber wenn Sie schnell ins Lazarett fahren…?«, versuchte er.

Der junge Mann schüttelte abwehrend den Kopf. Er fühlte sich ebenso machtlos, denn er hatte mindestens genauso intensiv gehofft wie der Polizist. Gehofft, dass das Leben wider Erwarten mitten in der Tragödie triumphieren würde. Doch was sollte er sagen? Er hatte es im Grunde ja schon gewusst, als er die Nase ins Auto steckte.

»Nein, das macht keinen Sinn. Es lohnt nicht, Ihre Fahndung für etwas, das ohnehin vollkommen sinnlos ist, zu vernachlässigen. Führen Sie Ihre Untersuchungen zu Ende, dann schicken wir einen Leichenwagen, der sich um den Leichnam kümmert.«

»Sind Sie ganz sicher?«

»Ja, lassen Sie die Kriminaltechniker sofort beginnen.«

Gårdeman setzte sich, noch bevor der Satz abgeschlossen war, über Funktelefon mit der Zentrale in Verbindung. Die Techniker waren unterwegs.

Hill folgte dem Arzt auf dem Weg zum Krankenwagen, merkte jedoch plötzlich, wie eine der Zuschauerinnen sich über das Absperrband beugte und die Aufmerksamkeit auf sich lenkte.

Es war auch eine junge Frau, aber Gott sei Dank ganz lebendig.

»Hallo, *Kvällsposten*«, stellte sie sich vor, das Tonbandgerät schwingend. »Darf ich einige Fragen stellen?«

»Nein, nicht jetzt«, murmelte Hill und beeilte sich, ihrer Jagd nach brandaktuellen Nachrichten zu entkommen und nicht ohne einen geplagten Seitenblick dem Arzt zu folgen.

»Leider gab es nicht die allergeringste Hoffnung«, setzte der junge Mann hinzu und stellte die schwere Arzttasche an den für sie vorgesehenen Platz im Auto zurück. »Das war offenkundig, sobald ich sie zu Gesicht bekam. Aber ich hatte natürlich die Pflicht, eine genaue Untersuchung vorzunehmen.«

»Wie meinen Sie das?«, fragte Hill ungeduldig.

»Wie Sie ja wissen, muss das noch durch gerichtsmedizinische Analysen gestützt werden. Nur sollte es mich wirklich wundern, wenn ich Unrecht hätte.«

»Unrecht womit?«

»Dieser leichte ziegelrote Zug in ihrem Gesicht. Und der vage, aber unverkennbare Mandelduft.«

Gårdeman hatte ein kurzes und abwehrendes Gespräch mit der jungen Frau von *Kvällsposten* beendet und richtete die Aufmerksamkeit wieder auf die Kollegen. Er verstand nicht, was sie sagten, aber es schien bedeutsam.

»Sicher können selbst junge Menschen schnell und unerwartet eines natürlichen Todes sterben«, hörte er den Arzt ausführen, »aber das hier war kein natürlicher Tod.«

Hill war bereits klar, welchen Schluss der jüngere Mann gezogen hatte, wollte ihm jedoch nicht zuvorkommen.

»Und Sie meinen …?«, sagte er.

»Ja, es muss Zyanid gewesen sein«, antwortete der Arzt müde. »Was sonst?«

An diesem Abend, der bereits zwei Leben gekostet hatte, war plötzlich nichts mehr von der vorher so ansteckenden Weihnachtsstimmung zu spüren.

Kriminaltechniker Anderberg und sein Team vom technischen Dezernat waren erstaunlich schnell zur Stelle. Als hätte die Spannung, die den herannahenden Feiertagen innewohnte, sie besonders hellhörig und wachsam gemacht.

In der Zwischenzeit hatte der Rettungsdienst einen neuen Alarm bekommen und sich zusammen mit dem Notarzt auf den Weg gemacht, denn die Lebenden brauchten die ohnehin viel zu knapp bemessenen Leistungen des Gesundheitswesens doch wohl am dringendsten. Um die magere Ausbeute wurde schon heftig genug gestritten, und hier gab es nicht die geringste Hoffnung auf Leben.

Hill beneidete sie, als sie in rasender Fahrt den Landskronavägen hinauffuhren und mit heulenden Sirenen scharf nach rechts in Richtung Rydebäck abbogen.

Sie hatten auf jeden Fall warme Füße da drinnen in ihren Autos, während seine eigenen Zehen sich zunehmend tiefgefroren anfühlten!

Ein Bestattungsunternehmen war bereits informiert, um die Leiche der Frau abzuholen, sobald die vorläufige technische Untersuchung des Autos abgeschlossen sein würde. Man würde den Körper für die Obduktion nach Lund überführen, denn in einem Fall wie diesem war es für die Polizeidienststelle selbstverständlich, eine eingehende gerichtsmedizinische Untersuchung zu beantragen.

Doch zuerst würden die Techniker alle zugänglichen Spuren sichern, denn jetzt galt es den Fall aufzuklären. Aufklären, was der toten Frau auf dem Fahrersitz ihres kostspieligen Autos passiert war.

Der kriminaltechnische Fotograf sandte aus allen erdenklichen Richtungen seine Blitze in das Auto, so als hätte er die Aufgabe übernommen, die stockfinstere Nacht zu erhellen, nachdem der Rettungsdienst weggefahren war.

Im klirrenden Frost schlichen alle so behutsam wie möglich um die Frau herum, fast übervorsichtig, als könnte man sie versehentlich wecken.

Was leider unmöglich war.

Die Männer von der Spurensicherung jagten den feinen Details nach. Sie nahmen unter die Lupe, pinselten emsig und setzten Klebestreifen, um alle erdenklichen Spuren zu sichern. Kleinste Zeichen und Hinweise – unbeabsichtigte Anhaltspunkte, die wie Klatschbasen den geringsten Fingerzeig in Richtung Wahrheit geben konnten.

Die Wahrheit darüber, warum diese hübsche, hochschwangere Frau tot in ihrem Auto gesessen und stumm in die Sternennacht hinaus gestarrt hatte.

»Merkwürdig«, murmelte Anderberg.

Halb in der Hocke sitzend stopfte er vorsichtig ein paar Haare in einen von der Reichspolizeidirektion gekennzeichneten Beweisbeutel.

»Was?«, fragte Hill, der in einem Notizbuch seine eigenen sorgfältigen Beobachtungen vor Ort aufzeichnete.

»Warum die Leute eigentlich so furchtbar widersprüchlich sind, meine ich.«

Hill blickte von seinen Notizen auf. *Zyanid?* stand dort unter anderem. *Ziegelrote Hautfärbung, Mandelduft.*

»An was genau denkst du?«, fragte er.

Hill hegte großen Respekt für Kriminaltechniker Anderberg und seine oftmals philosophischen Lebensbetrachtungen. Anderberg hatte bereits ganze sechsundzwanzig Jahre bei der Polizei in Helsingborg zugebracht. Zwar nicht die gesamte Zeit als Kriminaltechniker, denn er hatte als gewöhnlicher Streifenpolizist begonnen, bevor er zu seiner eigentlichen Berufung fand. Doch seine Erfahrung in Sachen menschlichem Verhalten war imponierend. Und mehr als einmal hatte sein Blick fürs Detail ihnen bedeutsame Hinweise für eine klügere, geschicktere Ausrichtung der Fahndungsarbeit geliefert. Deswegen spitzte Hill die Ohren wie ein eifriger Hund. Einer, der einen wichtigen Ruf hört – von weit, weit her.

»Ja, nimm die Dame hier zum Beispiel«, setzte Anderberg höflich hinzu, als ob sie seine Worte und sein Urteil hören konnte. »Superschickes Auto. Gewaschen, gewachst, einfach tipptopp.«

Anderberg schaute schräg zu ihr hinauf. Der Arzt hatte vermutlich Recht. Der Mandelduft sprach seine eigene Sprache. Seiner Ansicht nach war sie genau hier gestorben und nicht erst später hergebracht worden. Genaueres würde die

Hypostaseanalyse zeigen, wenn die Gerichtsmediziner ihre Untersuchung abgeschlossen hatten.

Und dann sah er die Tote fast entschuldigend an, als schämte er sich der Charakterisierung, die er ausführen wollte.

»Sie war selbstverständlich äußerst adrett, gepflegt und ohne Zweifel wohlhabend.«

Hill hörte weiterhin zu.

»Aber Bonbonpapier im Auto auf den Boden werfen, das tat sie wie jede andere nachlässige Schlampe«, schloss Anderberg ein wenig puritanisch.

Hill kümmerte sich nicht um die abschließende Wertung, sondern hielt sich entschlossen an die Fakten. »Du hast also Bonbonpapier auf dem Boden gefunden?«, fragte er.

»So ist es. Ein paar sind offensichtlich alt, wurden festgetreten und in die Gummimatte gedrückt. Aber es sind auch ganz neue dabei. Welche, die gerade erst ausgewickelt und nicht zertreten aussehen.«

Hills Augen leuchteten mit einem Mal neugierig, obgleich sich seine Zehen zu diesem Zeitpunkt bereits schmerzhaft erfroren anfühlten. Genau in dem Moment knirschte es auf dem frostüberzogenen Bürgersteig hinter ihnen, und Ulf Gårdeman kam mit neuen Zeugenaussagen über die Tote zurück.

Erst hatte natürlich der Mann, der sie gefunden hatte, seine Geschichte noch einmal erzählt. Aber dann wurden es immer mehr Menschen, die glaubten, etwas berichten zu können. Wie abgeschirmt und zurückgezogen die Leute auch zu leben versuchten – es fand sich doch immer jemand in der Umgebung, der mehr über sie wusste, als sie selbst ahnten.

Für die Fahnder kam es nur darauf an, sie ausfindig zu machen.

Und sie zum Reden zu bringen.

Ein Fall für Gårdeman, der so etwas wie ein sprachliches Chamäleon war. Er liebte es, sich mit den Leuten zu unterhalten, und hatte vertrauliche Gespräche schon fast zu einer der schönen Künste erhoben. Konnte sich innerhalb von Sekunden in die jeweils vorherrschende Stimmung versetzen, Dialekt und Jargon anpassen, um unmittelbar Vertrauen zu gewinnen. Auf diese Weise öffnete er Türen, die andere mit Dynamit hätten sprengen müssen.

Nur dieses Mal hatte es leider keine erhellenden Hinweise gegeben. Gårdeman klappte den Notizblock zu, stopfte ihn zusammen mit dem Stift in die Innentasche und blies den warmen Atem auf seine vom Schreiben erstarrten Fingerspitzen.

»Sie war Single«, teilte er kurz mit.

»Single?«

»Ja. Single in der Stadt.«

»Aber einen Typen muss sie doch wohl gehabt haben?«, insistierte Hill. »Ich meine…«

Für ihn ging die Gleichung nicht ganz auf.

Eine attraktive, schwangere Frau…

»Ich verstehe, was du meinst«, versicherte Gårdeman. »Ich dachte dasselbe. Aber die Zeugen, mit denen ich gesprochen habe, stimmen überein. Sie wohnte da hinten, und sie wohnte allein.«

Er zeigte die idyllische kleine Vorortsstraße hinauf, die sich weiter durch den Ort bis hin zum Strandstreifen am Sund schlängelte.

»Hatte ein kleines Reihenhaus ganz für sich allein«, setzte er hinzu. »Keine Kinder außer dem, das sie erwartete.«

»Hmm«, schnaubte Hill verlegen, »aber einer muss doch in jedem Fall der Vater… dieses Kindes sein!«

»Wer weiß«, seufzte Gårdeman, »vielleicht John Blund, vielleicht ein nächtlicher Schatten…?«

Er schaute sie an, wie sie so vollkommen unberührt blieb von den Mutmaßungen über ihr Liebesleben. Sie starrte nur weiterhin in den unendlichen blauschwarzen Kosmos, als wäre sie ein ätherischer Teil von ihm.

Aber nicht einmal ihre vornehme Schönheit konnte ihn an eine Jungfrauenempfängnis glauben lassen. Hill hatte natürlich Recht, vollkommen Recht – der Schatten war ohne Zweifel aus Fleisch und Blut, und es würde nur eine Frage der Zeit sein, bis sie ihn fänden.

»Wie heißt sie eigentlich?«, wechselte Hill das Thema.

»Das wussten sie nicht.«

»Und was arbeitete sie? Hast du das herausbekommen?«

Als er die Frage stellte, fiel ihm ein, dass sie vielleicht überhaupt keinen Beruf gehabt hatte. Sie schien viel zu wohlhabend dafür zu sein. War vielleicht eher mit einem silbernen Löffel im Mund geboren?

»Nein, nichts«, antwortete Gårdeman.

Hill bückte sich ein wenig und schaute sie fragend an. Als hoffte er, dass sie ihm selbst eine Antwort würde geben können.

Doch ihre Rätselhaftigkeit war vollkommen und auf ewig.

Der silbergraue Leichenwagen des Bestattungsunternehmens kam langsam die Straße hinaufgeschlichen. Er parkte unauffällig am Straßenrand und wartete auf seinen Einsatz.

»Okay, wir sind jetzt fertig«, teilte Anderberg mit und kletterte vorsichtig vom Rücksitz des Mitsubishi. »Ich glaube, wir haben alles gesichert, was in diesem Stadium möglich ist. Den Rest müssen wir morgen im Labor untersuchen. Du kannst jetzt ihre Tasche inspizieren, Hill.«

Es war eine zweifelhafte Ehre, die Kriminalkommissar Hill damit zugefallen war, und sie gefiel ihm gar nicht.

Als ob das Dämmerlicht des Irrealen die Tragödie nur verhüllte, so lange die nächtliche Ungewissheit noch vorherrschte. Als würde der Name des Opfers nicht zur Tatsache, bevor er nicht laut und deutlich ausgesprochen wäre.

Und er, Hill, war zur offiziellen Ausübung des Rituals ausersehen worden – derjenige, der ihr Schicksal besiegeln sollte, indem er ihre Identität preisgab.

Eine höchst zweifelhafte Ehre.

»Eines frag ich mich«, sagte Gårdeman halb zu sich selbst und lehnte sich mit dem Ellenbogen gegen die offene Autotür. »Was machte sie eigentlich an einem saukalten Abend wie diesem hier draußen...?«

»Was macht man an einem Abend wie diesem draußen?«, fragte Hill zurück.

»Ich meine, wenn sie schwanger war und so?«, setzte Gårdeman unberührt hinzu.

Hill fragte sich eigentlich dasselbe, doch er hatte keine passende Antwort.

War sie unterwegs gewesen, um Weihnachtsgeschenke zu kaufen? Aber warum war sie dann hier sitzen geblieben?

Die Tasche lag noch auf dem Beifahrersitz, dicht neben der Toten und halb unter ihrer rechten Hüfte eingeklemmt. Die Techniker hatten sich damit begnügt, sie zu fotografieren.

Vorsichtig zog er sie hervor und nahm sie an sich. Echtes Kalbsleder, tippte er. Dunkles, teures Kalbsleder.

Die Tasche war schick und exklusiv, genau wie die Besitzerin selbst es gewesen war. Er öffnete sie und suchte in unzähligen Reißverschlussfächern, bis er endlich in einem seidengefütterten Fach die Brieftasche zusammen mit ihrem Filofax fand. Den würde er später durchgehen, doch die Brieftasche öffnete er sofort.

Auf dem Bild des Führerscheins war sie schmerzlich schön. Hübsch, lebendig und fröhlich. Er war vor sieben Jahren ausgestellt worden. In dieser Zeit hatte sie sich von einem vor Lebenslust sprühenden jungen Mädchen in eine sehr feminine Frau verwandelt. Der nächste Führerschein hätte ein anderes Bild der Inhaberin gezeigt, dachte er. Doch er würde nie erneuert werden.

Er studierte die Angaben auf dem Ausweis, bis es keinen stichhaltigen Grund mehr gab, seine traurige Pflicht länger hinauszuschieben. Keine richtig gute Ausrede, sie nicht – mithilfe der Angaben, die alle interessierten – auf die ewige Reise zu schicken.

»Anne Smitt«, sagte er müde und klappte die Brieftasche mit einem leisen Schnappen zu. »Ihr Name war Anne Smitt.«

# 17:39:02

Sahlman fühlte sich wie ein Idiot – weil es absolut idiotisch war, hier oben im Kärnan zu stehen und Erörterungen über das Geschlecht eines Gespenstes anzustellen.

»Und warum glauben Sie, dass es sich um einen… ihn handelt?«, wollte er wissen.

»Ich weiß nicht«, gab Linda Persson ein wenig unsicher zu, »aber es wäre uns einfach nicht in den Sinn gekommen, dass es sich nicht um einen Mann… ein männliches Wesen jedenfalls… handeln könnte.«

»Warum nicht?«

Der Direktor Bo Jernback stand ein wenig abseits und mischte sich nicht in ihre Diskussion ein. Es war nun einmal Lindas Idee, die Polizei zu holen, und dann soll sie das Ganze auch selbst ausbaden, dachte er schadenfroh.

»Tja… vielleicht das Rabiate?«, versuchte sie es vorsichtig. »Vielleicht das Schwerfällige, Dumpfe…«

Bo Jernback grinste dort hinten im Dunkeln leicht spöttisch. Freute sich diebisch, dass Linda genau wie er Probleme hatte, die richtigen Worte zu finden. Sag einfach, wie es ist!, dachte er. Klar wie Kloßbrühe. Das Gespenst hat die und die offenkundigen Eigenschaften… Aber denken Sie bitte nicht, ich sei verrückt! Sehr nett von Ihnen!

Jetzt konnte sie selbst sehen, wie leicht es war.

»…Äußeres. Sozusagen eine… Apparition«, schloss Linda, nachdem sie eine Weile nach dem Wort gesucht hatte.

»Apparition… also eine Erscheinung, meinen Sie?«, deutete Sahlman.

»Ja, natürlich.«

Sahlman notierte das Wort ›Apparition‹.

Es fühlte sich komisch auf der Zunge an, aber er ahnte, dass es ihm für seinen Bericht gelegen kommen würde. Denn um diesen Bericht würde er in keinem Fall herumkommen. Er ahnte bereits, dass er auf dem Präsidium ein richtiger Renner werden würde – Sahlmans berühmter Gespensterbericht, ihr wisst schon! Einer, den man bei Weihnachtsfeiern hervorholen und aus dem man vorlesen würde. Innerlich hörte er schon die Lachsalven in den Korridoren des Präsidiums widerhallen.

Verdammter Mandén, dass er gerade *ihm* diesen Mist aufladen musste!

»Ja, genau«, setzte sie hinzu. »Er hat etwas Derbes, eine entschieden unweibliche, grobe Art, sich zu gebärden.«

»Wie genau… grob?«, wollte Knut wissen und fragte sich unterdessen, ob nicht alles nur ein ausgesprochen plumper Scherz sei. Und zwar auf seine Kosten. Der gute Sahlman tendierte dazu, vieles allzu persönlich zu nehmen.

»Das Gegröle, das Lachen… ja, das Geknatter beispielsweise.«

»Das Geknatter?«

Er klang verwundert, und sie hatte den Eindruck, sich gerade vollkommen lächerlich zu machen, auch wenn er es sich nicht anmerken ließ.

»Ja, ich weiß nicht genau, was es war, aber es war schauerlich. Ganz einfach grob«, beharrte sie.

Sahlman konnte sich ein Grinsen nicht länger verkneifen, obgleich er hoffte, dass man es nicht sehen würde. »Sie haben also dieses… Gespenst gehört, meinen Sie?«

»Ich habe es tatsächlich sowohl gehört als auch gesehen!«

Linda machte einige schnelle Handbewegungen, als malte sie etwas in die Luft.

»Was *genau* haben Sie gesehen?«, fragte er kleinlich weiter.

»Eine Lichtgestalt… eine Art weißes… wallendes Wesen.« Sie klang frustriert, und ihre Hände gestikulierten umso eifriger. Verstand er denn nicht?

Bo Jernback schmunzelte in seiner Ecke, während Sahlman sich, ohne näher nachzufragen, Notizen machte. Linda Persson wurde es langsam unangenehm. Sie fühlte sich mehr und mehr in die Ecke gedrängt. Glaubte er ihr nicht – dieser arrogante, snobistische Kripofritze?

»Und nicht allein ich habe es gehört«, fiel ihr plötzlich ein, als hätte sie einen rettenden Anker in der Brandung gesichtet, »sondern Anna ebenso. Öfter. Im ersten und im zweiten Stockwerk.«

»Anna?«

»Ja, Anna Stråhed, unsere zweite Kassiererin.«

»Unsere *ehemalige* zweite Kassiererin!«, warf Bo Jernback ein. »Sie hat sich vor einer halben Stunde krankgemeldet – in Erwartung ihrer vorzeitigen Pensionierung.«

»Aus diesem Grund?«, wollte Sahlman jetzt noch ungläubiger wissen.

»Ja, warum sonst?«, antwortete der Direktor.

Sahlman nickte und schrieb. Wenn nun dieses *Phänomen* die Mitarbeiter so sehr verunsicherte, dass sie sich krankschreiben ließen, so würde er doch ebenfalls mit seinem Bericht besser dastehen, oder?

»Ist sie besonders sensibel?«, wollte er gerne wissen. »Ich meine, Ihre ehemalige Kassiererin.«

Vielleicht ist ja eine allzu starke weibliche Empfindsamkeit die Erklärung für diese merkwürdige Geschichte, dachte er matt. Er hoffte es inständig.

»Nein, vielleicht eher besonders vernünftig«, zischte Linda, als sie einsehen musste, dass der aufschneiderische Polizist das Ausmaß ihrer Besorgnis nicht im Geringsten erfasst hatte!

»Was genau hat Sie gerade heute veranlasst, Anzeige zu erstatten?«, lenkte Sahlman das Gespräch schnell auf ein weniger heikles Thema. »Wenn ich recht verstehe, plagt Sie… dieses Phänomen… schon eine ganze Weile?«

»Ja, seit fast zwei Wochen! Wir trauen uns schon nicht mehr, Touristen nach oben in die Säle zu lassen. Wir lügen sie an und erfinden Renovierungsarbeiten, denn für ihre Sicherheit können wir ja bis auf weiteres nicht garantieren.«

Sie blickte wütend und auffordernd zu Jernback hinüber, der etwas zerstreut zustimmend nickte. Er musste ihr beipflichten, denn er persönlich trug letztendlich die gesamte Verantwortung.

»Solange es sich nur um Stimmen handelte«, fuhr Linda unverdrossen fort, »und um zuschlagende Türen und Windstöße… und diese Lichtgestalt…, ja, solange hielten wir es aus. Aber als er dann direkt zum Angriff überging, da wurde es richtig unheimlich!«

»…Angriff«, notierte Sahlman in seinem Heft, schaute sie jedoch sofort wieder an. »Wie, zum Angriff?«, fragte er zweifelnd.

»Mit Putz, Steinen… Gesteinsbrocken«, erklärte sie. »Erst dachten wir natürlich, dass Stücke aus dem Gewölbe oder Mauerwerk zu verfallen begannen und dringend restauriert werden müssten. Aber als Backstein und Schotter horizontal geflogen kamen, wurde es uns wirklich zu viel!«

»Und Sie haben in diesem Zusammenhang nie eine reale Person gesehen? Keinen Hinweis darauf, dass sich dort oben jemand verstecken und sich einen Scherz erlauben könnte?«

»Scherz!«, platzte es schrill aus ihr heraus. »Nennen Sie ein Messer, das auf Sie zugeflogen kommt und weniger als fünf Zentimeter neben Ihnen im Gebälk einschlägt, *einen Scherz*?!«

Sahlman hob abwehrend die Hände gegenüber der Frau im schicken Hosenrock und designergestrickten Wollpullover, die wie eine rasende Furie vor ihm stand. Ein ähnlich instinktives Signal von entwaffnender Untergebenheit, wie ein Hund, der den Kopf senkt.

»Ja, ja, immer mit der Ruhe«, beschwichtigte er sie. »Ich *muss* Ihnen leider diese Fragen stellen. Es ist meine Pflicht, vollständig Bericht zu erstatten. Auf welcher Etage war das passiert, sagten Sie?«

Linda hatte gar nichts gesagt, aber entschied sich, seine Intervention als Friedensangebot aufzufassen. »Also«, brummelte sie noch ein wenig missgestimmt, »in der zweiten. Über der Küchenetage.«

Sahlman notierte. »Man hat ein Messer nach Ihnen geworfen«, rekapitulierte er. »Befindet es sich noch immer im Holz da oben?«

»Wie soll ich das wissen? Ich gehe nicht noch einmal freiwillig da hoch, bis das ein für alle Mal geklärt ist!«

Sahlman suchte nach der moralischen Unterstützung des Direktors, doch dieser hatte plötzlich etwas ganz Wichtiges am Nagelbett seines linken Ringfingers zu untersuchen.

»Okay, dann schaue ich mich mal um. Gibt es da oben Licht?«, fragte Sahlman.

»Ja, im ersten Stockwerk, in der so genannten Küche«, sagte der Direktor unvermittelt, als sei er plötzlich aus seinen intensiven Nagelbetrachtungen erwacht, »da gibt es eine Zeitschaltuhr. Weiter oben, in der zweiten und dritten, gibt es nicht viel mehr als Tageslicht. Hier haben Sie eine gute Taschenlampe.«

Keiner von ihnen erbot sich, ihn nach oben zu begleiten. So machte sich Sahlman allein auf den Weg über die geschwungene, schmale Turmtreppe – zu den prunkvollen Gemächern früherer Könige und Königinnen.

Es war ihm ein wenig peinlich, doch als er ein Stück die Treppe hochgestiegen war und sie ihn nicht mehr sehen konnten, tastete er unmittelbar nach seiner Dienstwaffe im Achselhalfter. Man konnte ja nie wissen …

Die Waffe, eine Sig-Sauer, vom Kaliber 9 mm, war Polizeistandard. Seine hatte jedoch einen individuell angefertigten Ledergriff. Zur Sicherheit nahm er sie aus dem Halfter und klemmte die Taschenlampe einen kurzen Augenblick zwischen die Knie, während er sie entsicherte. Dann nahm er die Pistole in die rechte Hand, die Lampe in die linke und setzte seinen Weg durch das backsteingemauerte Turmtreppenhaus entschiedenen, aber behutsamen Schrittes fort.

Die schlichte Tatsache, sich zu dieser Tageszeit allein hier oben in den nasskalten Sälen des Kärnan zu befinden, ließ ihn erschauern.

Sahlman hatte den Eindruck, in ein Heiligtum vorzudringen, fast so, als verschaffte er sich in dieser gehetzten, modernen Zeit Zutritt in die geheiligte Nische einer höheren Instanz.

Selbstverständlich war er schon einmal hier gewesen, damals jedoch während der gängigen Öffnungszeiten. Das war einige Jahre her, denn man besuchte doch eher selten die touristischen Sehenswürdigkeiten seiner Heimatstadt. Aber er konnte sich noch gut an den sommerlichen und hellen Tag erinnern. Unermüdlich war er die steilen Stufen bis zur Dachterrasse hinaufgetrabt, denn er wollte die Aussicht genießen, genau wie die meisten anderen. Er hatte sich von der grandiosen Szenerie eines glitzernden Öresund – und der Küstenlinie Dänemarks bis hin zum offenen Meer des Kattegat – faszinieren und von den wohl bekannten Klängen der Hafenstadt verlocken lassen.

Die Großfähren hatten sich damals schon wie heute mit den streitlustigen Sundbussen auf dem Wasser gedrängelt. Die Züge waren durch die unterirdischen Tunnel unter Knutpunkten hin- und hergedonnert – diesem Triumphbau, dem es gelungen war, Helsingborg über Nacht auf die Wunschlisten aller Globetrotter zu setzen.

Vom Hubschrauberlandeplatz im Südhafen wurden die Passagiere mit diesem unverkennbar großspurigen Geknatter, das die Prominenz der VIP-Gesellschaft ankündigte, zum Großflugplatz Kastrup hin- und wieder zurückgeflogen. Und in einem nicht abreißenden Strom waren die Lastwagenkarawanen an die Abfertigungsschalter des Fährterminals und weiter in die jeweiligen Wartespuren gerollt.

Genau wie immer.

An diesem Tag war es sonnig und warm gewesen.

Ganz anders als jetzt.

Und trotzdem hatten die leeren, kalten Säle, um die Wahrheit zu sagen, keinen allzu intensiven Eindruck bei ihm hinterlassen. Schöne Gewölbe, imponierende Deckenhöhen und Mauertechnik – sicherlich!

Aber es hatte ihn nicht angesprochen.

Nicht so wie jetzt.

Denn augenblicklich drängten sich ihm Visionen darüber auf, wie das Leben hier ausgesehen haben müsste und wie die Menschen vergangener Zeiten in den Mauern des Kernturmes gelebt haben könnten.

In seiner Fantasie hörte er Stimmen. Sie lachten, schimpften und befahlen und hallten vom Mauerwerk wider, das von flackerndem Licht mit geheimnisvoller Rußschrift versehen war.

Sie erwachten zu neuem Leben.

Verführerische, würzige Düfte aus der Küche verströmten sich nach oben in die Reichrats- und Gästesäle.

Zogen weiter nach ganz oben zum König und seinem Gefolge.

Doch sie waren keine Gespenster und diese Vorstellungen in keinster Weise bedrohlich. Nein, sie entsprangen stattdessen den unfreiwilligen Pirouetten seiner Fantasie. Visionen im Rauschen des Flügelschlags der Vergangenheit. Sahlman ließ sich mit einem Gefühl tiefer Ehrfurcht vor dem Lauf der Geschichte erfüllen.

Die Küche im ersten Stockwerk war im Übrigen leer, also beschloss er, der Fährte nach oben zu folgen.

Die Treppe war lang, und er spürte die ungewohnte Steighöhe in den Knien und Rückenwirbeln. Er keuchte zwar nicht gerade, atmete aber schon angestrengter als normal, als er endlich über die Schwelle zum Reichsratssaal stieg.

Da steckte kein Messer in der Tür.

Und er fand auch keine Spur einer Messerspitze, soweit er es in dem Dämmerlicht beurteilen konnte.

Er schwenkte den Lichtkegel über die Wände, in die Winkel und Alkoven hinein und weiter nach oben, wo er hoch über sich die Querbalken des Deckengewölbes erhellte.

Das Licht tanzte weiter bis unter die Kuppeln und ließ die Türöffnungen zu den leeren Zwischenstockwerken wie stumme staunende, schwarze Riesenaugen an den Wänden erscheinen.

Er hörte etwas zuschlagen.

Es rauschte, kratzte und heulte.

Er lenkte unwillkürlich den Lichtkegel in Richtung des Geräusches, verlagerte das Körpergewicht und zog seine Sig-Sauer.

»Hallo? Ist da jemand – hallo?«, rief Sahlman, doch er erhielt keine Antwort.

Er griff die Pistole fester, blinzelte ins Halbdunkel und hoffte, dass ihm Fortuna selbst zur Seite stehen würde.

Schreiend flüchtete ein verstörter Vogel von seinem Nistplatz in einem der vielen Schießscharten der Fassade.

»Verdammt!« Sahlman fand keinen geeigneteren Ausdruck der Erleichterung darüber, dass er nur eine ganz gewöhnliche Taube aufgeschreckt hatte.

Der Vogel stürzte sich in Todesverachtung nach draußen und fiel an der Fassade entlang zu Boden. Doch die plumpen Flügel verliehen ihm schließlich so viel Tragkraft, dass er seine Flucht hinunter zur grandiosen Blutbuche im Park von Slottshagen unter aufgebrachtem Geschrei fortsetzen konnte.

Hier würde er in jedem Fall in Ruhe schlafen können!

Sahlman schob den Stetsonhut ein wenig zurück und wischte sich mit dem Mantelärmel einige Schweißperlen aus der Stirn.

Er wusste nicht, wer sich eigentlich mehr erschrocken hatte: der Vogel oder er selbst.

Ansonsten war der prachtvolle Saal des Reichsrates wieder genauso öde und leer wie die Küche. Also setzte er seine Fahndung fort.

Stieg hinauf, ging zügig in den Gästesaal hinein und weiter bis zum Zwischengeschoss, das von der dritten Etage zur Dachterrasse führte.

Er wusste aus eigener Erfahrung, dass es hier Gästetoiletten gab. Keine mittelalterlichen Aborterker außen an der Nordseite und mit freier Fallhöhe, sondern neuzeitliche, unter sanitären Gesichtspunkten vollkommen akzeptable Wasserklosetts.

Da er nicht an Gespenster glaubte und Vögel keine Steine werfen konnten, musste derjenige, der das Personal in diesem ehrenwerten alten Gebäude plagte, nach der Ausschlussmethode menschlicher Natur sein, resümierte er. Und Menschen hatten, im Gegensatz zu Geistwesen, natürliche Bedürfnisse.

Es spielte keine Rolle, womit sie sich beschäftigten, aber auf die Dauer konnte keiner von ihnen umhin, aufs Klo zu müssen. Und dort hinterließen sie eventuell unfreiwillig die eine oder andere Spur, erhoffte sich Sahlman.

Aber als er dort oben ankam, war die Tür verschlossen.

Er fluchte irritiert, wie bestimmt viele Touristen vor ihm, die sich ebenfalls mühsam hier hochgekämpft hatten, um sich zu erleichtern.

Die Frage war nur, was es hier eigentlich zu verschließen gab. Einige abgenutzte Kloschüsseln und ein paar gesprungene Handwaschbecken!

Jetzt spürte er die Anstrengung dieser zweifellos ansehnlichen, vertikalen Kletterpartie deutlich. Sein Herz pochte unangenehm, und er war außer Atem.

Aber er musste weiter, denn sein Berufsethos verbat ihm, die Dachterrasse von seinen Untersuchungen auszuschließen. Er konnte ja kaum in seinem Bericht schreiben: »Räumlichkeiten nicht vollständig in Augenschein genommen. Der Unterzeichnende hat es nicht bis ganz nach oben geschafft.«

Er spürte einen eisigen Wind von oben durch das Turmtreppenhaus ziehen.

Die Tür zum Dach stand weit offen, und in dieser Höhe war es merklich kühler als unten in den Straßen.

Da draußen pfiff ein scharfer, jammernder Wind über den Rand der Mauerkrone – ein Wind, der unbarmherzig die drei Minusgrade am Boden verdreifachte oder schätzungsweise sogar vervierfachte.

Er hatte wahrlich keinerlei Ambitionen, auf die Terrasse hinauszutreten, würde aber wohl kaum darum herumkommen.

Völlig unvermutet rüttelte es an der Tür direkt über ihm, und ein trostloses Knarren durchschnitt die einsame Stille. Er hielt inne.

Horchte, strengte seine Augen in dem unzureichenden Licht bis zum Äußersten an und nahm wie ein aufgeregter Jagdhund Witterung in der nasskalten Luft auf.

Bereit, beim geringsten bedrohlichen Anlass anzugreifen.

Die Tür knarrte erneut.

Sahlman atmete erleichtert aus. Der Wind hatte an ihr gerissen und gezogen, an ihrer theatralischen Gefangenschaft gerüttelt, doch sie verblieb gefesselt in ihrer schmiedeeisernen Angel, die ihr keinerlei Aussicht auf Befreiung bot.

Er steckte die Lampe in die Tasche, da die nächtliche Beleuchtung der Stadt die Turmkrone sicher genügend von außen erhellen würde. Umfasste die Sig-Sauer fest mit beiden Händen, hielt sie hoch und stieg auf die Dachterrasse hinaus.

Sowohl die Scheinwerfer als auch die Fassadenbeleuchtung leisteten effektive Arbeit und strahlten bis zum Dach hinauf. Das Licht spielte in enthüllender Weise mit den Turmzinnen, obgleich es so schien, als gäbe es absolut nichts zu exponieren.

Begreiflicherweise war es leer hier oben, aber er hatte die Pflicht, einmal die Runde um die Krone zu machen, um sich seiner Sache sicher sein zu können.

»Zum Teufel auch!«, fluchte er, als er auf dem vereisten Boden ausglitt und für einen kurzen Moment die Balance verlor.

Was für ein verkorkster Abend, dachte er. Doch nun war auch dieser undankbare Auftrag endlich überstanden. Es blieb ihm nur, festzustellen, dass es nichts mehr zu tun gab. Die Tür musste von selbst aufgeweht sein, denn außer ihm selbst befand sich keine Seele hier oben – weder lebendig noch tot.

Sie müssten wohl morgen ein paar Jungs von der Streife für einen abschließenden Überblick herschicken. Oder Mädels, ja warum nicht?! Die mögen doch dieses Okkulte, Mystische und solche Gefühlsduseleien, dachte er mit einem leicht verfrorenen Grinsen.

Er schwang sich schnell die Turmtreppe wieder hinab, erbarmte sich der traurig knarrenden Tür und schloss sie sorgfältig hinter sich.

Dankbar stellte Sahlman fest, dass es bedeutend leichter war, hinunter- als heraufzusteigen. Aber die schmalen, steilen Stufen zogen an den Gelenken und Bändern, die umgehend mit anhaltendem Schmerz reagierten. Vielleicht fordert das Alter doch langsam sein Recht? Er sollte jetzt schnellstens nach Hause gehen und sich ein wärmendes Bad gönnen.

Inzwischen schien die schlimmste, nahezu unerträgliche Kälte, die er auf dem Dach verspürt hatte, etwas nachzulassen, und er begann sich wieder wie ein Mensch zu fühlen.

Er dachte nach und fragte sich, ob es nicht eigentlich ein ziemlich langweiliger Job war, da unten an der Rezeption, besonders in den Wintermonaten. Es waren ja wohl nicht allzu viele, die zu dieser Zeit die Burg besteigen wollten? Und sicher noch weniger, die beabsichtigten, einen Rundgang durch die kahlen, frostigen Großmachtsäle zu machen.

Vielleicht war den Damen vom Personal, die dort an der Kartenausgabe saßen und auf die seltenen Besucher warteten, sogar derart langweilig, dass die Fantasie am Ende mit ihnen durchging?

Sozusagen ohne weiteres Zutun.

Genauso intensiv, wie er es selbst gerade erlebt hatte.

Die Bilder vergangener Zeiten waren so *wirklich* gewesen. Er hatte vor seinem inneren Auge förmlich die Zeremonien der vornehmen Gesellschaft ablaufen sehen, obwohl er ohne jeden Zweifel wusste, dass sie nicht echt, sondern nur seiner ungewöhnlich starken Vorstellungskraft entsprungen waren.

Wenn nun die Damen da unten… also, man stelle sich einfach vor, sie hätten Schwierigkeiten, genau diese Grenze auszuloten? Er meinte natürlich nicht, dass sie sich bewusst täuschen ließen, nein, so dachte er wirklich nicht! Aber vielleicht täuschten sie sich selbst?

Wieder passierte er die Toilettenetage, beeilte sich diesmal jedoch, weiter ins dritte Stockwerk zu kommen.

Da war es bestimmt genauso leer wie vor einer Weile, und etwas anderes erwartete er auch nicht. Nein, er wollte am liebsten auch den Gästesaal links liegen lassen, dem Eingang zustreben und dieser peinlichen Farce ein würdiges Ende bereiten.

Doch er kannte seine Pflicht. Und mehr um der lieben Routine willen riskierte er einen zusätzlichen Blick in den Saal.

Er war tatsächlich noch immer leer. Aber zu seiner vollkommenen Überraschung ergriff ihn eine Eiseskälte.

Sie umhüllte ihn wie ein weißer Nebel und berührte sein Gesicht schamlos mit einer todesähnlichen, frostklammen Liebkosung. Drückte seine Schultern wie in einem Eispanzer nach unten, lähmte seine Glieder und schickte einen unwirklichen Schauder durch seinen gesamten Körper.

Er schaffte es nicht, die Hände zu heben.

Konnte nicht...

Die Pistole hing nutzlos in seiner schlaffen Hand, irgendwo auf Höhe des Oberschenkels.

Das Licht war gleißend blau.

Schmerzhaft blendende Strahlen drangen in seine Augen und weiter bis in die Hirnrinde, wo sie mit ungeahnter Kraft die Vernunft lahm legten. Sie kamen irgendwo aus der Mitte des Raumes und waren so stark, dass er sie unmöglich fokussieren, geschweige denn überhaupt irgendetwas erkennen konnte.

Doch er hörte etwas.

Hörte ein klagendes Wimmern.

Konnte den trauervollen Klang auf seinem Weg über Gewölbebögen, backsteinerne Kuppeln und Alkoven verfolgen.

Diesmal handelte es sich nicht um ein aufgeschrecktes Tier. Da war er ganz sicher. Es hörte sich wie eine menschliche Stimme an, und in dem verzerrten, dumpfen Rauschen vernahm er Worte, die sich zu einer Furcht erregenden Botschaft formten.

Sahlman war plötzlich wie gelähmt. Willenlos stand er da, wie ein Verurteilter, ein wehrloses Opfer vor dem Urteilsspruch, der aus unwirklich fernen Sphären zu ihm drang.

Er hatte Schwierigkeiten, etwas zu verstehen. Den Sinn der Worte zu erfassen, deren Bedeutung durch das intensive blaue Licht nicht zu ihm durchdringen konnten.

Schließlich gelang es ihm, den Arm schützend vor die Augen zu halten, und er glaubte, die Lichtquelle ausmachen zu können. Aber vor allem hörte er die klagende Stimme. Sie jagte an den Wänden entlang, verstärkte sich und wurde dann wieder gedämpfter, als käme sie aus einer anderen Dimension.

Dann verstummte sie.

Hing irgendwo direkt über ihm – und auf einmal verstand er die unheimliche Bedeutung der Worte.

»Will… will…«

Was wollte sie?

»Willll… ohhh…«

Sie driftete zwischen Sehnsucht und Verzweiflung – er selbst zwischen Einsicht und Vernunft.

»Mmmm… wiillll…«

Er hatte gedacht, so etwas existierte nur in der Fantasie oder in einem billigen Roman, doch jetzt brach ihm spürbar der kalte Schweiß aus, und er bekam unweigerlich eine Gänsehaut, die ihm die Haare zu Berge stehen ließ.

Sahlman würde es nie auch nur irgendwem erzählen. Niemals. Auch wenn sich ihm in dieser Lage die Nackenhaare bereits so gesträubt hatten, dass sie nahe dran waren, das Schweißleder seines Hutes zu erreichen.

Es hätte durchaus die Eiseskälte sein können, die ihm übel mitspielte, doch ihm war nur allzu schmerzlich bewusst, dass er hier das blanke Entsetzen erlebte.

Ein fürchterlicher Lärm löste die Stimme ab. Ein hohler, merkwürdiger Missklang, den Sahlman zuerst überhaupt nicht einordnen konnte. Er vermischte sich mit dem lauter werdenden Gejammer, wie um es zu übertönen oder zu ersticken.

Die Stimme grölte, quälte sich bis zum Wahnsinn, um endlich ihren Willen in einem rasenden Crescendo kundzutun.

»…LEBEN!!!«

Etwas Scharfkantiges flog Sahlman an den Kopf.

Obwohl der Stetsonhut das Gröbste abfing, tat es doch ziemlich weh. Gleichzeitig weckte ihn der Schmerz aus seiner alptraumhaften Trance.

Er begriff, dass um ihn herum noch mehr von der Decke fiel, und stürzte in reinem Selbsterhaltungstrieb der Türöffnung entgegen.

Er erreichte die Turmtreppe mit ein paar schnellen Sprüngen, blickte sich nicht um und preschte, so schnell er konnte, die schräg abgetretenen Treppenstufen abwärts.

Er konnte sich definitiv nicht mehr um eine weitere Inspektion des Rittersaales oder der Küchenetage kümmern. Erst als er den Lichtschein von unten wahrnahm, hielt er inne und versuchte, sich ein wenig zu beruhigen.

Er lehnte sich erschöpft gegen das Gemäuer des Treppenhauses, während die Atmung in seinen Lungen rasselte und der Puls wie Urwaldgetrommel in seinen Schläfen hämmerte.

Zu seiner Verwunderung merkte er, dass er sowohl die Pistole als auch die Taschenlampe noch immer bei sich hatte. In einem verzweifelten Versuch, die Kontrolle über sein Denkvermögen zurückzugewinnen, schüttelte er heftig den Kopf.

Was zum Teufel war dort oben eigentlich geschehen?

Er hatte keine vernünftige oder zumindest annehmbare Erklärung.

Jetzt drangen Stimmen die gewundene Treppe hinauf, und im Stillen war er dankbar, dass es nur die der Museumsangestellten und des Direktors waren.

»Wir sollten vielleicht…«, meinte der Direktor halbherzig vom Foyer aus.

»Nie im Leben – ich gehe nicht eher da hoch, bis das hier geklärt ist!«

Linda Persson klang noch immer äußerst bestimmt, und trotzdem war Sahlman innerlich froh, sie da unten sprechen zu hören.

Er atmete mehrmals tief durch und räusperte sich, um zu kontrollieren, ob seine Stimme noch funktionierte. Dann rief er so selbstsicher wie möglich:

»Es ist alles in Ordnung, ich bin jetzt auf dem Weg ins Erdgeschoss. Sie können sich beruhigen.«

Die Worte galten ehrlicherweise ebenso gut ihm selbst. Er

merkte tatsächlich, dass ihn seine Beine wieder sicherer trugen; also richtete er seinen Kamelhaarmantel und ging mit einstudierter Ruhe die letzten Stufen zum Eingangsbereich hinunter.

»Da war nichts Merkwürdiges«, versicherte er, wurde aber gleichzeitig den Eindruck nicht los, dass ihre Blicke ihn durchschauten und seine hochtrabenden Lügen bloßstellten.

Linda faltete die Arme über der Brust. »Nichts? Und was ist mit Ihrem Hut passiert?«, fragte sie.

»Mit meinem Hut?« Er nahm den teuren Hut ab. Sah, dass er total ruiniert war und Blut am Schweißband klebte.

»Sie bluten ja!«, stellte sie mit einem andeutungsvollen Unterton fest.

»Äh… ich bin nur ausgerutscht und habe mich oben auf dem Dach gestoßen«, log er schwach. Er bürstete sich den Staub vom Mantel und schaltete wieder seine normale Beamtenstimme ein. »Wir werden morgen eine Streife schicken. Es schadet ja nichts, noch einmal bei Tageslicht zu gucken, aber, wie gesagt, ich habe nichts Merkwürdiges entdeckt.«

Linda sah ihn sowohl ungläubig als auch enttäuscht an. »Na ja, aber hier ist ein Pflaster, für alle Fälle. Soll ich Ihnen helfen, es draufzukleben?«

»Danke, das geht schon«, antwortete er und räusperte sich erneut ein wenig verlegen.

Er vermied, ihrem Blick zu begegnen, und nahm das Pflaster dankend an. Vorsichtig betastete er die Stirn und drückte es auf eine unschön blutende Wunde. Die Stelle begann bereits ordentlich anzuschwellen, und er würde vermutlich genau auf Höhe des Hutbandes eine richtig reizvolle Beule davontragen.

»Können wir denn jetzt schließen?«, fragte Bo Jernback.

In seiner Stimme schwang Erwartung mit, und er war bereits dabei, die obersten Knöpfe seiner hellen Nappalederjacke zu schließen.

Auch er wollte nach Hause.

»Sicher, sicher!«, beeilte sich Sahlman zu antworten. »Doch es wäre vielleicht klug, die Touristen weiterhin zurückzuhalten, bis wir diese Sicherheitskontrolle hinter uns gebracht haben.«

»Ach so«, sagte Linda und schaute den Kommissar jetzt noch ungläubiger an – warum eine Sicherheitskontrolle, wenn nichts gewesen war?

»Ja, wie gesagt«, setzte Sahlman hinzu, »dann gute Nacht! Wir lassen morgen wieder von uns hören.«

Draußen auf der Holztreppe sog er dankbar die feuchtkalte Abendluft ein und stieg vorsichtig die frostglatten Stufen herab. Hinter sich hörte er den Direktor und die Kassiererin, wie sie die Tür ins Schloss fallen ließen und ihre Schritte ihm die steile Treppe hinab folgten.

Aber er wartete nicht. Wollte die Diskussion nicht unbedingt fortsetzen und damit eventuell riskieren, seine Lüge zu offenbaren.

Es war spät geworden. Viel später, als Sahlman gedacht hatte, und es war unerträglich kalt draußen. Ja, selbst der Kamelhaarulster reichte kaum aus, um die Minusgrade abzuhalten.

Er ließ die Festung und ihren Turm hinter sich. Ging eilends und fröstelnd die monumentalen Oscars trappor hinunter in Richtung Stortorget und überlegte, ob *Utposten* wohl heute Abend geöffnet hatte.

Er brauchte wirklich dringend einen Drink.

Nicht so sehr aufgrund der Kälte, sondern eher der beruhigenden Wirkung des Alkohols und wünschenswert netter Gesellschaft am Tresen wegen.

Es wird doch wohl irgendwen geben, mit dem man ein bisschen Smalltalk halten konnte.

Worüber? – das war ihm vollkommen gleichgültig. Über den Staatsminister und seine letzten Heldentaten vielleicht? Die Krise in der Altersfürsorge, die Vor- und Nachteile der vernetzten Gesellschaft und der Breitbandtechnik. Es war ihm völlig egal.

Heute Abend war er willens, über alles zu sprechen. Nur nicht über Gespenster!

Die Feuchtigkeit, die üblicherweise vom Sund herüberdriftete, nahm an diesem Abend bereits am Fähranleger Anlauf, glitt sachte hinauf über die Plätze, Straßen und Häuser und legte sich in Form von funkelnden Eiskristallen über alles, was ihr in den Weg kam.

Mit einem mächtigen Gruß hüllte Väterchen Frost den winterkahlen Buchenwald von Pålsjö in ein wunderlich weißes Kleid, bevor er weiter zu den Industrie- und Wohngebieten in Richtung Osten zog.

Er verzauberte alles, was seine nächtliche Route kreuzte.

Wie mit einem magischen Zauberstab verwandelte er das mondäne Tågaborg, die Hochhaussiedlungen Drottninghög und Dahlhem ebenso wie die Industrieflächen von Berga in schöne Fantasielandschaften, die bei allen Kindern Entzücken auslösen würden, wenn sie sie am Morgen erblickten.

Mietshäuser, Tankstellen, bunt erleuchtete Einkaufszentren und idyllische Einfamilienhäuser wurden der Reihe nach mit Frost überzogen und mit einem kristallenen Glitzern versehen. Schließlich legte sich selbiger in einer lebensgefährlichen Glasur auf den schwarzen Asphalt der Autobahnen E4 und E6 östlich der Stadt.

Die Streufahrzeuge arbeiteten fieberhaft, um die Glatteisgefahr zu reduzieren, doch die ersten Wagen waren bereits von der Straße abgekommen, und unvorbereitete Autofahrer riefen in der lähmenden Kälte nach Hilfe.

Sie hätten ebenfalls einen Drink nötig gehabt.

Doch Sahlman benötigte mehr als einen. Er war schnell bei seinem dritten Gin Tonic im Kellerlokal *Utposten*. Bei der Bestellung Nummer drei hob der Barmann leicht die

Augenbrauen, doch Sahlman selbst betrachtete seinen Alkoholkonsum in diesem Fall als unverzichtbare Gesundheitspflege.

Rein logisch gesehen war das, was er erlebt hatte, völlig unerklärlich gewesen. Geradezu unwahrscheinlich – ja, um nicht zu sagen unmöglich.

Rein theoretisch konnte also gar nichts passiert sein. Er war einem Hirngespinst aufgesessen, ganz einfach – genau so war es!

Doch wenn dort oben in der mittelalterlichen Burg nun tatsächlich nichts Besonderes vorgefallen war – warum hatte er dann diese gehörige Stärkung nötig?

Sahlman konnte sich auf Dauer natürlich nicht selbst belügen. Er konnte versuchen, anderen etwas vorzumachen, aber kaum sich selber. Dort oben im Gästesaal hatte sich etwas ereignet, das ihn tief ins Mark getroffen und vermutlich für immer verändert hatte.

Als wäre das Leben plötzlich umgeleitet worden – auf ein Nebengleis, von dem aus es in eine unbekannte Richtung unter unklaren Bedingungen und mit völlig widersprüchlichen Vorstellungen weiterging.

Er war zutiefst in seiner Seele erschüttert.

Zum ersten Mal in seinem Leben bedauerte er es, niemanden zu Hause zu haben, der auf ihn wartete und mit dem er die Verwirrung hätte teilen können. Jemand, der sich seine idiotische Geschichte angehört hätte, damit er die unwahrscheinlichen Worte laut hätte aussprechen können.

»Ich habe ein Gespenst gesehen!«

Aber es wartete leider niemand, außer natürlich seinem geliebten Goldfisch Wanda mit den goldenen Schleiern, doch mit ihm konnte man nicht sprechen! Nein, außer ihm war da nur seine aufgeräumte, aber einsame Junggesellenwohnung, die ihn an einem Abend wie diesem kaum locken konnte.

»Lädst du mich auf ein Bier ein…, *compadre*?«, hörte er

eine schleppende Stimme sagen. Er fühlte eine schwere Faust auf seiner Schulter. Die robuste Begrüßung eines unbekannten Saufkumpanen.

An jedem anderen Tag hätte sich Sahlman zu seiner vollen Größe aufgerichtet und den Betreffenden gebeten, sich einen Platz weiter weg zu suchen, am besten am anderen Ende der Stadt. Doch in diesem Fall erschien ihm die aufdringliche Anfrage als außerordentlich willkommene Unterbrechung seiner wirren Gedanken, und Sahlman nahm den Vorschlag bedingungslos an.

»Klar! *Sure*, setz dich«, sagte er ebenfalls ein wenig träge. »Welche Sorte Gift bevorzugst du?«

»Ich werd verrückt, geben Sie wirklich einen aus? Das war das Letzte, was ich von Ihnen erwartet hätte, Schutzmann!«

Schutzmann?

Was sollte denn diese idiotische Anrede?

Sahlman wurde munter, wandte sich um und starrte auf seinen selbst ernannten Gast.

Der Terminator. Der Mann mit dem eisernen Willen und dem Zeug zum Geschäftsmann, der die Motorradclique Gangsters in Lönnarp anführte. Ein Mann, mit dem sich keiner, der auch nur ein bisschen gescheit im Kopf war, absichtlich anlegen würde. Der allerdings im Augenblick äußerst jovial wirkte.

Mit einem zufriedenen Gesichtsausdruck stand er schräg hinter Sahlman und zwirbelte seinen rothaarigen Schnurrbart. »Okay, wenn Sie es sagen«, grinste er verschmitzt, schwang ein Bein über den Barhocker neben Sahlman und machte es sich bequem.

Er roch nach Leder und Öl wie nicht anders zu erwarten war.

Sahlman blieb stumm. Was sollte er auch sagen?

»Na?«, fragte der Terminator. »Was ist denn mit Ihnen los? Sie sehen ja völlig fertig aus, verdammt. Sind Sie vom

Personalabbau im Corps betroffen, oder haben Sie sich nur den Mantel versaut?«

Sahlmans Vorliebe für peinlich korrekte Kleidung war demnach sogar außerhalb der Mauern des Polizeigebäudes Gegenstand der allgemeinen Erheiterung, was ihm nicht besonders gefiel, vor allem nicht jetzt.

»Hören Sie mal, immer ganz sachte«, brauste er auf. »Wenn Sie nützliche Informationen anzubieten haben, bleche ich für Ihr Bier. Ansonsten rate ich Ihnen, sich unauffällig zu verziehen.«

»Hoppla, hoppla!«, sagte der Terminator verwundert. »Das war ernst gemeint. Sagen Sie mir, womit kann ich Ihnen helfen?«

Er war heute Abend wirklich gut drauf – gutmütig, neugierig und… beharrlich. Wie auch Gårdeman besaß er die Fähigkeit, Leute dazu zu bewegen, sich ihm anzuvertrauen.

»Tja«, meinte Sahlman griesgrämig, »Sie könnten ja Richtlinien für einen dauerhaften Waffenstillstand zwischen den Gangstern und den Outlaws erstellen. Das würde sicher verdammt gut helfen.«

»*Shit*, ich meine… etwas, das innerhalb der annehmbaren Grenzen liegt!«

»Ach, vergessen Sie's und sagen Sie einfach, was Sie trinken wollen«, entgegnete Sahlman und tat den Rest der Diskussion mit einer irritierten Handbewegung ab.

»Sie sind doch nicht verkabelt oder so?«

»Was soll ich sein?«

»Wanze, Mikrofon…«

»Ich hatte ja keine Ahnung, dass ich Sie hier treffen würde. Außerdem habe ich heute Abend frei – endlich.«

Der Terminator schaute ihn misstrauisch an.

»Ich habe es heute nicht auf Sie abgesehen«, versicherte Sahlman.

»Also dann… dann nehme ich Norrlands Guld.«

Das Bier kam – mit Schaumkrone und gut gekühlt – in

einem großen Seidel, und der Terminator leerte das halbe Glas in einem einzigen Zug. Den im Bart hängen gebliebenen Schaum leckte er so sorgfältig und wollüstig ab, als wäre es die Sahne auf dem Neujahrswindbeutel.

Dann stieß er einen unvermeidlichen Rülpser aus und wandte sich Sahlman erneut aufmerksam zu. »Na, über welchen Problemen brüten Sie? Schießen Sie los! Meinen Lohn fürs Zuhören habe ich ja schon bekommen.«

Sahlman schaute ihn kurz an, zuckte mit den Achseln und beschloss, dass es egal war, wem er sein Herz ausschüttete. War schon möglich, dass der Chef der Motorradgang sogar besser geeignet war als seine eigenen Kollegen, die sich eher das Maul darüber zerreißen würden. Denn dieser Rocker hatte vermutlich selbst schon das eine oder andere Erlebnis dieser Art gehabt.

Er starrte in seinen Gin Tonic. Als er den Alkohol ins Blut steigen merkte, verlor er seine Hemmungen, räusperte sich und kam schließlich zur Sache.

»Haben Sie jemals etwas… Übersinnliches erlebt?«

»Tja, nicht dass ich wüsste. Wenn, dann das eine Mal in Skövde, als ich auf einen dienstbeflissenen Bullen traf.«

»Haha, Scherz beiseite, haben Sie oder nicht?«

Der Terminator dachte ernsthaft nach. Das Gold aus Norrland half ihm dabei, so gut es ging.

»Nein.«

Sahlman seufzte enttäuscht. »Aber angenommen, Sie würden es erleben, wie würden Sie reagieren? Was würden Sie tun?

Nun seufzte der Terminator. »Tja, eine schwierige Frage. Was zum Teufel würde man dann eigentlich machen?«

Sie betrachteten ihre Gläser und genehmigten sich, wie auf verabredetes Signal, jeder erneut einen Schluck.

»Welche Art… übersinnlicher Erscheinungen meinen Sie denn genau?«, wollte der Terminator wissen.

»Gespenster.«

»Gespenster?«

Der Ganganführer schaute seinen zufälligen Trinkbruder erstaunt an, lachte aber nicht.

Er schien das Thema wirklich ernst zu nehmen, wofür Sahlman aufrichtig dankbar war.

»Nee, ein Gespenst hab ich noch nie gesehen«, gab der Terminator zu. »Einige Bräute können ja wie solche aussehen, klar…, aber kein *richtiges* Gespenst, nein. Und Sie?«

»Ja. Nein. Ich weiß nicht.«

Sahlman klang ebenso wirr, wie er sich fühlte. Doch der Terminator wollte ihm wirklich entgegenkommen, auch wenn sein flüssiger Lohn fürs Zuhören bereits fast ausgetrunken war.

»Jetzt erzählen Sie schon!«, forderte er ihn auf. »Fangen Sie ganz am Anfang an – immer schön der Reihe nach. Und dann werden wir sehen, was am Ende herauskommt.«

Es kostete Sahlman noch zwei Biere und einen weiteren doppelten Gin, bis die ganze Geschichte erzählt war. Unterdessen starrte der Terminator mit hellseherischem Blick auf die Flaschen in den verspiegelten Regalen hinter dem Tresen. Aber er hörte offenbar zu.

»Oh, verdammt«, sagte er, als Sahlman seinen Bericht schloss. »Das klingt gewaltig. Wenn das stimmt, ist es wirklich ziemlich heftig.«

»Natürlich stimmt es! Glauben Sie, man könnte so etwas Wahnsinniges erfinden?«, antwortete Sahlman gereizt.

Er merkte, wie er sauer wurde, doch der Terminator machte mit seinen schwieligen Fäusten eine wegwerfende Handbewegung.

»Nein, nein«, versicherte er, »ich meine nicht, dass *Sie* es erfunden haben könnten. Stellen Sie sich vor, es wäre gefaked? Wie auch immer, aber rein theoretisch wäre das doch möglich.«

Sahlman hatte nicht gewusst, dass der Terminator sich so stilvoll ausdrücken konnte. Rein theoretisch also.

»Meine ich jedenfalls«, fuhr der Terminator fort und trank den letzten Rest seines dritten Bieres. »Wissen Sie, was die heutzutage alles draufhaben, Filmtechniker und Stunts und so? Gehen Sie nie ins Kino? Das ist vollkommen unglaublich. Ich zieh mir total gern solche ›Making-Of‹-Reportagen über neue Horrorfilme rein. Die haben Trickeffekte, die einen an den Teufel selbst glauben lassen!«

An dem, was der Motorradboss sagte, war zweifellos etwas dran. Sahlman selbst war vermutlich einfach viel zu sehr involviert gewesen, um das Ganze rational betrachten zu können.

Wollte man wirklich jemanden irreführen, hatte man mit der neuesten Technik ungeahnte Möglichkeiten, das formvollendet zu tun. Audiovisuelle Ausrüstungen waren durch modernste Technologie nahezu perfekt geworden und wurden in den unterschiedlichsten Bereichen angewandt, von denen Unterricht und Theater nur einige Möglichkeiten waren.

Das Handy in Sahlmans Manteltasche klingelte.

Er verwünschte den Klang, der seine umherirrenden Gedanken störte. Erstmals an diesem Abend wollten sie sich zu einem relativ schlüssigen Gebilde formen.

Es war Mandén vom Präsidium. »Sahlman? Wo zum Teufel steckst du?«, fragte er leicht säuerlich. »Du hast noch keinen Bericht abgegeben.«

Sahlman räusperte sich, und es gelang ihm erstaunlich gut, eine nüchterne Person vorzutäuschen.

»Da gab es nicht so viel zu berichten«, antwortete er ausweichend. »Ich muss sowieso morgen noch eine Kontrolle durchführen. Ich denke, da macht es keinen großen Sinn, vorher einen Bericht zu verfassen.«

»Okay, soll ich dich also ausstechen?«

»Ja, könntest du so nett sein? Ich war fertig vor… einer Stunde.«

»Da hattest du aber Glück«, hob Mandén hervor. »Hill

und Gårdeman sind immer noch im Dienst. Sie haben sich zu einem mysteriösen Todesfall draußen nach Råå begeben.«

Wenn du nur ahntest, in welchen mysteriösen Fall ich mich begeben habe, dachte Sahlman, sagte aber klugerweise nichts davon.

»Wieso mysteriös?«, fragte er stattdessen.

»Eine junge Frau ist offenbar an Zyanid gestorben.«

»Zyanid?«, fragte Sahlman. »In Råå? Das kann nicht dein Ernst sein.«

»Doch, die Obduktion wird es zwar noch beweisen müssen, aber im Moment deutet alles darauf hin.«

»Das ist ja unglaublich – Mord oder Selbstmord?«

Sahlman bemerkte nicht, wie der Terminator unvermittelt und missmutig die Augenbrauen zusammenkniff. Dachte überhaupt kaum daran, dass er direkt neben ihm an der Bar saß. Und ahnte nicht die Tragweite seiner Erkenntnis, die den guten alten Terminator – diesen abweisenden, geheimnisvollen Kriegsfürsten – gerade in die Wirklichkeit zurückrief.

»Das bleibt abzuwarten«, antwortete Mandén und klang ein wenig gestresst. »Okay, dann sehen wir uns morgen.«

Er unterbrach die Verbindung und widmete sich einem neu hereinkommenden Alarm. Wieder würde man die Blaulichter wie unselige Plagegeister über den südlichen Zubringer schweben sehen, wo sie das Kunstwerk, das man im Volksmund Oscars Missgeburt nannte, umrundeten und sich weiter in Richtung Außenbezirke bewegten. In Gebiete, in denen akute Einsätze so selbstverständlich an der Tagesordnung waren wie die Angst ums eigene Leben, hervorgerufen durch die Anonymität der Architektur.

»Tut mir Leid, ich muss weiter«, sagte der Terminator überraschend und glitt geschmeidig vom Barhocker.

Sie hatten sich doch gerade erst warm geredet, wunderte sich Sahlman, oder nicht? Er war doch ein richtig… richtig angenehmer Typ. Man konnte sogar mit ihm plaudern, mit diesem rotbärtigen Motorradfreak. Warum hatte er es denn bloß so eilig?

»Noch ein Bier?«, versuchte Sahlman ihn zu locken.

»Nein, wirklich nicht!«, wehrte der Terminator ab.

»Ach kommen Sie schon… ich lad Sie ein…«

»Danke, nein, ich muss los«, sagte der andere. »Bis dann.«

Er war bereits auf dem Weg nach draußen, zog den Reißverschluss seiner Fransenlederjacke zu und nahm die Treppe zur Gasse hoch mit ein paar unerwartet nüchternen, raschen Schritten. Er war genauso schnell verschwunden, wie er aufgetaucht war.

»Ja, ja«, murmelte Sahlman enttäuscht. Wieder allein, drängten sich ihm sofort ungute Erinnerungen auf. Er rang mit seinem Gewissen, ob er sich noch einen weiteren Drink genehmigen oder lieber nach Hause gehen und sich ins Bett legen sollte. Schließlich siegte die ruhespendende Matratze über weinselige Versuchungen.

Sahlman kletterte widerwillig vom warmen Barhocker und wanderte durch die spektakulär mit Raureif überzogenen Straßen nach Hause zu seiner geliebten Wanda.

Sie mussten zusehen, dass sie heute Nacht genug Schlaf bekämen, er und der Goldfisch.

Denn morgen würde es wieder Zeit für Gespensterjagd werden!

# 19:32:33

In einem Polizeipräsidium gehen die unterschiedlichsten Personen noch unterschiedlicheren Aufgaben nach. Eine Aufgabe jagt die nächste, und das meiste geschieht ganz einfach gleichzeitig – wie überall im Leben auch.

An diesem kalten Novemberabend herrschte ungewöhnlich reger Betrieb im Polizeigebäude von Helsingborg. Die massive, dunkle Fassade wurde von bedeutend mehr Bürolampen in den Fenstern erhellt als sonst.

Im technischen Dezernat oben im zweiten Stock war man aus erklärlichen Gründen intensiv beschäftigt, und die glühend erleuchteten, rostfarbenen Fensterscheiben der gesamten Etage zeugten davon, dass über die normale Belastung hinaus etwas eingetreten war, das besondere Aufmerksamkeit erforderte.

Da nutzte man sämtliche Ressourcen, um den Ansprüchen der Allgemeinheit an die Effektivität der Polizei gerecht zu werden – natürlich nur so weit es das Budget zuließ.

Lotta Jönsson von der Zeitung *Kvällsposten* war allerdings ziemlich sauer auf die Polizei. Sie hatte sich über eine Stunde lang im Foyer herumgedrückt, ohne wenigstens kurz mit dem Dienst habenden Inspektor sprechen zu können. Am Informationsschalter herrschte eine eifrige Geschäftigkeit, das war offensichtlich, doch nicht ein verflixtes bisschen drang aus der Glaskabine zu den Journalisten, die so beharrlich auf Auskunft warteten.

Irgendwer in Råå war so kaltblütig gewesen, ein Boulevardblatt zu informieren und sich damit ein nettes Sümmchen zu verdienen. Deshalb hatte sie sich gezwungen gesehen, ihren warmen, gemütlichen Platz vor dem Fernseher aufzugeben, in dem gerade eine Quizsendung lief, und einem ganz anderen Fragesport nachzugehen, bei dem die Frage lautete: »Wer war der Täter, und welches Motiv hatte er?« Bisher wusste keiner die Antwort, und letztlich blieben wohl entschieden mehr Fragen offen, als es Antworten gab. Es war verdammt wenig nach außen gedrungen, um nicht zu sagen – gar nichts!

Bei ihrem Eintreffen am Unglücksort in Råå hatten sich dramatische Szenen abgespielt. Sie hatte die Umstehenden befragt, doch die meisten machten einen ziemlich verwirrten Eindruck. Jemand sagte etwas von Mord. Aber, wie gesagt, keiner wusste sicher, was eigentlich geschehen war.

Ein Notarzt war zu einem Intensiveinsatz an ein geparktes Auto geeilt, und sie hatte sich gefragt, ob dieser wohl von Erfolg gekrönt sein würde. Vielleicht war es doch kein Mord, trotz allem?

Aber der Arzt hatte aufgeben müssen, und es schien ihr nur natürlich, den leeren Platz im Zentrum des Geschehens einzunehmen.

»Hallo, *Kvällsposten*«, hatte sie sich präsentiert, als ein Kriminalpolizist in ihre Nähe gekommen war. »Darf ich einige Fragen stellen?«

»Nein, nicht jetzt«, hatte er gemurmelt und war zusammen mit dem Arzt in Richtung Notarztwagen geeilt.

»Hallo, *Kvällsposten*«, hatte sie es erneut versucht, als sie Ulf Gårdeman erblickte, den sie von früheren Pressekonferenzen im Polizeigebäude her kannte. »Können Sie etwas darüber sagen, was hier passiert ist?«

»Wir wissen selbst noch nicht sehr viel«, hatte er ihr und den anderen Journalisten erklärt, während sich sein weißer Atem in den Nachthimmel verströmte. »Eine junge Frau ist in ihrem Auto leblos aufgefunden worden, aber wir wissen weder, wie sie gestorben ist, noch, warum.«

Lotta hätte sich gewünscht, über das Absperrband zu springen und zum Auto stürmen zu können, um schnell ein paar Fotos zu schießen. Sie war nicht nur eine geschickte Journalistin, sondern ebenfalls eine ziemlich akzeptable Fotografin. So hätten sie morgen sicher einige zusätzliche Ausgaben verkaufen können. Doch an der Polizeiabsperrung verlief nun einmal definitiv die Grenze. So war es jedenfalls bis heute – und einschließlich für die Abendzeitungen.

Die Story war also noch in den Startlöchern, und sie wartete – leider zusammen mit *Expressen*, *Aftonbladet*, *Nya Skånska Tidning* und *Helsingborgs Dagbladet* – auf eine offizielle Stellungnahme.

Und sie hatte es verdammt eilig, denn der Text für den Artikel musste schon bald in Druck gehen!

Natürlich waren die Details, die sie den Zuschauern und anderen Beteiligten vor Ort hatte entlocken können, bereits an die Redaktion gefaxt – auf ein paar Leckerbissen würden sie zumindest das Alleinrecht haben. Doch es gab noch genügend zu vervollständigen – den Namen des Opfers, zum Beispiel.

Inspektor Mandén räusperte sich unvermittelt und stellte sich dann vor den Repräsentanten der Presse im Foyer auf. »Könnte ich um Ihre Aufmerksamkeit bitten!«

Er bekam umgehend, worum er gebeten hatte.

Doch als er seine offizielle Erklärung abgeschlossen und ihnen die Einzelheiten, von denen man überzeugt war, dass sie veröffentlicht werden konnten, mitgeteilt hatte, waren für die versammelten Journalisten nach wie vor jede Menge Fragen offen.

Eine der Fragen galt, wie vorauszusehen war, der Identität der Toten.

»Können Sie uns denn nicht sagen, wer sie war?«, fragte

der Vertreter von *NST* streitlustig, als wolle er mit seinem Auftreten die Abwesenheit am Ort des Verbrechens kompensieren.

Mandén seufzte. »Wer sie war, spielt keine entscheidende Rolle, meine Herren – und meine Dame«, fügte er hinzu. »Sie war keine Berühmtheit.«

»Geben Sie uns trotzdem einen Namen!«, meinte *Exet* und stand auf. »Kommen Sie schon, machen Sie uns richtig glücklich.«

Mandén seufzte erneut. »Okay – wenn Sie versprechen, dass Sie danach nicht noch mehr fordern.« Er schaute sicherheitshalber noch einmal in seine Unterlagen. »Sie hieß Anne Smitt. Hier haben Sie das Führerscheinfoto«, erklärte er überdeutlich wie ein Vorschullehrer und verteilte die zusätzlichen Kopien des Führerscheins, den Hill in der Kalbslederhandtasche gefunden hatte. »Nun zufrieden?«

Offensichtlich ja, denn die meisten waren bereits auf dem Weg nach draußen. *Expressen* und *Aftonbladet* drängten sich im Korridor mit ihren aufgeklappten Handys am Ohr, während *HD* und *NST* es nicht weit zu ihren jeweiligen Redaktionen hatten.

»Ja, dann vielen Dank«, sagte Mandén und verbeugte sich etwas ironisch in dem nun fast leeren Foyer.

Dann klemmte er seine Papiere unter den Arm und ging zurück in seine eigene kleine stille Ecke hinter dem Informationstresen.

Was ist denn mit dem jungen Mädel von *Kvällsposten* los, dachte er verwundert und taxierte sie über den Rand seiner Lesebrille. Hat sie nicht auch eine Zeitungsspalte zu vergolden?

Doch Lotta Jönsson blieb wie festgefroren auf ihrem Stuhl sitzen.

Es war erschreckend, wenn einem der Tod so unheimlich nahe kam. Denn die Person, der sie sich vorher am Abend nur allzu gern mit der Fotolinse aufgedrängt hätte – und deren unglücklicher Tod ihr, Lotta, zu einem Supercoup hätte verhelfen sollen –, erwies sich als… Anne Smitt.

Eine Kollegin, mit der sie gemeinsam Journalistik studiert hatte.

Auch Ulf Gårdeman war noch nicht auf dem Heimweg. Er hatte sich direkt in sein Büro begeben, um sich im Internet auf die Suche nach dem Mitsubishi zu machen.

Ulf gehörte zu denen, die glücklicherweise ein ausgeprägtes Erinnerungsvermögen besaßen. Denn mitten im Zeitalter des Computers konnte es noch immer sehr lange dauern, bis man Auskunft über ein spezielles Fahrzeug erhielt. Gårdeman erledigte heutzutage alles online mit CBR, dem zentralen Kfz-Register, was den Suchvorgang erheblich erleichterte. Gott sei Dank, dachte er besonders an einem Abend wie diesem, denn er hatte nicht die Absicht, die ganze Nacht hier zu verbringen.

Was er im Autoregister gefunden hatte, war äußerst interessant. Nun versetzte er dem Türrahmen zu Hills Büro mit der Faust einen leichten, wenn auch auffordernden Hieb.

»Hallo?«, sagte er und fragte sich, was zum…

Joakim Hill kniete nämlich auf allen vieren unter dem Schreibtisch, sodass Gårdeman nur seinen Hosenboden aus Gabardine unter der Tischplatte hervorgucken sah.

»Mmm«, gab Hill unter dem Tisch zur Antwort.

Gårdeman wusste nicht so recht, was er erwartet hatte, jedenfalls nicht gerade das. »Was machst du da?«, wollte er wissen.

»Mmm… mm!«, antwortete Hill und wackelte energisch mit dem Hinterteil, um sich wieder herauszuwinden. Ein mühsames Unterfangen, denn die Büromöbel der Polizeibehörde waren logischerweise zum Sitzen und nicht zum Drunterkriechen konzipiert.

Hill schaffte es schließlich, wieder zum Vorschein zu kommen, und stützte sich beim Aufrichten an der Schreibtischplatte ab.

»Ach«, erklärte er leicht irritiert, »der Kontakt vom Drucker war nur locker. Erst hab ich gar nicht kapiert, dass das Problem so leicht zu beheben ist, und darum erst einmal eine halbe Stunde lang den Hersteller verflucht, weil andauernd der Druckertreiber im Eimer ist. Dann kam ich auf die Idee, unten nachzugucken. Und da zeigte sich, dass der Stecker nicht richtig drin saß.«

»Ja klar, ich hab auch nachgeguckt…«, begann Gårdeman seinen Satz, aber Hill fiel ihm gedankenlos ins Wort.

»Wie gut! Denn weißt du, was ich glaube?«, fuhr er fort und strich sich ein paar Staubflusen vom Hosenbein, »ich glaube, es ist die Putzfrau!«

»Die Putzfrau?«

»Ja genau! Nicht, dass ich mich beschweren will, aber ich glaube, dass sie die Schuldige ist.«

»Aber…?«

Gårdeman war fassungslos; von einer Putzfrau wusste er in diesem Fall nichts!

»Wir müssen mal ein ernstes Wort mit ihr reden«, setzte Hill unverdrossen hinzu, »denn wenn sie es einmal getan hat, wird sie es garantiert wieder tun.«

Gårdeman war, gelinde gesagt, verblüfft. Hier wurden bereits einleitende Verhöre gehalten, während man es noch nicht einmal für nötig hielt, ihn darüber in Kenntnis zu setzen, dass ein besonderer Verdacht vorlag.

»Aber was sollte sie für ein Motiv haben?«, fragte er in einem verzweifelten Versuch, diese neue Wendung des Falles zu begreifen.

»Motiv? Ach, sie hatte kein Motiv. Das kann ich mir jedenfalls kaum vorstellen!«

»Sie hatte kein Motiv?«

»Nein, es passierte einfach so.«

Passierte einfach so? Gårdeman hegte außerordentliche

Zweifel an der Beweisführung des Kollegen. Selbst wenn er allem Anschein nach durch die Beschäftigung mit eigenen Nachforschungen eine ganze Menge verpasst hatte, wirkte das hier, milde ausgedrückt, undurchdacht.

»Aber wie kam es denn dazu?«, wollte er wenigstens wissen.

Hill winkte uninteressiert ab und ordnete die umfangreichen Stapel auf seinem Schreibtisch. »Das war sicher reines Versehen«, antwortete er unbeschwert.

»Versehen!?« Gårdeman fragte sich langsam, ob sein Kollege wirklich im Vollbesitz seiner geistigen Kräfte war.

»Ja, heutzutage muss doch alles so schnell gehen!«, fügte Hill erklärend hinzu.

Irgendetwas stimmte nicht.

Gårdeman atmete einmal ganz ruhig und tief durch. »Joakim?«, fragte er.

»Ja?«

»Über was sprechen wir hier eigentlich?«

Hill schaute Gårdeman verwundert an. Fühlte er sich vielleicht nicht ganz wohl – oder war er bereits völlig übermüdet?

»Worüber wir reden? Die Putzfrau natürlich! Die hier wie ein Wirbelwind mit ihrem gut geölten Wischmopp entlang fegt und unsere Kontakte lockert!«

Als Gårdeman daraufhin hemmungslos anfing zu lachen – er war immer für einen Scherz zu haben, auch wenn er auf seine eigenen Kosten ging –, war Hill an der Reihe, wie ein lebendes Fragezeichen auszusehen.

»Was? Was dachtest du denn, worüber wir sprechen?«, wollte er wissen.

Gårdeman ließ sich in den Besuchersessel fallen – dieses kanarienvogelgelbe, ziemlich neu erworbene IKEA-Produkt – und gluckste wie ein pubertierender Gymnasiast.

»Nun sag schon!«, verlangte Hill und fand den unerwarteten Lachanfall des Kollegen ausnahmsweise überhaupt nicht lustig.

»Oh, entschuldige«, sagte Gårdeman und wischte sich eine Träne aus dem Augenwinkel, »aber das Ganze war einfach zu komisch.«

»Komisch? Das ist ja wohl nicht besonders komisch. Stell dir vor, das nächste Mal würde es dir passieren!«

»Nein, nein. Ich meinte...«, sagte Gårdeman und setzte sich in einem verzweifelten Versuch, ernsthaft zu sein, im Sessel auf. »...ich dachte, wir hätten über den Fall Anne Smitt gesprochen.«

»Anne Smitt? Wie kommst du denn darauf?«

Meistens hatte Hill ungefähr denselben Sinn für Humor wie sein Freund Gårdeman, aber nicht an diesem späten, arbeitsreichen Abend.

»Ja..., also, nichtsdestotrotz«, begann Gårdeman, sobald er sich gesammelt hatte, »habe ich eine aufschlussreiche Information hier.«

»Was denn für eine? Schieß los!«

»Ja, ihr Auto. Es gehört gar nicht ihr.«

Unvermittelt bekam Hill einen interessierten Gesichtsausdruck und wartete gespannt auf die Fortsetzung.

»Es ist auf einen Direktor...«, Gårdeman zog seine Unterlagen zu Rate, »...einen Direktor Leif Nilsmed angemeldet. Und dieser Nilsmed wohnt in Ramlösa. Zusammen mit seiner Familie.«

Hill nickte zufrieden.

So unerwartet schnell und einfach war es gewesen, die Identität des mysteriösen nächtlichen Schattens von Anne Smitt zu enthüllen!

Und doch war es wiederum nicht so merkwürdig, dass alles, was den Tod betraf, direkt zurück zu den Lebenden führte. Denn gerade sie konnten die Geschichte erzählen, sie waren es, die in ihrem Innersten die Geheimnisse verborgen hielten. Die Lebenden dazu zu bringen, sich mit einer unbedachten Mimik oder dem geringsten Versprecher zu offenbaren, war die Aufgabe, die nun Hill und Gårdeman zufallen würde.

Anne Smitt selbst war Geschichte geworden – ebenso entschwunden wie eine Eintagsfliege von gestern. Die Techniker würden in ihrem kleinen, wohl geordneten Reihenhaus bereits schamlos in ihrem persönlichen Eigentum herumstochern und ihre privaten Utensilien untersuchen.

Und sie konnte nicht das Geringste dagegen unternehmen. Denn was da draußen in dem mitternachtsblauen Mitsubishi geschehen war und warum, zählte zu den Fragen mit allerhöchster Priorität.

»Wie spät ist es?«, fragte Hill.

Gårdeman blickte auf seine Armbanduhr und sah ein, dass er heute wohl nicht einmal bis zum Abendessen zu Hause sein würde. »Sieben Minuten nach acht«, sagte er.

»Okay, dann fahren wir.«

Gårdeman fragte nicht, wohin, denn die Antwort war offensichtlich. Da das Hästhagsviadukt aufgrund von Umbauarbeiten ärgerlicherweise gesperrt war, musste er sich gut überlegen, welche Strecke er durch die Stadt nehmen würde, um so schnell wie möglich hinaus nach Ramlösa zu gelangen.

Ramlösa unterscheidet sich stark von Råå, obgleich die beiden Stadtteile nur durch wenige Kilometer voneinander getrennt sind.

Das ehemalige kleine Fischerdorf lebt in zurückgezogener Abgeschiedenheit und scheint in anspruchsloser Bereitschaft dem unberechenbaren Temperament des Meeres ausgeliefert zu sein. Dagegen wirkt das geschützter gelegene Ramlösa mit seinen Grünflächen und weitläufigen Grundstücken und nicht zuletzt durch die Bebauung selbst protziger und mondäner.

Adressen wie »Villa Sofia«, »Villa Edelweiß« oder »Villa Morgenstund« verleihen dem Ort unleugbar eine besondere Prägung und ein vornehmes Flair. Für Hill wirkte es manchmal so, als spiegelte die prunkvolle Herrlichkeit der in unmittelbarer Nähe liegenden Ramlösa-Schlucht die Träume und Ideale der Einwohner wider und charakterisierte sie zugleich.

Als hätte der grandiose Kurbetrieb, der den Brunnenkurort am Ende des neunzehnten Jahrhunderts entscheidend geprägt hatte, dem heutigen Profil des Ortes seine Struktur vererbt und selbst die ältesten und heruntergekommensten Villen hier draußen auf das Niveau der Oberschicht vergangener Zeiten gehoben.

Besonders heute Abend, wo alles noch dazu in Frost gehüllt war, glitzerte ganz Ramlösa aufs Allervornehmste.

Obwohl die Nilsmedsche Residenz die meisten der Nachbarhäuser in den Schatten stellte, hatte sie keinen liebevoll ausgesuchten Namen erhalten. Lediglich die gewöhnliche Straßenbezeichnung Källvattenvägen 10 wies das Anwesen aus.

Die Villa war über die Fassadenbeleuchtung hinaus von strahlenden Kronleuchtern erhellt, deren Schein durch teure Chintzgardinen fiel. Doch der einladende Eindruck war völlig irreführend, da das schmiedeeiserne Tor unten an der Straße wirksam verschlossen und mit einem elektronischen Alarm versehen war. Nur diejenigen, die das Vertrauen der dort ansässigen, gut situierten Familie genossen, hatten Zugang zu dem Türcode. Unbefugter Zutritt wurde unmittelbar an die Sicherheitszentrale weitergeleitet und dort registriert.

Die Botschaft war eindeutig – schauen, aber nicht berühren!

Hill zog trotz der Kälte die Handschuhe aus, um die in minimalistischem Design entworfenen Tasten der Sprechanlage leichter bedienen zu können.

Gårdeman lehnte sich unterdessen abwartend an den zivilen Polizeiwagen, der ordentlich an der Bordsteinkante der schmalen, kleinen Straße des Villenviertels geparkt war. Der Kühler war von der kurzen Fahrt aus der Stadt heraus noch angenehm warm, und Gårdeman drückte behaglich sein

Hinterteil gegen das Metall, sodass sich die Wärme nicht verflüchtigen konnte.

Hill blies seinen warmen, feuchten Atem auf die steif gefrorenen Finger und stampfte, während er wartete, unruhig auf den frostigen Asphalt.

Es dauerte eine geraume Zeit, bis eine kratzige, abweisende Stimme antwortete.

»Jaaa!«, ertönte es irritiert aus dem Metallkasten am Tor. Es war eigentlich gar keine Frage; es klang eher wie die Ermahnung einer autoritären, zutiefst entnervten Männerstimme, das Anliegen so kurz wie möglich zu gestalten, um danach ebenso schnell wieder zu verschwinden.

»Direktor Leif Nilsmed?«, vergewisserte sich Hill.

»Ja, sicherlich! Wer ist dort?«

»Hier ist die Polizei«, gab Hill zu verstehen. Er reckte sich dem kleinen Lautsprecher entgegen, als würde die Annäherung selbst die Beförderung der Nachricht zum Wohnhaus erleichtern.

»Polizei?«

»Kommissar Joakim Hill und Inspektor Ulf Gårdeman von der Kripo in Helsingborg. Sie können selbstverständlich unsere Legitimationen einsehen oder natürlich direkt beim Revier anrufen und sich vergewissern. Wir warten.«

Die Regeln waren in diesem Punkt vollkommen eindeutig – jedem, der es wünschte, würde in einer Situation wie dieser die Möglichkeit eingeräumt, die Rechtmäßigkeit des Anliegens zu überprüfen. Trotzdem wechselte Hill einen frustrierten Blick mit Gårdeman und verdrehte die Augen. Und selbst Gårdeman, dem immer noch annehmbar warm ums Gesäß war, blies ungeduldig und einem Stier nicht unähnlich große weiße Dunstwolken durch die Nasenlöcher in die Nacht.

Natürlich würden sie warten, wenn Nilsmed es so wünschte, und ihm Zeit geben, sich bezüglich ihrer Befugnis in Kenntnis setzen zu lassen.

Und selbst wenn sie hier erfrieren sollten, würden sie höflich warten...

»Um was geht es?«, schnarrte die Stimme in dem Metallkasten unerwartet und klang noch immer eher irritiert als beunruhigt.

»Ein Auto«, sagte Hill.

»Ein Auto?«

»Ja genau.«

»Was für ein Auto?«

»Einen blauen Mitsubishi Galant mit dem Kennzeichen JYJ 933.«

Direktor Nilsmed verlor für einen kurzen Augenblick seine aufgesetzt wirkende Selbstsicherheit. Sie hörten, wie er einen heftigen Atemzug machte. Er schien unangenehm überrascht. Durch die scheppernde Gegensprechanlage hörte es sich allerdings wie das angestrengte Rasseln eines Emphysempatienten an.

Somit fand auch ihr Ausharren in der Kälte ein Ende.

Das Schloss surrte, und als Hill vorsichtig drückte, sprang das Tor ungehindert auf.

»Vielleicht ist er kooperativer, als wir dachten?«, hoffte Hill optimistisch.

Ihre Schritte knirschten auf dem weißen Kies der Einfahrt.

»Tja, wie auch immer«, meinte Gårdeman fröstelnd, »wenn er es nur angenehm warm in der Diele hat.«

Selbst Sahlman hätte beim Anblick des Anzugs von Direktor Nilsmed gestaunt, einem großen, gut gebauten Mann, der offensichtlich der Besitzer des Hauses war und ihnen persönlich die Tür öffnete.

Der maßgeschneiderte Anzug aus gekämmtem Wolljersey war in einer glänzenden, blaugrünen Nuance gehalten und in perfekten Linien geschnitten. Linien, die exzellent seine breiten, wohlgeformten Schultern betonten und sich zu den Hüften hin verjüngten. Darüber hinaus war er in fotogener Weise mit einem eleganten doppelreihigen Revers versehen.

Als hätte die Regenbogenpresse gerade eine Reportage über die zehn bestangezogenen Direktoren des Landes gemacht und Nilsmed zuoberst auf die Liste gesetzt.

Aber die beiden Kriminaler hatten dennoch die Trümpfe in der Hand, denn es war die blanke Angst, die ihnen aus den Augen des Direktors entgegensprang.

»Was ist mit dem Auto?«, fragte er als Erstes. »Ist etwas... passiert?«

Er bemühte sich nicht einmal, sich vorzustellen, und Hill folgte seinem Beispiel und kam seinerseits rasch zur Sache.

»Wir gehen davon aus, dass es Ihr Auto ist. Es ist jedenfalls unter *Nilco Import AB* registriert.«

»Ja, ja, aber...«

Leif Nilsmed sah von dem einen Polizisten zum anderen. Als wollte er selbst das Rätsel, das sie mitbrachten, enthüllen und seine Bedeutung umgehend erfassen, um ihnen schnell die passenden Antworten erteilen zu können.

Ihr Mienenspiel verriet jedoch nichts. Ihre Gesichter waren in berufsmäßiger Neutralität und nicht zuletzt der Kälte der hereinbrechenden Nacht wegen ein wenig erstarrt.

»Kennen Sie eine Frau namens Anne Smitt?«, fragte Hill.

Er fing den flackernden Blick des Direktors auf, hielt ihm stand und gab ihm keine Möglichkeit auszuweichen.

»Ja... ja, ich kenne sie«, sagte Nilsmed unsicher. »Weshalb?«

»Wir müssen Ihnen leider mitteilen, dass sie gegen fünf Uhr heute Abend in ihrem Auto in Råå leblos aufgefunden wurde.«

Die Worte fielen sachlich und korrekt.

Sowohl Gårdeman als auch Hill registrierten jedes signifikante Detail in der sich verändernden Mimik des Direktors. Die Reaktion war gewiss nicht so dramatisch, wie sie es erwartet hatten, doch wurde er ein wenig blass, ja andeutungsweise fahl um die solariumgebräunten Wangenknochen.

»Tot?« Er artikulierte das Wort, als wäre es ihm völlig unbekannt. Etwas Fremdes, Undenkbares.

War das echt? Oder ist er ein ausgezeichneter Schauspieler?, überlegte Hill.

»Ja, leider ist dem so.«

»Aber… aber – wie?«

»Das ist noch nicht geklärt«, gab Hill vor und ließ die Leine länger, »doch da sie in einem auf Ihren Namen registrierten Auto gefunden wurde, sind wir natürlich daran interessiert zu erfahren, ob und wenn ja wie genau Sie die Dame kannten.«

»Und wie es kam, dass sie in Ihrem Wagen angetroffen wurde«, setzte Gårdeman hinzu.

Leif Nilsmed legte seine manikürte Hand an die Schläfe, als könnte er mit Hilfe der Berührung unerwartet aufkommende Kopfschmerzen stoppen. Die Augen suchten nach einem Halt, schienen jedoch keinen sicheren oder beruhigenden Punkt in der kostspielig möblierten Diele zu finden, denn sie flackerten weiter hin und her.

Die beiden Polizisten nahmen aufmerksam die Schweißperlen wahr, die vereinzelt durch die graublonden Schläfen drangen.

»Möchten Sie sich vielleicht setzen, Herr Nilsmed?«, schlug Gårdeman vor, der sich von dem dargebotenen Schauspiel nicht beeindrucken ließ. Nein, nicht Ulf Gårdeman!

Doch Leif Nilsmed winkte ab, richtete sich auf und schien wieder etwas gefasster.

»Nein, nein, es ist schon in Ordnung«, versicherte er matt. »Es ist ja immer schockierend, wenn es jemanden trifft, den man… kennt, nicht wahr?«

Er versuchte offensichtlich, sich zu sammeln und wieder Herr über die Situation zu werden.

»Kennt?«, wiederholte Hill. »Sie waren also näher bekannt miteinander?«

»Tja, näher und näher... Sie arbeitete für mich. Gelegentlich. Sie übersetzte Anleitungen für einige Produkte meiner Firma.«

»Welche Art von Produkten?«

»Datenträger, Hardware, Software, PCI-Karten, RAM's... ja, Sie verstehen schon.«

»Okay«, nickte Hill. »Anne Smitt übersetzte also Handbücher für Sie, ist das korrekt?«

Sein sachlicher Ton verunsicherte ihn erneut.

»Ja... «

»Hatten Sie privaten Kontakt?«

»Nein.«

Weder Hill noch Gårdeman glaubten ihm.

»Gar keinen?«

»Nein.«

»Aber Sie stellten ihr das Auto zur Verfügung und unterhielten es?«, beharrte Hill.

»Tja, unterhalten und unterhalten...«

Hill nutzte das Zögern des Direktors und forcierte seinerseits die Unterhaltung. »Wer beglich die laufenden Rechnungen für das Auto?«

Die Farbe war noch nicht wieder auf die Wangen von Leif Nilsmed zurückgekehrt, doch bekam er stattdessen einen zornigen und defensiven Gesichtsausdruck.

»Ich selbstverständlich. Aber was hat das eigentlich mit der Sache zu tun?«

»Ist das ein Privileg aller Ihrer Angestellten?«

»Hören Sie! Bitte nicht in diesem Ton, Kommissar Hall!«

»Hill.«

»Ja, natürlich, wie dem auch sei, bin ich nicht darauf erpicht, dass Sie hier stehen und mir Unterstellungen machen.«

Hill betrachtete ihn vollkommen ausdruckslos. »Was unterstelle ich Ihnen denn?«, fragte er.

»Ja…, dass Anne Smitt und ich… ein Verhältnis gehabt haben sollen.«

»Hatten Sie das?«

»Nein, hören Sie jetzt…«

»Entschuldigen Sie, aber Sie selbst haben das Thema angesprochen«, wies ihn Hill höflich zurecht. »Wir sprachen nur über eventuelle Dienstprivilegien Ihrer Angestellten.«

»Aber sie war keine Angestellte!«

Die Heftigkeit hatte Nilsmed verraten. Er merkte es selbst und hielt abrupt inne.

Die Minuten des verbalen Flirts waren also vorbei. Diese kurze, äußerst wertvolle Zeit, in der die Leute dermaßen überrascht sind, der Polizei in ihren eigenen vier Wänden begegnen zu müssen, dass sie sich mit Leichtigkeit überführen ließen, war unweigerlich abgelaufen.

Und da der goldene Moment nun vorüber war, hatte der selbstständige Unternehmer sicher nicht die Absicht, weitere Gratisproben zu verteilen.

Wollten sie mehr aus ihm herausbekommen, würde er sie höflich auf die Telefonnummer seines Anwalts verweisen. Hill und Gårdeman schien es am gescheitesten, den Zauberkasten vorsichtig wieder zu schließen und ihre Beobachtungen in der Abgeschiedenheit des Dienstwagens miteinander zu vergleichen.

Doch bevor sie die Wärme der Nilsmedschen Residenz hinter sich ließen, verschafften sie sich mit einem letzten Blick eine Übersicht über die Räume in dem modisch eleganten Heim. Es würde dauern, bis sie etwas Vergleichbares zu sehen bekämen.

Ein wertvoller achteckiger Teppich, dessen Muster eine stilisierte Kriegsszene aus dem alten Persien darstellte, bedeckte den Marmorfußboden des großen Eingangsbereiches. Zwei Chaiselongues in quasirömischem Stil luden zum Verweilen ein und richteten den Blick auf chinesische Urnen, die auf verschnörkelten Sockeln thronten und mit frischen, weißen Lilien gefüllt waren. Der edle Anblick wurde von ausgesuchten, facettengeschliffenen Spiegeln vervielfacht.

Ein mit Molyranken verzierter Türbogen führte die Gäste – jene, die willkommen waren – weiter in das Herz des Hauses, den stilvollen, ganz in goldgelb und cremefarben gehaltenen Salon. Obgleich die Beleuchtung gedämpft war, erhielt man einen klaren und deutlichen Eindruck von der pompösen Gestaltung einer Repräsentationsvilla.

An einer der Wände erhob sich ein majestätisch gemauerter Kamin, in dem ein anheimelndes Feuer brannte. Auf dem Kaminsims reihten sich Familienfotos in prunkvollen Goldrahmen aneinander.

Eine offensichtlich exklusive, italienische Sofagruppe bildete den natürlichen Mittelpunkt des Raumes. Hellgelbe Lederbezüge dekorierten die vier ausladenden Zweisitzer, die locker um einen rauchfarbenen Glastisch, in Chrom und Messing eingefasst, gruppiert waren.

Auf einem der Sofas saß sie.

Sie saß kerzengerade dort im Halbdunkel, ihr Blick war starr und irgendwo weit in die Ferne gerichtet – dem von Anne Smitt nicht ganz unähnlich. Das halblange, mahagonifarbene Haar fiel etwas strähnig auf die Schultern. Die ganze Frau wirkte irgendwie spröde, klein und mager.

Sie hielt ein Taschentuch zwischen ihren langen sehnigen Fingern. Die Spitzen rannen von den Fingern der einen Hand hinüber zur anderen und wieder zurück. Wieder und wieder, während sie abwesend vor sich hin starrte.

Sie musste die ganze Zeit dort gesessen haben, dachten Hill und Gårdeman sofort unabhängig voneinander. Ebenso nahmen sie an, dass sie, aufgrund ihrer totalen Identitätslosigkeit, in welcher sie mit dem Rest der Einrichtung harmonierte, Frau Direktor Nilsmed sein musste.

Es wäre sinnlos gewesen, auch nur zu grüßen, denn sie nahm sie gar nicht wahr.

Die Polizisten hingegen sahen den rauhaarigen Afghanenhund nicht, der genauso plötzlich die Treppe vom Obergeschoss heruntergesaust kam, wie sein Herrchen den Informationsfluss abgedreht hatte. Er war offensichtlich der einzige Hausbewohner, der sie willkommen hieß – zum Ausgleich dafür mit unbändiger Freude!

Er wirbelte um sie herum und kläffte sie an. Sabberte, winselte und tanzte auf der Stelle. Er wusste nicht, wie er gegenüber den beiden Neuankömmlingen seine Begeisterung ausdrücken sollte! Einer von ihnen hatte vielleicht einen Leckerbissen bei sich?

Der Hund stellte sich auf die Hinterbeine und legte bettelnd seine Pfoten auf Hills Schultern, wobei er ihm tief in die Augen sah.

Hill lachte verlegen, was der Hund als Zeichen wertete, ihm die Ohren schlecken zu dürfen.

»Bei Fuß! Sitz, Casper, sitz! Was sind das für Dummheiten, schäm dich!«

Die Stimme des Hausherren bellte, und der Hund gehorchte mit hängenden Ohren.

Hill trocknete sich geniert die Wange.

»Haben Sie noch ein weiteres Anliegen, meine Herren?«, fragte Direktor Nilsmed mit derselben eiskalten Stimme, die sie durch die Sprechanlage vernommen hatten und die nun bewirkte, dass es hier drinnen bedeutend kälter schien als draußen.

»Nein, im Augenblick nicht«, antwortete Hill. »Doch wenn neue Fragen auftreten sollten, hoffe ich, dass wir erneut auf Sie zukommen können.«

»Zu hoffen steht bekanntlich noch jedem frei«, antwortete Direktor Nilsmed sarkastisch.

Als er sich anschickte, die Tür hinter ihnen zu schließen, erschien ein merkwürdiger Zug um seinen Mund. Er war schwer zu deuten, konnte jedoch alles und nichts ausdrücken. Von der Möglichkeit, dass er sich kaputtlachen würde, sobald sie um die Ecke bogen, bis dahin, dass er seine perfekt gebügelten Hosen mit hemmungslosen Tränenströmen tränken würde.

Die Einzigen, die es erfahren würden, waren die Frau auf dem Sofa und der Hund.

Stoisch begegneten Hill und Gårdeman aufs Neue der feuchten Kälte und wanderten schweigsam die Einfahrt hinunter zu ihrem Auto. Sie nahmen gerade noch eine schrille, fordernde Frauenstimme, eine brüske Antwort und das Zuschlagen einer Tür im Nilsmedschen Paradies wahr.

Dann herrschte Stille.

Alles, was man hörte, waren der knirschende Kies unter ihren raschen Schritten und das schwache Summen des elektronischen Türöffners, als sie das Tor hinter sich ins Schloss fallen ließen.

Leif Nilsmed verschanzte sich, nachdem die Polizisten die Villa verlassen hatten, über zwei Stunden lang in seinem Arbeitszimmer.

Berit Nilsmed war sich im Klaren darüber, dass sie ihn nicht stören durfte – aber sie wartete.

Wartete, was ihr schon so gottverdammt lange zur Gewohnheit geworden war.

Wartete, wie sie es ihr ganzes Leben getan hatte.

Worauf, das wusste sie selber nicht. Das Warten war im Lauf der Jahre beinahe zu einem natürlichen Teil ihres Wesens geworden. Das bloße Vermögen, einfach still zu warten, verlieh ihr eine Art innere Stärke.

Schließlich, so gegen elf Uhr, hörte sie, wie die Tür zum Arbeitszimmer geöffnet wurde. Das Schloss gab nicht den geringsten Laut von sich, wie man es von anderen Häusern her kannte. Es war viel zu sorgfältig geschmiert und außerdem von ausgesuchter Qualität. Deshalb funktionierte es perfekt. Genau wie alles andere in diesem Haus.

Alles – außer ihrer Ehe.

Schritte näherten sich hastig durch die Diele, und als er plötzlich im Türrahmen stand und in den Salon spähte, sah sie, dass er völlig am Ende war.

Er schien in den letzten zwei Stunden um zehn Jahre gealtert. Die Augen waren blutunterlaufen, die Haut aschgrau und die Schultern eingesunken. Sie verstand deutlicher, als es ihr lieb war, was Anne Smitt für ihren Mann bedeutet hatte.

Feindlich glotzte er sie auf ihrem Sofa an, auf dem sie schon den ganzen Abend gesessen hatte.

Er sagte nichts, doch seine Blicke sprachen Bände.

»Sollten wir nicht reden?«, versuchte sie es.

Ihre Stimme durchschnitt wie ein Peitschenhieb die Stille des Hauses, und ihr Ton war der einer Unterhändlerin. Nicht der einer umsorgenden Ehefrau oder gar der einer mitfühlenden Partnerin. Das schaffte sie schon lange nicht mehr.

Er schnaubte verächtlich. »Worüber? Über deine Lebensprobleme?«

»Nein, über deine.«

»Halt den Mund.«

Er ging auf die Hausbar zu. Das war vorauszusehen gewesen. Der hübsche, intarsienverzierte Barschrank aus gebeizter Edelbirke war mit dem Trost gefüllt, den sie ihm schon längst nicht mehr spenden konnte.

Ein Trost, der jahrzehntelang in Sherryfässern in dunklen, feuchtkalten Gewölben lagerte.

»Das ist kein…«, fuhr sie ihn an.

Er goss sich einen doppelten Cognac in einen geschliffenen Kristallschwenker. »Halt die Klappe, habe ich gesagt!«

Die weiche Baumwolle des Taschentuchs glitt unaufhörlich zwischen Berit Nilsmeds Fingern hindurch. Wand sich nervös in einem manisch abgezirkelten Muster hin und her zwischen Edelmetallringen und kostbaren Steinen. Die mechanische Wiederholung der Bewegung verbunden mit dem schwachen, aber durchaus anhaltend aufdringlichen Geräusch raschelnden Stoffes schien ihr neue Kräfte zu verleihen.

»Aber *Nilco* muss in jedem Fall weiter existieren«, versuchte sie es erneut.

Er kippte den Cognac in einem gierigen Zug hinunter und füllte das Glas aufs Neue. »Ich pfeif auf *Nilco* – ich pfeife auf alles!«

»Das wird dir trotz allem nicht gelingen.«

»Ha!«

»Malin ist dir ja wohl nicht völlig egal!«, schleuderte sie ihm entgegen. Ihre Stimme wurde lauter.

Er wandte sich ihr aggressiv zu, doch sobald ihm die Bedeutung ihrer Worte aufging, besann er sich und blieb still.

»Ich bin dir ja schon lange egal«, setzte sie unverdrossen und schonungslos hinzu. »Gib *Nilco* auf, wenn du es so willst, aber Malin ist immerhin deine eigene Tochter. Sie kannst du nicht im Stich lassen. Das darfst du einfach nicht!«

Leif Nilsmeds Blick irrte auf der Suche nach einem Sinn in dieser unerträglichen Hölle die Wände entlang, und seine Mundwinkel begannen erneut beschämt zu zittern, als ihm aufging, wie aussichtslos seine Situation war.

Nein, er hatte nicht einmal mehr Malin.

So und nicht anders sah es aus!

Denn mit jedem Tag, an dem sie mit Sturmschritten dem Erwachsensein zueilte und dabei ihrer Mutter immer ähnlicher wurde, entfernte sie sich weiter von ihm. Bis am Ende nichts mehr von allem, was ihn mit seinem kleinen Mädchen während der vergangenen Jahre verbunden hatte, übrig sein würde.

Diese bittere Wahrheit war ebenfalls kaum zu ertragen.

Er sank in eines der Sofas, stellte das Kristallglas mit einem harten Schlag auf den Glastisch und verbarg sein Gesicht in den Händen.

»Zum Teufel… zum Teufel, verdammt!«, flüsterte er.

Unter sein Fluchen mischte sich Schluchzen, und sie schaute unschlüssig auf die bebende Gestalt. Wünschte sich, irgendwie darauf reagieren zu können, blieb aber sitzen, wo sie war. Obgleich das Taschentuch auf einmal abwartend ruhig in ihrer Hand lag und die Stille erneut das Haus beherrschte.

Abgesehen vom Geräusch seines verhaltenen Weinens.

Sie sehnte sich. Sehnte sich danach, ihre Kräfte an seinen zu messen, jetzt, da er der Schwächere war. »Sie ist tot, Leif«, sagte sie leise. »Diese Anne ist für immer fort.«

Schach?

Er antwortete nicht.

Sie überlegte den nächsten Schritt.

Begriff, dass es nun ohne den geringsten Zweifel ein Spiel auf Leben und Tod war. Aber eine bessere Chance würde sie nicht erhalten. Wenn es ihr gelänge, ihn jetzt an sich zu binden, würde es für ewig sein. Sie verspürte schon den süßen Geschmack des Siegesrausches.

Doch er kam ihr zuvor. »Wäre es nicht…«, schniefte er plötzlich, »wäre es nicht des Geldes wegen gewesen…, dass du mich notwendigerweise finanziell aushalten musstest,… dann wäre es nie so weit gekommen!«

»Dich aushalten? Ich habe dich ja wohl nie aushalten wollen!«, platzte sie erregt heraus.

»Ha! Etwa nicht? Du hast die Macht über mich erhalten, als dein verdammter Vater seine Rente in *Nilco* gesteckt hat – hast von mir Besitz ergriffen mit seinen verfluchten zwanzig Prozent!«

Unerwartet schnell hatte er wieder diesen teuflischen Blick.

Matt?

Sie versuchte einen Rückzieher. Wie schon so viele Male zuvor. »Aber… aber wir brauchten doch das Geld!«

»Wir? Du meinst – du! *Du* wolltest doch die Fäden ziehen. In der Firma, in unserem Leben, in allem!«

Sie wusste nur zu gut, dass sie jetzt aufpassen musste.

»Du wolltest das Haus«, brauste er auf. »Ein Haus, das uns durch das Darlehen aneinander band. Du wolltest *Nilco* erweitern und expandieren, bis überhaupt nichts anderes mehr in unserem Leben existierte als diese verdammte Firma!«

Er kippte den nächsten Cognac genauso schnell hinunter wie den ersten.

»Du brauchtest…«

Sie hätte den Mund halten sollen.

Tief in ihrem Inneren wusste sie das ganz genau. Aber das Ende seines angefangenen Satzes kam ihr, ohne nachzudenken, über die Lippen. »…Malin?«

Er schleuderte das Kristallglas an die Wand hinter ihr. Es zersplitterte an der sorgfältig gestrichenen Strukturtapete, und im selben Augenblick war er unerwartet schnell über ihr. Drückte sie in die Polster, verdrehte ihr mit einem groben Griff die Handgelenke und zischte ihr ins Ohr.

»Halt verdammt noch mal Malin heraus aus dem Ganzen! Ich warne dich! Zieh sie nicht mit in die Geschichte hinein!«

Er zerwühlte ihre halblange, glanzlose Frisur. Zerriss die Kostümjacke an einem der schmucken Perlmuttknöpfe, und seine teure Armbanduhr zog eine hässliche Laufmasche in ihre Seidenstrümpfe.

Er ängstigte sie mehr als je zuvor.

Nun erfüllte ihr Schluchzen die Stille, und sie betete innerlich, dass er aufhören würde. »Lieber, Leif… so beruhige dich doch. Lieber…«

Er ließ ebenso schnell von ihr ab, wie er sich auf sie gestürzt hatte, verharrte jedoch, wo er war.

»Das ganze Elend…«, flüsterte er, mehr in den Raum hinein, »nur, weil du nicht bereit warst, mir das Einzige zu geben, was ich begehrte…, meine Freiheit.«

»Es war um Malins willen«, versuchte sie es vorsichtig und mit dünner Stimme.

Sie fand das Taschentuch neben sich auf dem Sofa, trocknete die Tränen und rieb sich die Nase. Und bewegte das feuchte Tuch erneut zwischen den Fingern hin und her.

»Um Malins willen!«, äffte er sie verächtlich nach. »Oh, bitte erspare mir deine pathetischen Lügen!«

Er setzte sich auf und schaute sie denkwürdig an.

»Was hast du eigentlich geglaubt?«, wollte er wissen. »Dachtest du, ich würde die Lust verlieren? Zu dir zurückkommen und dich mit eingezogenem Schwanz um Verzeihung bitten? Zurück zu dir? Schau dich doch nur an! Du griesgrämiges, spitznasiges, bleiches und mageres Geschöpf!«

Er misshandelte sie mit Worten, verbalen Faustschlägen, die entsetzlich schmerzten.

»Leif, Lieber…«, flehte sie ihn an.

Doch er war bereits wieder am Barschrank. Jetzt nahm er die ganze Flasche mit sich und setzte sich erneut neben sie. So nahe waren sie sich nicht gewesen seit… ja, er erinnerte sich in der Tat nicht mehr, seit wann.

Doch es war eine unangenehm bedrohliche, aggressive Nähe.

»Nein, ich will, dass du es hörst!«, befahl er in autoritärem Ton. »Du warst diejenige, die reden wollte – dann wirst du dir zum Teufel noch mal auch die Wahrheit anhören müssen!«

Er setzte die Flasche direkt an den Mund, nahm einen großen, stärkenden Schluck und fuhr fort.

»Du sagst, sie ist fort, aber da liegst du falsch! Sie wird nie verschwinden. Niemals! Hörst du? Ich werde die Erinnerung an sie für immer wach halten. Und ich werde dir von ihr erzählen – erzählen, wie sie war.«

Er genehmigte sich einen weiteren Schluck, während die Gedanken an Anne Smitt seine Augen leuchten ließen.

»Sie war ein wildes Tier – hol mich der Teufel! Wenn sie geil wurde, war sie das Schönste, was ich je gesehen habe.

Bei ihr gab es keine verdammten Hemmungen! Das Blut kochte, die Lust wallte, und sie…«

Sie versuchte, sich die Ohren zuzuhalten, doch er hielt ihre Hände fest.

»Du sollst es hören! Die Säfte rannen aus ihr heraus! Mein Gott… oh Anne… Anne.«

Die Erinnerung brach ihm fast das Herz, aber er verwandelte den Schmerz in eine scharfkantige Waffe, die er nun gegen sie richtete. Sie, die sich jetzt so weit sie nur konnte gegen die Rückenpolster presste.

»Nicht wie dein furztrockenes, prüdes und geiziges Ziegenloch«, brach es höhnisch aus ihm heraus.

Seine Stimme hatte bedenklich an Lautstärke zugenommen – und das war erst der Anfang. Er stärkte sich erneut mit einem Schluck von dem exklusiven französischen Cognac, während bittersüße Erinnerungen seine Seele marterten.

»Mit ihr wurde ich wieder lebendig. Sie hat mir Lust eingeflößt, mir das zurückgegeben, was du mir genommen hast. Energie, Lebensfreude – Hoffnung. Ich war plötzlich zwanzig Jahre jünger! Wenn ich bei ihr war, fühlte ich mich keinen Tag über dreißig, hörst du – du verdammte alte Hexe!«, schrie er.

Erneut hielt er sie fest, sodass sie keine Möglichkeit hatte zu entkommen. Dann ging er wieder zum Angriff über. Diesmal bekamen seine muskulösen Hände ihre elegante Viskosebluse zu fassen und rissen mit einem aggressiven Ruck sowohl die Bluse als auch den Spitzen-BH entzwei.

»Ihre Brüste«, lallte er, »…waren gut gefüllte Früchte, die wunderbar schmeckten! Wunderbar!« Betrunken grinste er seine Ehefrau und deren entblößte flache und formlose Brüste an. »Und was hast du zu bieten? Spiegeleier, von beiden Seiten gebraten!« Er lachte kühl.

Sein grobes, unbeherrschtes Gelächter hallte von den Wänden zu ihnen zurück und die Treppe hinauf.

Der Hund blieb in der oberen Etage. Er wusste es besser.

Aber jemand stellte die Stereoanlage im Obergeschoss an und drehte die Musik voll auf.

Stings dröhnende Rhythmen legten einen dicken, dämpfenden Klangteppich zwischen Zimmerdecke und Fußboden. *Every move you make… every step you take… I'll be watching you.*

Berit schloss die Augen und kniff die Lider fest zusammen. Daran zumindest konnte er sie nicht hindern.

»Ja – ich habe das Auto bezahlt«, brüllte er laut. »Ich habe das Haus, die Möbel, Kleider – alles bezahlt! Und sie war, verdammt noch mal, jeden einzelnen Öre wert! Ich habe mehr als gerne bezahlt – mit den Geldern von *Nilco*. Hast du das gehört? Von deiner so wahnsinnig geliebten Firma *Nilco*!«

Er lachte und schlug ihr im selben Moment mit voller Kraft quer über den Mund. Die Lippe sprang auf, und das Blut lief ihr über das Kinn. Doch er war immer noch nicht ganz fertig.

»Und weißt du was?«, setzte er hinzu.

Er lachte wieder, und sie konnte absolut nicht ausmachen, ob sein Gelächter triumphierend oder bitter war.

»Das Kind«, tönte er, »unser Kind – ihres und meines – sollte ein Junge werden!«

Sie rang unfreiwillig nach Luft.

»Genau«, grinste er abwesend und versetzte ihrer Seele schonungslos den endgültigen, bitteren Stoß, »…der Sohn, den du mir nie hast schenken wollen!«

Schachmatt.

Sie riss die Augen auf und vermochte nur noch, ihn mit ihrem machtlosen Hass zu durchbohren.

*Nun* war Leif Nilsmed endlich fertig.

Ein Stockwerk höher schraubte sich die Lautstärke der frenetisch dröhnenden Bässe in immer höhere Dezibelzahlen.

Kriminaltechniker Anderberg hingegen war noch lange nicht fertig.

Er und seine Mitarbeiter hatten bereits mehrere Stunden intensiver Arbeit im Reihenhaus von Anne Smitt hinter sich, als Hill und Gårdeman endlich auftauchten.

Ihnen waren einige interessante Dinge aufgefallen, die im Labor genauer untersucht beziehungsweise zur eingehenderen technischen Analyse an das SKL – das Staatliche Kriminaltechnische Laboratorium – nach Lund geschickt werden müssten.

Doch vermutlich schon am nächsten Vormittag würden Anderberg und sein Team ein weiteres Mal herkommen, um die Szenerie bei Tageslicht in Augenschein zu nehmen und dann hoffentlich mehr erkennen zu können.

»Merkwürdig«, meinte Anderberg schließlich und kratzte sich nachdenklich am Kinn. »Es scheint, als hätte sie hier einen Hund gehalten. Aber ich kann, verflixt noch mal, außer den Haaren keine weiteren Hinweise entdecken.«

Die Hundehaare gehörten zu den interessanten Dingen, die er für weitere Untersuchungen sorgfältig in einen Analysebeutel befördert hatte.

»Hundehaare?«, fragte Hill verwundert.

Aus irgendeinem merkwürdigen Anlass versetzte es auch ihn in Erstaunen. Aus unerfindlichen Gründen konnte er sich Anne Smitt schwer als Hundehalterin vorstellen.

»Mmm«, nickte Anderberg, »Obwohl wir weder Futter noch eine Leine entdeckt haben, fanden sich Hundehaare auf dem Boden. Noch dazu eine ganze Menge, zu viele also, als dass es sich um einen zufälligen Besuch hätte handeln können. Der Hund hatte sogar einen speziellen Lieblingsplatz: dort auf dem Teppich neben dem Badezimmer.«

Hill schaute interessiert auf den Teppich, während er sein Handy hervorkramte. Er hörte zwar, was der Kriminaltechniker sagte, speicherte es für den Moment allerdings erst mal irgendwo im Hinterkopf ab. Er ahnte nämlich, dass Mandén nicht gut auf ihn zu sprechen wäre, wenn er nicht bald von sich hören ließe, und wählte deshalb etwas abwesend die Nummer der Wache.

Ulf Gårdeman überflog währenddessen Anderbergs handgeschriebene, krakelige Aufzeichnungen. Sie verliehen dem Bild von Anne Smitt und ihrer Existenz eine gewisse Substanz und bildeten eine Art Rahmen für das, was einst ihr Leben gewesen war.

Gewisse Dinge bedurften jedoch keiner Analyse, denn ihre Bedeutung war genauso offensichtlich wie selbstverständlich. Es herrschte zum Beispiel nicht der geringste Zweifel daran, dass Nilsmed zumindest teilweise die Wahrheit gesagt hatte. Anne Smitts Lebensinhalt war zweifelsohne das Schreiben.

Auf einem gediegenen antiquarischen Chippendale-Schreibtisch hinten am großen Fenster türmte sich eine imponierende Computerausrüstung auf. Der Kontrast zwischen alt und modern schien bewusst gewählt.

»Und was haben wir hier Schönes?«, sagte Hill eher zu sich selbst, als er das Telefonat mit Mandén abgeschlossen hatte, und bekam unverzüglich Antwort.

»Ja«, klärte ihn eine Stimme schräg hinter ihm auf. »Das hier ist ein MacIntosh G4 mit mindestens vierhundert Megahertz. Der dürfte so um die zweihundertsechsundfünfzig Megabite oder mehr an Arbeitsspeicher haben, Rage-Grafikkarte und eine Festplatte mit mindestens zwanzig Gigabite. Eine nette kleine Rennmaschine mit niedlichem Flachbildschirm in Widescreen-Format.«

Das kam von Bertil Börjesson, der in Anderbergs Team arbeitete und dessen ausgeprägtes Interesse der gesamten Computerwelt galt.

»Und das andere Zeug da?«, wollte Hill wissen, den man nicht gerade als Computerfreak bezeichnen konnte. Seine neueste Erkenntnis, was Computer anbetraf, war bekanntlich, dass der Stecker ordentlich mit den beiden dafür vorgesehenen Löchern in der Wand verbunden sein musste.

»Eigentlich Standard«, informierte ihn Bertil willig. »HP Laserdrucker, HP Scanner, ein QPS CD-Brenner und ein eingebautes V90 Modem.«

»Ja, das erklärt ja einiges«, sagte Hill leicht betreten.

Doch Gårdeman legte für einen Augenblick Anderbergs Notizen zur Seite und kam ihm zu Hilfe.

»Was könnte das Ganze wert sein?«, fragte er Börjesson.

Der runzelte erst einmal die Stirn. Was er dann allerdings über den Daumen peilte, klang ziemlich gut informiert.

»Tja, der Bildschirm allein ist schon ziemlich teuer. Mindestens fünfzigtausend Kronen«, rechnete er. »Vielleicht ein bisschen mehr. Das hängt von einer eventuellen Spezialausrüstung ab. Die Software nicht zu vergessen.«

»Er sieht neu aus«, meinte Hill.

»Ja, richtig«, nickte Börjesson zustimmend. »Der kann nicht mehr als ein knappes Jahr alt sein. Und noch eine Sache ist natürlich ziemlich merkwürdig.«

»Was denn?«

»Alles hier auf dem Schreibtisch deutet darauf hin, dass sie das Ganze nur als Schreibprogramm genutzt hat. Hier steht aber eine Ausrüstung, die noch vor ungefähr zehn Jahren in einem Bunker die Verteidigung des gesamten Landes hätte übernehmen können. Das ist, als schaffe man ein Kernkraftwerk an, um eine Glühlampe zu betreiben.«

»Also, wofür hat sie es gekauft?«, fragte Gårdeman.

»Jemand legte anscheinend Wert darauf, dass alles nur vom Feinsten sein sollte«, folgerte Börjesson.

Der Computer war auf stand-by gestellt, während der Bildschirmschoner in Funktion war. Einzig eine kleine Lampe blinkte diskret am unteren Rand.

»War er bei eurer Ankunft in dieser Position?«, fragte Gårdeman.

»Der Computer, ja«, antwortete Anderberg, der gerade

mit einigen Klebestreifen, mit denen er an Schranktüren Fingerabdrücke genommen hatte, aus dem Badezimmer kam.

Wenn die Leute Spuren hinterließen, dann oftmals an solchen Stellen wie Türkanten. An typischen Stellen, die man zum Öffnen und Schließen anfasste, wie zum Beispiel Kühlschrank-, Vorratskammer- und Badezimmertüren.

»Wir haben ihn nicht angefasst«, versicherte er und versah die Klebestreifen vorsichtig mit Fixierband, bevor er sie zu den anderen Proben in die Tasche legte. »Ich dachte, ihr würdet vielleicht selbst gucken wollen. Denn man dürfte ja sehen können, woran sie zuletzt gearbeitet hat.«

»Solange er nicht zum Bombenabwerfen genutzt worden ist, ja«, fügte Börjesson durch seine Bemerkung von vorhin angeregt hinzu.

Gårdeman nickte gedankenverloren und machte einen erneuten Versuch, Anderbergs unleserliche Schrift auf dem Notizblock zu entziffern.

Wie er daraus ersehen konnte, hatte Anne Smitt ihre Mutter in Bräkne-Hoby und eine Schwester in Malmö wohnen. Sie würden bald Besuch bekommen. Die lokale Polizei würde anklopfen und zu ihrem Bedauern mitteilen, dass Anne Smitt – die Frau, die für sie Tochter und Schwester gewesen war – das Zeitliche gesegnet hätte.

Er schüttelte mit einiger Mühe diese unbehagliche Vorstellung ab. Jedes Mal überkam ihn in solchen Fällen ein Gefühl von Hoffnungslosigkeit. Als würde sich ein Teil der Trauer auf sie als Fahnder übertragen, sodass sie allein durch ihren Einsatz in der Ermittlungsarbeit dem Opfer persönlich nahe stehen würden.

Hier sah es eigentlich richtig nett aus. Nicht ärmlich, aber auch nicht prätentiös. Nicht so wie bei den Nilsmeds.

Alles hatte eine praktische Funktion, und die großzügige Möblierung ließ viel Raum.

Raum für Bewegungsfreiheit?

Den Platz, den eine junge aktive Frau benötigte?

Doch wo…

Wo waren eigentlich ihre Freunde?

Eine junge hübsche Frau, und keine Spur von Bekanntschaften?

Gårdeman hatte das Gefühl, dass hier irgendetwas nicht stimmte. Junge Leute hatten heutzutage meistens weit reichende soziale Bindungen, das wusste er. Sie trafen sich in Kneipen und Cafés, schickten sich gegenseitig verrückte SMS-Mitteilungen, schrieben Postkarten und fotografierten einander in mehr oder weniger peinlichen Situationen.

Bei allen jungen Leuten war das so. Alltägliche Erinnerungen daran, dass man ist, wer man ist, und dass das Leben herrlich ist, solange man von seinen Freunden umgeben war. Man fand sie beispielsweise mit bunten Magneten an den Kühl- oder Gefrierschrank geheftet.

Doch die Kücheneinrichtung von Anne Smitt wies nichts dergleichen auf.

Sie schien nicht einmal ein Adressbuch zu besitzen!

Irgendetwas war faul.

Gårdeman schüttelte irritiert den Kopf und ging wieder zurück zu Hill und Anderberg.

»Irgendwas Besonderes?«, fragte Hill, der offensichtlich einen siebten Sinn für die Gemütslagen des Kollegen hatte.

»Ich verstehe das nicht. Sie hat offenbar überhaupt keinen Bekanntenkreis«, meinte Gårdeman entrüstet. »Mein Gott, das Mädel war doch schwanger! Es muss doch einen Vater zu dem Kind geben, oder zumindest eine gute Freundin, die sie unterstützt hat.«

»Ja, oder wenigstens einen Hund!«

Hill und Gårdeman schauten Anderberg an.

»Einen Hund?«

Sie hatten zwischenzeitlich nicht mehr an die mysteriösen Haarbüschel, die er erwähnt hatte, gedacht.

»Ja sicher, der Hund ist des Menschen bester Freund«, erinnerte Anderberg, »und wenn er so viele Haare auf dem

Teppich hinterlassen hat, dann muss er oft hier gewesen sein.«

Hund? Hill suchte unermüdlich nach dem roten Faden. Irgendwo im Hinterkopf musste er doch aufzufinden sein. Endlich bekam er ein fransiges Ende zu fassen und begann, es zu entwirren.

»Hund, sagst du? Was für eine Rasse?«

»Schwer zu sagen. Aber die Probe T7 hält die Antwort bereit. Morgen oder spätestens übermorgen hast du sie. Aber dass es sich um eine kurzhaarige Rasse handelt, kann man schon jetzt sagen. Dazu taugen die alten Gucklöcher immer noch.«

Hill grinste zufrieden. »Hol einen neuen Beutel, Anderberg«, forderte er ihn auf.

Anderberg zuckte matt mit den Schultern, wühlte in der Tasche mit den technischen Utensilien und holte einen weiteren, von der Polizeibehörde gekennzeichneten Beutel für Beweismaterial hervor. Einen aus extrafestem PVC mit eingearbeitetem Verschlussstreifen.

»Hast du etwas für uns?«, wunderte er sich.

»Guck selbst, wenn du so gute Augen hast!«

Hill brüstete sich und warf die Arme in die Luft. In diesem Moment war er froh, dass er heute die dicke wollene Winterjacke anstelle der gewohnten, unempfindlichen Öljacke angezogen hatte. Die Dinge verfingen sich ziemlich leicht in buschigem Haar, wie schon Don Juan bemerkt hatte!

»Ich glaube schon, dass du hier auch das eine oder andere kurze Hundehaar finden wirst«, schmunzelte er. »Ich verspreche auch, still zu halten.«

Anderberg nahm etwas verwundert die Taschenlampe mit dem extrastarken Lichtstrahl zur Hand, runzelte die Augenbrauen, begann jedoch widerspruchslos mit der Arbeit.

Hill stand still, wie er es angekündigt hatte, und blinzelte

Gårdeman vielsagend zu. »Man will ja nicht wegen Unterschlagung von Beweismaterial erwischt werden!«

Anderberg rückte ihm mit der Pinzette zu Leibe und streckte sich kurze Zeit später wieder mit einem entzückten Ausruf. Im Lichtkegel hielt er ein kurzes dickes Haar im Griff der metallenen Zange.

»Bingo!«, sagte er. »Da haben wir es…«

»Gut gemacht, Anderberg!«, merkte Hill an und notierte den Identitätscode auf dem Beweisbeutel. »Das wird spannend. Ich ahne zwar bereits, wie das Resultat ausfallen wird, aber schick du es zur Sicherheit mit dem Vermerk ›höchste Priorität‹ zur Analyse.«

Anderberg war immer noch leicht verwundert, legte jedoch die Haarsträhne mit gewohnter Behutsamkeit in den Beweisbeutel und verschloss ihn sachkundig. Auf dem Etikett vermerkte er mit sauberer und ordentlicher Schrift:

t7+: evtl. Übereinstimmung mit t7 (?)

Dann legte er den Beutel zu den anderen Proben in die Tasche, ließ das Schloss zuschnappen und sah sich ein weiteres Mal im Raum um.

Er hatte offenbar nichts vergessen.

»Ich mach mich jetzt auf den Weg, Jungs«, teilte er müde mit. »Wir sehen uns morgen – ich werde versuchen, einiges bis zum Mittag fertig zu haben, aber das, was wir ans SKL schicken, wird natürlich eine Weile dauern.«

»Ja, klar, tschüss dann«, verabschiedete ihn Hill und wandte sich erneut dem voll gepackten Schreibtisch zu.

»Okay«, meinte Gårdeman ungeduldig, »ich würde auch gerne möglichst bald Schluss machen, aber sollen wir vorher nicht noch einen Blick in die Computerwelt werfen?«

»Ja, leg du nur los«, antwortete Hill auffordernd, während er seine Jacke nach der geglückten Haarentnahme glatt strich.

Etwas irritiert über die ansteckende Müdigkeit bediente

Gårdeman die Maus, um die Maschine aus ihrer Ruhestellung zu wecken. Der Computer antwortete auf seine eigene, besondere Weise, indem er unmittelbar abstürzte.

»Verdammt – er ist gesichert!«

»Immer mit der Ruhe«, meinte Hill geduldig. »Starten wir ihn doch einfach noch mal neu.«

»Ja, natürlich.«

Gårdeman empfand die zusätzlichen Minuten, die es dauerte, den PC wieder hochzufahren, als nahezu unüberwindliches Hindernis auf dem Weg zum bevorstehenden Feierabend und seinem damit verbundenen Wohlbefinden. Dem wunderbaren Augenblick, in dem er den Kopf auf das Kissen legen und herrlich befreit in eine Traumwelt ohne jegliche Probleme hinübergleiten können würde.

Er hatte in der letzten Zeit ungewöhnlich viel geträumt. Es waren lustige, völlig absurde Träume gewesen, die ihn morgens, trotzdem ihn der Wecker unerbittlich aus den Federn trieb, gut gelaunt den Tag beginnen ließen.

Oftmals hatte er geträumt, dass er Verkehrsdienst hatte, was im Hinblick auf seine Arbeit nicht besonders verwunderlich war. Doch im Traum hatte er die merkwürdigsten Autofahrer gestoppt und war in die unterschiedlichsten komischen Späße verwickelt worden.

Eines Nachts hatte er geträumt, dass er ein superflottes Mädel in einer völlig ramponierten Schrottkarre angehalten hatte. Sie hatte ihn auf einen Wodka eingeladen, den sie aus ihrem rechten Schuh tranken. Zum Schluss waren sie in romantischer Stimmung mit ihren mitgebrachten Wettex-Schwammtüchern auf dem Kopf gemeinsam über die Wiesen gelaufen.

Aus verständlichen Gründen hatte er Lena von genau diesem Traum nicht ein Wort erzählt.

Ein anderes Mal hatte er eine weiße Limousine an den Rand gewunken. Der Fahrer war ein Clown. Ein Clown mit roter Nase und Pistole. Eine Pistole, die große, leuchtend bunte

Seidenblumen versprühte, als Ulf darum bat, seinen Führerschein zu…

Der Bildschirm leuchtete in grellem Gelb, während die Programme nach und nach geladen wurden.

»Keinen Bekanntenkreis, sagtest du?«

Hills Stimme drängte sich aufgekratzt und unbarmherzig in Gårdemans fantasievolle, in den Halbschlaf überleitende Gedankenwelt.

»Das hier«, fuhr er fort, »das nenne ich ein Adressbuch!«

Der Text war leuchtend rot. Das ganze Bekenntnis war in den kontrastreichen Farben der Provinz Schonen gehalten:

Anne

Leif

Als es Nacht wurde, konnte der Mann, der die Tote in Råå entdeckt hatte, nicht schlafen. Auge in Auge mit dem Tod zu stehen, hatte ihn stark aufgewühlt.

Erst war es, als hätte ihn der reinste Energieschub mit unfassbarer Geschwindigkeit in Richtung Polizeirevier getragen. Und sicherlich war es auch diesem Umstand zu verdanken, dass er sich, solange die letzten Polizisten noch vor Ort waren, in der Nähe des Blaulichtes aufgehalten hatte und der einen oder anderen Aufforderung nachkam zu erzählen, was eigentlich geschehen war.

Aber diesem rotbärtigen Motorradgangster hatte er um jeden Preis ausweichen wollen. Was hatte der eigentlich hier zu suchen? War nicht alles schon schlimm genug, ohne dass solche wie er auch noch dort auftauchen mussten?

Später am Abend hatten ihn mit voller Kraft Wehmut und Kummer überfallen. Obgleich ihn, oberflächlich gesehen, nichts mit der toten Frau im Auto verband, empfand er eine bodenlose Trauer angesichts dessen, was passiert war.

Seine Frau hatte ihn des Öfteren fragend angeschaut, insbesondere als er den Fernseher mitten in den Sportnachrichten ausgeschaltet hatte.

Aber sie hatte nicht nachgefragt. Machte sich, um die Wahrheit zu sagen, auch nicht so extrem viel draus, denn sie hatte vollauf mit ihren eigenen Problemen zu tun, wie zum Beispiel das Garn für ihre Stickerei, das sie in einem völlig falschen Farbton erhalten hatte. Ein Motiv mit einem riesigen, blühenden Flachsfeld und einem roten Holzhäuschen im Hintergrund. Die Flachsblüte war doch… nahezu blassblau. Das Garn aber, das sie gerade missmutig in den Händen hielt, war fast azurblau. Wie dumm aber auch! Sie würde dem Kerl im Nähladen deutlich sagen, was sie von seinem unzulänglichen Sortiment hielt!

»Du, ich lege mich jetzt schlafen«, sagte der Mann zu seiner empörten Frau.

»Ja – jetzt schon? Na ja, dann schlaf gut.«

Sie sagte es so dahin, aber vielleicht meinte sie es auch so. Sie hatte es bislang so viele Male in ihrer 42 Jahre währenden Ehe gesagt, dass es ihr eher wie eine einstudierte Phrase über die Lippen kam. Außerdem waren ihre Gedanken bereits zu dem enervierenden Problem mit dem blauen Garn zurückgekehrt.

Wie sollte sie nun weitermachen?

Nun, sie musste wohl oder übel solange an den Baumkronen weitersticken und sich an einem anderen Tag dem Flachs widmen.

Der Hund betrachtete sein Herrchen mit einem unergründlich prüfenden Blick, bevor er zu seinem gewohnten Platz auf dem Teppich im Korridor trabte und es sich dort bequem machte. Es war angenehm kühl dort, und der leichte Zug vom Treppenaufgang fuhr ihm erfrischend in das dichte Fell. Er seufzte tief – alles war Gott sei Dank wieder sicher und wohl bekannt.

Der Mann wusste, dass seine Frau nicht eher, als bis die Stiche vor ihren Augen verschwammen, zu Bett gehen würde. Sie war jedes Mal derart in ihre Stickerei versunken, dass es unmöglich war, sie zu stören. Als ließe sie die Wirklichkeit hinter sich und verschwände gleichsam in der verzaubernden Welt der Stickkunst.

Vielleicht war das ihr Sicherheitsventil? Die Möglichkeit zu nutzen, sich in die Muster und Landschaften, die unter ihren Händen entstanden, hineinzuträumen. Manchmal schien sie sowohl intensiver als auch glücklicher damit zu sein als im Zusammenleben mit ihm.

Doch das Leben hatte seinen eigenen Gang, und er klagte nicht. Ganz abgesehen davon, wie es einmal zwischen ihnen gewesen war, konnte man kaum erwarten, dass sich keine eintönigen Gewohnheiten einschleifen und ihre betagte Ehe bestimmen würden. Stattdessen schätzte er immer mehr die kleinen Dinge. Wie beispielweise, in aller Ruhe früh zu Bett zu gehen.

Obgleich er doch auch sein eigenes kleines Ventil hatte, oder etwa nicht?

Gerade deswegen hatte ihn am späten Abend die Wirklichkeit mit unheimlicher Wucht eingeholt. Just in dem Moment, als der Schlaf am verlockendsten gewesen war, durchlebte er erneut die Geschehnisse des Abends, jetzt allerdings völlig unerwartet in Form von Blitzlichtern, die unbarmherzig in seine Hirnrinde eindrangen.

Er fuhr zusammen, während ihm der kalte Schweiß ausbrach. Plötzlich war er gegen seinen Willen hellwach. Draußen ging ein spärlicher Winterwind, der schwermütig heulend über die undichten alten Fensterrahmen strich, und er hatte das Gefühl, dass es bald schneien würde. Er stand auf und schaute nach, doch er konnte lediglich feststellen, dass die winterkahlen Bäume, die den Gehweg säumten, vom Wind hin und her gewogen wurden.

War es denn wirklich so, dass keine Verbindung zwischen ihnen – zwischen ihm und der toten jungen Frau – existierte?

Die Dunkelheit zwang ihn unvermittelt, seine persönlichsten Gedanken zu überprüfen.

Stimmte es tatsächlich mit der Wahrheit überein, dass ihn heute Abend der bloße Zufall ihren Weg kreuzen ließ? Warum war er dann angesichts ihres Schicksals so bodenlos traurig?

Er wies die Frage von sich und ging auf kalten Füßen zurück zum Bett. Unter der Decke war es warm und gemütlich, und trotzdem lag er wach und wälzte sich. Versuchte, eine Zeit lang auf der anderen Seite zu liegen, doch die Hüfte schmerzte arg, und er würde sich auf die Dauer sowieso nicht den eigenen Gedanken entziehen können.

Die innere Stimme fuhr fort, ihn zu verfolgen und zu plagen.

Hatte er nicht in Wirklichkeit die Polizei angelogen?

Nein, gelogen hatte er nicht.

Nicht?

Er griff nach dem Kissen und bearbeitete es mit der Faust, um ihm mehr Volumen zu verleihen. Drehte sich auf den Rücken.

Vielleicht hatte er, wenn man es genau betrachtete, einen Teil der Wahrheit für sich behalten. So weit, so gut. Aber gelogen hatte er nicht!

Er starrte mit aufgerissenen Augen, jedoch ohne etwas zu erkennen, an die nächtlich schwarze Zimmerdecke, während die Stimme weiter in seinem Unterbewusstsein bohrte.

Und dass er es absichtlich unterlassen hatte, alles, was er wusste zu berichten – alles, was für die Ermittlungen von Bedeutung sein konnte –, war das keine Lüge?

Nein.

Inzwischen war er schweißgebadet. Fühlte sich eingeengt in seiner Pyjamajacke. Das Atmen fiel ihm schwer, und das Kissen, das er gerade aufgeschüttelt hatte, war vom Schwitzen feucht geworden. Die Stimme ließ ihm keine Ruhe.

Wirklich nicht?, beharrte sie.

Vielleicht war es Täuschung, aber in diesem Fall eine Täuschung, ohne zu lügen. So viel konnte er zugeben. Doch keiner würde jemals seinen… Schwindeleien auf die Schliche kommen.

Wirklich keiner?

Nein, denn wer konnte ihn schon gesehen haben…?

Ihn gesehen – sie gesehen?

Ja.

Vielleicht jemand, der wie er selbst Ausschau gehalten hatte. Genau so einer wie er selbst, als er *sie* beim Spionieren beobachtete.

Aber…

Ja, warum nicht? Sie hatte ja kaum geahnt, dass sie beobachtet wurde, während sie ihrerseits den Blick auf die Frau im Haus richtete.

Die Frau, die nun tot war.

Und warum hätte nicht einer auf die gleiche Weise dir zugeschaut haben können, als du damit beschäftigt warst, ihr hinterher zu schauen?

Ja, aber wer sollte das sein?

Wer auch immer.

Irgendein Fremder, genau wie du selbst ein Fremder warst, der mehr zu sehen bekam, als er sollte.

Und stell dir vor, es gäbe so einen – noch so einen – Fremden!

Dann könnte die Sache auffliegen und deine Seifenblase zerplatzen.

Seifenblase?

Die Lüge natürlich – das, was du der Polizei heute Abend vorenthalten hast.

Aber es gab doch gar nichts zu erzählen!

Plötzlich hatte er den Eindruck, dass es über dreißig Grad im Schlafzimmer waren. Er verschaffte sich Abkühlung, indem er die Pyjamajacke aufknöpfte und die kühle Luft über den verschwitzten Oberkörper strömen ließ.

Aber sie werden dir weniger Glauben schenken, wenn sie es von einer weiteren Person erfahren würden, oder? Dann würde deine Zeugenaussage äußerst unglaubwürdig aussehen.

Aber warum?

Weil du nicht aus eigenen Stücken die Wahrheit gesagt hast. Warum hast du das eigentlich nicht getan?

Oh, sind wir jetzt wieder am Ausgangspunkt! Ich habe ja die Wahrheit gesagt!

Aber nicht die ganze Wahrheit.

Er setzte sich im Bett auf und schaltete die Leselampe an. Die Bettfedern quietschten ein wenig, doch seine Frau würde es nicht hören. Sie war in rote Häuschen und blühende Flachsfelder vertieft und erlebte – ja, Gott weiß was.

Nicht die vollständige Wahrheit, wiederholte die innere Stimme hartnäckig.

Doch.

Nein.

Aber das andere… Das hat nichts mit der Sache zu tun. Das ist privat, ganz und gar privat.

Es gibt nichts, was privat ist. Nicht, wenn jemand ermordet wurde.

Aber es ist doch nichts geschehen.

Nichts?

Nichts anderes, als sie nebenan im Wohnzimmer erlebt. Träume und Fantasien – das war alles.

Für dich, ja. Aber irgendjemand ging heute Abend deutlich über die Grenzen seiner Fantasie hinaus, oder nicht? Dieser Jemand *verwirklichte* offenbar das, worüber man ansonsten höchstens fantasiert, folgerte die Stimme.

Es gibt doch keine Beweise! Keine wie auch immer gearteten Beweise, dass gerade sie es gewesen sein soll!

Aber wer sollte es sonst gewesen sein? Dieser aufgeblasene Pinsel, der sich nie damit begnügen musste, draußen zu bleiben und zu gucken? Er, der einen Schlüssel besaß und kam und ging, wie es ihm beliebte. Ist es glaubwürdig, dass *er* sich selbst den Boden unter den Füßen wegziehen würde?

Nein, wohl eher nicht.

Und wie beurteilst du es, wenn jemand so viel Zeit dafür aufwendet, in der Dunkelheit herumzuspionieren? Das klingt kaum nach einer völlig unschuldigen Beschäftigung.

He, jetzt warte aber mal! Ich habe auch heimlich spioniert, aber deswegen bin ich noch lange kein Mörder!

Nein, aber du bist ein Mann. Ja, du bist immer noch *männlich*! Wie auch immer dein Frauchen die Sache beurteilt, bist du doch ein Mann. Dann erscheint es umso natürlicher, denn sie war ein verdammt flottes Frauenzimmer, diese Dame!

Diesem Gedankengang hatte er nicht besonders viel entgegenzusetzen. Und vielleicht war es gerade das, was ihn am meisten beunruhigte: die Schuldgefühle bezüglich all seiner heimlichen Beobachtungen.

Und die Tatsache, sich selbst einzugestehen, dass er ein ziemlich armseliger, alter Knacker war.

Irgendwie schien das Schlimmste vorbei zu sein, sobald er sich das Recht auf seine natürlichen Triebe eingeräumt und alles, wenn auch nur vor sich selbst, ausgesprochen hatte. Es kam ihm auf einmal bedeutend frischer im Schlafzimmer vor.

Doch die innere Stimme setzte schonungslos zum Schlussplädoyer an.

Also, was du tun musst, ist, der Polizei genau zu berichten, wie es sich verhält. Es macht einen besseren Eindruck, wenn du es selbst erzählst, als wenn sie es durch ihre eigenen Untersuchungen herausfinden.

Aber wie soll ich es sagen? Und was für eine Rolle spielt es für die Fahndung? Viel habe ich ja in der Dunkelheit nicht gesehen. Ich hätte niemanden mit Sicherheit identifizieren können!

Überlass es der Polizei, was wichtig ist und was nicht. Nun versuchst du schon wieder, Ausreden zu finden.

Nein. Aber was kann ich denn eigentlich sagen?

Berichte von dem Mantel.

Der Mantel – ja.

Erzähl ihnen, dass er teuer und mit einem Pelzkragen versehen war.

Ja, vielleicht das.

Das war vermutlich die einzige Möglichkeit, sich diese verfluchten Gewissensbisse vom Leib zu schaffen. Auch wenn es ihm schmerzlich zusetzen würde, vor der Polizei seine intimen, sehnsuchtsvollen Liebesträume zu bekennen, so hatte doch die Stimme des Gewissens in jedem Fall Recht.

Er würde gleich morgen, und zwar so früh wie möglich, die Polizei informieren. So eine Art Beichte war wohl tatsächlich das einzig Richtige, und dann sollte herauskommen, was da wolle. Er musste sich diese Last von der Seele reden, damit er in Zukunft nachts wieder ruhig schlafen könnte.

Und... wenn es *ihm* damit so schlecht ging, wie würde es ihr erst ergehen, fragte die innere Stimme abschließend. Welche teuflischen Gewissensqualen würde sie mit dem maßgeschneiderten Mantel wohl erst erleiden?

Er schaffte es nicht länger, darüber nachzudenken. Machte es sich stattdessen in seinem Bett bequem. Und fand zum ersten Mal in dieser Nacht annähernd zur Ruhe.

Es würde unsäglich gut tun, jetzt schlafen zu können – jetzt, da er sich endlich entschieden hatte.

## DIENSTAG 08:15:00

Der Mann aus Rå war sich seiner Sache nicht mehr ganz so sicher, als er am Dienstagmorgen aufwachte, aufstand und schließlich den Morgenkaffee aufsetzte.

Heute erschien ihm die Entscheidung, die aus seinen nächtlichen Überlegungen heraus erwachsen war, nicht mehr ganz so plausibel wie noch einige Stunden zuvor, als er sich von seiner inneren Stimme hatte überzeugen lassen und es ihm daraufhin endlich geglückt war, einzuschlafen. Das stahlgraue Licht des neuen Tages hatte die blank geschliffenen Konturen seines aufrichtigen Beschlusses bedenklich verwischt.

Vielleicht wäre es sogar der reine Wahnsinn, zur Polizei zu gehen.

Er stellte sich vor, wie es wäre, wenn sie am Ende gar ihn verdächtigten.

Nein.

Er würde es wohl, trotz allem, besser bleiben lassen, denn er hielt es für angebracht, sich nicht in Dinge einzumischen, wenn es nicht unbedingt nötig war.

Wie auch immer, die Sache würde sowieso bald in Vergessenheit geraten. Es geschahen heutzutage doch so viele Morde, die nie aufgeklärt wurden. Und auch dieser würde sicher in die Geschichte der ungelösten Mysterien eingehen. Warum sollte er dann zur Polizei rennen und die Klatschbase spielen, wenn es einzig zu seinem eigenen Unglück geschähe?

Zum ersten Mal war er froh, dass der Polizei derart wenig Personal zur Verfügung stand und man dort Mühe hatte, der hohen Quote von Delikten gerecht zu werden. Als diese Lümmel vom Nachbarblock von Haus zu Haus gezogen waren, um die Eingänge zu verschmutzen, hatte er sich oft darüber beklagt, dass die Polizei offenbar nicht in der Lage war, einzugreifen und eine vernünftige Auseinandersetzung mit diesen Randalierern zu führen, die anscheinend aus purer Zerstörungslust handelten.

Gerade jetzt kam ihm dieser Personalmangel ziemlich gelegen. Er schien ihm wie eine Befreiung von dem Druck, den ihm seine fordernde innere Stimme auferlegt hatte.

Jetzt, wo er aus diesen höchst einleuchtenden Gründen seine nächtliche Entscheidung, den Helden spielen zu wollen, widerrufen hatte, würde ihm eine Tasse Kaffee so richtig gut tun – ordentlich starker, schwarzer Kaffee, so, wie er ihn gern hatte!

Da fiel es ihm plötzlich ein.

Wie von einem Blitzlicht erhellt, erinnerte er sich an das einzige Mal, wo er mit ihr gesprochen hatte.

Diese Situation im Supermarkt.

Sie hatte vor dem Kaffeeregal gestanden, ziemlich in Gedanken versunken. Doch dann hatte sie sich etwas abrupt umgedreht und ihn dabei versehentlich angestoßen, als er mit seinem roten Einkaufskorb unter dem Arm den engen Gang entlang gekommen war.

»Oh, Entschuldigung!«, hatte sie ausgerufen und für den unvergesslichen Bruchteil einer Sekunde beschwichtigend ihre Hand auf seinen Arm gelegt.

Sie hatte ihm ein göttliches, blendend weißes Lächeln geschenkt, und ihre schönen Augen hatten ernsthafte Aufrichtigkeit ausgestrahlt. Nicht wie so manche anderen jungen Damen. Solche, die einen älteren Mann wie ihn nur sauer anglotzten, als hätte er ihnen allein durch seine bloße Anwesenheit schon Gewalt angetan.

Nein, sie war etwas ganz Besonderes gewesen.

»Oh, verzeihen Sie noch einmal«, hatte sie schnell hinzugefügt, »gerade fällt mir ein, dass ich die falsche Sorte gegriffen habe. Die ist ja viel zu stark, ich wollte doch eigentlich die milde Sorte.«

Dann hatte sie sich erneut dem Regal zugewandt, die Packung zurückgestellt und stattdessen ein Paket milde Sorte aus dem Fach darunter genommen.

»Vielen Dank!« Sie hatte gelächelt und auf diese Weise sein stummes Warten belohnt.

Aber er hatte nur etwas verlegen genickt.

Als er jedoch ganz sicher war, dass sie ihn nicht mehr sah, nahm er genau jenes Kaffeepaket an sich, welches sie einige Sekunden zuvor in ihrer anmutigen Hand gehalten hatte. Diesen Kaffee genoss er bis zur letzten Tasse. Wie ein geheimnisvolles Band vereinigte es ihn mit ihr – wie ein aromatisch duftender Triumph über das bedrückende Desinteresse seiner eigenen Ehefrau. Er erlebte, ohne dass es jemand auch nur geahnt hätte, in seiner eigenen Küche eine heimliche Liebesromanze – eine unvergessliche Liebesgeschichte mittels einem Paket starker Röstung.

Direkt nach diesem Ereignis hatte er begonnen, seine Nachforschungen aufzunehmen. Zuerst beschränkte er sich darauf, im allgemeinen Einkaufstrubel in Råå etwas genauer auf sie zu achten. Doch als er sie dort nicht entdecken konnte, wurde er ungeduldig – fast wie ein verschmähter Liebhaber. Er nahm sich vor, in Zukunft direkt an ihrem Haus vorbeizugehen. Der Hund lieferte ihm dafür das passende Alibi.

Das, was mit einem Paket Kaffee begonnen hatte, entwickelte sich bald zu einer wahren Obsession – einem Lebensziel und einer Leidenschaft. Allein, sich in ihrer Nähe aufzuhalten, wurde ihm im Lauf des Herbstes zum unerlässlichen Bedürfnis. Und Dank des Hundes konnte er dieses mehrmals am Abend befriedigen.

So gesehen war alles von Beginn an eine einzige Lüge gewesen.

Es war also beileibe kein Zufall gewesen, der ihn gestern Abend in ihre Straße geführt hatte, sondern der Wunsch, die Luft ihrer Umgebung einzuatmen.

Allein seine Beobachtungen, das aufmerksame Verfolgen der Geschichten, die sich die Leute im Ort gegenseitig erzählten, und seine eigenen Bemühungen, sich einen Reim darauf zu machen, vermittelten ihm den Eindruck, sie gleichsam kennen gelernt zu haben, ohne dass sie auch nur von seiner Existenz geahnt hätte. Unweigerlich hatte er im Vorübergehen so manchen Kommentar aufgeschnappt, den die Nachbarn im Gespräch auf der Straße fallen ließen.

»Doch, ja, sie wohnt ganz allein in dem Haus. Sie schreibt wohl, oder… ja, sie arbeitet jedenfalls viel am Computer.«

Oder: »Sie kommt aus Blekinge, habe ich gehört. Ich glaube aber, dass sie eine Schwester in der Nähe wohnen hat.«

Er erfuhr auf diese Weise auch von ihren unterschiedlichen Gewohnheiten. Warf neugierige Blicke in ihre Fenster, um zu sehen, wie eine Liebesgöttin wie sie wohl eingerichtet war, und studierte heimlich die Aufkleber auf ihrem Briefkasten, um zu erfahren, anhand welcher Tageszeitung sie sich ihre Meinung bildete.

Und als er sie dann endlich wieder einmal im Laden erblickt hatte, versuchte er darauf zu achten, was sie in ihren Einkaufskorb legte. Wollte sich in seiner immer aufdringlicheren Neugier eine Vorstellung davon machen, welche Lebensmittel sie bevorzugte, womit sie ihre Wäsche wusch und welche Pflegeprodukte sie benutzte.

Sie erkannte ihn wieder und nickte ihm zu, doch er tat so, als merkte er es nicht. Fixierte nur ihren Korb, um den Lebensstil seiner heimlichen Geliebten so ausgiebig wie möglich zu ergründen.

Mit jedem neuen, sorgsam registrierten Detail erhielt er

einen weiteren Zugang zu ihrem Leben. Er wusste bereits ihren Namen – der ebenfalls auf ihrem Briefkasten stand. Um ihn zu erfahren, tat er so, als hätte sich die Hundeleine irgendwo verhakt und blieb dann für den kurzen Augenblick, den er benötigte, um das kleine, schmucke und edel gravierte Namensschild lesen zu können, vor ihrem Haus stehen.

Anne Smitt.

Sein Herz machte über das bloße Wissen um ihren Namen einen Sprung – es kam ihm vor, als hieße sie Gloria Halleluja persönlich – und er selbst war vollkommen selig.

Einige Abende später hingegen hatte er sowohl gesehen als auch überdeutlich verstanden.

Ein hastiger Abschiedskuss in der Tür.

Begriffen, dass der Mann, der sie des Öfteren in ihrem kleinen Reihenhaus besucht hatte, keineswegs ihr Vater war.

Der Abschied, dessen Zeuge er zufällig gewesen war, hatte nichts von der Verabschiedung eines Vaters – er war leidenschaftlich und voller Heftigkeit.

Hastig hatte er seinen Hund quer über die Fahrbahn auf die andere Straßenseite gelenkt. Denn angesichts des Afghanen, den der fremde Mann nun zu seinem Auto führte, knurrte sein Hund eine unterdrückte Warnung, und eine Rauferei der beiden Hunde wäre wirklich das Letzte gewesen, was er wollte.

Doch schon bald war er wieder allein auf der Straße. Der weinrote BMW des Unbekannten ließ sich trotz des ungemütlich feuchtkühlen Herbstwetters perfekt starten. Nahezu lautlos glitt er vom Bordstein und fuhr weiter in Richtung Landskronavägen über die Brücke von Lussebäcken, bis er aus seinem Blickfeld verschwand.

Dem ungewollten Zuschauer aus Råå war das Herz schwer wie Blei. Er hatte durch Zufall eine Wahrheit erfahren, von der er gar nichts wissen wollte, und dieser Wermutstropfen besudelte seine idyllische Traumwelt und machte seine heimlichen Fantasien schmerzlich zunichte.

Sie hatte einen Liebhaber. Der Kerl konnte ja kaum viel jünger als er selbst sein! Höchstens zehn Jahre!

Völlig am Boden zerstört kehrte er schließlich mit dem bestimmten Vorsatz nach Hause zurück, nie wieder an ihrem Haus vorbeizugehen.

Doch er konnte sie einfach nicht im Stich lassen.

Als hätte er geahnt, dass sich eine Tragödie anbahnen würde, entwickelte er intuitiv eine Art Verantwortungsgefühl für das Mädchen. Denn sie war eigentlich fast noch ein Kind und brauchte sicher jemanden, der ein wachsames Auge auf sie warf.

Unter diesem Vorwand hatte er seine endlosen Beobachtungen wieder aufgenommen und weit mehr gesehen und gehört, als ihm lieb war.

»Wenn du verstehst, ich glaube, sie ist in anderen Umständen!«

»Ja, mein Gott – die Jugend heutzutage!«

Die Altenriege der Straße entwickelte eine Art Marktschreiermentalität.

Und letzten Endes sah auch er es, als er sie eines Tages im Geschäft verstohlen musterte. Der Mantel wölbte sich ordentlich nach außen: Es war eindeutig. Schließlich wagte er noch einen fragenden Blick hinauf in ihr Gesicht – aber sie wirkte nicht im Geringsten unglücklich oder zumindest beschämt.

Im Gegenteil. Sie zeigte ihr strahlendes Lächeln genauso selbstverständlich wie vorher. Diesmal galt es allerdings der Kassiererin, die gerade dabei war, ihr das Wechselgeld zu reichen.

Ja, das alles war schon seltsam. Eine außereheliche Schwangerschaft. Das, was in seiner Jugendzeit immer als große Tragödie gegolten hatte, schien heute einem Triumph gleichzukommen!

Spätestens ab da hätte ihm doch einfach alles egal sein können. Sie war sicher nicht auf seine wohlgemeinte Fürsorge angewiesen und würde sich höchstwahrscheinlich ausgezeichnet selbst zu helfen wissen.

Doch, ob er wollte oder nicht – die Sorge um ihr Wohl war ihm zu einer neuen Mission in seinem Leben geraten. Würde sie schon nicht ihm gehören, so wollte er wenigstens darauf achten, dass ihr nichts zustieß.

Als ihm dann einige Wochen später die andere Frau aufgefallen war, hatte er sich innerlich in seiner Entscheidung bestätigt gefühlt. Diese dunkel gekleidete Gestalt vor dem Haus von Anne Smitt, die aussah, als entspräche gerade die Wahl gedeckter Farbtöne ihrem natürlichen Kleiderstil, tauchte jeden Abend auf. Völlig unbeweglich, wachsam und unermüdlich harrte sie dort aus.

Genau wie er selbst.

»Hast du Kaffee gekocht?«

Seine Ehefrau brachte ihn mit ihrem plötzlichen Auftauchen in der Küche völlig aus der Fassung. Die Tasse, die er in der Hand hielt, klapperte gegen die Untertasse, und er war kurz davor, beides fallen zu lassen.

»Oh, wie gut das duftet«, plapperte sie ahnungslos drauflos. »Hast du auch eine Tasse für mich?«

»Wie bitte? Ja, natürlich – hier, ich schenk dir ein.«

»Danke.«

Dann schaute sie ihn verwundert an. Was machte er eigentlich hier draußen in der Küche? Die letzte Schokolade aus dem Schrank hatten sie doch am vorigen Samstag zum Bingospielen aufgegessen. Also, warum zum Teufel stand er hier und grübelte?

»Du, kannst du mich nachher in die Stadt fahren?«, fragte sie unvermittelt. »Ich muss dieses Garn hier umtauschen. Ich komme mit meiner Stickerei sonst nicht weiter. Dieser dämliche Trottel im Nähladen hat mir Azurblau anstatt Blassblau verkauft, und ich werde ihm wahrhaftig…«

»Natürlich. Das ist kein Problem. Ich habe sowieso selbst etwas in der Stadt zu erledigen«, entgegnete er, aber sie hörte ihm gar nicht zu.

»…erzählen, was ich davon halte, völlig falsch beraten zu werden, und er kann in der Tat die Benzinkosten gleich mit übernehmen!«

Gewiss, es passte ihm ausgezeichnet. Er dachte genau wie sie. Er würde ebenfalls nicht weiterkommen, wenn er nicht Klarheit in die Sache bringen würde. Es war ihm zwar nicht gelungen, sie zu beschützen, aber vielleicht würde er sich wenigstens nützlich machen können, wenn es um den Mord an ihr ging.

Denn wenn er sie schon nicht zu Lebzeiten aufgegeben hatte – wie würde er sie jetzt im Stich lassen können?

Jetzt, da sie ihn endlich brauchte!

Leif Nilsmed betrachtete sich missmutig im Badezimmerspiegel.

Er sah Furcht erregend schlecht aus – das musste sogar er selbst zugeben.

Er hatte doppelte Ringe unter den Augen, und die Haut hatte noch nicht wieder einen Hauch der goldbraunen Nuance, für die er während des Herbstes so teuer bezahlt hatte.

Im Gegenteil, sie wirkte grauer und faltiger denn je.

Seine Kleidung war ebenfalls ruiniert, zerknittert und bekleckert, seine teuren, maßgeschneiderten Kleidungsstücke, die er für gewöhnlich sorgfältiger als alles andere pflegte. Und jetzt hatte er sogar in ihnen geschlafen. Ja, für ein paar Stunden war er gegen Morgen auf seinem Bett endlich in einen unruhigen und schweißtreibenden Schlaf gesunken, doch er fühlte sich kaum weniger erschöpft als zuvor.

Was ihn nicht weiter kümmerte, denn ihm war eine Idee gekommen. Auch wenn er wie ein Stadtstreicher aussah, war es ihm in den frühen Morgenstunden – als sich der schlimmste Rausch gelegt und das Hämmern in seinem Kopf allmählich nachgelassen hatte – immerhin gelungen, einen nahezu meisterlichen Plan zu entwerfen.

Nicht, dass dieser seinen Verlust geschmälert hätte oder auch nur andeutungsweise das trauervolle Dunkel, das ihn umgab, vertreiben könnte. Doch sobald er sich aufgerafft hätte, würde ihm die Umsetzung seines Vorhabens mit Sicherheit einen ungeahnt positiven Neuanfang ermöglichen.

Er schlich die Treppen hinunter und ging in die Küche.

Berit war bereits dort.

Er hätte sich gewünscht, ihr nicht begegnen zu müssen, doch nun saß sie da und umklammerte ihren Becher mit lauwarmem, dünnem Kaffee.

Manchmal fragte er sich, ob sie ausschließlich von Kaffee und Beruhigungsmitteln lebte.

Es interessierte ihn nicht wirklich; es war nur so merkwürdig, wie sie es schaffte, niemals – jedenfalls soweit er das beurteilen konnte – auch nur eine einzige nahrhafte Mahlzeit zu sich zu nehmen.

Sie sagte nichts, denn es gab nichts mehr zu sagen. Aber sie entzog sich auch nicht. Saß einfach nur da. Jetzt hatte sie die mageren Arme über der Brust verschränkt und starrte vor sich hin, genau wie sie es am Abend zuvor getan hatte.

Er nahm einen Becher aus dem Schrank, füllte ihn mit dem fast kalten Kaffee, der noch in der Kanne war, und trank einige große Schlucke. Es kratzte im Hals, doch er empfand den leichten Schmerz als angenehm. Er wollte ihn geradezu spüren, um wieder funktionieren zu können – und funktionieren, das würde er! Sein Plan stand fest, er musste nur vorher noch ein paar Dinge in der Firma regeln.

Er goss den letzten Rest der Kaffeebrühe in den Ausguss, knallte den Becher auf die Spüle und verließ ohne ein Wort die Küche.

Sie zuckte nicht einmal mit der Wimper.

Saß nur da. Mit ihrer geschwollenen Lippe und diesem lodernden, unversöhnlichen Blick, den ihr Gesicht angenommen hatte, als diese aufgeplatzt war.

Der Terminator war stocksauer.

Sicher schätzte er es, wenn seine Jungs ein wenig Geschäftssinn und Fortschrittsdenken mitbrachten, doch wenn sie nicht in der Lage waren, ihren gesunden Menschenverstand zu gebrauchen, würden sie sich die Fahrt auf der Überholspur in den Arsch stecken können!

Das war jedenfalls seine bescheidene Meinung.

Es hatte nicht allzu viel Zeit in Anspruch genommen herauszubekommen, worum es in dem Telefongespräch, das Sahlman im *Utposten* geführt hatte, gegangen war.

In Råå hatten die Leute alles Mögliche über diesen Mord gefaselt. Und alle waren mehr als willig gewesen, sowohl Fakten preiszugeben als auch jede Menge Gerüchte bezüglich des Geschehens zu verbreiten – auch wenn einige der Anwesenden plötzlich erschreckt feststellen mussten, mit wem sie es eigentlich zu tun hatten.

Er, der Terminator, war auf dem besten Weg, in der Stadt prominent zu werden – und genauso sollte es auch sein. Er hatte sich schnell einen Überblick verschafft und Erkundigungen eingeholt, um diesen Idioten von Nane auf der Stelle ausfindig zu machen. Doch die Jagd hatte leider die gesamte Nacht gedauert, ohne dass seine Jungs auch nur die geringste Witterung von ihm aufgenommen hätten. Bis zuletzt, so gegen Mittag, fehlte Raymond und Kåge jegliche heiße Spur.

Nane war untreu gewesen. Er hatte Sofi in einem Sommerhaus in der Umgebung von Gårdstånga die ganze Nacht lang gevögelt. Selbstverständlich ohne Sivan oder irgendeinem anderen zu erzählen, wo er sich aufhielt.

Das war an und für sich nichts, was den Terminator auf die Palme gebracht hätte. Ganz und gar nicht! Er hatte vollstes Verständnis für die Bedürfnisse eines gesunden Mannes nach Abwechslung und Auffrischung seines Sexuallebens – man schaue sich nur diesen Clinton in den USA an!

Jedoch dem *Klub* gegenüber untreu zu werden, das ging definitiv zu weit!

Ungeduldig hatte er darauf gewartet, dass seine Jungs den Ausreißer stellen und ihn zurück zum Klubhaus nach Lönnarp bringen würden, das unmittelbar vor den Toren von Helsingborg lag. Der Hof draußen auf dem bäuerlichen Land von Nordwestschonen war von dichten, hoch gewachsenen Bäumen umgeben und damit gegen Einblicke geschützt. Um darüber hinaus gegen jede erdenkliche Art von Spionage oder Einbruch gewappnet zu sein, ließ man ihn rund um die Uhr bewachen. Das brachte gewisse Vorteile mit sich, wenn man vorhatte, irgendwen aus dem internen Kreis zur Rechenschaft zu ziehen.

Raymond und Kåge hatten Nane kaum Zeit gelassen, die Hose zuzuknöpfen. Sie übergaben ihn ihrem Chef genau in dem Zustand, in dem sie ihn endlich im Sommerhaus vorgefunden hatten.

Er roch nach den Ausschweifungen der Nacht, und die Stimmung des Terminators hob sich nicht gerade, als der beißende Gestank nach abgestandenem Schnaps und übel riechenden Körperausdünstungen in seine Nasenlöcher drang.

»Zum Teufel! Du stinkst ja wie eine Nutte!«

»Was hast du denn erwartet?«, probierte Nane es auf die großkotzige Art. »Waldveilchen?«

Der Terminator fand den Kommentar nicht im Mindesten komisch, und Nane begriff allmählich, dass er unerwartet *in deep shit trouble* geraten war. Er sagte nichts mehr und trocknete sich das von Orgie und Rausch erhitzte Gesicht notdürftig mit dem Hemdsärmel ab.

»Du ahnst vielleicht, warum wir mit dir reden wollen«, sagte der Terminator auffordernd. Er ging mit großen, bestimmten Schritten auf und ab, als wäre er der dämonische Rektor einer Spezialschule für Motorradfreaks.

Nane begann, nervös zu werden. »Du… also wenn du Sofi haben willst, ist das okay«, versicherte er mit überspannter Großzügigkeit. »Völlig klar, wenn du sie willst, dann nimm sie dir! Darüber gibt's ja nun wirklich nichts zu streiten, oder?«

»Sofi?«, brauste der Terminator auf und starrte Nane an. »Glaubst du, ich will deine alten abgelegten Fetzen, du Idiot! Versuch es zumindest, du Schafskopf, denk nach!«

Nane fiel beim besten Willen nichts anderes ein. Jedenfalls nichts, was er zu diesem merkwürdigen Verhör hätte beitragen können.

»Versuch, dich zu erinnern… Gestern Abend, zum Beispiel«, half ihm der Terminator auf die Sprünge, nun bereits am Rande seiner Geduld.

Was hat er denn bloß, dachte Nane, dem alles immer noch ziemlich unwirklich vorkam. Was wollte er nur über gestern Abend hören? Der Terminator war ja wohl kaum so ein Spanner? Einer, der sich daran aufgeilte, zu beobachten und sich anzuhören, wie andere es trieben?

Aber, okay, nicht mal das störte ihn nennenswert.

»Doch, natürlich erinnere ich mich«, begann er nun eifrig. »Zuerst kippten wir uns ordentlich was hinter die Binde, denn es war kalt wie Sau. Aber dann wurden wir so verdammt geil, dass wir nach einer Zeit nicht mal mehr merkten, wie kalt es war….«

»Der Mord, du Idiot!«, brüllte der Terminator. »Ich spreche von dem Mord.«

Nane begriff gar nichts und plapperte nervös drauflos. »Mord? Ja, sicherlich faselte sie etwas in der Richtung. Sie fand es so schön, dass sie hätte sterben können. Aber Mord ist vielleicht trotzdem etwas übertrieben…«

Die ohnehin begrenzte Geduld des Terminators war definitiv am Ende. »Halt's Maul! Ich rede von dem Mord gestern Abend!«, donnerte er los.

»Was?«, fragte Nane dümmlich.

»Der Mord in Råå!«

Nane hatte noch immer nicht die geringste Ahnung, was der Boss eigentlich meinte, doch man konnte jetzt erstmals aus seinem Gesichtsausdruck schließen, dass er aufrichtig bemüht war zu verstehen, worum es ging.

»Letzte Woche bist du doch mit solchen verdammten Ampullen durch die Gegend gezogen«, klärte ihn der Terminator mit immer noch ziemlich gereizter Stimme auf. »Ich hab dich doch selbst gesehen – wie du geprahlt hast, was für ein Supergift das ist! War es nicht Zyanid, was du da hattest?«

Nane wurde mit einem Mal blass, und ihm brach der kalte Schweiß aus. »Ja, aber... du glaubst doch nicht etwa...? Ich war doch den ganzen Abend in Gårdstånga!«

»Tatsächlich?«

»Doch, das war ich.«

»Und wann kamst du dort an?« Die Stimme des Terminators war inzwischen eisig geworden. Er würde diesem dämlichen Arschloch, der den Ruf seines Clans befleckte, wenn nötig, mit eiserner Hand Einhalt gebieten.

»Äh... öh... ich weiß nicht mehr so genau.«

»Soll ich deiner Erinnerung vielleicht ein bisschen auf die Sprünge helfen?«, schlug der Terminator mit kaum verhohlener Abscheu vor.

Er verpasste Nane eine gerade Rechte direkt unter den Nabel. Der krümmte sich wimmernd vor Schmerz und hielt sich einen Augenblick lang atemlos den Bauch. Zu guter Letzt bekam er wieder Luft und richtete sich auf, nur um erneut dem wütenden Blick des Terminators ausgesetzt zu sein. Raymond und Kåge standen abwartend und stumm im Türrahmen.

»Halb sechs... ungefähr«, jammerte Nane hilflos, »um halb sechs waren wir... oben beim Haus.«

Er verzog halb erstickt das Gesicht und hatte Schwierigkeiten, die Worte hervorzubringen. Die Fäuste des Terminators waren wie aus Stahl, und er wollte, wenn es irgend möglich war, vermeiden, sie ein zweites Mal zu spüren zu bekommen.

»Sofi…«, fiel ihm ein. »Sofi kann es doch bezeugen!«

Der Terminator dachte nach. Halb sechs? Wenn Nane um halb sechs in Gårdstånga gewesen war, hätte er dann nicht doch…?

Selbst wenn sein Alibi wasserdicht erschien, so hielt sich dennoch ein Rest Verdacht hartnäckig in seinen Überlegungen. Er machte unschlüssig ein paar Schritte vor und zurück, drehte sich dann jedoch völlig unvermittelt zu Nane um und griff einen ganz anderen Faden auf.

»Seit wann machst du eigentlich mit Bräuten aus besseren Kreisen rum?«

Nane hatte gehofft und beinahe daran geglaubt, dass er das Ganze jetzt überstanden hätte. Dass der Chef aufhören würde, Jeopardy zu spielen und ihn endlich in Ruhe lassen würde. Aber dieses Glück war ihm wohl nicht vergönnt!

Er suchte verzweifelt nach der richtigen Antwort – oder besser gesagt Frage, wie dieser Komiker Magnus Härenstam es vorgezogen hätte zu formulieren –, aber es fiel ihm verdammt schwer, sie zu finden.

Denn er hatte nach wie vor nicht den blassesten Schimmer, auf was der Terminator hinauswollte. Von welchen verflixten Bräuten faselte er denn bloß?

Doch wohl kaum von Sofi!

Die falsche Antwort würde ihm sicherlich einen weiteren unverdaulichen Schlag in die Magengrube einbringen, obgleich er den, wenn er überhaupt die Wahl hätte, gegenüber einer eisernen Faust mitten ins Gesicht vorziehen würde.

Welche Antwort wollte der Terminator eigentlich hören?

Nun würde es wohl oder übel das Schicksal entscheiden müssen. Oder auch der Zufall.

Er ließ es drauf ankommen. »Okay… es war Zyanid, das gebe ich zu! Aber *ich* habe niemanden umgebracht. Ich… habe nur… die Kapseln verkauft!«

Jetzt zeigte der Terminator ernstliches Interesse. »Verkauft? An wen denn?«

»Ich … ich … weiß nicht.«

Unmittelbar verhärteten sich die Züge des Terminators wieder, und Nane konnte sehen, wie er die Fäuste ballte.

»Nein, nein«, flehte er. »Es ist wahr! Ich weiß nicht, wie sie heißt – nur, wie sie aussieht«, wiederholte Nane sichtlich ermattet.

»Und wie sieht sie aus?«, erkundigte sich der Terminator mit trügerisch gedämpfter Stimme.

Nane war bemüht, soweit sein sexuell erschöpftes, eingeschüchtertes und konfuses Hirn es zuließ, sich die Person in Erinnerung zu rufen und eine möglichst korrekte Beschreibung abzugeben.

Der Terminator merkte sich jedes Wort und zeichnete ein Phantombild vor seinem inneren Auge. Ein Bild, von dem er unmittelbar überzeugt war, dass es sich für eventuelle Verhandlungen als höchst brauchbar erweisen würde. Er hegte in der Tat gewisse – wie sollte er sagen – Expansionspläne, und in diesem Zusammenhang würde sich ein Joker immer gut machen.

»Du hast also die Ampullen an diese Donna verkauft?«, fragte er zum wiederholten Mal.

»Ja, ja, das hab ich getan«, versicherte Nane eifrig.

»So ein Idiot, der du nun mal bist.«

»Ja, genau.«

»Und wofür wollte sie es haben?«

»Sie wollte sich mit jemandem einen Scherz erlauben oder so ähnlich.«

»Einen Scherz erlauben? Man scherzt ja wohl nicht mit Zyanid, oder? Du verdammter Holzkopf!«

Nane zog es vor zu schweigen.

»Und aus welchem Grund hast du sie ihr verkauft?«, wollte der Terminator weiter wissen.

»Sie hat ja ’ne schöne Stange dafür berappt.«

Der Terminator nickte düster, als bedauerte er, dass nur so wenige Typen in seiner Umgebung ebenso intelligent und vernünftig waren wie er.

»Das glaub ich gerne. Ordentlich Zaster hat sie auf den Tisch geblättert«, vermutete er. »Besonders, wenn sie darauf zählen konnte, dass du den Dreck, den sie hinterlassen hat, wegmachen würdest. Falls es mir gelingt, deinen Namen aus dem Ganzen herauszuhalten, wenn ich mit den Bullen rede, dann hast du verdammt großes Glück gehabt.«

»Aber… wieso musst du denn mit den Bullen quatschen, wenn die nun keinen blassen Schimmer haben?«, fragte Nane verwirrt.

»Weil wir nichts mit Mord am Hut haben, du Eierkopf! Jedenfalls nicht offiziell und nicht auf diese Weise – und vor allen Dingen nicht gerade jetzt!«

»Und warum nicht?«

»Dafür habe ich meine persönlichen Gründe«, schloss der Terminator. »Aber jetzt werden wir eine kleine Spritztour machen. Ich habe gerade beschlossen, dass du es selbst den Bullen sagen wirst, damit die Sache aus der Welt ist. Wir fahren, sobald die Gäule gesattelt und getankt sind.«

»Aber dann lochen sie mich ja ein, verdammt!«, rief Nane bestürzt.

»Erzähl du nur die dämliche Geschichte und dass du geglaubt hast, das Ganze wäre ein Scherz«, schlug der Terminator mit unberechenbarer Miene vor. »Und wenn sie dir nicht glauben, muss ich dir wohl einen Rechtsanwalt besorgen. Hier kümmern wir uns nämlich um unsere Jungs, solange sie uns nicht enttäuschen!«

Die Faust fuhr so schnell und unerwartet heraus, dass Nane unfähig war zu reagieren. Sie traf ihn über dem Kinn und schlug das Zahnfleisch in seinem Mund blutig – zum Glück nicht die Nase!

»Was sollte denn das, zum Teufel?«, wunderte sich Nane mit verwaschener Stimme, während er sich den Mund abwischte. Unter seiner unkontrolliert zitternden Lippe blutete es heftig. »Ich hab doch, verflixt noch mal, geantwortet!«

»Das da«, informierte ihn der Terminator, »das war nur deswegen, weil du so verflucht bescheuert in der Birne bist!«

Dann sah er den vollkommen am Boden zerstörten Nane erneut auffordernd an.

»Wie viele hat sie übrigens gekauft?«, wollte er wissen.

Nane hatte Schwierigkeiten, sofort zu antworten, da er erst mal Blut auf seinen Ärmel spucken musste.

Die Stimme des Terminators wurde wieder gefährlich kühl. »Wie viele?«, wiederholte er drohend.

»Drei«, lallte Nane.

Was für ein Glück – oder war es eher Geschick, dachte sie dankbar, dass ich die anderen Kapseln nicht weggeworfen habe.

Stellte sich nur noch die Frage, wo sie die Röhrchen versteckt hatte.

In einem der lasierten Birkenholzschränke, so weit konnte sie sich jedenfalls noch erinnern, obwohl sie sich letztens so beeilt hatte, sie verschwinden zu lassen.

Aber in welchem nur?

Sie suchte alles ab. Öffnete Türen und zog Schubladen heraus. Suchte rasch und dennoch äußerst vorsichtig. Achtete darauf, nicht allzu viel Lärm zu machen. Die Scharniere nicht im Mindesten quietschen und die Schranktüren nicht zuschlagen zu lassen. Nicht mitten in der Perfektion alles wieder in Unordnung bringen.

Nicht das Allergeringste tun, was seinen Argwohn wecken könnte.

Nicht jetzt.

Nicht, wo sie sich endlich entschieden hatte.

Es war, als hätte die Entscheidung an sich ihr übernatürliche Kräfte verliehen und sie selbst in ein blitzend scharfes Instrument verwandelt, um göttliche Gerechtigkeit walten zu lassen.

Kein Fünkchen von der anfänglichen Unruhe behelligte sie länger, und sie empfand keinerlei wie auch immer geartete Gewissensqualen mehr.

Das Urteil war unwiderruflich gefällt.

Sie musste es nur noch umsetzen – ein weiteres Mal.

Auch Sahlman hatte in der letzten Nacht nicht so wahnsinnig gut geschlafen, sei es nun wegen der aufwühlenden Erlebnisse im Kärnan oder wegen der überzähligen Gin Tonic.

In schweißtreibenden Albträumen war er von brüllenden und heulenden Gespenstern, die auf bedrohliche Weise ihr Recht auf LEEEBEN! einforderten, durch die Straßen der Stadt gejagt worden.

Woraufhin er frühmorgens in einem unbehaglichen Zustand erwachte, der, wie er peinlich berührt feststellen musste, auf kaum etwas anderes als einen leichten, aber dennoch deutlich spürbaren Kater schließen ließ. Er stand einige Minuten länger als sonst unter der heißen Dusche und trank bedeutend mehr und stärkeren Kaffee als gewöhnlich.

Um schließlich wach genug dafür zu sein, zumindest vor sich selber zugeben zu können, dass er gestern Abend da oben im Kärnan Angst gehabt hatte. Um nicht zu sagen: eine Scheißangst.

Es steigerte sein Wohlbefinden auch nicht gerade, dass er in seinem verkaterten Zustand einsehen musste, wie unprofessionell er sich unten in der Bar verhalten hatte.

Gerade mal ein paar Gin Tonic hatten ihn dazu verleitet, keinem Geringeren als dem Terminator sein Herz auszuschütten, einem Mann, der in regelmäßigen Abständen unter Polizeiaufsicht stand. Andererseits hatte ihm der Motorradboss ganz vernünftig und unter Anwendung der Ausschlussmethode ziemlich logisch dargelegt, welche Spur ihm die glaubhafteste zu sein schien. Somit würde man das

Ganze durchaus als eine Art Fahndung rechtfertigen können...

Der Terminator hatte vermutlich vollkommen Recht gehabt. Aus irgendeinem Grund – auch wenn es Sahlman im Leben nicht einfiel, welcher das sein sollte – versuchte offenbar jemand, die Illusion zu vermitteln, dass es in den ehrwürdigen, alten Mauern der Felsenfestung spukte.

Doch er schwor sich, kein einziges Wort mehr über die Sache zu verlieren, bevor er das Rätsel nicht selbst gelöst hätte. Eine gewisse Vorstellung von seiner Vorgehensweise hatte er auch schon. In dieser, etwas positiver gestimmten Verfassung machte er sich gemächlich auf den Weg zur Arbeit, obgleich der Kater noch immer seinen Kopf beherrschte. Die Hammerschläge, die er hinter der Stirn verspürte, hallten regelmäßig vom hinteren Rand der Schädelbasis wider.

Zuerst benötigte er mehr Informationen.

Im Lauf des Vormittags verschaffte er sich dann in verschiedenen Telefonaten mit Linda Persson und Bosse Jernback Aufschluss über die Strukturen der Verwaltung des Museums und die Regelung des Betriebes in den vorangegangenen Jahren. Ein Museum zu leiten, dessen Vergangenheit sich derart interessant gestaltete, stellte ohne jeden Zweifel besondere Anforderungen an die Verantwortlichen. Linda hatte ihn bereitwillig über alle Touristenbesuche aufgeklärt und von den Historikern und Archäologen berichtet, die gekommen waren, um die unterschiedlichsten Analysen vorzunehmen.

Sahlman wurde allmählich bewusst, dass ihm ihre Stimme gefiel.

Erst hatte er befürchtet, dass es ihn nach dem Verlauf des gestrigen Abends peinlich berühren würde, erneut mit ihr zu sprechen. Doch bald merkte er, dass sich das Gespräch weitaus angenehmer gestaltete, als er angenommen hatte.

»...nehmen Sie zum Beispiel allein die spannenden Neuigkeiten, die die Untersuchungen während der letzten Restaurierung vor einigen Jahren zutage gefördert haben«, ereiferte sie sich gerade, und Sahlman musste sich verlegen eingestehen, wie er mit dem Hörer in der Hand dasaß und sich in seinen eigenen angenehmen Gedanken verlor.

»Verzeihung«, fragte er nach, »... sagten Sie... Restaurierung?«

Davon hatte er bisher nichts gehört.

»Ja, es war unglaublich spannend, einen Einblick zu erhalten, insbesondere mit der Tatsache konfrontiert zu werden, dass man die verschiedenen Gegenstände unter Anwendung der allerneusten Technik fast exakt aufs Jahr datieren kann«, fügte sie enthusiastisch hinzu. »Ziegel, Gebälk und auch architektonische Details. Eine ganze Gruppe von Forschern der Universität Lund war für einige Monate hier, und sie haben alles unglaublich sorgfältig untersucht.«

»Restaurierung...«, murmelte Sahlman vor sich hin und wunderte sich selber über seine Assoziationen.

Seine Gedanken spielten gerade Ping-Pong miteinander, doch bevor das Match in die entscheidende Phase kommen konnte, war Linda bereits zum Gegenstand der Ermittlungen zurückgekehrt. Sie bestätigte noch einmal, dass dieses Phänomen, von dem sie geplagt wurden, nur in den Nachmittagsstunden aufzutreten pflegte.

Ein bisschen zu regelmäßig, befand Sahlman.

Er ahnte irgendeine gedankliche Verbindung... Doch manchmal hatten selbst gute Ideen die Eigenschaft, sich unversehens in Luft aufzulösen und einem zu entgleiten. So war es auch mit dieser. Ihm blieb die Vollendung des Gedankenganges verwehrt, bis sich ihm plötzlich eine andere verschlüsselte Fragestellung aufdrängte.

»Verriegeln Sie die Toiletten für gewöhnlich?«, fragte er.

»Die Toiletten? Die sind nie verschlossen«, versicherte Linda. »Es gibt ja nur Keramik und Papierhandtücher da oben. Warum sollten wir sie abschließen?«

Sahlman war ganz ihrer Meinung. »Ja, wieso auch«, entgegnete er.

Wenn Hill es sich genau überlegte, so hatte er zwei Beweggründe.

Der Besuch in der Gerichtsmedizinischen Abteilung der Universitätsklinik war nicht der ausschlaggebende Grunde, der ihn an diesem feuchtkalten Dienstagmorgen in sein Auto steigen und in Richtung Lund fahren ließ.

Anlässlich des Mordes hatten Gårdeman und er die Ermittlungen gestern forciert und sich darauf geeinigt, möglichst schon am frühen Nachmittag ein weiteres Gespräch mit Herrn Direktor Wichtigtuer Nilsmed zu führen. Denn bereits am selben Abend waren neue Fragestellungen aufgetaucht und diesmal würden sie es dem Herrn nicht so leicht machen, sich herauszuwinden. Sie hatten beschlossen, sich bereits nach dem Mittagessen zu treffen, um eventuell neu hinzukommende Informationen aus Lund überprüfen und miteinander durchgehen zu können, bevor sie den Datenimporteur mit dem neuesten Stand der Dinge zu konfrontieren gedachten.

Die Aussicht auf einige private Minuten mit Catharina hatte jedoch die entscheidende Rolle bei seinem Entschluss gespielt, persönlich einen Abstecher nach Lund zu machen.

»Ich hab dir was zu erzählen«, hatte sie ihm gestern spät abends am Telefon mitgeteilt.

Zu erzählen? Ihr Tonfall war so schwer einzuschätzen gewesen.

Handelte es sich um etwas, worüber er sich freuen würde, oder etwas Niederschmetterndes? Zum einen befürchtete er eine negative Mitteilung, zum anderen war er, auch wenn er sich damit zu widersprechen schien, ziemlich neugierig zu erfahren, was sie ihm wohl zu sagen hätte. Sie genossen es doch gerade so sehr miteinander. Und er wollte wirklich nicht, dass sich irgendetwas an ihrer Beziehung veränderte.

Gleichzeitig wurde er den Eindruck nicht los, als handelte es sich um etwas Ernsthaftes.

Auf den ersten Blick sah sie überhaupt nicht wie eine Ärztin aus, schweiften seine Gedanken ab. Sie war klein und hatte einen durchtrainierten, muskulösen Körper. Ihr kurzes, dunkles Haar war mit verführerischen, blond getönten Strähnchen durchsetzt, die auf ihre Sicht des Lebens schließen ließen: Die Dinge sollten wirkungsvoll sein – doch mit Stil.

Obgleich sie als Erste am Tatort der Rubbellosmorde eingetroffen war, hatte sie zuerst noch professionell das Opfer untersucht und dessen Tod festgestellt, bevor sie die Polizei alarmierte. Und sie hatte auch keineswegs die Fassung verloren, als man ihn selbst einige Tage später blutend und bewusstlos in der Herrentoilette der Sundfähre Aurora gefunden hatte – brutal zusammengeschlagen von genau den Mördern, denen er auf den Fersen gewesen war.

Zuerst kam es ihm so vor, als sei nur ihr Mutterinstinkt geweckt worden, aber dann hatte sie ihn dankenswerterweise unter ihre Fittiche genommen, und sie waren ein Paar geworden.

Ein Paar, dessen Verbundenheit wie selbstverständlich immer stärker und vertrauensvoller wurde.

Am Anfang hatte er geglaubt und befürchtet, zu stark eingeschränkt zu werden. Sich wie in Gefangenschaft zu fühlen. Bis ihm bewusst geworden war, dass er niemals zuvor freier und zufriedener mit sich selbst und seinem Leben gewesen war.

Was hatte sie ihm bloß mitzuteilen – dass sie einen festen Job in Umeå antreten würde? Oder einen anderen Mann getroffen hat… einen Oberarzt mit Chefgehalt und einer Villa auf den Bahamas…?

Er war kurz davor zu bereuen, nach Lund heruntergefahren zu sein. Eigentlich hätte er doch genauso gut anrufen und sowohl Catharinas Geheimnis als auch die fachgerechte

Beurteilung des Gerichtsmediziners über das landesweite Netz von Telia in Erfahrung bringen können.

Doch nun stand er bereits in der Uniklinik und wartete auf den Dozenten Bengt Månsson, der gerade die vorläufige Leichenschau von Anne Smitt abschloss.

Es war still und ruhig im Korridor. Was hätte man auch anderes erwarten sollen in einer gerichtsmedizinischen Abteilung? Dass »die Patienten« dalagen und miteinander plapperten und womöglich überzogene Ansprüche an den Service und das Personal stellten?

Wohl kaum.

Er hörte Wasser rauschen und Hände, die gewissenhaft eingeseift, abgespült und mit Papierhandtüchern abgetrocknet wurden. Dann wurde eine Zwischentür geöffnet, und Bengt Månsson erschien im Flur, den Mundschutz unter das Kinn geschoben.

»Hallo«, sagte er und reichte Hill seine frisch gewaschene und nach antiseptischer Seife duftende Hand.

»Hallo, Bengt, nett, dass du Zeit für mich erübrigen konntest. Kann man nach so kurzer Zeit schon etwas sagen?«

Im Gegensatz zu dem, was man hätte erwarten können, kannten sich Månsson und Hill nicht aus beruflichen Zusammenhängen, sondern hatten sich ausgerechnet über Catharina kennen gelernt. Månsson und sie hatten während des Medizinstudiums dieselben Vorlesungen besucht, dann jedoch unterschiedliche Fachrichtungen gewählt.

Hill war insgeheim davon überzeugt, dass der Herr Dozent gerne mit seiner Catharina näher, als es im Moment der Fall war, befreundet gewesen wäre. Das hatte er ihr allerdings nie erzählt. Warum auch schlafende Hunde wecken…?

»Wir haben es hier zweifellos mit einer Zyanidvergiftung zu tun«, konstatierte Bengt Månsson, der keine Ahnung von Hills Gedankengängen hatte. »Wie es exakt dazu gekommen ist, werden wir in besonderen Verfahren analysieren müssen. Doch mit größter Wahrscheinlichkeit ist das Gift oral verabreicht worden. Nichts deutet auf eine Injizierung hin. Weder Spuren am Körper noch die allgemeinen Umstände, unter denen sie aufgefunden wurde.«

»Könnte es Selbstmord gewesen sein?«, wollte Hill wissen.

Seine Frage überraschte ihn selbst. Der Gedanke war ihm tatsächlich eben zum ersten Mal gekommen.

»Tja, theoretisch gesehen wäre das möglich«, antwortete Månsson zögerlich. »Frauen wählen an und für sich gerne toxische Mittel, wenn es um Selbstmord geht, doch wiederum äußerst selten ein so starkes Gift wie Zyanid. Sie ziehen gewöhnlich Schlafmittel vor, etwas, das ihnen die Möglichkeit einräumt, sich in Ruhe hinzulegen und dann in den allerletzten irdischen Gedanken hinwegzutreiben.«

»Ja, aus demselben Grund sind wir auch von Anfang an von Mord ausgegangen.«

Månsson dachte eine Weile nach, während Hill ihn heimlich beobachtete. Der andere sah recht gut aus, musste er zugeben. Er hatte nicht direkt die Ausstrahlung eines Filmstars, doch er hatte Stil. Und Charme irgendwie auch. Auf diese jungenhafte Weise, die so viele Frauen zu mögen schienen.

Und er war ohne Zweifel hochintelligent. Sie hatten bei verschiedenen Gelegenheiten miteinander diskutiert, woraufhin Hill feststellen musste, dass dieser Mann so einiges in petto hatte, was nicht von Pappe war.

»Nein, Selbstmord würde ich in diesem Fall wirklich ausschließen«, schloss Månsson seine Überlegungen ab.

Er hob den Blick und sah Hill direkt an, der sich seinerseits in seinem Spionageakt ertappt fühlte. »Äh – wie bitte?«, fragte er leicht irritiert nach.

»Nein, ich kann mir wirklich nur schwer vorstellen, dass es Selbstmord gewesen sein soll«, wiederholte Månsson seine Überzeugung und war sich allem Anschein nach immer noch nicht bewusst, dass der andere ihn fortdauernd taxierte.

»Warum nicht?«, wollte Hill weiter wissen.

»Die Schwangerschaft war allzu weit fortgeschritten.«

»Wie meinst du das genau?«

»Ja, wäre sie erst im dritten, vierten oder meinetwegen sogar auch im fünften Monat gewesen, hätte man es mit den psychologischen Prozessen, die eine Schwangerschaft in Gang setzen kann, erklären können. Manche Frauen weisen in den ersten Stadien einer Schwangerschaft Zeichen einer ausgeprägten Depression auf. Nicht extrem viele, aber immerhin einige.«

Er ereiferte sich jetzt bei seinen Ausführungen, und während er Hill seine Theorie unterbreitete, fanden die Puzzleteile eins nach dem anderen ihren Platz.

»Doch wenn die Schwangerschaft erst einmal so weit fortgeschritten ist, dass der Fötus praktisch voll entwickelt ist – sagen wir, so im sechsten oder siebten Monat – und er nur noch wachsen muss, dann befinden sich die Frauen bereits in einem bedeutend ruhigeren, geradezu erwartungsfrohen Stadium.«

Hill hörte interessiert zu.

»Dieses Entwicklungsstadium zeichnet sich dadurch aus, dass eine nahezu darwinistische Aura zwischen Mutter und Kind vorherrscht. Die werdende Mutter steht in einer Art mystischen Kontakt mit dem Geschöpf in ihrem Inneren. In dieser Zeit beginnt sie, mit ihrem Bauch zu reden, zu erforschen, wen sie da eigentlich unter ihrem Herzen trägt und behütet. Alles zielt darauf ab, das neue Leben um jeden Preis zu schützen«, führte er weiter aus, während er selbst mehr und mehr von der Richtigkeit seiner Theorie überzeugt war.

»Es ist äußerst selten«, setzte er hinzu, »dass Frauen in dieser Situation Hand an sich legen. Das käme auf diesem Hintergrund einer Kindestötung gleich.«

Es klang vollkommen einleuchtend.
Hill nickte.

»Doch wie gesagt«, erklärte der Gerichtsmediziner, »wir haben einige Proben genommen, und die Analyse ist nicht vor morgen fertig. Wenn wir Glück haben, gibt sie sogar genauen Aufschluss über die Trägersubstanz.«

»Die Trägersubstanz?«

»Ja, die Substanz, mit deren Hilfe das Gift eingenommen wurde. Sie muss einen starken Eigengeschmack gehabt haben. Zyanid trinkt man kaum nichts ahnend aus einem Schnapsglas, da es ziemlich intensiv nach Bittermandel riecht und entsetzlich schmeckt. Nicht, dass ich es selbst probiert hätte«, sagte er mit seinem konkurrenzfähigen, charmanten Lächeln, »aber so wird es in den Büchern beschrieben.«

»Okay«, sagte Hill, der sich jetzt etwas, wenn auch nicht bedeutend klüger als zuvor fühlte. »Danke für die Vorabinformationen.«

»Ach, nicht der Rede wert«, meinte der Gerichtsmediziner und ließ noch einen abschließenden Kommentar fallen. »Ich weiß nicht, ob es irgendeine Bedeutung hat – ich wollte es wenigstens erwähnen. Der Fötus war männlich. Ein hübscher, wohl geformter kleiner Junge zwischen sieben und acht Monaten. Aber er hatte nicht die geringste Chance. Man könnte sogar annehmen, dass er vor ihr gestorben ist, wenn man bedenkt, dass Mutter und Kind denselben Blutkreislauf teilen. Selbst wenn wir hier über einen äußerst geringen Zeitraum sprechen, ist diese Möglichkeit definitiv die wahrscheinlichste. Obgleich es in der Praxis natürlich keine Rolle spielt.«

Hill nickte, verspürte jedoch im selben Moment einen Kloß im Hals.

»Nein, man weiß ja nie, ob es nicht doch eine Bedeutung haben wird«, stimmte er zu. »Nochmals danke, wir telefonieren dann in den nächsten Tagen.«

»Ja genau, mach's gut!«

Der Kriminalkommissar ging in Richtung Ausgang. Ihn erleichterte der Gedanke, an die frische Luft zu kommen; draußen würde er erst einmal tief durchatmen müssen. Außerdem hatte er, was seine nächste Verabredung betraf, schon etwas Verspätung.

»Und grüß Catharina von mir!«, rief Bengt Månsson ihm nach, bevor die Tür hinter ihm ins Schloss fiel.

»Klar!«, log Hill.

Allen Drohungen einer Zwangsumsiedlung zum Trotz lag *Rolles Hamburgerbar* nach wie vor an der Kreuzung von Sölvegatan und Tornavägen. Die Pläne für eine Erweiterung der Universität im Schatten des alten Wasserturms schienen bis jetzt im Sande verlaufen zu sein, und Hill war froh darüber.

Denn *Rolles* war mehr als ein gewöhnlicher Schnellimbiss. Es war sozusagen eine soziale und kulturelle Institution, ein ebenso wesentlicher Teil der lebendigen Universitätsstadt wie damals das alte Studentencafé TUA oder die Konditorei Lundagård.

Ein Treffpunkt eben für die meisten, insbesondere aber für Catharina und ihn, denn hier hatte ihr gemeinsames Leben eigentlich erst richtig begonnen.

Hier hatte er bei einem zufälligen Treffen den Mut gefasst, sie zu fragen, ob er sich an ihren Tisch setzen dürfte. Und heute war genau dieser Tisch ihr Lieblingsplatz. Erstaunlicherweise war er oft frei, und das vermittelte ihnen das herrliche Gefühl, dass er jedes Mal nur für sie reserviert zu sein schien.

Damals, als sie sich zum ersten Mal hier getroffen hatten, zogen es die sonnenhungrigen Gäste vor, in der warmen Frühlingsluft zu sitzen und ihr Essen an den Tischen im Freien zu sich zu nehmen.

Jetzt duckte man sich stattdessen vor dem eisigen, schneidenden Wind und riss ungeduldig die Tür auf, um so schnell wie möglich nach drinnen zu gelangen. Die Tür auch nur eine Sekunde länger als nötig offen zu lassen, galt als Todsünde – man stellte das Wohlbefinden der anderen Gäste infrage, und die Strafe folgte unmittelbar in Form einer Kaskade wütender Blicke.

»Tag, Joakim! Lange nicht gesehen. Das Gleiche wie immer?«

Der melodische Dialekt der Wirtin Inger hieß ihn willkommen und vermittelte ihm augenblicklich ein Gefühl von Frühling.

Sie winkte freundlich mit dem Pfannenheber.

»Hallo, zusammen«, grüßte er zurück. »Ja, warum eigentlich nicht.«

Menschen waren Gewohnheitstiere, und hier berücksichtigte man das. War man zweimal bei *Rolles* gewesen, so wussten sie, was man bevorzugte, wenn man zum dritten Mal kam. Er begriff nicht, wie zum Teufel sie es sich merken konnten, aber es gefiel ihm. Und es bewirkte, dass sich alle Gäste persönlich wahrgenommen fühlten.

Inger wendete gerade einen brutzelnden Hamburger auf dem Grill, während Roland, ihre bessere Hälfte, einen Korb mit appetitlichen goldbraunen Pommes frites schwenkte.

Er schenkte Hill sein sonniges Lächeln. »Welch ein seltener Besuch!«, grinste er, »aber wenn es um diese Strafzettel geht, habe ich leider kein Geld mehr, hören Sie!«

Hill musste lachen. »Nein, ist schon okay. Ich nehme es lieber in Naturalien.«

»Ach so! Bevorzugen Sie einen Hamburger oder einen Kuss von Pernilla?«

Die junge Pernilla schüttelte drüben an der Senfspritze so intensiv den Kopf, dass ihr getigerter Haarschopf durcheinander wirbelte.

Sie warf einen schelmischen Blick in Richtung Tresen. »Oh nein, Papa! Das sind ja wohl *deine* Strafzettel und nicht meine!«, erklärte sie bestimmt.

Hill kicherte amüsiert und betrachtete sie einen Augenblick lang. Hübsch war sie, genau wie ihre Mutter, und kein bisschen auf den Mund gefallen. Sie gefiel ihm – sicherheitshalber hielt er sich jedoch zurück.

Er schaute instinktiv zu *ihrem* Tisch herüber.

Er war besetzt. Catharina saß bereits mit ihrem üblichen Fischburger und einem Vichy Nouveau dort und unterhielt sich mit einem älteren Mann.

»Hallo!«

Hill legte demonstrativ Besteck und Serviette an den Platz neben ihr, küsste sie mit einem Ausdruck von Besitzanspruch auf die Wange und ließ sich ungebeten neben ihr nieder.

»Hallo«, grüßte sie halbwegs überrascht, nahm aber seine Hand.

Hatte sie vergessen, dass er kommen würde?

Und wer war der andere?

»Das ist Joakim Hill, von dem ich dir erzählt habe«, klärte sie ihr Gegenüber auf.

Der ältere Mann schaute ihn interessiert durch seine halb zusammengekniffenen Augen an, während Hill fragend zurückblickte. Der Unbekannte erhob sich und streckte ihm die Hand zur Begrüßung entgegen. Er hatte einen rundlichen, massigen Körper, der aber imponierend beweglich wirkte. Sein Haar war trotz seines Alters noch blond. Vielleicht eine Nuance grau meliert, aber insgesamt überwiegend blond. Hill hatte das unangenehme Gefühl, dass der Mann direkt durch ihn hindurch sah.

»Aha! Der berüchtigte Joe Hill!«

Hill spürte, wie ihm ungewollt die Röte ins Gesicht stieg. Was hatte Catharina eigentlich über ihn erzählt – und dann noch einem Fremden?

»Und das hier«, sagte Catharina mit einem geheimnisvollen Lächeln, »das ist der Bäcker.«

»Hallo, hallo«, sagte der Mann und schüttelte Hill so energisch die Hand, dass es unweigerlich aussah, als gehörte der Bäcker einer ganz anderen Zunft an und wollte gerade mit einer alten Gartenpumpe Wasser zutage fördern.

Hill war sich nicht ganz sicher, ob er richtig gehört hatte.

»Bäcker? *Der* Bäcker?«, wollte er wissen.

»Tja, das hängt davon ab, welchen Bäcker Sie meinen!«, lachte Bäcker vergnügt.

»Bäcker, wie der legendäre Fahnder Bäcker aus Lund?«, versuchte Hill es aufs Geratewohl.

»Ja, genau der, vollkommen richtig!«

Bäcker hatte ein raffiniertes, aber herzliches Lachen, und Hill setzte sich mit einem etwas überforderten Gesichtsausdruck zurück auf seinen Stuhl.

»Aber… woher kennt *ihr* beiden euch?«, fragte er und schaute von einem zum anderen.

Catharina sah Bäcker verschmitzt an und erklärte ihrem verwirrten Freund die Zusammenhänge.

»Wir sind uns vor längerer Zeit begegnet, als Bäcker gerade daran gearbeitet hat, einen Drogenring zu überführen. Die betreffenden Dealer gingen ihren dubiosen Geschäften in den unterirdischen Gängen des Lazaretts nach. Tja, um die Geschichte kurz zu machen, konnte ich ihm damals mit meiner Klinikerfahrung helfen. Denn keiner verdächtigte mich, im Auftrag der Polizei zu arbeiten«, erklärte sie und hob die Arme in einer unschuldigen Geste.

Bäcker musste angesichts der Erinnerung verzückt kichern – als wäre seine gesamte Karriere als Fahnder ein einziges großes Ferienabenteuer gewesen.

»Und mithilfe einiger Insider-Informationen gelang es der Polizei bald darauf, den Ring zu sprengen und dem Drangsalieren von Patienten und Personal ein Ende zu bereiten«, schloss Catharina.

Hill hatte sich von der Überraschung erholt und spürte dankbar, dass sich seine Laune allmählich besserte.

»Da sieht man mal!«, sagte er zu Bäcker gewandt. »Ich

hätte Sie immer schon mal gerne getroffen – und nun sitzen Sie hier mit meiner Liebsten.«

»Ja, und was für eine stilvolle junge Dame sie ist!«, antwortete Bäcker in seinem legendären Jargon.

Inger rief ein Rolles Spezial mit Gurkensalat aus, und Hill beeilte sich, zum Tresen zu kommen und sein Essen zu holen.

Allerdings schien sein Hunger plötzlich wie verflogen. Er stellte den Teller auf den Tisch, ließ jedoch das Besteck auf der Serviette liegen.

»Was für eine Überraschung!«, nahm er die Unterhaltung wieder auf. »Sie waren bereits in Rente gegangen, als ich meinen Dienst in Helsingborg antrat, aber Geschichten über Sie hört man überall.«

»Sicherlich, und alle sind sie wahr!«, lachte Bäcker und zeigte seine ausgeprägten Grübchen. Doch dann wurde sein Blick ernster. Er beugte sich in einer vertraulichen Geste quer über den Tisch zu Hill hinüber.

»Hören Sie, Ihre Freundin hat mir erzählt, dass Sie einen unerfreulichen Mordfall am Hals haben. Wollen Sie davon erzählen?«

Das wollte Hill, und mit gedämpfter Stimme berichtete er von dem mysteriösen Todesfall in Råå.

Bäckers blaue Augen hatten einen energischen Fahnderblick angenommen, während er sich die Geschichte in allen Einzelheiten aufmerksam anhörte.

Er unterbrach Hills Bericht nur, um hier und da detailbezogene Fragen zu stellen. Nicht, dass er die Lösung umgehend auf einem goldenen Tablett hätte servieren können, doch ließ er Hill freigebig an seinen eigenen Erfahrungen teilhaben. Und Hill war dankbar, sowohl für seine Sicht der Dinge als auch für die Kommentare, die den Fall aus einer neuen Perspektive beleuchteten. Er war davon überzeugt, dass er, in welcher Form auch immer, großen Nutzen aus dieser Begegnung ziehen würde.

Dann schaute Bäcker plötzlich auf die Uhr und erklärte, dass er es leider ziemlich eilig hätte, da er bereits zu spät dran sei.

Eine Dame wartete nämlich auf ihn, verkündete er gut gelaunt, und weder Hill noch Catharina bezweifelten das. Er würde sie zum Tanztee ins Savoy in Malmö einladen, verriet er. Mit ihr Walzer tanzen, ein wenig flirten und die eine oder andere unflätige Geschichte zum Besten geben.

»Und Sie«, sagte er und warf Hill einen verschwörerischen Blick zu, während er Jacke und Handschuhe anzog, »vergessen in diesem Fall die Lex Bäcker nicht, mein Junge.«

»Die Lex Bäcker?«, fragte Hill verwundert und fühlte sich mit einem Mal in der Anwesenheit des Älteren tatsächlich wie ein Schuljunge.

»Das ist das Gesetz, welches besagt«, erläuterte Bäcker, während er sein elegantes Halstuch korrekt band, »dass sich Beweise und Indizien wie Ringe auf dem Wasser ausbreiten. In einer Art Witterungsradius, könnte man sagen. Bewegen Sie sich also immer vom Ort des Verbrechens aus in einem größer werdenden Umkreis. Nehmen Sie sich die Zeit, die Sie brauchen – achten Sie auf die unmittelbare Umgebung und nehmen Sie die Schwingungen, die Personen und ihre Aussagen hinterlassen, wahr. Und vor allem, lassen Sie sich von Ihrem Spürsinn leiten. Viele gute Fahnder haben auf diese Weise mehr komplizierte Kriminalfälle gelöst als durch bürokratisches Denken.«

Schließlich setzte er sich die Mütze mit einer entschiedenen Bewegung auf den Kopf.

»Nein – nun ist es wirklich höchste Zeit zu *fahnden*!«, erklärte er und zwinkerte ihnen viel sagend zu. »Auf Wiedersehen, ihr jungen Leute, man sieht sich!«

*Rolles Hamburgerbar* hatte gewisse Probleme mit der hydraulischen Regulierung der Eingangstür, die nicht ganz so funktionierte, wie sie eigentlich sollte. Folglich wurde, als Bäcker auf seinem Weg nach draußen die Tür in einer forschen Bewegung hinter sich zuzog, unerwartet das gesamte kleine Holzhaus erschüttert.

Inger fuhr an ihrem Platz vor dem Mülleimer erschrocken zusammen, wo sie gerade mit resoluten Handbewegungen versuchte, Platz für mehr Einwegteller und benutztes Plastikbesteck zu schaffen.

Sie schaute mit einem neugierigen Lächeln von der Tür zurück zu Catharina und Joakim.

»Ja, in der Tat, das war der Bäcker! Ihr kennt ihn also auch?«

Catharina erwiderte das Lächeln.

»Alle kennen wohl den Bäcker, und jetzt sogar auch Joakim!«

Hill war sichtlich verwirrt. Hier steckten wohl alle unter einer Decke und teilten ein Geheimnis, das jeder kannte – außer ihm.

»Und woher kennen Sie ihn?«, richtete er seine Frage an Inger.

Sie lachte, und ihre Augen begannen zu leuchten, als sie sich zurückerinnerte.

»Tja, wir kennen ihn, seit wir hier vor fünfzehn Jahren angefangen haben. Er war einer unser allerersten Kunden. Und zu der Zeit gebärdete er sich wirklich wild.«

Sie wischte sich die Finger an der Schürze ab und zeigte nach draußen auf die Straße.

»Eines Tages kam er in seinem Dienstwagen angefahren. Er hatte es eilig, wie immer, denn er war im Einsatz. Aber hungrig war er augenscheinlich auch. Ich sah ihn dort die Kurve hinunterkommen und öffnete die Ofenklappe, um das Brot zu wärmen. Da unten bog er ein und fuhr direkt bis hoch an den Tresen vor der Tür. Dann holte ich das Brot aus dem Ofen und drückte ihm während der Fahrt eine dicke Gegrillte in die Hand.«

Inger unterstrich die Szene mit eifrigen Handbewegungen.

»Er hielt nicht einmal an, sondern schnappte sich geradewegs die Wurst und setzte dann seine Fahrt fort. Neben sich hatte er eine junge Polizistin sitzen. Sie sah etwas verängstigt aus und hielt sich ordentlich am Sitz fest, während sie die Füße gegen das Armaturenbrett stemmte – sicherheitshalber! Dann rasten sie den Hang dort hinten hinunter und waren wieder zurück auf der Straße.«

Sie zeigte in Richtung der Verkehrskreuzung.

»Zum Glück gab es zu der Zeit die Telefonzelle noch nicht. Dort war nur ein frisch geglätteter, allerdings ziemlich steiler Abhang. Die Reifen quietschten, als er die Kurve auf zwei Rädern nahm und verschwand. Aber er kam am Nachmittag zurück, bezahlte die Wurst und berichtete, dass sie den Dieb gefasst hätten.«

Sie schüttelte ihr kurzes, rotbraunes Haar in einem herzlichen Lachen.

»Ja, du lieber Himmel, so ist der Bäcker!«

Sie wandte sich wieder ihrer Arbeit zu, räumte ein wenig an den anderen Tischen auf und überließ die beiden sich selbst. Hills Essen war dabei, endgültig kalt zu werden, und er beeilte sich, es mit neu erwachtem Appetit in großen Bissen zu verspeisen. Catharina saß da und stocherte eher in ihrem Fisch, trank jedoch ihr Vichy Nouveau so gierig wie nie zuvor.

Bald hatte er den größten Hunger gestillt und schaute sie fragend an. »Was wolltest du mir eigentlich erzählen?«, fragte er.

Ihm graute, ehrlich gesagt, davor, die Antwort zu hören, doch er sah sich gezwungen zu fragen, denn sie war ja einer der Gründe, warum er hier war. Und selbst wenn er sie nicht sagen hören wollte, dass sie weg musste – nicht einmal die Möglichkeit in Betracht ziehen wollte, dass ihr Leben, nachdem, was sie seither gemeinsam erlebt hatten, in eine völlig entgegengesetzte Richtung driften könnte –, so war es doch seine verdammte Pflicht, ihr zuzuhören.

Sie stocherte noch immer uninteressiert in ihrem Fischburger herum.

Er wusste, dass irgendetwas ganz und gar nicht stimmte.

Dann hob sie den Blick, begegnete dem seinen, hielt ihn fest und sagte, was sie ihm zu sagen hatte.

»Joakim, wir werden ein Kind bekommen.«

## 13:35:33

Sture Joansson, der Dienst habende Inspektor am heutigen Tag, sah Joakim Hill über den Rand seiner Lesebrille verwundert an.

Eigentlich benötigte er sie nicht direkt zum Lesen, doch er liebte seine goldumrandeten halben Gläser. Er fand, dass sie ihm ein distinguiertes, ja nahezu intellektuelles Aussehen verliehen. Besonders, wenn er sie auf die Nasenspitze herunterschob, um sich sozusagen einen Überblick zu verschaffen.

Joansson war normalerweise der Spaßvogel des Präsidiums, doch entweder war er heute nicht in Form, oder er merkte, dass sein Talent nicht benötigt wurde.

Hill war nämlich selbst blendender Laune.

»Tag, Joansson, Joe Hill ist zurück«, setzte er ihn überschwänglich ins Bild. »Hier, nimm eine Zigarre, bediene dich!«

Er hielt Joansson verführerisch ein Kästchen Zigarillos unter die Nase. Hill kannte wahrscheinlich den Unterschied nicht, da er selbst nie geraucht hatte, bot sie aber dennoch großzügig und mit einem verschmitzten Grinsen an.

Ein Wunder ist geschehen, dachte Joansson. Als Hill sich auf den Weg nach Lund gemacht hatte, war er wintermüde und schlapp gewesen – übrigens, genau wie er selbst sich in den letzten Wochen gefühlt hatte –, und nun strahlte er plötzlich wie die Frühlingssonne selbst!

Joansson griff verwundert in das Kästchen.

»Das hier ist ein Zigarillo«, stellte er trocken und sachlich fest, als ginge es um eine Ermittlung.

»Natürlich, du hast sicherlich Recht«, lachte Hill, »aber du bekommst sie trotzdem! Ist irgendetwas in der Zwischenzeit vorgefallen?«

»Tja, bis jetzt nur der gewöhnliche Kleinkram. Es sollen demnächst einige Schulbusse mit bierdurstigen Gymnasiasten irgendwo aus dem Norden eintreffen. Die Polizei in Helsingør hat daraufhin Verstärkung angefragt. Deinem alten Freund Jannick Storm-Jørgensen schien die Angelegenheit sehr wichtig. Aber sonst ist nichts Besonderes gewesen, zum Glück«, seufzte Joansson.

Dann erinnerte er sich. »Na, hast du etwas in Lund erfahren?«, fragte er jetzt interessiert.

»Darauf kannst du Gift nehmen!«, sagte Hill. Er schlug scherzhaft mit der Faust auf den Tresen und schwang sich dann mit beneidenswert jugendlicher Leichtigkeit die Treppe zur Abteilung der Kripo hinauf.

Joakim war enttäuscht, als er Gårdeman nicht in seinem Raum antraf, was aber angesichts der Arbeitsbelastung, mit der sie konfrontiert waren, kaum verwunderlich war. Hier saß niemand herum und drehte Däumchen.

Er hätte es nur so gerne irgendwem erzählt, dieses Unfassbare, von dem er nicht im Traum geglaubt hätte, dass es gerade ihm jemals passieren würde!

Er strich weiter den Korridor entlang. Vielleicht hatte jemand anderes Zeit?

Susanna möglicherweise…?

Nein… Ihr Zimmer war leer, und er konnte auch von nirgendwo her ihr ansteckendes Lachen vernehmen.

Doch Knut Sahlman war ungewöhnlicherweise in seinem Büro. Er telefonierte und schien zuerst nicht zu merken, dass der Kollege im Türrahmen auftauchte. Hill ging vorsichtshalber schon mal ins Zimmer seines beschäftigten

Kollegen und machte es sich in dessen Besuchersessel bequem. Dieser war nicht kanarienvogelgelb wie sein eigener, sondern eher in gedämpftem, kommunalem Schmutzbraun gehalten.

Aber wen kümmerten gerade jetzt schon Möbel?

»Ja, ich verstehe«, versicherte Sahlman dem Telefonhörer in seiner rechten Hand, »…die Illusion macht achtzig Prozent aus. Okay. Aber wie – also, ich meine, wie würden *Sie* in diesem speziellen Fall vorgehen?«

Während er wartete, suchte Hill in seiner Innentasche nach dem Kästchen mit den Zigarillos.

»Nein, aber das werde ich im Computer gegenchecken«, sagte Sahlman zu seinem unsichtbaren Gesprächspartner.

Hill hatte keinen blassen Schimmer, wovon das Gespräch handelte. Er hatte ja auch genug mit seinen eigenen Gedanken zu tun.

»Querschläger und fluoreszierendes Licht… okay?«

Hill begann sich gegen seinen Willen zu interessieren.

Wovon redete Sahlman eigentlich? Von einer Hardrockband?

»Stiletteinfassendes Gummi, sagten Sie?«

Sahlman war intensiv bei der Sache und machte sich bewundernswert schnell Notizen. Und kam zum nächsten Punkt.

»Sicher haben wir so etwas!«, entfuhr es ihm kurz darauf enthusiastisch. »Doch, genau wie beim Militär!«

Nach Hills Empfinden nahm das Telefonat immer merkwürdigere Formen an.

Jetzt hörte Sahlman seinem Gesprächspartner interessiert zu. Seine Augenbrauen schoben sich in anschaulicher Weise nach oben, während seine Nasenflügel bebten, was ihn zwar hingebungsvoll, aber auch etwas lächerlich aussehen ließ!

»Natürlich, auf jeden Fall«, versicherte er seinem anonymen Gesprächspartner eifrig, »und wenn ich Ihnen in irgendeiner Weise behilflich sein kann, so lassen Sie es mich wissen! Ich meine, wie es sich auch immer verhält, macht es ja einen ansprechenderen Eindruck, wenn das Ganze, rein polizeitechnisch gesehen, perfekt erscheint, oder was meinen Sie? Und wenn Sie jemanden benötigen, der die Rolle des… tja, sich selbst oder etwas in dieser Richtung spielen soll, dann rufen Sie einfach an!«

Hill kam sich ein wenig blöd vor, wie er mit seinem Zigarillokästchen in der Hand und einem nun vollends verwunderten Blick und bis zum Anschlag hochgezogenen Augenbrauen dort im Besucherstuhl saß.

»Okay, so verbleiben wir«, sagte Sahlman wohlwollend zum Abschluss. »Haben Sie erst einmal vielen Dank!«

Er legte den Hörer zurück auf die Gabel und lehnte sich in seinem Stuhl zurück. Den Blick richtete er auf einen bedeutungslosen Punkt irgendwo an der Decke, während seine Augen einen träumerischen Ausdruck annahmen und sich ein sanftes Lächeln auf seinem Gesicht ausbreitete. Seine Augen leuchteten wie bei einem Kind unterm Weihnachtsbaum.

Hat er überhaupt eine Ahnung davon, dass noch jemand hier anwesend ist?, ging es Hill durch den Kopf, während er erst auf seine schlanken Zigarillos herunter blickte und dann wieder hinauf in Sahlmans Gesicht.

»Hallo? Jemand zu Hause?«, fragte er.

Sahlman wurde abrupt aus seinen Tagträumen geweckt, wovon auch immer sie gehandelt haben mögen. Hellwach starrte er Hill jetzt an, als wunderte er sich, wo dieser so plötzlich hergekommen war.

»Was? Oh, Tag, Hill«, sagte er dann ein wenig beschämt. »Entschuldige, das war ein sehr… interessantes Gespräch. Ungeheuer… klärend.«

Aber er hatte ja sein Image zu wahren – das des großen Knut Sherlock Sahlman, des besonnenen Kriminalkommissars –, und so ersetzte er gleich darauf den etwas albernen, verträumten Gesichtsausdruck durch tiefe Denkerfalten auf der Stirn.

»Klärend für was?«, wollte Hill wissen.

Sahlman stoppte sich in letzter Sekunde. »Für Gesp…«, kam gerade noch über seine Lippen, doch Hill verstand es glücklicherweise trotzdem nicht.

Er, der sonst so Gemäßigte, hätte sich gerade eben beinahe vollständig blamiert! Er durfte mit niemandem über das Ganze sprechen, bevor nicht klar bewiesen war, worum es sich eigentlich handelte. Keiner sollte etwas erfahren – auch nicht die geringste Kleinigkeit –, bevor er nicht die gesamte Geschichte in eigener Regie aufgerollt hatte. Insbesondere wollte er keinem den Triumph gönnen zu verbreiten, dass er, Knut Sahlman, von einem eventuellen Tatort geflohen war, weil ihn Gespenster zu Tode erschreckt hatten!

»Für die Ermittlungen«, berichtigte sich Sahlman schnell.

»Ach so«, sagte Hill, denn was hätte er auch anderes sagen sollen? Er wollte gerade nachfragen, als Sahlman geschickt das Gesprächsthema wechselte, indem er auf das Kästchen in Hills Hand deutete.

»Übrigens, was hast du denn da? Hast du etwa angefangen zu rauchen, Junge? Ist aus dir am Ende also doch noch ein Kerl geworden?«

Hill fühlte sich wieder an sein eigentliches Anliegen erinnert, wand sich ein wenig verlegen und wurde ein bisschen rot um die Ohren.

»Na ja, dafür muss man ja nicht anfangen zu rauchen, aber…« Er hielt Sahlman das Kästchen in einer freigebigen Geste hin. »Nimm doch eins, nimm zwei! Es ist nämlich so, dass…«

»Hallo, Jungs! Hier seid ihr also!« Ulf Gårdeman war der Nächste, der ohne Vorwarnung hereinstiefelte. Immer noch in seinem Goretex-Anzug und mit völlig eingesauten Stiefeln, die bis weit über die Knöchel mit dem schmutziggrauen

Matsch bekleckert waren, der die südschwedischen Straßen von November bis März bedeckte, einer verführerischen Mischung aus den Abfallprodukten von Öl, Streusalz und Ackerboden, die sich überall gnadenlos festzusetzen pflegte.

Man sah ihm an, dass er gerade eine Schicht bei der Verkehrspolizei hinter sich gebracht hatte.

»Ihr hättet sehen sollen, Jungs, was für eine Schönheit ich vorhin an den Straßenrand gewunken habe«, blubberte es aufgekratzt aus ihm heraus. »Bingo, sag ich! In einer elendigen Schrottkarre kam sie daher…, aber die Frau war wirklich eine Klassetype. Und das Witzige war, dass sie…«

Er hätte eigentlich erzählen wollen, dass sie tatsächlich – aber kaum realistisch nachvollziehbar – eine Flasche Wodka und ein Paket Wettex-Schwammtücher auf der Rückbank liegen hatte! Doch im letzten Moment gelang es ihm, sich zurückzuhalten, denn seine Träume würden sie sowieso nicht verstehen. Aber er hatte bereits A gesagt, und so warteten sie höflich auf B.

»Ja?«

»Und?«

Sahlman und Hill schauten Gårdeman aufmerksam an, und Hill begann sich zu fragen, ob sie heute vielleicht den offiziellen Tag der unvollendeten Sätze erwischt hatten.

»Ach, nichts weiter«, sagte Gårdeman mit einer wegwerfenden Geste. »Jedenfalls war sie verdammt hübsch!«

Er schaute von Sahlman zu Hill, bis sein Blick auf die Schachtel mit den Zigarillos fiel und interessiert dort verweilte. »Aber, was ist das denn?«, fragte er verwundert.

»Ja, ich…«, begann Hill.

Sahlman stand auf. »Entschuldigt mich bitte, ja«, unterbrach er. »Ich habe noch etwas zu erledigen… Danke für die Glimmstängel, Joakim! Man sieht sich!«

Er bahnte sich geschickt einen Weg aus dem Zimmer, winkte zum Abschied mit den Zigarillos und verschwand den Korridor entlang.

Hill war sich nun sicher. Heute war wirklich der Tag der unvollendeten Sätze.

Sahlman hatte keine Lust, den Weg zum Kärnan erneut hochzulaufen, denn er hatte es eilig, und außerdem wollte er Susanna und Birgitta dabeihaben. Also schien es in jeder Hinsicht das Beste, mit dem Auto zu fahren.

In seinem inzwischen wieder klaren Kopf hatte er schnell eine Art Schlachtplan entwickelt, und Susanna und Birgitta sollten – wie er Joansson über die hausinterne Sprechanlage mitzuteilen gedachte – zumindest am ersten Teil der Ausführung desselben mitwirken.

Es erschien ihm unpassend, einen seiner männlichen Kollegen mitzunehmen. In diesem Fall wären es Hill oder Gårdeman gewesen. Die beiden hatten zwar eine gewisse Neigung, das Ganze nicht allzu ernst zu nehmen, aber er konnte sich darauf verlassen, dass sie ihm nicht hinter seinem Rücken übel mitspielen würden. Leider waren sie mit dem Mord in Råå voll ausgelastet.

Im selben Augenblick fiel ihm ein, dass Susanna und Birgitta in mehr als einer Hinsicht bestens geeignet waren. Erstens waren Frauen sicherlich aufgeschlossener gegenüber Phänomenen, die eine mystische Tendenz aufwiesen. Und zweitens glaubte er, dass sie sich diskreter verhielten, was das Verbreiten von Peinlichkeiten, die Kollegen widerfuhren, anging.

Außerdem gehörte Sahlman nicht gerade zu denen, die unbedingt auf weibliche Gesellschaft verzichten wollten, auch wenn es sich in diesem Fall ausschließlich um einen Dienstauftrag handelte.

Er hatte, um die Wahrheit zu sagen, schon seit geraumer Zeit ein Auge auf Birgitta Svenningson geworfen. Sie war neu im Job und kaum sechsundzwanzig Jahre alt. Doch sie schien sowohl ausdauernd als auch zielstrebig zu sein. Außerdem war sie gelenkig, gut durchtrainiert und schnell wie eine Gepardin. Aufgrund ihrer relativ kurzen Dienstzugehörigkeit war sie ziemlich wachsam, und wie er hoffte, auch frei von vorgefassten Meinungen. Das war in diesem Fall die Hauptsache.

Susanna Avehed hingegen war in den meisten Punkten wohl das genaue Gegenteil von Birgitta. Wie er selbst näherte sie sich mit großen Schritten der Fünfzig. Und wahrscheinlich wog sie auch ein paar Kilo zu viel – sie war die Erste, die es zugab. Eine Art Mutterfigur im Präsidium, die gute Susanna, gelassen und gutmütig und immer mit einem strahlenden Lächeln auf den Lippen. Sie schien weder Missmut noch Stress zu kennen.

Ihr Mann, Göran Avehed, war ebenfalls Polizist gewesen, hatte allerdings Probleme mit dem Rücken bekommen. Nach langwierigen Streitigkeiten mit der Krankenversicherung und deren Vertrauensarzt, war er einem Jiujitsu-Verein beigetreten, wo es ihm gelang, einen Großteil seiner Schmerzen durch intensives Training loszuwerden. Kurze Zeit später hatte er ein eigenes Fitnessstudio gegründet, in dem er jetzt die vom ständigen Sitzen geplagten Kollegen trainierte, damit ihnen ein ähnliches Schicksal erspart bliebe.

Susanna war weiterhin im Polizeidienst beschäftigt, auch wenn sie mittlerweile im Innendienst arbeitete und sich somit eher um administrative Dinge kümmerte. Zeitweise half sie jedoch noch im Außendienst aus.

Wie auch jetzt, darauf hoffte Sahlman jedenfalls, während er gerade einen Versuch unternahm, sich die Aufmerksamkeit Joanssons unten an der Rezeption durch die Sprechanlage zu verschaffen.

»Hallo? Joansson?«, rief er munter in den Lautsprecher.

»Einen Augenblick bitte, Sahlman«, hielt ihn Joansson hin.

Joansson schien heute wirklich jeder Sinn für Humor abzugehen. Darüber hinaus war er eigentümlich kurz angebunden, denn er fühlte sich nicht wohl. Er verabscheute das kalte Wetter; es bereitete ihm Krämpfe in der Gefäßmuskulatur, eine entsetzliche Wintermüdigkeit und dazu noch richtig schlechte Laune. Im Präsidium hatte man mit der ersten Grippewelle des Winters zu kämpfen, die derartige Fehlzeiten nach sich zog, dass man sie unmöglich ausgleichen konnte – und das nicht nur im Bereich der Raumpflege.

Deshalb war der Fußboden hier im Foyer auch so völlig verdreckt, einfach deprimierend.

In dieser Gemütsverfassung überreichte er dem Mann, der vor ihm am Informationstresen stand, ohne größeren Enthusiasmus, jedoch nicht ohne formelle Korrektheit einige Formulare. Einem Mann, der die Kälte und den Frost weit mehr hassen musste, als Joansson selbst es tat: ein gewisser groß und stattlich gebauter Enduro Babele von der Küste Ostafrikas. Er kam aus einer Region, in der an dreihundertvierundsechzig Tagen im Jahr die Sonne schien – und in der es erst am dreihundertfünfundsechzigsten regnete! Joansson konnte nicht begreifen, was den Kerl in dieses nasskalte, winterlich dunkle Schonen verschlagen hatte.

»*Please sit down and wait*«, instruierte er ihn gerade. »*Your number will be called.*«

»*Thank you, thank you*«, bedankte sich Enduro mit der überschwänglichen Höflichkeit, die er von seinem Heimatland her gewöhnt war. Er nahm in einem der Besucherstühle Platz und überflog die Formulare, während er wartete. Doch wie er sie auch drehte und wendete, sagten sie ihm nicht besonders viel, denn auch wenn sie korrekt ins Englische übersetzt waren, so hatte man sie doch in der üblichen unverständlichen Amtssprache abgefasst.

Er würde wirklich auf die professionelle Hilfe eines Polizeiassistenten, der sich mit diesen Formularen auskannte, angewiesen sein. Also legte er die Papiere zur Seite, sah sich im Foyer um und harrte zuversichtlich aus.

Enduro liebte den schwedischen Frost. Gewiss fror er wie ein Hund, doch hatte das Ganze so wenigstens etwas Fassbares, Reales. Es lag etwas ungewöhnlich Klares und Ehrliches in der Kälte, mit der er hier zum ersten Mal in seinem Leben konfrontiert worden war. Man wurde gleichsam gereinigt – ja, nahezu würdevoll heruntergekühlt. Er zog die Kälte allemal der unerbittlichen Hitze, der Trockenheit und dem konstanten Hunger in seinem Heimatland vor. Zog sie vor allem dem dort herrschenden Terror und der Unsicherheit des launischen politischen Klimas vor. Nichts war besser geworden, obwohl sich die Menschen so viel von der neuen Regierung versprochen hatten.

Im Gegenteil.

Die internationalen Hilfsmittel, mit denen neue Bewässerungssysteme und nicht zuletzt die Ausbildung der Bevölkerung finanziert werden sollten, waren versickert und versiegt. In einer ersten Investition mussten die umfassenden Unkosten der Befreiungsarmee gedeckt werden. Und des Weiteren benötigte das neu angetretene Regime mehr Limousinen.

Danach war nicht mehr viel in der Kasse gewesen. Um nicht zu sagen, gar nichts.

Für Enduro gab es kaum Hoffnung – jedenfalls nicht in seiner Heimat. Er war ein gebildeter Mann, und die Befreiungsarmee hatte alle Gebildeten unter den Einwohnern des Landes mit großem Argwohn betrachtet, da sie eine enorme Bedrohung für die Freiheit darstellten, hieß es.

Erst hatte er es in London versucht, wurde von dort jedoch nach Deutschland ausgewiesen. Dort hatte man ihm damit gedroht, ihn wieder in sein Heimatland abzuschieben. Also war er geflohen, und schließlich war es ihm gelungen, in dieses gelobte Land zu kommen.

Schweden.

Hier saß er nun im Polizeipräsidium, um eine dauerhafte Aufenthaltsgenehmigung zu beantragen. Ihm war viel daran gelegen, einen guten Eindruck zu hinterlassen, nur leider wusste er nicht, dass die Schweden sich gerade durch ihre besondere mimische Zurückhaltung auszeichneten. Wie dem auch sei, er hatte sich entschieden, alles Schwedische zu lieben und sich das unglaubliche Kauderwelsch, das hier gesprochen wurde, so schnell wie möglich selbst anzueignen und nicht zuletzt die verworrenen Spielregeln der Bürokratie penibel einzuhalten.

Seine Eltern hatten ihm einen durchaus passenden Namen gegeben. Enduro – der Ausdauernde.

Und er würde noch weitaus mehr Ausdauer beweisen müssen, als er bislang vermutet hatte, bevor er ein richtiger Schwede werden durfte.

»Okay, Sahlman, was wolltest du?«, fragte Joansson schließlich und beantwortete damit endlich den Anruf über die Sprechanlage.

»Ich fahre jetzt. Bin für ungefähr eine Stunde oder zwei unterwegs. Ich nehme Susanna und Birgitta mit, wenn es dir nichts ausmacht.«

»Ja, ja«, antwortete Joansson. »Aber weshalb musst du die beiden eigentlich dabeihaben? Warte… ich muss hier kurz etwas notieren.«

Sahlman war für ein paar Sekunden Bedenkzeit dankbar.

»Sie müssen mir… bei einer Kontrolle helfen«, setzte er hinzu, sobald ihm Joansson erneut seine Aufmerksamkeit schenkte.

»Was für eine Kontrolle?«, wollte Joansson wissen. Er war plötzlich bedeutend redseliger geworden, er wurde regelrecht neugierig und wollte den Knopf der Sprechanlage nicht freiwillig loslassen.

»Nichts Besonderes, reine Routine«, antwortete Sahlman ausweichend. »Du wirst es später erfahren.« Er war ungeduldig und wollte endlich los, denn der Erfolg seines Planes hing von wenigen Minuten ab.

Doch Joansson witterte seine Chance und dachte nicht im Traum daran, sie ungenutzt zu lassen. »Und wohin fahrt ihr?«, fragte er in einem gewollt uninteressierten Tonfall.

»In Richtung Norden.«

»Wohin exakt in Richtung Norden?«

»In Richtung... ja... Drottninggatan, glaube ich.«

»Ist alles so weit okay?«, fragte Joansson mit einem schelmischen Unterton und ließ seinen Blick ungezielt im Foyer umherschweifen.

Enduro Babele beobachtete aufmerksam den Befehlshaber dort hinten in seinem Glaskäfig, missdeutete jedoch seinen flackernden Blick als Versuch der Kontaktaufnahme. Er winkte optimistisch mit seinem schokoladenbraunen Daumen und schickte ihm ein perlweißes Lächeln zurück.

Joansson bewegte seinen Drehstuhl rasch zur Seite.

»Ja, warum?«, wollte Sahlman wissen.

»Ach, ich wollte es nur wissen. Du hast so... so unbestimmt geklungen.«

»So, tatsächlich?«

»Na ja, es klang fast... gespenstisch.«

Joansson konnte nicht länger die Zunge im Zaum halten. Das Gerücht war ja bereits im Umlauf, und er war es in der Tat selbst gewesen, der es in die Welt gesetzt hatte. Sobald Mandén ihn über Sahlmans merkwürdigen Auftrag am gestrigen Abend in Kenntnis gesetzt hatte, war Joansson der Erste gewesen, der die Information frank und frei dem einen oder anderen Kollegen – um ehrlich zu sein, waren es eine ganze Menge! – zugetragen hatte.

Und nun würde es wahnsinnig interessant werden, zu verfolgen, wie Knut Sherlock Sahlman die Sache lösen würde. Allein die Tatsache, dass der Kerl nicht den geringsten Ton über das Ganze verloren hatte, sagte ja schon alles.

Joansson war – genau wie Gårdeman – immer für einen guten Scherz im passenden Augenblick aufgelegt, doch im Gegensatz zu diesem auch gerne im unpassendsten, und am allerliebsten auf Kosten anderer. Das half gegen seine Gefäßkrämpfe. Ja, es half in der Tat gegen das meiste.

»Du, Sahlman, hast du nicht etwas vergessen?«, fragte er nun in raffiniert böswilligem Ton. »Wolltest du nicht einen Bericht über den Auftrag von gestern Abend abgegeben haben?«

Zum Glück schepperte es gerade in der Sprechanlage.

»Du, ich verstehe dich etwas schlecht, es ist so undeutlich…«, plärrte Sahlman am anderen Ende, »…wir hören voneinander!«

Joansson schaute aus Frust versehentlich in Richtung Eingangsbereich.

Dort wartete Enduro Babele aus dem fernen Ostafrika immer noch mit hingebungsvoller Ausdauer. Er streckte in größter Anteilnahme erneut seinen Daumen nach oben und lächelte ergeben aus seinem unbequemen Besucherstuhl.

»Ich werde Vater!«

Hill spürte den Worten auf der Zunge nach, die endlich ihren Weg nach draußen gefunden hatten.

Es schmeckte komisch. Ungewohnt und wirklichkeitsfern. Wie lila Birnen oder süßsalzige Schlagsahne. Aber er mochte den Geschmack und würde ihn noch richtig schätzen lernen, das wusste er bereits jetzt.

»Na, so was!«, freute sich Gårdeman. »Glückwunsch, mein Freund! Einen verdammt riesigen Glückwunsch, hörst du!«

Sie waren zu Hills Büro gegangen, und Gårdeman versetzte Hill scherzhaft und in Zeitlupe eine gerade Rechte, während er noch mehr Zigarillos einkassierte.

»Ich nehme gleich zwei, okay?«, meinte er. »Man weiß ja nie, es können doch genauso gut Zwillinge werden.«

Hill starrte ihn wie ein Auto an und wusste nicht, ob der Gedanke ihn erschrecken oder freuen sollte.

»Zwillinge?« So weit hatte er bisher noch nicht gedacht.

Er war noch immer völlig überwältigt von der bloßen Tatsache, überhaupt Vater zu werden, und noch genauso unfähig, die Tragweite des Ganzen zu erfassen, wie vor einer guten Stunde, als Catharina die magischen Worte ausgesprochen hatte. *Du wirst Vater!* Nein, so hatte sie es nicht formuliert. Er konnte sich nicht mehr genau erinnern, wie sie sich ausgedrückt hatte, aber das spielte ja auch keine große Rolle. Die Bedeutung ihrer Worte war das Einzige, was zählte, und die war umwerfend genug. Er hatte sich innerlich bereits darauf eingestellt gehabt, ein von Einsamkeit geprägtes Dasein zu führen, abgesehen von einzelnen Besuchen im lokalen Jazzclub – und plötzlich war sie aufgetaucht und hatte ihm ein völlig neues Leben angeboten!

Catharina hatte seine Verwirrung zuerst missverstanden. Der besorgte Ausdruck, der plötzlich in seinen Blick trat, hatte ihr Angst gemacht und ließ sie beunruhigt in seinem Gesicht nach der richtigen Deutung seiner Gefühle forschen.

»Macht dich das traurig?«, hatte sie ihn gefragt.

Traurig?

Wie hätte er denn genau in dem Moment, wo ihm erneut der durch Zyanid vergiftete kleine Fötus vor seinem inneren Auge erschien, sagen können, dass er der glücklichste Mensch der Welt war?

Ein neu entzündetes Lebenslicht, das gerade, als es begonnen hatte, selbst Leuchtkraft zu entfalten, gelöscht wurde. Und jetzt ein weiteres, das gerade erst seinen glimmenden Anfang genommen hatte. Ein Leben für ein anderes Leben. Und eine Mutter mit ihrem Sohn auf ewig verbunden.

»Traurig? Wie ein Lottomillionär, meinst du? Wie ein Schiffbrüchiger, der gerettet werden konnte?«, hatte er etwas gezwungen lächelnd gefragt und ihre Hände in seine gelegt. »Ja, wenn man es so sieht, dann bin ich traurig.«

Sie hatte ein wenig geschnieft – erleichtert und zugleich

ein kleines bisschen erbost – und ihm im Spaß leicht auf die Hand geklopft. »Wie dumm du doch bist!«

»Sagt man so etwas zu dem Vater seines Kindes, he?«

Er hatte die Tränen, die dabei waren, ihr in die Augen zu treten, mit einem Lächeln weggewischt und sie dann besänftigend auf die Wange geküsst.

»Heute Abend gibt es Champagner«, hatte er großzügig versprochen. »Wenn du den angesichts des kleinen Wesens überhaupt trinken darfst, meine ich!«

Gårdeman fand ebenso wie er, dass man so eine Neuigkeit wirklich feiern müsste. Doch so lange sie im Dienst waren, hielten sie es für richtig, fürs Erste mit dem Getränk aus Kolumbien vorlieb zu nehmen.

»Hast du schon Kaffee getrunken?«, fragte er durstig. »Wollen wir vielleicht in der Kantine schon mal anstoßen?«

»Ja, gute Idee.«

»Aber danach«, sagte Gårdeman und sammelte sich, »können wir es nicht länger aufschieben. Wir müssen noch einmal nach Ramlösa rausfahren.«

»Ja«, stimmte Hill zu und kehrte mit seinen Gedanken in die Wirklichkeit zurück. »Besonders jetzt, wo wir die Möglichkeit haben, diesen anstrengenden Typen festzunageln. Ich bin gespannt darauf, wie er gedenkt, sich aus den Offenbarungen auf Anne Smitts Bildschirm herauszuwinden.«

»Und weißt du übrigens, was ich heute Vormittag herausgefunden habe?«, fügte Gårdeman hinzu.

»Nein, was denn?«

»Wir hatten bisher überhaupt keinen Gedanken daran verschwendet. Es wirkte ja alles so völlig – unwahrscheinlich.«

»Was denn bloß?«

»Dass die beiden ein Kind haben«, sagte Gårdeman und schälte sich wie der in einem wassergefüllten Tank angekettete Entfesselungskünstler Houdini aus seiner salzverkrusteten Schutzmontur.

»Was? Bist du sicher?«

»Ja, ein vierzehnjähriges Mädchen, Malin Angelica Nilsmed.«

Hill erwiderte nichts, fragte sich jedoch in seinem Inneren, ob er selbst vielleicht eine ebenso unglaubwürdige Vaterfigur wie dieser Leif Nilsmed abgeben würde?

Das Telefon klingelte und unterbrach seine beunruhigenden Zukunftsvisionen.

»Hallo, Hill«, meldete sich eine bekannte Stimme. »Hier ist Anderberg. Du, es tut mir Leid, dass es doch später geworden ist, als ich versprochen hatte.«

»Ist schon in Ordnung«, versicherte Hill, »bist du auf etwas Spannendes gestoßen?«

»Tja, nicht, dass es mich direkt vom Hocker gerissen hätte. Aber vielleicht ja dich?«

»Was ist es denn?«

»Die Hundehaare aus der Wohnung des Opfers stimmen tatsächlich mit den Haaren auf deiner Jacke überein, Joakim. Mit anderen Worten, T7 weist absolute Übereinstimmung mit T7+ auf.«

Hill nickte, auch wenn Anderberg es nicht sehen konnte.

»Gut, sehr gut! Was du sagst, verwundert mich zwar nicht, aber es ist doch immer wieder erfreulich, eine Hypothese belegt zu wissen. Vielen Dank und bis später!«

»Ja, bis dann.«

Hill schmunzelte über den Vorsprung, den sie so plötzlich gegenüber dem Direktor gewonnen hatten, und überbrachte Gårdeman die Neuigkeit auf seine eigene, ausgelassene Art.

»Das Tier hatte bei ihr sein Revier!«

»Wie bitte?«

»Nilsmeds Hund konnte mit der Wohnung des Opfers in Zusammenhang gebracht werden. Er hat ab und an auf dem Teppich in der Diele bei Anne Smitt residiert. Also hat anzunehmenderweise zur selben Zeit auch sein Herrchen in Anne Smitts Wohnung residiert, oder?«

»Was für eine schmutzige Fantasie du hast. Vielleicht war sie einfach nur Hundesitter, eine unglaublich flotte Hundetagesmutter.«

»Glaubst du das?«

»Nein. Aber übrigens, da ist noch etwas anderes. Wir hatten uns doch gefragt, was sie bei diesen extremen Temperaturen nach draußen treibt. Als ich ihren Kalender im Computer durchsah, fiel mir auf, dass sie zur Geburtsvorbereitung ging. Immer an diesem Wochentag und immer zur selben Zeit! Ein regelmäßiges Muster, das sie zu einer leichten Beute hat werden lassen, oder nicht?«

Hill nickte nachdenklich, doch das bedeutete noch lange nicht, dass er die Lösung hatte. Er hatte eher den Eindruck, heute mit dermaßen vielen Informationen konfrontiert worden zu sein, dass er dringend eine Pause benötigte.

»Was meinst du? Wollen wir nicht jetzt Kaffee trinken gehen?«, erinnerte er Gårdeman.

»Ja, das ist eine gute Idee.«

Sie waren auf dem Weg über den Korridor noch nicht weit gekommen, als die Sprechanlage auffordernd schrillte.

»Hill... Hill?«

Joansson hatte eine tragende Stimme, wie man so sagt. Verstärkt durch einfache Schallwellen in der simplen Plastikmuschel, die sie Intercom nannten, war sie kaum zu ignorieren.

Hill und Gårdeman sahen sich viel sagend an.

»Ja!«, antwortete Hill genervt und in der Hoffnung, dass Joansson ihn nicht hören würde.

»Hill, bist du da?«

»Verdammt auch!«, murmelte Hill und trottete in seinen Raum zurück.

»Was sagtest du?«, fragte Joansson nach.

»Nichts, gar nichts. Was wolltest du denn?«

»Du hast Besuch.«

»Kann das nicht bis später warten?«

»Das glaube ich nicht«, erwiderte Joansson.
»Wir wollten gerade einen Kaffee trinken gehen.«
»Ich denke, es wäre besser, dieses Vorhaben aufzuschieben.«
Hill fühlte sich mitten in seinem Familienglück allmählich ein wenig genervt. »Okay, und wer ist es?«, wollte er wissen.
»Direktor Nilsmed.«
Hill riss unfreiwillig die Augen auf, während die Gedanken in seinem Hirn wie in einem Stromkreis dahinschnellten. Was zum Teufel…? Warum war Leif Nilsmed hier – und das außerdem noch freiwillig?
Jetzt würde es erst richtig interessant werden!
Gårdeman hatte unterdessen ungeduldig am Türrahmen gelehnt und folgte ihm nun in den Raum zurück. Beide spürten in gewohnter Fahndermanier, wie sich der Kaffeedurst in eine andersgeartete, erwartungsvolle Spannung in der Magengegend umwandelte.
Anstatt genussvoll ihren Kaffee zu trinken, würden sie sich also auf einen anderen, viel versprechenden Genuss vorbereiten.
Ein Pokerspiel mit gezinkten Karten.
»Also?«, hörten sie Joanssons ungeduldige Stimme.
Hill sah seinen Kollegen fragend an.
Gårdeman nickte mit einem doppeldeutigen Grinsen, woraufhin sich Hill erneut der schmutzig grauen Plastikmuschel zuwandte.
»Okay, kannst du jemanden bitten, ihn nach oben zu begleiten?«
Gårdeman hängte seinen verdreckten Goretex-Overall auf einen Bügel in Hills Raum und rieb sich verzückt die Hände. Endlich hatten sie diesen aalglatten Direktor genau da, wo sie ihn haben wollten: in ihren eigenen vier Wänden und noch dazu in der schwächeren Position.
Mithilfe eines ortskundigen Begleiters gelangte Nilsmed innerhalb kürzester Zeit in die Abteilung von Hill und Går-

deman. Diese hatten kaum begonnen, eine Strategie zu entwerfen, als sie bereits Schritte auf dem Korridor herannahen hörten.

Leif Nilsmed erschien ihnen wie ein Schatten seiner selbst. Er sah im Gegensatz zu gestern Abend völlig elend aus, hatte tiefe Ringe unter den Augen und einen erbarmungswürdigen Gesichtsausdruck. Und dennoch fiel es ihnen äußerst schwer, Mitleid mit ihm zu empfinden. Sie hatten schließlich allen Anlass anzunehmen, dass gerade Mitleid ein Begriff war, den er selbst nur selten anwendete, weder theoretisch noch praktisch.

»Ja, es tut mir wirklich Leid, wie ich mich gestern Abend gebärdet habe«, begann er, sobald er in Hills kanarienvogelgelben Besucherstuhl Platz genommen hatte. »Ich möchte mich also erst einmal dafür entschuldigen.«

Hill und Gårdeman waren verwundert, ließen ihn jedoch gewähren. Nicht, dass sie irgendetwas von dem, was er sagte, geglaubt hätten. Doch wenn er schon einmal gekommen war, um zu reden, so sollte er auch die Möglichkeit dazu erhalten.

»Und außerdem habe ich etwas zu bekennen.«

Sahlman und seine weiblichen Kollegen waren nach verschiedenen Engpässen auf verschlungenen Seitenstraßen und einigem Gerangel mit parkplatzsuchenden Weihnachtseinkäufern endlich auf dem Weg hinauf zum Kärnan.

»Aber schließen sie denn nicht um vierzehn Uhr?«, fragte Birgitta, die praktisch veranlagt war.

»Das ist es ja gerade«, erklärte Sahlman, während er in Richtung Norden zum Bergaliden abbog, sodass die Reifen quietschten und er bedenklich ins Rutschen geriet. »Wir müssen es bis dahin durch den Eingang und die Kartenausgabe geschafft haben.«

»Was genau sollen wir eigentlich tun?«, fragte Susanna nicht ganz unberechtigt, denn was Sahlman ihnen an einführenden Informationen gegeben hatte, war wirklich nicht viel gewesen. Sie sollten sich seiner Meinung nach vorurteilsfrei und ohne besondere Vorgaben diesem Auftrag widmen, um überhaupt eine Chance auf Erfolg zu haben.

»Mädels, wir machen einen Ausflug!«, sagte er in bemüht lockerem Ton, während er das Tempo verlangsamte, um einige Fußgänger oben am Lazarett über den Zebrastreifen zu lassen. »Deshalb habe ich euch gebeten, in Zivil zu erscheinen. Wenn wir Glück haben, sind wir die letzten und hoffentlich auch die einzigen Touristen im Kärnan. Ganz gewöhnliche Geschichtsfans, die einer interessanten Sehenswürdigkeit einen Besuch abstatten möchten. Und ich möchte, dass ihr euch alles, was in irgendeiner Form auffällig ist, merkt. Wir tauschen dann unsere Eindrücke aus, wenn wir wieder herauskommen, okay?«

»Klar«, versicherte Birgitta mit einer mädchenhaft gelangweilten Miene, »aber auf was sollen wir deiner Meinung nach besonders achten? Das Mauerwerk, sämtliche Vogelscheiße oder die Anzahl der Treppenstufen?«

Sahlman hätte es nicht besser ausdrücken können.

Man merkte es ihr an, dass sie schon einmal dort gewesen war und die Besichtigung, genau wie er selbst bei seinem ersten Besuch, nicht besonders aufregend gefunden hatte. Die mittelalterliche Festung gehörte nicht gerade zu den angesagtesten Szenekneipen der Stadt.

»Ja, alles, was euch auffällt. Schnuppert die Atmosphäre, Mädels, lasst euch dabei von eurer weiblichen Intuition leiten und spürt tief in eurem Unterleib nach.«

Susanna und Birgitta grinsten über sein chauvinistisches Gequatsche, doch er merkte es nicht. Stattdessen bog er frech in die autofreie Stichstraße zur Festung ein und parkte widerrechtlich auf dem Fußweg direkt südlich der Mantelmauer.

»Man könnte meinen, wir wären auf dem Weg zu einer Séance«, meinte Birgitta.

Sahlman schaute sie verwundert an, bevor er aus dem angenehm warmen Auto stieg.

»Das klingt gerade so, als hättest du schon angefangen zu arbeiten«, entgegnete er vage, während er das Auto sorgfältig abschloss. Er wollte es gerne an Ort und Stelle vorfinden, wenn sie zurückkämen, denn dann wären sie zweifellos froh, auf die kraftvolle Heizung zurückgreifen zu können.

Es war unangenehm kalt und begann bereits von Osten her zu dämmern.

Die Stufen der Holztreppe zum Eingang hinauf waren glatt und mit gefrorenem Taubenkot übersät. Dazu kam eine Steigung von nahezu 180 Grad.

»Und da rede einer von Atmosphäre!«, schimpfte Birgitta, während sie mit stoischem Gleichmut weiter hinter Sahlman herstiefelte.

Linda Persson und Direktor Jernback standen, wie verabredet, an der Kasse bereit. Sie spielten ihre Rolle bis zur Vollendung. Nahmen das Geld für den Eintritt entgegen, wiesen darauf hin, dass man in knapp fünf Minuten schließen würde und boten eine farbenfrohe Broschüre zu einem angemessenen Preis an. Sahlman kaufte sie zusammen mit ein paar Postkarten und hoffte, die Spesen erstattet zu bekommen.

Sobald er seinen Fuß auf die Treppe zum Turm setzte, überfiel ihn ein stechender Schmerz in der Magengegend. Es begann zu brennen, als ein Schwall Magensäure die Magenschleimhaut unbarmherzig attackierte. Die Erlebnisse des gestrigen Tages hatten deutliche Spuren hinterlassen, die ihn jetzt erneut zu überwältigen drohten.

Er versuchte, das unangenehme Gefühl abzuschütteln, und zwang sich weiterzugehen. Er *musste* sich dieser Sache ein weiteres Mal aussetzen – koste es, was es wolle!

»Oh«, rief Susanna mit überzeugend gespieltem Enthusiasmus aus, ihm immer noch auf den Fersen. »Wow, was für eine… elegante Treppe.«

Ohne dass ihr richtig klar wurde, warum, ließ sie sich auf Sahlmans Vorstellungen ein und wirkte nichts ahnend verwundert und beeindruckt zugleich.

»Schaut mal hier! Was für ein Ofen – mittelalterlicher Electrohelios Standard. Ich frage mich, wie lange es wohl dauern mag, ihn anzuheizen. Bevor er seine Temperatur erreicht hat, ist der Brotteig wohl längst vergoren, nicht wahr?«

Sahlman räusperte sich diplomatisch und war dankbar, dass ihm Lindas Erläuterungen während des Telefonats am Vormittag wieder einfielen.

»Na ja, zu der Zeit nutzte man den Ofen auch als allgemeine Wärmequelle. Es brannte sicher den ganzen Tag lang ein Feuer in ihm. Und man war ja mehr oder weniger die ganze Zeit damit beschäftigt, Essen für die große Gesellschaft, die sich hier aufhielt, zuzubereiten.«

Birgitta schaute verwundert zu Sahlman hinüber. Dass dieser mittelalterliche Aufschneider mit so einem kulturellen Wissen aufwarten konnte, war ihr vollkommen neu.

»Ja, natürlich«, stimmte sie zu und sah sich uninteressiert um. »Gehen wir weiter?«

»Okay, es bleibt uns ja schließlich nicht mehr so viel Zeit, bis sie schließen. Ich werde nur kurz noch… hier hereinschauen.«

Sahlman warf einen kurzen Blick hinter eine unscheinbare Tür, die versteckt an der Nordseite der Küchenetage gelegen war und zu einem völlig unansehnlichen, winzigen Kämmerchen führte.

»Wozu das wohl diente?«, sagte er eher zu sich selbst. »War das die Mädchenkammer? Oder vielleicht ein Vorratsraum?«

»Komm jetzt«, ermahnte ihn Susanna, woraufhin er schließlich den beiden Frauen zurück ins Treppenhaus folgte.

Mühsam stiegen sie weiter hinauf zum Reichsratssaal im nächsten Stockwerk. Draußen wurde es zunehmend dunkler, und die Winterdämmerung schränkte ihnen hier oben in den frostigen Sälen die Sicht bereits stark ein.

»Brr«, klagte Birgitta in ihrer jugendlich aufrichtigen Art. »Hier ist es ja schweinekalt. Können wir nicht lieber einen Kaffee trinken gehen?«

»Wenn wir es bis hierher geschafft haben, dann werden wir es auch bis nach ganz oben schaffen«, versuchte Sahlman ihr mit väterlicher Stimme entgegenzukommen – und wurde plötzlich unsicher.

Er hatte Bedenken, dass seine eigene Stimme ihn womöglich verraten hatte – dieselbe Stimme, die gestern Abend noch forsch und fordernd ins Halbdunkel gerufen hatte.

Doch gewisse Risiken musste man wohl einfach eingehen, oder?

Er beschloss dennoch zu versuchen, während der restlichen Wanderung so gut es eben ging seinen Mund zu halten.

Gewisse Phänomene lassen selbst erfahrene Kriminalpolizisten erschaudern. Und bei einigen wenigen nehmen diese Polizisten allein schon aufgrund der besonderen Konstellation des Tatbestandes unweigerlich und unmittelbar Witterung nach schlafenden Hunden auf.

Wie zum Beispiel in dem Fall, wenn Leute, die in einer Mordsache weit oben auf der Liste der Verdächtigen stehen, freiwillig mit derart sensiblen und umfassend dargelegten Angaben kommen, wie ein gewisser Leif Nilsmed sie gerade vor ihnen ausgebreitet hatte.

Wohl jeder erfahrene Fahnder war bereits mit jedem Trick, der sich überhaupt im Repertoire möglicher Täter finden könnte, konfrontiert worden. Also musste ein Verdächtiger, um es überhaupt wagen zu können, den Hütern des Gesetzes seine geschönte Story zu unterbreiten, vollkommen davon überzeugt sein, dass gerade er oder sie ein selten begabtes Genie verkörperte. Und zwar die Sorte Genie, der es gelingt, Einfühlungsvermögen und schauspielerisches Talent in geradezu überirdischer Brillanz in sich zu vereinen.

Leif Nilsmed war in diesem Punkt keine Ausnahme. Als er das Polizeipräsidium verließ, offenbarte sein selbstsicherer, gestelzter Gang die Überzeugung, dass man seine Auskünfte mit Haut und Haaren geglaubt hatte. Hill und Gårdeman hatten ihn vom Fenster aus beobachtet und dabei viel sagende Blicke getauscht.

Also war klar, dass er gelogen hatte, und jetzt war es an ihnen herauszufinden, welche Teile seiner Aussage der Wahrheit entsprachen und welche nicht, und vor allem, was sein kurioser Salto mortale für die Ermittlungen bedeutete.

»Und?«, fragte Hill.

»Ja…«

Hill schaute Gårdeman auffordernd an. »Was hältst du von seinen Ausführungen?«

»Das Ganze scheint eine verflixt unerfreuliche Angelegenheit zu sein«, gab Gårdeman zu, »aber ich weiß nicht so recht, was genau der Grund dafür ist.«

»Ich habe eher den Eindruck, dass das Ehepaar Nilsmed ernsthafte Eheprobleme hat, und damit meine ich nicht den Ärger bezüglich des Seitensprungs oder dergleichen. Es sieht so aus, als hätten sie weitaus schlimmere Probleme. Ein dunkler, abgrundtiefer… Hass.«

»Ja, ich glaube, du hast Recht. Warum kommt man sonst hierher und versucht, seine Ehefrau auf diese Tour bloßzustellen, indem man sie anzeigt«, meinte Gårdeman und zuckte unangenehm berührt mit den Schultern.

»Vielleicht, um die Aufmerksamkeit von sich selbst abzulenken«, sagte Hill gedankenverloren.

Er nahm die für den Fall relevanten Dokumente zur Hand, die sich in der Zwischenzeit bereits zu einem ansehnlichen Stapel auf seinem Schreibtisch gehäuft hatten. Zerstreut blätterte er in den Papieren und versuchte, die einzelnen Informationsschnipsel in seinem Kopf in die richtige Reihenfolge zu sortieren.

»Und dann ist da noch die Sache mit der Tochter«, sagte er wie zu sich selbst.

Gårdeman verstand sofort. »Die Tochter, ja«, hakte er von seinem Platz an der äußersten Kante auf dem Schreibtisch ein. »Es wirkte so, als wäre sie überhaupt nicht anwesend im Haus – aber sie muss doch dort wohnen!«

Er glitt von der Schreibtischkante herunter und ging zum Fenster. Nachdenklich stand er da und schaute hinaus, genau wie Hill es oft tat, während er über seinen Fällen brütete.

Beide hätten gern ein Dienstzimmer mit Aussicht nach Westen über den Öresund gehabt. Ungefähr wie jenes, in welchem Polizeidirektor Harry Runsten oben im sechsten Stock residierte. Der Chef persönlich hatte selbstverständlich eine grandiose Aussicht übers Wasser, die von der zauberhaften Silhouette der Insel Ven bis hin nach Helsingør reichte, inklusive einem herrlichen Blick auf die im Sund in der Sonne glitzernden Schiffe. An den meisten Tagen zeichneten sich sogar die grünen Kupferdächer von Kronborg, dem größten Renaissanceschloss des Nordens, deutlich vor dem Hintergrund des gut erhaltenen mittelalterlichen Stadtkerns auf der gegenüberliegenden Seite des Sunds ab.

Doch Hill und Gårdeman mussten mit der Aussicht auf das Parkhaus der Südstadt direkt vor ihrem Fenster vorlieb nehmen.

Damit bot sich ihnen ein ähnlich abwechslungsreicher, die Fantasie beflügelnder Anblick wie die Aussicht auf einen Ameisenhaufen. Autos bogen in die Zufahrt ein und verließen das Parkdeck wieder, und ihre gestressten Fahrer, die in Richtung der verlockenden Eingänge des Einkaufszentrums und wieder herausströmten, erschienen auf der Bildfläche und verschwanden wieder.

Dennoch gelang es Gårdeman auf wunderliche Weise, zum eigentlichen Kern seiner Überlegungen vorzudringen.

»Also, das mit dem jungen Mädchen«, begann er.

»Ja, genau«, klinkte sich Hill ein.

»Ich kann dir nur sagen, wie es bei meiner eigenen Schwester ist«, erklärte Gårdeman, während sein Blick zwei Autos folgte, die auf der vereisten Fläche des Parkdecks umeinander herumschlitterten. »Sie hat zwei Teenager, deren Existenz offenbar wird, sobald man zur Tür hereinkommt. Da liegen Turnschuhe, Rucksäcke, alle möglichen Sportutensilien samt Haarbürsten und dergleichen im Flur, in der Küche und im Wohnzimmer, ja, eigentlich überall.«

Hills Gedanken drifteten unwillkürlich in seine eigene, ganz persönliche Welt ab. Wenn es nun eine Tochter wird, wie es dann wohl bei ihnen aussehen würde?

»Zwei Mädels richten natürlich ein bisschen mehr Chaos an als eins«, setzte Gårdeman philosophisch hinzu, »doch irgendwelche Spuren müsste es doch in jedem Fall hinterlassen, dieses Fräulein Nilsmed.«

»Das sehe ich auch so«, pflichtete Hill ihm bei. »In Nilsmeds Villa war alles so… so unglaublich steril. Als wollten die Eltern ihre Existenz leugnen – oder als hätten sie keinen Platz für sie.«

Gårdeman nickte. »Vielleicht sollten wir mal mit ihr reden?«, stellte er fest. »Ich meine, zusätzlich zu dem Gespräch mit der Ehefrau.«

»Ja, richtig. Auch wenn sich die Kleine nicht zeigt, so wird sie doch zwangsläufig mitkriegen, was sich im Haus abspielt. Wir müssen tatsächlich mit beiden sprechen.«

Hill stand auf und streckte sich, um seinen Kreislauf in Schwung zu bringen. Am liebsten wäre er jetzt zum Systembolaget gegangen, um Schampus zu kaufen, denn Catharina würde bereits mit dem Zug um 18:23 Uhr ankommen. Aber das war jetzt leider nicht drin, denn sie würden noch einmal nach Ramlösa rausfahren müssen.

Er nahm die wollene Winterjacke vom Bügel und warf sie über die Schulter.

»Na, komm schon, Tiger«, sagte er zu Gårdeman, der es sich in der Zwischenzeit auf dem kanarienvogelgelben Besucherstuhl bequem gemacht hatte und gerade aussah, als würde er träumen. »Zeit, auf die Jagd zu gehen!«

Sahlman hatte Schwierigkeiten, sich darüber klar zu werden, dass diese Räumlichkeiten wirklich exakt dieselben waren, durch die er erst gestern Abend zu Tode erschreckt geflohen und über genau diese Treppen in Panik nach unten gestürmt war.

Heute befand er sich wieder in den primitiven, etwas trist wirkenden Sälen, die mit ihrem hohen Deckengewölbe zu einem schon seit Jahrhunderten verlassenen Wohngebäude gehörten, in dem außer den feuchten Ausdünstungen des Mauerwerks keine wie auch immer gearteten Schwingungen mehr wahrnehmbar waren.

Selbst oben im dritten Stockwerk hatte das Drama, das er gestern noch so eindrücklich erlebt hatte, nicht die geringste Spur hinterlassen.

Und dennoch hatten sich ihm die Erscheinungen während ihres Aufenthalts dort oben so stark und lebendig aufgedrängt, dass er sich gezwungen gesehen hatte, seine gesamte Willenskraft aufzubieten, um die Konzentration von der Beklommenheit, die von ihm Besitz ergriffen hatte, abzulenken.

Als sie endlich wieder im Auto saßen, gelang es ihm mit einiger Besonnenheit, den polizeilichen Aspekt ihres Ausflugs erneut aufzugreifen.

»Und? Ist euch da oben etwas Besonderes aufgefallen?«, verhörte er seine weiblichen Kollegen, sobald er die Heizung in dem völlig ausgekühlten Fahrzeug auf Hochtouren gebracht hatte.

Die vorbeihastenden Menschen auf dem vom Eis knirschenden Gehweg warfen ihnen böse Blicke zu. Was für unverschämte Typen! sagte der feindselige Ausdruck in ihren Augen. Erst mit dem Auto in die Fußgängerzone von Slottshagen fahren und dann auch noch mit laufendem Motor die Luft verpesten – man sollte die Polizei rufen!

»Ja, eine Sache konnte man ziemlich deutlich merken«, antwortete Birgitta und schien ihrer Sache völlig sicher.

»Und welche?«, fragte er erwartungsvoll.

»Es war arschkalt da oben!«

Sahlman seufzte.

»Aber so war es«, beharrte sie und schauderte noch im Nachhinein, als wollte sie ihre Behauptung rein physisch unterstreichen.

»Okay, ich meinte eigentlich, ob euch irgendetwas verdächtig vorgekommen ist«, variierte Sahlman seine Frage in der Hoffnung auf eine positive Reaktion. »Was auch immer!«

Er schaute auffordernd von der einen zur anderen Kollegin. Doch sie sahen beide nicht gerade aus, als platzten sie vor Informationseifer.

»Mein Eindruck war, dass es genau wie immer aussah«, meinte Birgitta und fügte hinzu, »öde, verlassen und völlig nichts sagend. Warum machen sie nicht etwas Vernünftiges aus diesem Ort? Ein Café, eine Spielwiese oder, warum nicht, ein Kino? Das wäre doch cool!«

Die junge Frau schien während des Rundgangs nicht den allergeringsten Sinn für fahndungsrelevante Beobachtungen gehabt zu haben.

»Okay, also keiner von euch beiden ist etwas Besonderes aufgefallen?«, fragte er noch einmal, dieses Mal eher enttäuscht.

»Doch«, gab Susanna zögerlich zu.

Er sah sie überrascht an.

»Und was?«

»Lach jetzt bitte nicht, aber ich habe so ein Gefühl gehabt, als wäre jemand dort gewesen.«

»Dort gewesen? Meinst du einen ›peeping Tom‹?« Birgitta wurde neugierig.

»Nein, doch nicht da oben!«, kicherte Susanna.

»Du denkst doch nicht etwa an einen Geist?«, fragte Birgitta ungläubig.

Sahlman hörte aufmerksam zu, sagte jedoch nichts.

»Nein«, lachte Susanna und spürte dankbar, wie sich die Wärme im Auto ausbreitete, »wohl kaum, eher eine rein physische Anwesenheit.«

Sahlman wusste nicht, ob er erleichtert oder niedergeschlagen sein sollte. Denn in einem verzweifelt kurzen Augenblick hatte er sich ein bisschen weniger einsam gefühlt. Doch nun stand er wieder alleine vor seiner existentiellen Krise.

»Wie meinst du das?«, wollte er wissen.

»Ich meine nicht nur so herumspazierende Touristen, sondern jemand, ja jemand hat… sich dort aufgehalten. Vor kurzem.«

Susanna fiel es schwer, sich genauer auszudrücken, denn Sahlman hatte so vage Vorgaben gemacht, und sie konnte nicht einschätzen, worauf er eigentlich hinaus wollte.

»Aber wie kommst du darauf?«, fragte er weiter.

Die Gedanken einer Frau erschienen Sahlman oftmals ebenso mystisch und schwer nachvollziehbar wie irgendwelche überirdischen Geschehnisse. Deshalb wartete er äußerst gespannt auf Susannas Antwort.

Sie gestikulierte mit der einen Hand, als wollte sie ein Bild von dem, was so schwer in Worte zu fassen war, zeichnen.

»Weil einige Stellen auf dem Boden irgendwie… so… blank wirkten«, sagte sie schließlich und bewies damit wieder einmal, dass alt eingefleischter Fahnderspürsinn theoretische Studien um Längen schlagen konnte.

Sahlman fand ihren Hinweis ziemlich konkret und nickte aufmerksam.

»An gewissen Stellen entlang der Wände konnte man kleine, halbmondförmige Flecke erkennen. Ja, ich weiß nicht genau – aber auf mich hat es den Eindruck gemacht, als hätte dort jemand gekniet.«

»Teufelsanbeter?«, schlug Birgitta mit neu erwachtem Enthusiasmus vor. Sie zupfte etwas Staub von ihrer Jacke, während sie langsam spürte, wie sich die angenehme Wärme der Autoheizung in ihrem Körper ausbreitete.

Innerlich hatte sie gehofft, dass der Auftrag wenigstens ein kleines bisschen Spannung bereithalten würde. Denn bisher war ihr reichlich wenig »Action« vergönnt gewesen, seitdem sie die Polizeischule mit einem hervorragenden Zeugnis abgeschlossen hatte.

»Das glaube ich kaum«, meinte Sahlman zurückweisend. »Teufelsanbeter begnügen sich nicht damit, Spuren auf dem Boden zu hinterlassen; sie reißen für gewöhnlich gleich die gesamte Wand ein.«

Er war nun doch ziemlich zufrieden, denn Susannas Beobachtungen hatten die seinen erstaunlich gut bekräftigt.

»In welchem Stockwerk ist es dir besonders aufgefallen?«, fragte er zur Sicherheit noch mal nach.

»Im zweiten, hauptsächlich«, antwortete Susanna erst zögernd, aber dann immer überzeugter. »Ja, genau. Obgleich es da oben schon ziemlich dämmrig war, sind sie mir aufgefallen. Und auch in der Küchenetage, doch, es gab dort eine verdächtige Stelle unter den Standarten an der Wand.«

»Ist dir auch im dritten Stockwerk etwas aufgefallen?«

Er selbst hatte fast weiche Knie bekommen, als sie auf dem Weg nach oben in den Gästesaal gewesen waren. Dort angekommen war er in der Türöffnung stehen geblieben und hatte innerlich gehofft, dass die Mädels seine unfreiwillige innere Unruhe nicht spüren würden.

Susanna überlegte noch einmal. »Nein…«, sagte sie nachdenklich, »nein, ich glaube nicht. Aber es ist schwer zu sagen, weil das Licht dort oben noch schlechter war.«

Insgeheim hatte er auf ein eindeutiges »Ja« gehofft, doch er insistierte nicht und wandte sich der nächsten Frage zu. »Hat keine von euch einen Blick in die Mädchenkammer – oder was immer es war – geworfen?«

»Die in der Küchenetage? Nein, das war doch wohl eher deine Abteilung, oder?«, foppte ihn Birgitta, doch Sahlman verstand die Anspielung nicht.

»Ja. Denn da fiel mir etwas ziemlich Merkwürdiges auf«, fuhr er fort. »Die Fensternische in diesem Raum wirkte irgendwie eigenartig.«

»Die Fensternische, wieso?«

»Ja, als ich leicht dagegen geklopft habe, um mich zu vergewissern, entdeckte ich, dass das Ganze überhaupt nicht echt war.«

»Was? Warum denn das?«

»Tja, genau das gilt es herauszufinden«, antwortete Sahlman geheimnisvoll, woraufhin er die Handbremse löste und den Rückwärtsgang einlegte. »Aber wenn mich meine trüben Augen nicht völlig getäuscht haben, handelt es sich dabei um eine äußerst geschickte Anfertigung, bei der spezialbehandeltes Latex in exakter Passform auf eine Glasfiberschicht aufgetragen wurde.«

Birgitta schaute Sahlman jetzt etwas respektvoller an.

»Mein Gott!«, platzte es aus ihr heraus.

Sie konnte ja nicht wissen, dass er sich die besondere Terminologie selbst gerade erst vor weniger als einer halben Stunde von einem Experten für Spezialeffekte der Firma Rambo Film am Telefon hatte erklären lassen. Für ihn war das Telefonat besonders in fachlicher Hinsicht sehr aufschlussreich gewesen. Bald würden Hassel, Wallander, Holt und wie diese Film- und Fernsehhelden alle hießen, mit ihren Produktionen ziemlich überholt sein. Denn wenn er selbst seine Kontakte mit Rambo nur sorgsam pflegte, würde man sich bald vor *Sahlman, dem Supercop* in Acht nehmen müssen!

»Ja, das kann man wohl sagen«, bestätigte er Birgitta, ohne seine geheimen Träume zu offenbaren, »und dieselbe Technik fand ich auch in einer Nische im zweiten Stockwerk vor.«

»Komische Methode, mittelalterliche Gebäude zu restaurieren«, meinte Susanna leicht schaudernd.

Sie fühlte sich, ehrlich gesagt, trotz der gut funktionierenden Heizung immer noch unangenehm durchgefroren und hatte Schwierigkeiten, sich auf Sahlmans abstruse Betrachtungen zu konzentrieren.

»Übrigens«, hob Birgitta hervor, während sie ununterbrochen auf ihrem mittlerweile ziemlich geschmacklosen Kaugummi herumkaute, »ist es ja nicht so verwunderlich, dass man da oben nicht so viel sehen konnte. Irgendjemand hat die Fassadenbeleuchtung hier draußen kaputtgemacht!«

Sie zeigte zu den toten, schwarzen Scheinwerfern hinauf, als Sahlman auf dem gefrorenen Rasen wendete. Er hielt an, schaute nach oben und nickte zufrieden, bevor er sachte auf den schmalen Kiesweg in südliche Richtung glitt.

So gefiel es ihm schon besser.

Denn Knut Sahlman war erst richtig zufrieden, wenn die Puzzleteile schließlich alle an ihren vorgesehenen Platz lagen.

Joansson betrachtete den Nachmittagskaffee als goldene Richtschnur bei der Einteilung seiner Arbeit im Empfang. Der Kaffeedurst signalisierte ihm, wann es an der Zeit war, sich einen letzten kleinen Energieschub zu gönnen, um die noch ausstehenden Aufgaben erledigen zu können, bevor dann endlich seine Schicht endete.

Und jetzt war es wirklich an der Zeit für einen Becher Kaffee, denn sein Energieniveau war dermaßen niedrig, dass er Hill und Gårdeman, die sich dem Informationstresen näherten, nur noch träge über den Rand seiner Lesebrille anzuschauen vermochte.

»Hill und Gårdeman«, konstatierte er und schaute wieder auf seine Papiere.

»Höchstpersönlich«, bestätigten sie unverzüglich.

»14:45 Uhr.«

»Stimmt.«

»Wohin?«

»Källvattenvägen 10.«

»Ramlösa?«

»Ja!«

Er notierte etwas in seiner Liste.

»Privater Wagen?«

»Ja.«

»Zurück – schätzungsweise?«

»16:30 Uhr, wenn nichts Unvorhergesehenes…«

»Das wollen wir doch wohl nicht hoffen«, war die Antwort.

»Nein«, sagte Hill. »Ich hoffe diesbezüglich nie etwas.«

»Gut!«

Normalerweise war Joansson keineswegs so einsilbig, doch im Augenblick hoffte er inständig, dass sie so schnell wie möglich verschwinden würden.

Er machte keinen Hehl daraus, dass es ihm lieb wäre, sich wieder seinen eigenen Aufgaben widmen zu können, und er vermied es bewusst, sich in eine möglicherweise länger dauernde Auseinandersetzung hineinziehen zu lassen. Denn vor ihm auf dem Tisch lag eine sehr verdächtige Passangelegenheit. Sie betraf eine Person, die bereits eine ungewöhnliche Anzahl von Pässen beantragt hatte – genauer gesagt, drei innerhalb von zwei Jahren –, was wirklich außerordentlich verdächtig war, besonders vor dem Hintergrund, dass es einen umfassenden Schwarzmarkt für Dokumente dieser Art gab.

Die betreffende Person hatte gerade einen weiteren Pass beantragt, doch Joansson würde sich nicht täuschen lassen. Sobald er seinen Kaffee getrunken hätte, würde er dieser Sache wirklich auf den Grund gehen. Heute brauchte er diesen Extrakick mehr denn je, denn er bestand darauf, in dieser Ermittlung den langen und komplizierten Weg zu wählen. Leichter wäre es, auf Daten, die ihm der Computer zur Verfügung stellte, zurückzugreifen, doch Joansson traute den Neuheiten der modernen Welt der Technik nicht.

Er hatte vor, sich ins Untergeschoss zu begeben und im alten Archiv zwischen handfesten, maschinenbeschriebenen Papieren zu stöbern. Er war schon damals immer ins Archiv gegangen, und so würde er es auch heute wieder tun. Auf keinen Fall würde er diese Sache aus den Augen verlieren, ohne ihrem Mysterium auf die Schliche gekommen zu sein!

Und vor allem hatte er nicht vor, dem schokoladenbraunen Gentleman dort drüben weitere Möglichkeiten des Blickkontaktes einzuräumen. Denn der hatte so etwas… Fremdes und zugleich Aufdringliches an sich.

Hill und Gårdeman ließen sich die seltene Chance nicht entgehen und verließen unmittelbar das Foyer. Sie waren schon außer Haus, bevor Joansson überhaupt auf den Gedanken kommen konnte, sie an etwas zu erinnern.

Zum Beispiel an die Sicherheitsgurte.

Draußen begann es bereits zu dämmern, und mit fortschreitender Dunkelheit breitete sich die Kälte wieder über der Stadt aus. Sie krochen tiefer in ihre wärmenden Jacken und beeilten sich, ins Auto zu steigen.

»Mann, war der heute wieder redselig!«, meinte Gårdeman und zwängte sich in den Beifahrersitz.

Hill zog eine Grimasse, startete den Motor und stellte die Heizung auf maximales Volumen. »Ihm sind doch nicht etwa die Stimmbänder eingefroren, oder?«

Völlig überraschend rauschte es im Polizeifunk, sodass sie sich fragen mussten, ob es sich um Gedankenübertragung handelte. Der Anruf knisterte ein paar Sekunden ins Leere, bis er schließlich seinen Weg in den Fahrerraum fand.

»Hill! Gårdeman!«, rief Joansson. Sie konnten sich des Eindrucks nicht erwehren, dass Joansson wohl am liebsten auf jegliche moderne Kommunikationstechnik verzichtet hätte. Denn jedes Mal hob er seine Stimme in Relation zu dem vermuteten Abstand. Wenn sie sich also in Landskrona aufhielten, pflegte er regelrecht zu brüllen.

»Ja, wir sind noch da«, seufzte Hill und grinste Gårdeman viel sagend an. »Wir sind immer noch vor dem Präsidium.«

»Kommt wieder rein!«, befahl Joansson, dieses Mal etwas leiser.

»Wie bitte?«

»Ihr sollt zurückkommen«, erklärte Joansson, der völlig unerwartet Blickkontakt mit einer ganz anderen Person als dem ständig Kontakt suchenden Enduro Babele aufnehmen musste. »Hier ist ein Mann, der sagt, dass er wichtige Informationen betreffend des Zyanidmordes hat.«

»Derselbe wie vorher?«, fragte Hill ein wenig irritiert, während er vor seinem inneren Auge die unsympathische Gestalt Nilsmeds sah.

»Nein, es ist der, der sie im Auto entdeckt hat.«

# 14:50:47

Nachdem Leif Nilsmed vom Polizeipräsidium zurückgekehrt war, betrachtete er sich erneut im Badezimmerspiegel, bevor er sich eine ausgiebige heiße Dusche genehmigte.

Diesmal war er bedeutend zufriedener mit dem, was er sah, auch wenn die vorangegangene Nacht erheblich an ihm gezehrt und ihre Spuren hinterlassen hatte. Und auch wenn seine Nacktheit allein schon den unaufhaltsam fortschreitenden Alterungsprozess offenbarte und dezente Fältchen im Brustbereich sowie recht unansehnliche Bauchfalten sichtbar werden ließ…

»Versuche nur, dich hier herauszuwinden, du sauertöpfische Schnepfe«, schimpfte er in infantilem Tonfall in Richtung von Berits persönlichen Kosmetikartikeln im gemeinsamen Badezimmer der Villa.

Hauptsache, sie lochten sie nun endlich ein, damit er die lang ersehnte Chance erhielt, seine Geschäfte in aller Ruhe neu zu ordnen. Es dürfte nicht allzu lange dauern, das angelegte Vermögen und die Wertpapiere so zu überführen, dass ihr Anteil an *Nilco* sämtlichen Wert verlor.

Ja, plötzlich hatte er den Eindruck, dass alles wieder an Bedeutung gewann.

Er sah sich in dem edlen Spiegel, der wie von Diamanten in seinem facettengeschliffenen Rahmen eingefasst schien, prüfend in die Augen. Sie hielten seinem Blick stand, den er sorgfältig analysierte. Die Trauer offenbarte sich schonungslos, doch sie war ohne Reue. Er bereute keinen Augenblick. Nicht einen einzigen. Stattdessen setzte sie in ihm einen neu erwachten Lebenswillen frei, der durch das Drama des gestrigen Abends erst richtig beflügelt worden war.

Denn was nützte es jetzt zu grübeln? Das Einzige, was zählte, waren Taten, und war das nicht die Einstellung, die ihn zu dem erfolgreichen Geschäftsmann gemacht hatte, der er jetzt war?

Er stieg in die gekachelte Duschkabine, die von Türen aus gehärtetem Rohglas halbmondförmig umschlossen wurde, stellte den Thermostat auf die heißeste Stufe und öffnete den Hahn. Das Wasser brannte auf den Schultern und den straffen Pobacken, brachte jedoch sofort seinen müden Kreislauf in Schwung. Langsam entspannten sich seine verkrampften Muskeln unter dem herrlich dampfenden Wasser.

Seine Gedanken wanderten planlos umher. Er begann sich zu fragen, wer ihn jetzt seinen Körper spüren lassen würde, bis er Muskelkater bekam... jetzt, da Anne nicht mehr da war?

Einzig auf seine ausgedehnten Spaziergänge mit dem Hund würde er sich in Zukunft freuen können.

Anne hatte Casper geliebt.

Berit hasste ihn, wie sie das meiste andere auch hasste.

Gerade als er aus der Dusche stieg und sich mit dem Badehandtuch mit schnellen, harten kreisförmigen Bewegungen abfrottierte, spürte er einen entsetzlichen Druck auf der Blase. Er urinierte in die taubenblaue WC-Schüssel und trocknete den letzten Tropfen mit ultraweichem Toilettenpapier ab. Warf es hinein und drückte den Spülknopf am Wasserbehälter.

Es rauschte, und während frisches Wasser nachfloss, stellte er mit Wohlbehagen fest, dass er seine gesamte Vergangenheit auf genau dieselbe wirkungsvolle Weise herunterspülen würde.

Alles sollte endlich so rein und perfekt werden, wie er es haben wollte.

Im selben Augenblick, als er die Treppe hinunterschlenderte, kam ihm Berit aus der Küche entgegen.

»Du bist also zu Hause?«, stellte sie tonlos fest. »Ich dachte, sie hätten dich festgenommen? Es ist ja sowieso nur eine Frage der Zeit, bis die ganze schmutzige Wahrheit über dich und deine ekligen Sexspiele ans Licht kommt und sie dich schnappen.«

Ihr Mienenspiel signalisierte puren Hass und abgrundtiefe Verachtung.

Doch er grinste überlegen. »Liebesverhältnisse sind nun wirklich nicht strafbar. So etwas gibt es nur in den USA und wenn man dort zufälligerweise Präsident ist.«

»Nein, aber Mord ist strafbar«, entgegnete sie unbeirrt.

»Aus welchem Grund sollte ich sie ermordet haben?«, fragte er in fast verwundertem Ton. »Ich habe sie doch geliebt.«

Sie fuhr angesichts seiner schonungslosen Offenheit zusammen, sammelte sich jedoch sogleich wieder.

»Du sagtest doch, dass sie schwanger war. Da begann sie wohl, etwas beschwerlich zu werden, oder? Stellte vielleicht überzogene Ansprüche.«

»Wenn ich jemanden ermorden würde«, polterte er los, »so wüsste ich genau, wen. Doch in diesem Fall hier wird es sich kaum um meine Wenigkeit handeln, die man zum Verhör einbestellen wird.«

»Und was meinst du damit?«

»Das kannst du dir wohl selber ausrechnen, du Spatzenhirn.«

Sie hielt ihn auffordernd am Arm fest, als er sich an ihr vorbei in den Salon drängte. Mit einer schroffen Bewegung schüttelte er ihre Hand ab und ging weiter zum Barschrank.

»Nein, ich will wissen, was du meinst! Sag es jetzt!«

»Denkst du vielleicht, sie könnten nicht eins und eins zusammenzählen?«

»Wovon sprichst du?« Ihre Stimme wurde jetzt bedeutend lauter, und es hatte sich ein auffallend ängstlicher Klang eingeschlichen.

»Tja, was glaubst du wohl?«, verhöhnte er sie.

Heute bevorzugte er Whisky – gewissermaßen ein überlegeneres geistiges Getränk als der Cognac von gestern Abend. Der Flaschenhals stieß klingend an den Rand des Tumblers, und mit einem dezenten Gluckern ergoss sich der 45,8-prozentige Talisker in das edle Kristallglas.

Die Angewohnheit zu fluchen war ihr ansonsten eher fremd, doch nun konnte sie sich nicht länger zurückhalten.

»Ich habe, zum Teufel noch mal, nichts mit der Sache zu tun!«, schimpfte sie.

Ihm gefiel ihr Fluchen, weil es so offenkundig darauf hindeutete, dass sie auf dem besten Weg war, die Fassung zu verlieren.

»Wirklich nicht?«, grinste er schadenfroh. »Du glaubst also, dass sie mir meine Geschichte nicht abgenommen haben?«

»Welche Geschichte?«

»Wie sehr dir deine junge, schöne Rivalin verhasst war. Und dass du ihren Tod mehr als alles andere ersehnt hast.«

Er lächelte zufrieden und nahm einen ordentlichen Schluck Whisky. Die bernsteinfarbene Flüssigkeit rann sanft seine Kehle hinab und verteilte sich mit einem wohlig warmen Gefühl in der Magengegend.

»Du glaubst doch nicht im Ernst, dass sie dir das abnehmen«, schnaubte sie verächtlich.

»Meinst du nicht?«

»Ich würde niemals für… für einen so rücksichtslosen Typen wie dich morden!«, spuckte sie die Worte voller Niedertracht aus.

»Nein, für mich vielleicht nicht. Aber eventuell, um an das Haus und das Vermögen zu kommen!«

»Du spinnst ja!«

»Ja, tatsächlich?«, vergewisserte er sich mit unerschütterlicher Ruhe.

Sie fühlte sich durch sein selbstsicheres Auftreten unangenehm bloßgestellt und klammerte sich an den einzigen Strohhalm, der ihr noch verblieb.

»Du wirst es vielleicht nicht glauben, aber ich bin durchaus imstande, mein Leben ohne dich zu gestalten. Ein Leben nur für Malin und mich.«

»Und warum hast du das nicht schon längst realisiert?«

»Ich habe gedacht…«

»Sicher, sicher – du hast gedacht! Gedacht, dass der Goldesel, der Versorger der Familie mit dem unerschöpflichen Geldbeutel, sich besinnen und in den unerträglich langweiligen Schoß der Familie zurückkehren würde, nicht wahr?«

Ihr Gesicht nahm jetzt eine rötliche Färbung an – das hier war der Gipfel aller Verunglimpfungen. Hatte nicht ausgerechnet sie die Firma in ihren finanziellen Krisen mehr als einmal gerettet, indem sie ihren Vater gebeten hatte, Kapital beizusteuern?

Nach diesem Ausbruch, der so verwerflich die letzten noch stehenden Reste der Ruine ihrer Ehe zum Einstürzen brachte, würde es kein Zurück mehr geben.

»In Ordnung, denk doch, was du willst!«, erwiderte sie mit erboster Stimme. »Ich werde die Scheidung einreichen, und dann wirst du endlich bekommen, was du schon so lange ersehnt hast. Um Papas zwanzig Prozent werde ich mich allerdings selbst kümmern. Dein Mitspracherecht, was *Nilco* betrifft, wird in Zukunft weniger als einen Fliegenschiss ausmachen!«

Es fühlte sich mit einem Mal so unsagbar angenehm an, nach all dieser Zeit der Unterwerfung endlich den ersten Schritt in Richtung Freiheit gemacht zu haben.

»Und du wirst sehen«, setzte sie aufgeregt hinzu, »dass ich geschäftliche Vorkehrungen treffen werde, von denen du nicht einmal einen blassen Schimmer hast!«

Er lachte unerwartet und laut.

Das Lachen ließ sie wie ein verschrecktes Tier zusammenzucken.

»Oh, jetzt habe ich dich erschreckt«, merkte er spöttisch an, während er vorgab, eine Träne aus dem Augenwinkel zu wischen. »Nur dass du Bescheid weißt: Ich vermute, es ist jetzt leider ein bisschen zu spät dafür.«

»Warum zu spät?«

»Ja, was in Gottes Namen würde das für einen Eindruck machen?«

»Wovon sprichst du eigentlich?«

»Es würde doch, ehrlich gesagt, etwas unschön aussehen, wenn ich dich jetzt im Stich ließe, besonders, wo du auf dem direkten Weg nach Hinseberg bist. Ich stelle es mir sehr interessant vor, zu sehen, wie du *das* zu bewerkstelligen gedenkst… mein Goldschätzchen!«

Argwöhnisch hielt sie den Kopf ein wenig schräg und kniff die Augen zu wachsamen Strichen zusammen. »Worauf willst du, verdammt noch mal, hinaus?«

Sie schrie ihm jetzt ihre Flüche geradewegs ins Gesicht, und er genoss die Situation in vollen Zügen.

»Was zum Teufel…?«

Nun war es offensichtlich, dass sie vollends die Kontrolle verlieren würde.

»Tja«, sagte er in arrogantem Ton und zuckte mit den Schultern, »ich habe ja bereits mit der Polizei darüber gesprochen, weil ich keinen anderen Ausweg mehr sah. Ich habe vor ihnen bekannt, wie sehr ich Anne liebte und wie mörderisch eifersüchtig du warst. Dass du ihr mehrfach gedroht hast, und dass du vollkommen wahnsinnig wurdest, als du erfuhrst, dass ich dich wegen ihr verlassen würde.«

Seine Worte waren voll falschem Bedauern, während sein Tonfall immer milder wurde.

Doch seine Augen folgten den ihren mit dem böswilligen Glitzern einer Giftschlange.

»Das ist ja vollkommen verrückt!«, verteidigte sich Berit. »Ich habe sie nicht ein einziges Mal persönlich getroffen! Nie!«

»Das werden sie dir schwerlich abnehmen.«

»Aber sie müssen es mir glauben! Das ist immerhin die Wahrheit!«

»Versuch es doch«, schlug er vor, während sein Blick immer noch der eines Bedauernden war. »Sie werden dir nicht glauben.«

»Aber… warum denn nicht?«

»Weil ich es bereits gesagt habe.«

»Was hast du gesagt?«, wollte sie wissen, obgleich ihr vor der Antwort graute.

»Dass du sie ermordet hast.«

»Das ist gelogen.«

»Ist es das?«

»Du bist wohl völlig verrückt geworden.«

»Na ja, eher aufrichtig geschockt und traurig darüber, wozu meine Ehefrau fähig ist.«

»…das ist doch nicht wahr.«

»Es wird schwierig für dich werden, das zu beweisen.«

Berit presste verzweifelt die Finger an die Schläfen, hinter denen das Blut inzwischen Besorgnis erregend pochte. Sie musste einen Ausweg aus diesem absurden Schauspiel finden.

»Aber ich habe doch überhaupt nichts getan!«

Er lächelte überlegen. »Wie gesagt, es wird schwierig werden, es zu beweisen. Alles spricht mittlerweile gegen dich. Und bestimmt sind sie bereits auf dem Weg hierher.«

»Aber ich habe ein Alibi!«, platzte es unvermutet aus ihr heraus.

»Ja, wirklich?«

»Wir waren doch beide zu Hause. Von vier Uhr nachmittags bis ... ja, bis zu dem Zeitpunkt, als die Polizei kam. Wir haben zwar nicht miteinander gesprochen, aber wir sind dennoch unser beider Alibi – gegenseitig. Ich kann bezeugen, dass du da warst, und du weißt, dass ich ebenfalls hier war.«

Plötzlich schien sie ihn anzuflehen.

Das Glas war leer, und er füllte es etwas umständlich erneut. »Tut mir Leid«, klärte er sie auf. »Ich habe ihnen bereits erzählt, dass ich allein zu Hause war. Du bist nicht vor halb sechs zurückgekommen, hast aufgeregt gewirkt und dich in den Salon gesetzt und gegrübelt. Genau wie sie dich dort sitzen gesehen haben.«

»Guter Gott ...! Das ist doch nicht wahr!«

»Deine Aussage steht gegen meine. Und ich war es, der aus freien Stücken mit den nötigen Informationen zur Polizei gegangen ist. So etwas wirkt natürlich glaubwürdiger. Das ist ganz einfach so«, grinste er rachedurstig.

»Nein, mein Lieber!«, brach es in erneutem Triumph aus Berit heraus. »So leicht kannst du es dir nicht machen! Hast du nicht etwas vergessen?«

»Und was sollte das sein?«

»Dass Malin zu Hause war!«

Ihre Feststellung war nicht mehr als ein Flüstern, denn sie ahnte, dass allein diese Tatsache ihr selbstverständlich Recht geben würde.

Er ließ das Glas sinken, das er bereits zum Mund geführt hatte. »Malin?«

»Ja!«, bestätigte sie mit schadenfroher Stimme. »Malin, deine Tochter. Falls du dich an sie erinnerst?«

Er erinnerte sich an die Musik, die gestern Abend das Haus erschüttert hatte.

Die ihre bittere Auseinandersetzung gedämpft und schließlich übertönt hatte.

Er konnte sich nur zu gut daran erinnern. Und es machte ihm einen Strich durch die Rechnung.

Malin war tatsächlich zu Hause gewesen, er hatte ja selbst gegen halb fünf den Afghanen zu ihr ins Zimmer gebracht. Denn das ständige Herumstreichen des Hundes zwischen seinen Beinen hatte ihn bei dem Versuch, geschäftliche Dinge zu regeln, empfindlich gestört.

»Ist schon in Ordnung«, hatte sie in ihrem schmollenden Teenagertonfall gesagt, »er kann hier bei mir bleiben, solange ich Hausaufgaben mache.«

Und dann war er bei ihr geblieben.

Bis dieser Hill und sein Kollege mit ihren aufdringlichen Fragen gekommen waren.

Leif Nilsmeds Miene verdunkelte sich und wies unmittelbar einen enttäuschten Zug um die Augenbrauen auf. Er hatte sich den Ausgang des Gesprächs anders vorgestellt.

»Warte mal…«, erwiderte er, während sein Gehirn auf Hochtouren arbeitete, um zu einem schlagfertigen Gegenangriff ausholen zu können. »Warte, Malin war in ihrem Zimmer, oder?«

»Darauf kannst du Gift nehmen, du Schwein!«, wagte sich Berit fauchend aus ihrer unterlegenen Position hervor.

»Gut«, stellte er fest. »Hast du sie dort gesehen?«

»Nein, aber ich habe sie gehört.«

»Doch… ob sie dich ebenso gehört hat?«

»Wie meinst du das?«

»Ja, ich meine – und das werde ich der Polizei bei der nächstmöglichen Gelegenheit erklären –, dass Malin den ganzen Abend über ihr Zimmer nicht verlassen hat. Sie hat dich während der aktuellen Zeit weder hier gesehen noch gehört. Du sitzt doch immer vollkommen still auf deinem Sofa mit deinen verschrobenen Gedanken, nicht wahr?«

»Du verdammter…«

Ihr Hass und der Schrecken, den er ihr gleichsam eingejagt hatte, drohten sie über den unglaublich schmalen Grat zu treiben, der die Vernunft von einem unendlich tiefen, schwarzen Abgrund trennte.

»Also«, stellte Leif zufrieden fest, während er den letzten Zentiliter aus seinem Glas hinunterkippte, »damit ist dein Alibi wohl hinfällig. Und möge der Teufel selbst dafür sorgen, dass du es ebenso wirst!«

Ihr verzweifelter Blick flackerte einen kurzen Augenblick über die Wände des gold- und cremefarbenen Salons. Dann drehte sie sich abrupt um und verschwand in der Küche.

Sie hatte dringend eine weitere Sobril nötig.

Hill und Gårdeman hatten sich mehr als anderthalb Stunden verspätet, als sie endlich einen erneuten Anlauf machen konnten, um nach Ramlösa hinauszufahren.

Es war allerdings nicht zu leugnen, dass sie in der Zwischenzeit eine ganze Menge äußerst interessanter Informationen von dem älteren Mann erhalten hatten, der Anne Smitts leblosen Körper in dem mitternachtsblauen Mitsubishi entdeckt hatte.

Er hatte seine traurige Geschichte vollständig vor ihnen ausgebreitet. Es war ihm sichtlich schwer gefallen, sein heimliches Interesse an der nun toten Frau zu offenbaren und sie über den beschämenden Umfang seiner Obsessionen in Kenntnis zu setzen. Für Hill und Gårdeman war es kaum angenehmer gewesen, sein aufrichtiges und qualvolles Bekenntnis entgegenzunehmen, denn ihnen wurde nach und nach die verzweifelt hilflose Situation des Mannes bewusst.

Anne Smitt war ein Lichtblick in seinem Rentnerdasein gewesen, und er hatte buchstäblich mit ansehen müssen, wie der Schein vor seinen eigenen Augen erlosch.

»Aber warum«, wollte Hill hauptsächlich aus formalen Gründen wissen, »haben Sie uns das nicht bereits gestern berichtet?«

»Ich hatte Angst«, bekannte der Mann. »Ich stand unter

Schock und hatte außerdem die Befürchtung, vor der Polizei als Hauptverdächtiger dazustehen. Und wenn die Sache darüber hinaus auch noch meiner Frau zu Ohren käme ... ja, dann hätte ich nicht einmal mehr ein Zuhause, in das ich zurückkehren könnte.«

Sie schauten den Mann an, sagten jedoch nichts. Es gab einfach nichts Vernünftiges zu entgegnen.

»Wie trist und inhaltslos es anderen auch erscheinen mag, und wie unähnlich es dem Leben, das *sie* offenbar lebte, auch ist«, setzte der Mann erschöpft und mit zitternder Stimme hinzu, »so ist es doch mein Zuhause, mein Fernseher, mein Sofa und letztlich mein altes Weib, zu dem es mich hinzieht, solange ich selbst noch am Leben bin!«

Sie hatten den Eindruck, dass er gleich vor ihren Augen zusammenbrechen würde, aber es gelang ihm schließlich mit letzter Kraft, sich zu sammeln und ihre Blicke zu erwidern.

»Ja«, seufzte er und griff mit seinen Arbeiterhänden nach seiner kariert gemusterten, wollenen Kappe, »das war wohl alles, denke ich. Kann ich jetzt gehen?«

Hill sah sich gezwungen, den Mann zu enttäuschen.

»Wenn es für Sie machbar ist«, erwiderte er höflich, jedoch ohne Verhandlungsspielraum, »dann würden wir das Ganze gerne noch einmal mit Ihnen durchgehen und einige ergänzende Fragen stellen.«

Er setzte sich in seinem Schreibtischstuhl auf und wechselte die Kassette des Tonbandgerätes.

Der Mann aus Råå war schweißgebadet, als das Verhör schließlich vorüber und der Kassettenrecorder ausgestellt war. Gleichzeitig war er dankbar, sein Gewissen erleichtert zu haben und stieß einen tiefen Seufzer aus, als sie ihn endlich nach Hause entließen.

»Müssen Sie ...«, fragte er beunruhigt, bevor er ging, »... müssen Sie es meiner Frau erzählen?«

Hill rieb sich die müden Augen, doch er sah nicht die geringste Möglichkeit, den ziemlich niedergeschlagen wirkenden Mann vor der Wahrheit zu schützen.

»Ich weiß es noch nicht genau«, gab er aufrichtig zu, »das hängt davon ab, wie sich alles entwickelt und ob in diesem Fall ein Gerichtsverfahren eingeleitet wird. Dann dürfte es wohl schwer werden, um eine formale Zeugenaussage herumzukommen. Doch bevor sich diese Frage stellen wird, verspreche ich Ihnen, dass sie zumindest von uns nichts erfährt.«

Das war wenigstens ein kleiner Trost, den der ältere Mann dankbar entgegennahm.

»Dann vielen Dank«, sagte er, zog die karierte Kappe mit einer routinierten Handbewegung auf den Kopf und folgte in sichtlich ermatteter Haltung dem Assistenten, der ihn heraufgeführt hatte, wieder hinunter ins Foyer.

Es war ungewohnt still im Raum geworden, nachdem er gegangen war, so als hätten weder Hill noch Gårdeman die andächtige Ruhe entweihen und damit die Bedeutung des Bekenntnisses, das er gerade abgegeben hatte, verwischen wollen.

Hill fühlte sich schließlich gezwungen, sich aufzuraffen und räusperte sich.

»Also«, stellte er trocken fest, »angesichts dieser Informationen sieht es für Frau Nilsmed ziemlich übel aus, oder? Die Personenbeschreibung scheint hinsichtlich Größe und Körperbau recht gut auf sie zu passen.«

»Es würde mich nicht sehr wundern, wenn sie auch noch genau so einen Mantel besitzen würde, wie ihn die spionierende Dame bei ihren nächtlichen Besuchen trug«, bemerkte Gårdeman. Ihm missfiel der Gedanke, dass dieser Stinkstiefel von Nilsmed trotz allem unschuldig zu sein schien. Gårdeman hätte liebend gern gesehen, dass… doch was nützte es, sich in Tagträumen zu ergehen? Eigentlich reichte ihm die Fülle seiner nächtlichen Träume völlig aus.

»Dann sollten wir uns wohl mal auf den Weg machen«,

schlug er vor und rutschte von der Schreibtischkante, auf der er für gewöhnlich hockte.

Sie meldeten sich also erneut bei Joansson ab und diesmal, so hofften sie jedenfalls, würde es dabei bleiben.

Die geringe Wärme, die sich vor anderthalb Stunden im Auto auszubreiten begonnen hatte, war inzwischen völlig verpufft. Draußen war es jetzt kälter als zuvor, und der Wagen stotterte eine Weile aus reinem Protest, bevor er sich endlich starten ließ.

Hill fuhr langsam und zurückhaltend, als wollte er Zeit für eine gedankliche Analyse der Situation gewinnen. Denn auch wenn ihnen die Vorstellung nicht behagte, könnte doch tatsächlich ein ganzes Stück mehr Wahrheit in Leif Nilsmeds Behauptungen liegen, als sie anfangs bereit gewesen waren zu glauben. Nilsmed gehörte sicher nicht zu den angenehmen Vertretern der Menschheit, doch trifft einen Menschen noch lange keine Schuld, nur weil er unsympathisch ist. Das besagte sowohl die uralte Rechtsauffassung als auch sein gesunder Polizistenverstand.

Nilsmeds Auskünfte ließen die Dinge unleugbar in einem neuen Licht erscheinen. Seine Weste hinsichtlich der Rolle in dem Drama war längst nicht blütenrein, und das allein hätte den Reiz ausgemacht, seine Aussage zu widerlegen. Doch leider stimmte seine Geschichte auf beängstigende Weise mit einer Reihe bereits bekannter Zusammenhänge und Fakten überein und war allein schon aus diesem Grund nicht so leichtfertig von der Hand zu weisen.

Als sie schließlich an der roten Ampel bei der Feuerwehrwache anhalten mussten, unterbrach Gårdeman die Stille.

»Langsam nimmt unser Fall wirklich paranoide Ausmaße an«, befand er. »Liebhaberinnen und Spione, Eifersucht und Verrat! Ich werde den Eindruck nicht los, dass alle Beteiligten ein Doppelleben wie in einer Seifenoper führen, in dem nichts ist, wie es scheint. Eins, zwei, drei, taucht unvermutet vielleicht noch irgendein Cousin aus Australien auf…«

»Mir scheint, du hast den Nagel auf den Kopf getroffen«, stimmte Hill zu und schaltete sachte in den ersten Gang, als die Ampel auf Grün wechselte. »Vielleicht leben wir alle auf mehreren Ebenen… gleichzeitig«, setzte er philosophisch hinzu.

Ihm war gerade seine eigene Situation und die Doppelrolle, die er demnächst spielen würde, in den Sinn gekommen.

Polizist – Papa. Papa – Polizist. Papa Polizei. Polizeipapa.

»Nur, dass es in unserem Fall hoffentlich nicht mit Mord endet«, schloss Gårdeman.

Die Nilsmedsche Residenz wirkte heute kaum einladender als gestern Abend. Sie parkten wieder an der Bordsteinkante, brauchten heute jedoch nicht wie überalterte Pizzaverkäufer vor dem Tor zu warten. Nilsmed hatte sich schon eine Weile gefragt, warum sie so lange auf sich warten ließen, und öffnete unmittelbar das elektronische Türschloss, als er sie endlich kommen sah.

Ja, er hieß sie geradezu herzlich willkommen, bat sie gastfreundlich herein und merkte sichtlich nicht, dass sie seine geschmacklose Scharade längst durchschaut hatten.

Oder es kümmerte ihn nicht.

Er schien sich trotz des schmerzhaften Verlustes bester Laune zu erfreuen. Und er hatte sich, was sein Äußeres betraf, erneut gestylt. Die geknöpfte Strickweste aus Kaschmir sowie die teuren italienischen Loafers an seinen Füßen kleideten ihn ausgezeichnet.

»Bitte, meine Herren«, sagte er mit übertriebener Höflichkeit. »Ich vermute, Sie wollen das Verhör im Salon abhalten?«

Das war mit Sicherheit nicht das, was sie wollten.

Zum einen, weil es ihnen so unglaublich falsch vorkam.

Denn selbst wenn sie die aktuelle Zeugenaussage des Mannes aus Råå berücksichtigten, handelte es sich immer noch nur um Indizien und kaum um einen angemessenen Verdacht.

Man stelle sich nur vor, dass Frau Nilsmed überhaupt keinen Popelinemantel dieser Art besaß. Vielleicht trug sie lieber Pelz oder Kamelhaar?

Zum anderen, weil der Salon zu großen Teilen mit empfindlichen chinesischen Teppichen ausgelegt war, was zur Folge hatte, dass sie ihre Schuhe im Flur hätten ausziehen und sich nur auf Strumpfsocken der delikaten Aufgabe eines Verhörs hätten widmen müssen. Das wiederum würde einen bedeutenden Autoritätsverlust nach sich ziehen.

Doch das Gespräch musste geführt werden, auch wenn sie es beide vorgezogen hätten, Nilsmeds hochdramatisches Bekenntnis als einen jämmerlichen Versuch, die Aufmerksamkeit von seiner Person abzulenken, in den Wind zu schlagen.

Sie hatten ja bereits in gewisser Weise seine Frau getroffen. Hatten ihr auf dem Sofa im Salon zugenickt, wo sie gestern Abend gesessen und vor sich hin gestarrt hatte, als befände sie sich in einer anderen Welt.

War sie wirklich in der Lage, so viel Entschlossenheit aufzubringen, um eine Rivalin zu ermorden? Oder überhaupt irgendjemanden?

»Ja, ich verstehe, dass die Herren allein mit meiner Frau zu sprechen wünschen«, grinste Leif Nilsmed spöttisch. »Bitte entschuldigen Sie mich, doch die Geschäfte erfordern meine ungeteilte Aufmerksamkeit.«

Er zog sich mit einer triumphierenden Miene und einer großen Tasse schwarzen Kaffee in der Hand zurück. Nach einem letzten höhnischen Blick auf seine Frau nahm er die Stufen der Treppe ins Obergeschoss mit erstaunlicher Leichtigkeit.

Hill räusperte sich verlegen und schaute zu Gårdeman, doch dieser schüttelte nur den Kopf. Sie hatten keine andere Wahl, als diese zerbrechliche Person mit unangenehmen Anschuldigungen zu konfrontieren, und es würde für alle Beteiligten in keinster Weise leicht werden.

Hill blieb nichts anderes übrig, als die weichen Wollteppiche zu betreten. Vorsichtig ging er auf Berit Nilsmed zu, die immer noch unbeweglich auf ihrem Sofa saß.

»Guten Tag«, sagte er zur Begrüßung und streckte die Hand aus.

Sie wich seinem Blick aus, erwiderte jedoch flüchtig seinen Händedruck. Ihre Hand war unangenehm kalt und feucht.

»Ich bin Kriminalkommissar Joakim Hill«, stellte er sich vor, »und das ist mein Kollege, Inspektor Ulf Gårdeman. Wir waren gestern Abend hier, wenn Sie sich erinnern. Ist es in Ordnung, wenn wir uns kurz zu Ihnen setzen?«

Sie wand sich nervös, nickte aber.

Das Sofa war ausgesprochen bequem, und sowohl Hill als auch Gårdeman träumten einen kurzen Moment davon, ein ähnlich göttliches Möbelstück zu besitzen.

»Leider müssen wir Ihnen einige Fragen stellen, Frau Nilsmed«, sagte Hill einleitend. »Bezüglich des Todesfalles, über den wir schon mit Ihrem Mann gesprochen haben. Es handelt sich um die junge Frau, die gestern Abend draußen in Råå starb.«

Ihr Blick flackerte, doch es gelang Hill, ihn für einen verschwindend kurzen Moment aufzufangen.

Er war voller Unruhe, ja geradezu erschrockener Nervosität. Hill musste unweigerlich an den Bericht des Mannes aus Råå denken. Er konnte sich nicht helfen, aber selbst wenn er den Beschuldigungen durch ihren Ehemann keinen Glauben schenkte, so musste er sich doch fragen, was Berit Nilsmed so ängstlich stimmte.

»Die Frau hieß Anne Smitt«, stellte er sachlich fest, ohne den Blick von ihrem Gesicht zu wenden, »kannten Sie sie?«

»Nein.«

Sie antwortete so leise, dass man sie kaum verstehen konnte.

»Wie bitte?«, fragte er, obwohl er ansonsten keinerlei Probleme mit den Ohren hatte. Er wollte ihr eine weitere Chance geben, ehrlich zu antworten, und sie nahm sie an.

»Ja, ich wusste, wer sie war. Aber ich… ich kannte sie nicht persönlich. Mein Mann kannte sie natürlich. Sie war ja seine… Geliebte.«

»Haben Sie lange davon gewusst?«, wollte Hill wissen.

Plötzlich hielt sie wieder das Taschentuch, genau wie gestern, zwischen ihren langen, sehnigen Fingern, während die Spitzen von der einen Hand hinüber zur anderen glitten. Er begriff, dass diese unbewusste Beschäftigung ihr Blitzableiter – ihr eigener persönlicher Herzensströster – sein musste. Eine Möglichkeit, ihre inneren Spannungen zu kanalisieren, sie über die Fingerspitzen in den weichen Baumwollstoff zu leiten und dort zu neutralisieren.

»Eine ganze Weile«, sagte sie vage.

»Und wie haben Sie darauf reagiert?«

»Ich habe sie natürlich gehasst…«, antwortete sie. »Und…«

Sie unterbrach sich. »Ich bin keine Mörderin«, erklärte sie plötzlich bestimmt. »So habe ich das nicht gemeint.«

»Das ist uns schon klar«, sagte Gårdeman neutral.

»Unsere Ehe war seit langem nicht mehr die beste…«

Ihre belegte Stimme driftete in unterschwellig herauszuhörender Trauer über das einst so bedeutsame Versprechen ab, das Leif und sie sich gegenseitig gegeben hatten. Nun kam diesem nicht mehr die geringste Bedeutung zu.

Doch dann sammelte sie sich wieder. »Eigentlich ist es mir inzwischen egal, was er tut«, erklärte sie trotzig und verstummte erneut, starrte auf das Taschentuch in ihrem Schoß und ließ ihre Finger wieder über den Stoff gleiten.

Gårdeman starrte wie verzaubert auf das Tuch, das wie in einer eindrücklichen modernistischen Choreographie zwischen ihren Fingern tanzte – zuerst über den Daumen, dann unter dem Zeigefinger hindurch und weiter über den Mittelfinger.

»Haben Sie und Ihr Mann darüber gesprochen?«, wollte Hill wissen.

»Schwer zu sagen... Wir reden nicht mehr viel.«

»Wussten Sie, dass Anne Smitt und Ihr Mann sich regelmäßig in ihrer Wohnung trafen?«, fragte Hill weiter, in der Hoffnung, dass sie nein sagen würde.

»Ja«, antwortete sie.

»Wussten Sie, wo sie wohnte?«

»Ja«, sagte sie kaum hörbar.

Hill unterdrückte einen Seufzer der Enttäuschung und kam zu der entscheidenden Frage.

»Wussten Sie, dass Anne Smitt ihre Wohnung jeden Montagabend genau zu dem Zeitpunkt verließ, an dem sie auch getötet wurde?«

»Ja.«

Das bedeutete definitiv nichts Gutes.

»Besitzen Sie einen...«, begann er und schaute zur Sicherheit noch einmal in seine Unterlagen, »...einen Popelinemantel mit Kapuze?«

Jetzt schaute sie zum ersten Mal auf und richtete ihre rot geweinten Augen fragend auf die Polizisten. Sie nickte vorsichtig.

»Dürfen wir das als ein ›Ja‹ werten?«, fragte Hill nach.

»Ja.«

Nun rutschte Hill befangen hin und her. Es kam eindeutig zu oft ein »Ja«, wo er auf ein klares »Nein« gehofft hatte.

»Haben Sie jemals mit diesem Mantel bekleidet vor den Fenstern von Anne Smitts Haus gestanden und sie beobachtet?«

»Ich habe sie überhaupt niemals beobachtet«, gab Berit Nilsmed empört zurück. »Für wen halten Sie mich eigentlich?«

»Sie sagten jedoch, dass Sie wussten, wo sie wohnte.«

»Sie arbeitete doch für *Nilco*. Es war kein Geheimnis, wo sie wohnte.«

»Frau Nilsmed…« Hill räusperte sich, bevor er weitersprach. »Denken Sie jetzt bitte genau nach, und antworten Sie nach bestem Wissen und Gewissen. Haben Sie in der letzten Zeit Zugang zu Zyanidwasserstoff in irgendeiner Form gehabt oder ihn besessen?«

Sie starrte erschreckt und gleichzeitig unschlüssig von einem Ermittler zum anderen.

Sowohl Hill als auch Gårdeman beobachteten sie unablässig. Gab es da etwas – und sei es ein noch so geringer Hinweis auf Schuldgefühle, zum Beispiel ein winziges Blinzeln –, das sie in diesem Moment verraten könnte?

»Nein«, erklärte sie mit äußerster Bestimmtheit. »Wirklich nicht!«

Die Stille, die daraufhin eintrat, wirkte fast wie eine Erleichterung.

Deshalb überwältigte sie alle der plötzliche Krach, der völlig überraschend aus dem Obergeschoss zu ihnen nach unten drang. Etwas war dort oben zu Boden gestürzt. Nicht nur ein Buch oder ein Ordner, sondern etwas bedeutend Schwereres – ein Möbelstück oder…

Dem Schlag folgten rasch ein Geräusch zerbrechenden Porzellans, einige weitere Schläge und schließlich ein dumpfes Poltern. Irgendwo in der oberen Etage heulte der Hund erschrocken.

Berit saß wie versteinert und leichenblass an der Sofakante, während Hill und Gårdeman geistesgegenwärtig aufsprangen und die mit Teppichboden ausgekleidete Treppe mit geschmeidigen Sprüngen hinaufeilten.

*Was für eine Ironie des Schicksals!*

So weit kam Leif Nilsmed mit seinen gedanklichen Überlegungen, und dabei musste er fast unfreiwillig lachen.

Gleichzeitig hegte er nicht den geringsten Zweifel daran, was gerade mit ihm geschah. Es war der Kuss des Todes, der seine Lippen umspielte.

Er hatte sich schon des Öfteren gefragt, wie es wohl sein würde zu sterben. Vielleicht sogar in … ihren Armen? Jegliche Beherrschung fahren zu lassen, alle Grenzen zu sprengen und besinnungslos tief in sie einzudringen, bis er an den Schläfen einen intensiven Schmerz vernehmen würde, der ihn mitten in seiner Ekstase zersprengen würde.

Wie es sich wohl anfühlen würde?

Die Ewigkeit mit dem Paradies vereint vor sich zu sehen und im selben Augenblick, in dem sich das Leben in seinen krassen Gegensatz verkehrte, den heißen Strom seiner Liebe über jegliche Ufer treten zu lassen.

Es wunderte ihn, dass der Schmerz nicht stärker, allumfassender war. Sicher, es war ein entsetzliches Gefühl – völlig teuflisch und abstoßend –, den Sauerstoff in seinem Kopf so unkontrolliert explodieren zu spüren. Wie Silvesterknaller über dem offenen Feuer. Außerdem merkte er, wie dicke Klumpen seinen Hals verstopften, die das Atmen erschwerten und ihm fast die Augen aus dem Kopf treten ließen …

Und dann dieses Rauschen in den Schläfen, das zu einem Heulen anschwoll und sich für eine unfassbar kurze Sekunde zu einem höllischen Donnern auswuchs.

Doch es tat nicht weh …

Aber warum eigentlich nicht sterben? Natürlich würde er genauso gut das Leben hinter sich lassen können.

Nur der Körper … der Körper wollte irgendwie nicht …

Er richtete sich mit weit aufgerissenen Augen abrupt auf. Der Schreibtischstuhl aus gediegener englischer Eiche, der in derselben qualitativ hochwertigen Ausführung und von demselben namhaften Hersteller war wie der, den er auch Anne geschenkt hatte, kippte und fiel hinter ihm zu Boden. Krampfartig umklammerte er die Kaffeetasse und machte einen Versuch, tief durchzuatmen, doch er brachte lediglich ein schwaches Röcheln und ein verzerrtes Grinsen hervor, bei dem sich die Oberlippe spannte und am sekundenschnell orangeverfärbten Zahnfleisch festklebte.

Nur, wie?

Sie hatte doch gar nicht…

Er vernahm Caspers unheilverkündendes Gebell aus dem unmittelbar angrenzenden Gästezimmer.

Still, verdammter Köter, still!

Unter spastischen Zuckungen ließ er die Kaffeetasse fallen. Sie schoss quer durch den Raum und zersprang in Stücke. Seine Hände fuhren an den Hals und versuchten, die verengte Kehle vom Druck zu befreien, während sich ein heißer Urinstrom über die einwandfrei gebügelten, beigefarbenen Gabardinehosenbeine ergoss. Doch das spürte er schon nicht mehr. Die Farbe auf seinen Wangen nahm rasch eine ziegelrote Nuance an – das markante Merkmal explodierenden Sauerstoffs.

Ein intensives weißes Licht erfasste ihn, und es fühlte sich an, als würde er nach oben gezogen und zu schweben beginnen, während sein Körper, der gepflegte und gut aussehende Körper, der ihm einst so treue Dienste geleistet und ihm zuletzt so viel Lust bereitet hatte, auf der frisch polierten Platte seines Schreibtisches zusammensank.

Reglos blieb er quer über Stapeln mit noch zu unterzeichnenden Verträgen und umfangreichen Auszügen aus seinen verschiedenen Konten liegen. Als es Hill und Gårdeman endlich mit vereinten Kräften gelungen war, die verschlossene Tür zu sprengen und in das Arbeitszimmer einzudringen, war Direktor Leif Nilsmed bereits unwiderruflich tot.

Sahlman war während des restlichen Nachmittags ungemein beschäftigt gewesen. Keiner im Präsidium wusste genau, womit er sich eigentlich befasste, doch man hoffte allseits, dass er es zumindest selber wusste.

Erst war er unablässig in den verschiedenen Online-Dateien des Internets herumgesurft, sodass sich seine Augen vor Anstrengung gerötet hatten. Daraufhin hatte er verschiedene Telefonate geführt, die ihn anscheinend dahingehend beeinflusst hatten, sich mit ein paar Lagen Schaumstoff, einem Bauarbeiterhelm und einer Rolle Isolierband in seinem Dienstzimmer zu verschanzen.

Im Präsidium konnte man sich weitaus Sinnvolleres vorstellen, als Sahlman in einer Situation wie dieser zu stören. Also kümmerten sich Susanna und Birgitta darum, ihm einen Teil seiner zu erledigenden Schreibtischarbeit abzunehmen und teilten die verschiedenen Anliegen unter sich auf.

»Irgendwie war es doch vorhin ziemlich sonderbar, findest du nicht?«, äußerte Birgitta und blieb im Türrahmen zu Susannas Raum stehen, bevor sie sich der zusätzlichen Arbeit zuwandte.

»Was meinst du denn genau?«

»Ja, da oben in der dritten Etage – wie hat er den Saal noch gleich genannt?«

»Den Gästesaal meinst du?«

»Ja, genau den«, bestätigte Birgitta und verschränkte gedankenverloren ihre Arme vor der Brust. »Ist dir dort nichts aufgefallen?«

»Nein«, antwortete Susanna wahrheitsgemäß, »ich glaube nicht, dass dort etwas Besonderes stattgefunden hatte. Jedenfalls nicht in der Gegenwart.«

»Nein… ich meine, an Sahlmans Verhalten.«

»Knuts?«

»Ja, er hat den Raum noch nicht einmal betreten. Hast du das nicht bemerkt?«

Susanna hatte sich darüber keine Gedanken gemacht, wie sie jetzt feststellen musste.

»Er blieb direkt an der Schwelle stehen«, setzte Birgitta beharrlich hinzu. »Er ging überhaupt nicht in den Saal hinein. Und weißt du was?«

»Was denn?«

Susanna fragte sich, worauf Birgitta hinauswollte.

»Als wir beide wieder herauskamen, habe ich mich im Türbogen an ihm vorbeigedrängt und bemerkt, dass er schweißgebadet war. Vollkommen nass geschwitzt!«

Susanna schaute ihre Kollegin jetzt misstrauisch an. Der selbstsichere Knut – schweißgebadet?

»Ja, da bin ich mir ziemlich sicher!«, bekräftigte sie ihre Äußerungen. »Er stank wie ein gewöhnlicher Bauarbeiter nachmittags um fünf. Ausgerechnet Sahlman, der normalerweise so angenehm duftet wie eine Petunie!«

Als Susanna genauer darüber nachdachte, erinnerte sie sich an ihren Aufenthalt in der dritten Etage und rümpfte vor Unbehagen die Nase; Birgitta hatte Recht.

Knut war wirklich auf der Schwelle zum Gästesaal stehen geblieben und hatte dem Raum dann lange vor ihr den Rücken zugewandt. Jetzt fiel es ihr ein. Sie konnte im Geiste die animalischen Ausdünstungen, die er abgesondert hatte, in der Nase wahrnehmen.

Den Geruch purer Angst.

## 15:48:06

Keiner der Typen von den Gangsters vernahm den ersten Schuss, der knapp an Raymonds Helm vorbeipfiff und direkt in den Tannenwald auf der anderen Seite von Välavägen einschlug. Obgleich auf beiden Seiten der breiten, neu asphaltierten Straße dichter Nadelwald stand, lag sie unbestritten innerhalb der Stadtgrenzen von Helsingborg.

Die Strecke, auf der sie in Richtung Zentrum unterwegs waren, führte durch eine Art Ödland innerhalb der Außenbezirke der Stadt – ein schwedisches *High Chaparral* im Schatten der abstoßenden Gerüche der Müllverwertungsanlage Filborn. Ein Land, das von Cowboys auf zwei Rädern bevölkert wurde und in dem alles möglich war.

Das erste Projektil hätte also durchaus auch ein Steinschlag, eine kräftige Windbö… ja, kurz gesagt, alles Mögliche sein können.

Doch es folgten weitere zischende Salven, und schon bald herrschte kein Zweifel mehr über ihre wahre Natur. Die grau-schwarze Harley-Davidson des Terminators wurde am vorderen, blank gewienerten Schutzblech getroffen. Der Stoß ließ ihn beinahe die Kontrolle über die Maschine verlieren, und erst in letzter Sekunde gelang es ihm, geschickt gegenzusteuern und die Balance wiederzugewinnen.

Jompa hingegen, der einen Schuss mitten in den Hinterreifen abgekriegt hatte, kam unweigerlich ins Schlingern und driftete von der Fahrbahn ab. Er schlitterte auf seinem fahrbaren Untersatz direkt in den von Lehm durchzogenen Straßengraben. Da sich jedoch in unmittelbarer Nähe ein Müllberg auftürmte, landete er in einem Haufen entsorgter Plastiktüten und verblichener Kartons, die den Sturz effektiv dämpften. Sicher lugte auch die eine oder andere benutzte sanitäre Damenbinde aus dem Berg von Abfall – aber was machte das schon? Jompa war froh, noch am Leben zu sein und beschloss, ganz einfach noch ein Weilchen in der angenehm duftenden Umgebung liegen zu bleiben.

Keiner hörte, wie der Terminator sich selbst verfluchte, weil er es zugelassen hatte, die Sicherheit seiner Leute zu gefährden. Er war zu sehr von seinem brillanten Plan eingenommen gewesen, Nane für sein Vorhaben in Zusammenarbeit mit der Gemeindeverwaltung einzuspannen, das er in absolut vorbildlicher Manier durchzusetzen gedachte. Mit der gesamten Mannschaft *und* einem unentbehrlichen Zeugen vor der Wache aufzukreuzen, würde zweifelsohne sowohl ihm als auch seiner Gang ein besseres Image verleihen und eine gute Presse abgeben.

Nein, es war offenbar gefährlich, sich übermäßig selbstsicher zu geben und von seinen eigenen Ideen zu sehr überzeugt zu sein. War man eine einzige Sekunde lang nicht auf der Hut, schon bekam man die Quittung dafür – die Outlaws waren also hinter ihnen her! Als hätten diese Teufel es gerochen und nur auf den kleinsten Fehler gewartet, beispielsweise, dass ihre Konkurrenz die Schilde auch nur einen einzigen Millimeter senken würde, damit sie ihnen an die Kehle gehen konnten.

Man konnte sie ja noch nicht einmal sehen! Von wo, zum Teufel noch mal, schossen sie denn eigentlich?

Der Terminator hatte den Eindruck, dass das Feuer von hinten eröffnet worden war, und signalisierte seinen Leuten, Ausweichmanöver zu starten, doch viel würden sie wohl nicht ausrichten können, da die Straße schnurstracks geradeaus führte. Jetzt hatten sie einen Kampf auf Leben und Tod am Hals – daran zweifelte der Terminator nicht eine Sekunde lang. Hielten sie an, würden sie ebenso verloren dahocken wie Strauße, die bei herannahender Gefahr den Kopf in den Sand steckten. Fuhren sie weiter, würden sie unmittelbar zu einer Zielscheibe werden, wie man sie aus Vergnügungsparks kennt.

Ihre Situation war genauso ausweglos, wie es in diesem amerikanischen Bestseller »Catch 22« beschrieben war. Sozusagen gehupft wie gesprungen.

Der Terminator musste eine Entscheidung treffen. Er setzte sich mit einem kräftigen Tritt aufs Gaspedal von der Gruppe ab und fuhr in immer schnelleren Zickzackbögen vorneweg. Die anderen folgten seinem Beispiel, was dazu führte, dass sich die Formation aufsplitterte und die Horde wie ein wild gewordener Geisterzug über die zur Falle gewordenen Straße pflügte. Bald würden sie bebautes Gebiet erreichen, und er setzte darauf, noch vor den Outlaws dort anzukommen.

»Nur noch ein kurzes Stück«, versuchte er, sich mit zusammengebissenen Zähnen selbst Mut einzuflößen, »nur noch ein kurzes Stück…« Er steigerte das Tempo. »Gebt Gas, zum Teufel!«, brüllte er dann geradewegs in die schmutzig graue Dämmerung. Doch keiner von ihnen hatte es nötig, angetrieben zu werden; seine Jungs waren ihm bereits auf den Fersen.

Er drückte noch stärker auf die Tube, bis der Motor beunruhigende Geräusche von sich gab und sich die Umdrehungen dem rot unterlegten Grenzbereich des Drehzahlmessers gefährlich näherten. Doch das kümmerte ihn nicht. Er überließ sich dem Hämmern des Blutes in seinen Ohren und dem Schrei des Adrenalins, das durch die Adern seinen Körpers pulsierte.

Sollte das hier das Ende sein, so würde er wenigstens dafür sorgen, ein paar dieser Burschen auf die ewige Reise mitzunehmen!

Weitere Schüsse heulten unheilverkündend ziemlich dicht an ihnen vorbei, und er versuchte mit voller Konzentration, seine Maschine ruhig und sicher zu steuern.

Er hoffte, dass es ab hier nicht mehr so leicht sein würde, erwischt zu werden, konnte aber nicht genau feststellen, ob jemand aus dem Pulk hinter ihm herausfiel – alles, was er sah, war der weiße Rauch heißer Abgasrohre und erhitzt atmender Gestalten, der hinter ihm aufstieg.

Der Terminator bekam ein paar seiner roten Barthaare zwischen die Zähne. Sie waren gefroren und schmeckten gleichzeitig nach Schweiß.

Nur noch eine kurze Strecke.

Mit ihrer Fahrweise jagten sie der Fahrerin eines pflaumenfarbenen Mazda 626, der gefährlich dicht am Straßenrand fuhr, einen gehörigen Schrecken ein. Nach einem kurzen Blick in den Rückspiegel hielt sie es für sicherer, keine wie auch immer gearteten Rechte im Hinblick auf die Verkehrsregeln einzufordern. Sie hielt sich so dicht wie möglich am rechten Straßenrand und parierte die heftigen Windstöße, die das Überholmanöver der Truppe an diesem ansonsten so windstillen Nachmittag verursachte, mit einem festen Griff ums Lenkrad.

Zivilisten auf diese Weise zu erschrecken, ist dem Ansehen der Gang nicht gerade zuträglich, dachte der Terminator, überhaupt nicht. Direkt hinter der Kurve, der sie sich jetzt in immer schnellerer Fahrt näherten, würde es eine Abzweigung geben. Sicherlich würden sie beim Rechtsabbiegen etwas Geschwindigkeit verlieren, doch dann befänden sie sich endlich in heimischen Gefilden.

Denn dort begannen die Ausläufer des Industriegebietes von Berga.

Und auf diesem Terrain hätten sie zwischen Lagerhallen und Maschinenparks die größte Chance zu entkommen. Dort konnten sie Schutz suchen – und dort würden sie sich auch nicht das Vergnügen nehmen lassen, zurückzuschlagen.

Seinen Revolver, eine Tokarev TT-33 aus dem Ostblock, Kaliber 7,62 mm, trug er ständig bei sich. Unter der Lederkluft drückte die Waffe jetzt gegen seine Rückenwirbel, doch es war ein beruhigendes Gefühl, sie zwischen dem Bund seiner schwarzen Lederhose und der schweißnassen, behaarten Haut in der Nierengegend zu spüren.

Bald… bald…

Bald würde es an diesen verdammten Kerlen sein, nach Luft zu schnappen – und zwar ordentlich!

Plötzlich wurde der Terminator von Scheinwerfern geblendet.

Auf der anderen Straßenseite standen sie. Direkt vor der Kurve. Wie ein Aufgebot bei einer Treibjagd im Nebel erhob sich der Pulk aus dem Nichts – sechs Kolosse in einer Reihe auf ihren blanken Stahlrössern.

Nun zeichnete sich im schwachen Schein der Straßenlaternen auch die Schar ihrer bewaffneten Verfolger aus nördlicher Richtung ab.

Wo zum Teufel bleibt die Polizei, wenn man sie braucht?, dachte der Terminator unwillkürlich, während unausgegorene Pläne bezüglich eines neuerlichen Ausweichmanövers in seinem Kopf herumspukten. Er bremste abrupt seine Maschine, geriet dabei auf dem frischen Belag heftig ins Rutschen und hinterließ eine ansehnliche Menge Reifengummi und die Hälfte seiner Stiefelsohle auf dem Asphalt. Die Maschine wirbelte mit quietschenden Reifen herum, hielt sich jedoch wie durch ein Wunder aufrecht. Ihm war eine vollständige 360-Grad-Drehung gelungen!

Raymond hingegen gelang das Wendemanöver nicht. Er legte sich mitten auf der Straße auf die Seite, wo er zum Stoßdämpfer für Kenne wurde, der keine Chance mehr sah, auszuweichen.

Die Verfolger schalteten wie auf Kommando die Scheinwerfer ihrer Motorräder ein und fuhren, in voller Breite über die Fahrbahn verteilt, geradewegs auf sie zu. Wie übereifrige

Hirtenhunde umringten sie die motorisierte Schafherde an der besagten Kurve, an der die Straßenbegrenzung jegliche Fluchtmanöver vereitelte.

An der südlichen Sperre begann sich der Verkehr bereits zu stauen. Wer konnte, wendete sein Fahrzeug und machte kehrt. Niemand wollte mit Auseinandersetzungen diesen Kalibers irgendwas zu tun haben. Und genau wie die Fahrerin des pflaumenfarbenen Mazda, erhob in dieser prekären Situation keiner Anspruch auf eine legale Regelung der bizarren Verkehrssituation.

Wer mit seinem Auto bereits mittendrin stand, verschanzte sich, so gut es ging, hinter seinem Steuer und beäugte erschreckt, doch nicht ohne einen Funken Neugier, die sich anbahnende Schießerei.

»Was für eine verdammte Scheiße!«, fluchte der Terminator und griff nach seinem Revolver.

Seine Hand fühlte sich nach der Hetzjagd unangenehm feucht an. Schließlich bekam er die Waffe zu fassen, zog sie aus dem Hosenbund und entsicherte sie.

Doch als er den Revolver hob, starrte er geradewegs in den Lauf, der auf ihn selbst, genauer gesagt, auf einen Punkt zwischen seinen aufgerissenen Augen, gerichtet war.

Er musste unmittelbar einsehen, wie dämlich man sich doch manchmal anstellte. Beispielsweise in einer Situation wie dieser, in der man rein instinktiv – als wäre man in der Lage, die Kugel allein mit dem Blick zu stoppen – die Mündung fokussierte und sich am Ende doch nur völlig lächerlich machte.

Er zwang sich, dem Blick seines Widersachers standzuhalten und ihm in die halb zusammengekniffenen Augen zu sehen.

»Mach dich nicht lächerlich, Hasse«, sagte sein Bezwinger sichtlich irritiert. »Steck die Knarre wieder ein. Es könnte, verdammt noch mal, jemand verletzt werden.«

Die Stimme war heiser und der Tonfall trocken. Und sie

kam ihm ungemein bekannt vor. Keiner nannte ihn Hasse, außer…

Der Terminator zuckte zusammen. Das zierliche, bunte Emblem auf der Jacke war gar nicht das der Outlaws – es gehörte den Redskulls! Redskulls! Die Brudergang mit verflixt großem »B«! Und in der Jacke steckte kein Geringerer als Albin selbst.

»Was zum Teufel…?«, brach es ungläubig aus dem nun gänzlich verwirrten Terminator heraus.

»Stickan ist in Göteborg«, erklärte Albin kurz. »Er möchte mit dir reden.«

Der Terminator hatte nicht nur einige Zentimeter seiner Sohle auf dem Asphalt verloren, sondern es hatte ihm ebenso die Sprache verschlagen.

»Er will ein paar Worte mit dir wechseln, alter Knabe«, versuchte es Albin erneut. »Komm schon, lass uns fahren!«

Albin war cool.

Die Maschine war für ihn nur ein Mittel zum Zweck. Keine Leidenschaft oder Besessenheit wie für so viele andere, sondern einfach nur die vorteilhafteste Möglichkeit, sich Macht zu verschaffen. Kein Wunder also, dass er seit Jahren Stickans zweiter Mann bei den Redskulls war. Die Redskulls fuhren noch dazu mit bedeutend höherem Ansehen durch das Land als die Gangsters – und deshalb hatte man auch zu erscheinen, wann immer es Gottvater Stickan beliebte.

Aus diesem Grund hatte man auch nichts dagegen zu haben, wenn man mit seinem Geburtsnamen angesprochen wurde, selbst wenn man ansonsten die deutlich respekteinflößendere Bezeichnung »Terminator« vorzog. Hoffentlich hatte niemand »Hasse« gehört. Es könnte ziemlich peinlich werden, wenn die anderen Gangsters davon Wind bekämen.

Doch Hasse-Terminator konnte nicht umhin, eine viel sagende Geste in Richtung Straße zu machen. Eine Geste, die auf das totale Chaos, das ein Stück von ihnen entfernt herrschte, hindeutete. Einer seiner Jungs lag im Graben, zwei zusammengekrachte Maschinen mitten auf der Fahrbahn, und schließlich all die völlig verängstigten Autofahrer. Ganz zu schweigen von den Lastwagenfahrern, die zu diesem Zeitpunkt bereits aufmüpfig gegen die beiderseitigen Wegsperren protestierten.

»Wie sieht's aus, Hasse?«, fragte Albin, offensichtlich von dem Chaos unberührt. »Hast du etwa Wichtigeres vor? Oder sollen wir Stickan vielleicht stattdessen eine Mitteilung machen?«

Diese Aktion würde tatsächlich den ausgefeilten Plänen des Terminators zwar nur ein vorläufiges, jedoch ein völlig abruptes Ende bereiten, doch er hatte gar keine andere Wahl. Nanes Bekenntnis würde unweigerlich einen Umweg über Göteborg nehmen und die Polizei noch ein Weilchen warten müssen.

Das Einzige, was er im Augenblick tun konnte, war, viel sagend mit den Achseln zu zucken. »Verdammt auch – hätte er nicht einfach anrufen können?«

Knut Sahlman war es nach und nach gelungen, dem Computer einige nützliche Telefonnummern zu entlocken, er zog es jedoch vor, sich erst einmal der Adresse zu widmen, die geografisch am nächsten lag.

Er wählte die Vorwahl 0451 für Hässleholm und dann die im Internet angegebene Durchwahl.

»*HoloArt, god middag*«, meldete sich eine Frauenstimme.

Sie klang angenehm und dienstbeflissen, doch er konnte nicht umhin, sich zu fragen, warum sie ›guten Mittag‹ sagte, wo es bereits weit nach vier Uhr nachmittags war.

Einmal hatte er einen guten Freund auf einem Chefposten in der Gemeindeverwaltung diesbezüglich gefragt und die Antwort erhalten, dass, grüßte man unabhängig von der jeweiligen Tageszeit mit »guten Mittag«, jedem Anrufer das Gefühl verliehen würde, sich zum gegenwärtigen Zeitpunkt genau im Mittelpunkt des jeweiligen Tages zu befinden. Damit schuf man seiner Auffassung nach ein gewisse positive Dynamik, die den Kontakt und die Lösung eventueller Probleme oftmals erleichterte. Alles laut der MM-Methode aus den USA, wo ›MM‹ für ›Meaningful Meetings‹ stand. Dies war die aktuell gültige und allgemein verbreitete Konzernleitungsphilosophie, nach der alle höheren Beamten zurzeit geschult würden.

Sahlman mutete das Ganze allerdings ziemlich merkwürdig an, und er glaubte keineswegs an diese Philosophie.

Er konnte nichts Positives daran finden, die Unwahrheit zu sagen. Wenn es sich nun um eine Uhrzeit am verdammt frühen Morgen oder auch am späten Abend handelte, so würde man doch, verflixt noch mal, sagen können, wie es war! Andererseits konnte er Vorbehalte gegen eine pedantische Aufrichtigkeit nicht von der Hand weisen: »Guten Morgen, Sie rufen viel zu früh an! Wir sind noch nicht richtig wach, bitte versuchen Sie es in zwei Stunden noch einmal.« Oder: »Was fällt Ihnen ein, so spät noch anzurufen? Wissen Sie denn nicht, dass es bereits fünf Uhr ist und wir gerade nach Hause gehen wollten?«

Also hatte er beschlossen, sich diesen ewigen ›Guten-Mittag‹-Gruß zumindest für Notfälle anzueignen – und in so einem befand er sich gerade.

»Ich suche einen… Linus Potrasker«, erwiderte Sahlman, während er etwas gehetzt in seinen Aufzeichnungen blätterte.

»Direktor Potrasker, einen Augenblick bitte«, antwortete die Frau effizient.

*HoloArt* hatte offensichtlich noch nicht in eine musikalisch unterlegte Warteschleife investiert, wofür Sahlman unglaublich dankbar war. Wenn er schon gezwungen war zu warten, zog er die unendliche Stille in der Leitung dem verzerrten Mantovani-Gedudel, das im gesamten Bereich von Telenet rund um die Uhr zu hören war, vor.

»Ja, Direktor Potrasker hier«, antwortete eine mittelschwedisch gefärbte, wahrscheinlich vom Rauchen kratzige Stimme.

Sahlman hatte den Verdacht, dass dieser Herr Potrasker kaum ein Direktor im herkömmlichen Sinn war. Er stellte sich sein Gegenüber eher als eine Art Bohème vor, einen bereits gereiften Künstlertypen, der immer noch darauf wartete, dass ihn der Goldesel mit seinen Dukaten beglücken würde, um endlich seinen Traum vom wahren Leben eines Bosses zu verwirklichen und im Zuge dessen seine verwaschenen Bluejeans gegen Gabardine und den alten verrosteten Pick-up gegen einen Porsche einzutauschen. Und das, was er Firma nannte, war wahrscheinlich nicht viel mehr als ein nicht ganz legaler Betrieb, der sich in einer halb verrotteten Scheune irgendwo in den Außenbezirken von Hässleholm zu etablieren versuchte.

Sahlman aber benötigte gerade jetzt das Fachwissen eines... wie sollte er sich ausdrücken... technisch Sachkundigen und beschloss, sich seine verunglimpfenden Unterstellungen nicht anmerken zu lassen. »Guten Mittag, Direktor Potrasker«, grüßte er stattdessen unterwürfig. »Mein Name ist Knut Sahlman, Kriminalkommissar Knut Sahlman von der Polizei in Helsingborg. Ich rufe an, um zu fragen, ob Sie uns eventuell mit einigen technischen Informationen in einem aktuellen Kriminalfall weiterhelfen könnten.«

Sahlman musste sein gesamtes Verhandlungsgeschick aufbringen, um den Direktor davon zu überzeugen, dass dieser Fall weder ihn selbst betraf, noch der Anruf irgendeinen hinterlistig getarnten Razziaversuch seitens der Polizei darstellte, sondern dass man tatsächlich auf seine professionelle Hilfe angewiesen war.

Allmählich sah der Direktor den eigenen Vorteil des Auftrags vor seinem inneren Auge Form annehmen, und er stimmte einem Besuch in seinen Räumlichkeiten in Hässleholm zu.

In der Tat gab es in seiner Branche eine ganze Palette von Phänomenen, die einer anschaulichen Demonstration bedurften, damit man ihr Funktionieren nachvollziehen und schließlich die Zusammenhänge verstehen konnte.

Im Källvattenvägen 10 in Ramlösa war längst nicht mehr die Rede davon, die neugierigen Blicke der Allgemeinheit auszusperren. Im Gegenteil, Tür und Tor standen offen.

Obgleich es sich bei der großen Party, die in der Nilsmedschen Residenz im Gange war, eher um eine Totenwache handelte.

Die Villa war wie gewöhnlich hell erleuchtet, doch heute wurde die Umgebung nicht, wie in der Vergangenheit, mit einem trügerischen Willkommensgruß bedacht. Denn nun konnte Direktor Leif Nilsmed die Leute nicht mehr auf Distanz halten, wie sehr er dies auch gewollt hätte. Die Flügel des schmiedeeisernen Tores waren ausnahmsweise weit geöffnet, seitdem sowohl der Notarzt als auch der Krankenwagen den Kiesweg hinauf zum Haus hochgefahren waren. Anstelle der elektronischen Überwachungsanlage, die zu diesem Zeitpunkt ausgestellt war, hatte man das blauweiße Absperrband der Polizei über die Einfahrt gespannt, und signalisierte damit: *Fortdauernde polizeiliche Ermittlungen. Zutritt für Unbefugte verboten.*

Das rotierende Blaulicht auf dem Dach des Notarztwagens warf seinen grellen Schein über das Grundstück, und wie ein Echo schnurrte das ebenfalls blaue Licht der Polizeiautos über die Gesichter der Neugierigen hinweg, die sich vor der Absperrung eingefunden hatten.

Kriminalbeamte, Techniker sowie die Leute von der Gerichtsmedizin waren bereits eingetroffen und bewegten sich geschickt in den Räumlichkeiten der Villa. Joakim Hill, der sich gerade im creme- und goldfarben gehaltenen Salon aufhielt, machte allerdings ein ausgesprochen unglückliches Gesicht, was äußerst selten vorkam.

Es hinterließ alles andere als einen guten Eindruck, dass einer ihrer Hauptverdächtigen in Anwesenheit der Kriminalpolizei ermordet wurde. Wenn auch in einem verschlossenen Zimmer des Hauses, aber dennoch.

Außerdem war er gerade dabei, das letzte Fünkchen Hoffnung auf ein Quentchen Zeit für sein Privatleben nach dem hektischen Einsatz am gestrigen Abend zu begraben.

»Mein Gott!«, klagte er und fuhr sich mit beiden Händen in einer resignierten Geste durchs Haar. »Es musste ja so kommen, dass gerade heute Nachmittag und ausgerechnet hier etwas passiert.«

Gårdeman schaute ihn verwundert an. Es geschah nicht oft, dass Hill sich über die Zeit und den Ort eines Mordfalls und noch dazu über die Arbeitsbelastung im Allgemeinen beschwerte. Vielmehr war er allseits als ungemein engagierter Kriminaler bekannt – der Bulle, der kein Zuhause hatte, der Schnüffler, der nicht lockerließ.

»Wieso?«, fragte er. »Hast du heute noch was vor?«

»Catharina kommt doch aus Lund. Ihr Zug ist in vierzig Minuten am Bahnhof. Das Kind – ich meine… ach, Mist, es gibt noch so viel zu besprechen.«

Hier hatten sie bereits mehr als genug gesprochen, fand er. Mit der Witwe Nilsmed, der Tochter, den Nachbarn und schließlich mit den Kriminaltechnikern. Schließlich hatten sie grünes Licht für die Entfernung der Leiche vom Tatort und den Transport in die Gerichtsmedizin nach Lund gegeben.

Die ganze Sache kam ihnen fast unheimlich vor. Es schien, als hätten die beiden, Anne Smitt und Nilsmed, nicht richtig voneinander lassen können und zu guter Letzt auch noch das Kühlfach in der Pathologie in Lund teilen wollen.

Die Tochter hatte, wie sich herausstellte, nicht allzu viel an Informationen beizusteuern. Obgleich sie sich zum Zeitpunkt des Mordes in derselben Etage aufgehalten hatte, konnte sie ihnen nur die magere Auskunft erteilen, dass sie über die Kopfhörer ihrer Stereoanlage Musik gehört hatte und kein einziger Laut zu ihr vorgedrungen war.

Sie hatten mehrmals laut anklopfen müssen, bevor sie endlich reagiert und die Tür zu ihrem Teenagerunterschlupf aufgeschlossen hatte. Ein zierliches, junges Mädchen in Latzhose und mit indischem Kopftuch stand vor ihnen und starrte sie mit großen Augen an, während sie einen halbherzigen Versuch unternahmen, ihr zu erklären, dass ihr Vater gerade eben und noch dazu in einem Raum im selben Stockwerk gestorben war.

Berit Nilsmed waren fürs Erste ebenfalls nicht übermäßig viele Informationen zu entlocken. Nachdem Hill den Todesfall telefonisch weitergeleitet und die Tür zum Arbeitszimmer wieder hinter sich geschlossen hatte, gelang es ihm und Gårdeman ansatzweise, ein Gespräch mit ihr zu führen. Sie wirkte anfangs völlig gefasst, um dann allerdings ganz unerwartet einen hysterischen Zusammenbruch zu erleiden. Erst lachte sie wie eine Wahnsinnige, bis sie schließlich bewusstlos in die weichen Polster des Sofas sank.

Die Ärztin, eine magere zähe Frau um die fünfzig, die mit der Besatzung des Krankenwagens gekommen war, kümmerte sich sofort um sie. Die Begutachtung des Ehemannes konnte warten, er würde sich wohl kaum vom Fleck bewegen.

Die Ärztin schaute ihre Patientin kurz an und befühlte ihr die Stirn. Sie hob vorsichtig ein Augenlid und kontrollierte den Puls. Dann öffnete sie ihre Arzttasche, entnahm ihr eine kleine Einwegspritze und hielt sie gegen das Licht.

»Schock«, stellte sie routiniert fest. »Jedoch nicht so gravierend, dass wir sie nicht einer gewöhnlichen Behandlung unterziehen könnten.«

Als sie die klare Flüssigkeit injizierte, zeigte Berit Nilsmed keinerlei Reaktion auf den Einstich.

»Rufen Sie mich, wenn etwas sein sollte«, sagte die Ärztin. »Ansonsten schaue ich noch einmal nach ihr, bevor ich wieder fahre.«

Sie ging in Richtung Treppe, hielt jedoch auf halbem Wege inne und wandte sich ihnen erneut zu.

»Beachten Sie bitte«, ermahnte sie Hill und Gårdeman, »...heute Abend keine weiteren Verhöre!«

Nach einer Weile erwachte Berit Nilsmed wieder aus ihrer Ohnmacht und setzte sich noch immer ziemlich benommen auf, wobei sie etwas ruhiger wirkte als zuvor.

Nun saß sie im Salon und sprach in gedämpftem Ton mit ihrer Tochter. Die beiden Kriminalpolizisten sahen sich gezwungen, sie spätestens am nächsten Tag ins Präsidium zum Verhör einzubestellen. Sie mussten wenigstens auf einige ihrer Fragen eine vernünftige Antwort erhalten. Die Erfahrung der vergangenen Jahre hatte sie gelehrt, dass es den Leuten innerhalb der massiven vier Wände des Polizeigebäudes oftmals besser gelang, aus sich herauszugehen und ihr Gewissen zu erleichtern.

Dennoch bewegten sich Hills Gedanken, was Gespräche anbetraf, im Augenblick nicht primär in diese Richtung. Er konnte sich viel besser vorstellen, über die Zukunft zu reden und nicht über das, was sowieso unwiderruflich der Vergangenheit angehörte.

»Ja klar, natürlich!«, rief Gårdeman, dem gerade wieder eingefallen war, welche zukunftsträchtige Wendung Hills Leben gerade genommen hatte. »Du wolltest dich ja mit Catharina treffen.«

Er warf einen raschen Blick in den Salon, überlegte kurz, was an diesem Abend noch zu tun wäre und kam zu dem Schluss, dass er die noch ausstehende Arbeit ebenso gut allein würde bewältigen können. Es würde sich schon jemand finden, der ihm bei eventuellen Zeugenbefragungen assistieren könnte; vor Ort wimmelte es buchstäblich von Polizeibediensteten.

»Mach dich auf den Weg, Joakim!«, schlug er vor und legte ihm kollegial die Hand auf die Schulter. »Man erwartet nicht jeden Tag ein Kind. Wir kümmern uns schon um alles, was noch ansteht. Fahr jetzt los und hol Catharina ab.«

Hill warf ihm einen dankbaren Blick zu. Sobald ihn jemand mit Fürsorglichkeit bedachte oder man ihm das Leben in irgendeiner Form erleichterte, gelang es ihm jedes Mal, eine erstaunlich gelungene Imitation eines anhänglichen Welpen abzugeben.

»Danke, Ulf!«, sagte er erleichtert. »Ich werde mich demnächst revanchieren.«

»Ist schon in Ordnung. Jetzt beeil dich, dass du sie nicht verpasst!«

Hill musste sich nicht lange besinnen. Er stürmte durch die breite Eingangstür hinaus, während Gårdeman langsam aufging, was seine Großzügigkeit eigentlich für ihn persönlich bedeutete. Er musste schließlich einsehen, dass es auch heute wieder nicht drin war, den Feierabend mit einem raffiniert zubereiteten, gemeinsamen Abendessen zu krönen.

Wie dem auch sei. Lena lebte ja schon eine Weile mit seinen notorisch voll gepackten Arbeitstagen, aber sie wusste, was das bedeutete, denn sie war ja schließlich selbst fünfundzwanzig Jahre lang bei der Polizei gewesen. Und eigentlich hatte er in der ganzen Zeit unverschämt viel Glück gehabt. In all den Jahren seiner Amtszeit war er nie ernsthaften Bedrohungen ausgesetzt oder in gefährliche Situationen verwickelt gewesen; was spielte es also für eine Rolle, wenn er ein oder zwei romantische Abendessen verpasste? Er würde seine abendliche Abwesenheit damit ausgleichen, dass er sich wieder einmal um die Wäsche kümmerte. Blieb nur zu hoffen, dass es trotz allem nicht zu spät würde.

Hill lief unterdessen mit großen Schritten den Kiesweg entlang in Richtung Auto, doch als er dort ankam, stand sie erneut in der Menschenmenge – Lotta Jönsson von *Kvällsposten*.

Es war eigentlich ziemlich erstaunlich, wie schnell es sich

herumsprach, wenn irgendwo etwas Unerwartetes geschah. Die Menschen schienen von Unglücksfällen geradezu magisch angezogen zu werden. Selbst *Sydnytt* und *TV4 Schonen* hatten jeweils ein Team in den Källvattenvägen geschickt, doch es gelang Lotta Jönsson, sich beharrlich nach ganz vorne zu schieben und die erste Frage zu stellen.

Hill musste sich damit abfinden, dass er keine Chance haben würde, sie heute erneut abzuschütteln. Jedenfalls nicht, wenn er nicht als neuestes Opfer unter der Rubrik ›Die Polizei verschweigt die Wahrheit‹ angeprangert werden wollte.

Also gab er sich geschlagen und wandte sich ihr mit einem missmutigen Seufzer zu. Sie ließ sich davon jedoch nicht irritieren und schoss sozusagen direkt aus der Hüfte.

»Hat dieses Polizeiaufgebot in irgendeiner Weise mit dem gestrigen Mord zu tun?«, fragte sie.

Sie ahnte bereits selbst die Antwort, doch eine Bekräftigung durch die Polizei war immerhin ein Coup.

»Darüber können wir noch nichts sagen«, antwortete er, während die anderen Vertreter der Medien mit ihrer Technik hantierten, um sicherzugehen, dass seine Kommentare auf ihren heruntergekühlten Tonbändern fixiert wurden.

Sie begnügte sich nicht mit seiner ausweichenden Antwort, sondern kam direkt zur Sache. »Handelt es sich eventuell sogar um ein Dreiecksdrama?«

»Es so zu bezeichnen, wäre in diesem Stadium der Ermittlungen ein voreiliger Schluss«, wich er ein weiteres Mal professionell aus. »Wir haben noch nicht alle Zeugen vernehmen können. Von daher ist es nicht möglich, eventuell neu hinzukommenden Fakten vorzugreifen.«

»Aber es stimmt, dass Anne Smitt und Leif Nilsmed ein Verhältnis hatten?«

Wie schmerzlich es für die Tochter wohl werden wird, diese Aussage morgen in der Zeitung zu lesen?, dachte er. Theorien und wilde Spekulationen mitten in dem unfassbaren Unglück, das die Familie erschüttert hat. Doch ihm war klar, dass er dieser beharrlichen Journalistin wenigstens einen kleinen Bissen zuwerfen müsste, um auch nur die geringste Chance zu haben, sich bald aus dem Staub machen zu können.

»Ja, das ist richtig.«

»Woher wussten Sie das?«

»Ja, und Sie?«, fragte er zurück.

Doch sie lächelte nur.

»Nilsmed hat es selbst zugegeben«, sagte er nach einer Weile, hätte sich jedoch auf die Zunge beißen können, wie er unmittelbar darauf feststellen musste.

Als Reaktion auf sein Entgegenkommen entlud sich nämlich ein regelrechter Hagel an Fragen über ihm.

»Zugegeben? War er in irgendeiner Weise verdächtigt? Möglicherweise im gestrigen Mordfall?«

»Falsche Wortwahl«, kommentierte er die Mutmaßungen. »Ein Liebesverhältnis ist nicht strafbar. Wir haben Leif Nilsmed gestern zweimal und auch heute wieder verhört, da die Frau, die gestern Abend tot in Råå aufgefunden wurde, Übersetzungsaufträge für seine Firma ausgeführt hat. In diesem Zusammenhang informierte er uns darüber, dass die beiden ein Verhältnis hatten.«

»Wann wurde Nilsmed zuletzt verhört?«, fragte Lotta Jönsson schnell. Sie dachte nicht daran, ihn so schnell wieder entkommen zu lassen, wo sie ihn endlich dazu gebracht hatte, sich zu dem Fall zu äußern.

»Heute Mittag.«

Im Augenwinkel nahm er wahr, wie in einem der Fenster des oberen Stockwerks eine Gardine zugezogen wurde, und für einen kurzen Augenblick konnte er die Silhouette von Malin erkennen. Armes Mädchen! Ist gerade mal vierzehn Jahre alt und lebt gewissermaßen schon in einer Hölle. Vielleicht würde sie in der Schule aufgrund der aktuellen Ereignisse gemobbt werden? Es dürfte nicht leicht sein, in der heutigen Gesellschaft aufzuwachsen, die zunehmend verhärtete.

Der Mann von *Sydnytt* unterbrach Hills gedankliche Abschweifungen, indem er sich als Nächstes mit einer Frage ins Spiel brachte, während das Blaulicht unablässig seinen grellen Schein über die Köpfe der Menschenansammlung hinwegschickte: »Ist die Ehefrau eine der Hauptverdächtigen?«

»Zu diesem Zeitpunkt liegen keinerlei begründete Verdachtsmomente bezüglich irgendeiner Person vor«, erklärte Hill ein weiteres Mal. »Die Ermittlungen dauern an, und aus fahndungstechnischen Gründen können wir heute noch nicht mehr sagen.«

Er hatte nicht länger Zeit für dieses Katz- und Mausspiel und drängte sich an den Reportern vorbei zu seinem inzwischen vermutlich tiefgefrorenen Auto.

»Ich habe sie gekannt«, hörte er Lotta Jönsson plötzlich hinter sich sagen. Sie war ihm gefolgt und beugte sich jetzt zur Autotür hinunter, um zu verhindern, dass er sie hinter sich zuschlug. »Ich habe sie gekannt«, wiederholte sie, als würde es irgendetwas erleichtern, wenn sie das Ganze lauter sagte.

»Anne Smitt?«, vergewisserte er sich verwundert.

»Ja, wir waren Kurskollegen vor einiger Zeit. Aber ich habe sie seit mindestens sechs, sieben Jahren nicht mehr gesehen, glaube ich.«

»Können Sie uns irgendwelche fahndungsrelevanten Details geben?«

»Nein, eher nicht. Ich... hatte keinen Kontakt mehr zu ihr.«

»Sie hatte anscheinend nicht so besonders viele Freunde.«

»Und das ist gerade das Merkwürdige«, meinte Lotta Jönsson, »denn sie war die Kontaktfreudigste von allen im Kurs. Sie wollte Auslandskorrespondentin werden. Dachte keinen Augenblick daran zu heiraten oder Kinder zu bekommen, sondern wollte lieber reisen, die Welt erobern und sich der Gefahr aussetzen.«

»Tja, der Gefahr hat sie sich in jedem Fall ausgesetzt«, entfuhr es Hill unbedacht. »Und – ganz inoffiziell – vielleicht kostete sie tatsächlich das Verhältnis mit Direktor Nilsmed das Leben? Aber das können wir, wie gesagt, zu diesem Zeitpunkt noch nicht offiziell bestätigen.«

Lotta Jönsson wurde plötzlich bewusst, dass sie den Kriminalkommissar aufhielt.

»Okay«, sagte sie und nahm die Hand von der Autotür, »ich wollte Ihnen nur mitteilen, dass ich sie kannte.«

Hill nickte, zog die Autotür zu und startete den Wagen. Wir werden noch einmal mit ihr sprechen müssen, dachte er. Vielleicht ganz entspannt bei einer Tasse Kaffee. Denn jegliche Hilfe, die zur Klärung des Rätsels um Anne Smitt beitragen könnte, war ihm willkommen.

Er hob zum Abschied die Hand, und sie winkte ein wenig schüchtern zurück. Sie fand, dass er ihr dennoch entgegengekommen war. Sie war immerhin losgeworden, dass sie eine Person gekannt hatte, die es nun nicht länger gab. Vielleicht hatte sie ihm vermitteln können, wie viel Energie und Lebensfreude Anne Smitt ausgestrahlt hatte – im Guten wie im Schlechten.

Ihr unwiderstehlicher Charme hatte sie zum Objekt der Träume eines jeden Mannes werden lassen. Anne selbst hatte das als Allererste begriffen. Sie lernte, die launenhafte Gabe des Schicksals gekonnt einzusetzen und damit den schnellsten Weg zum Erfolg zu beschreiten.

Ihre Zielstrebigkeit, mit der sie sich Einfluss und überall Vortritt verschaffte, ließ schließlich die anderen Frauen in ihrem Freundeskreis auf Distanz gehen. Denn Anne hatte, im Vergleich zu ihrem früheren Auftreten, rasch einen völlig anderen Persönlichkeitszug entwickelt. Sie war unversöhnlich geworden und konnte mit ihrem charmanten Lächeln jeden, der ihr in die Quere kam, erbarmungslos ausstechen.

Lotta Jönsson kam in ihren Überlegungen zu dem Schluss,

dass es vermutlich früher oder später so hätte enden müssen. Anne Smitt war zu sehr von sich selbst eingenommen gewesen und hatte eine derart ausgeprägte Neigung, ihr Gegenüber völlig zu unterschätzen, dass sie irgendwann von der Kraft des Rückstoßes ihrer eigenen Waffe erfasst und in die Wirklichkeit, die sie vor Jahren hinter sich gelassen hatte, zurückkatapultiert werden musste.

Und es war noch schlimmer gekommen.

Für Lotta Jönsson jedoch beinhaltete der Mord an Anne Smitt eine ganz eigene Tragik.

Sie war trotz allem, wenn auch vor längerer Zeit, ihre Freundin gewesen.

Bereits an der südlichen Küste von Halland hatte der Wind merklich zugenommen, und obgleich die Temperatur messbar auf null Grad anstieg, verstärkte sich die empfundene Kälte durch den scharfen Wind, der vom Kattegat herüberströmte.

Eine eisige raue Brise begann immer schonungsloser durch die Lederjacke des Terminators hindurchzudringen, je weiter sie nach Norden kamen. Nicht nur durch die Jacke, auch unter den Pullover und sogar bis unter das Unterhemd kroch die Kälte. Schließlich fühlte es sich so an, als ob sie sogar sein Herz erfassen würde und es in ihrer eisigen Umklammerung langsamer schlagen ließ. Es war wirklich arschkalt, und der Terminator, der kurz davor war, ernsthaft zum Eiszapfen zu erstarren, beneidete plötzlich alle gewöhnlichen, stinknormalen Svenssons. Diese tristen, angepassten Schweden, die hinter dem Steuer ihres Automobils saßen und es angenehm trocken und warm hatten.

Die Motorradgang fuhr volles Risiko. Sogar den Fahrern selbst erschien das Tempo heute ungewöhnlich hoch – und für die Wetterlage ungewöhnlich offensiv. Es konnte ziemlich schnell gehen – ein unerwartet vereister Straßenabschnitt oder auch nur ein Teil eines geplatzten LKW-Reifens würden schon ausreichen, um einen von ihnen oder sogar mehrere die Kontrolle über ihre Maschinen verlieren und von der Fahrbahn abkommen zu lassen. Dennoch behielt man unbeirrt die hohe Geschwindigkeit bei.

Die Svenssontypen ahnten, dass etwas Besonderes anstand. Und weil sie sich davor hüteten, Gas zu geben, krochen sie sicherheitshalber allesamt auf der rechten Spur dahin.

Albin gab an der Spitze Vollgas, während die anderen Redskulls ganz am Ende fuhren. Folglich wurden die in der Mitte fahrenden Gangsters mehr oder weniger wie Gefangene in die Zange genommen, was ihnen nicht sonderlich gefiel.

Raymonds und Kåges Bärte waren mit Eis gespickt, während beide hasserfüllt vor sich hin starrten. Aber es war nicht an ihnen, die Sache unnötig zu komplizieren. Nane fuhr etwas abgehängt im hinteren Teil des Pulks. Die Laune des Terminators war gegen null gesunken, als er endlich zu seiner großen Erleichterung das Ortsschild von Kungsbacka auf der rechten Straßenseite auftauchen sah.

Endlich! Meine Güte! Nun war es nicht mehr weit. Doch selbst wenn Stickan einen hohen Rang in der Welt der Motorradfreaks bekleidete, so würde er sich doch einen verdammt guten Grund für dieses Spektakel einfallen lassen müssen!

An der Autobahnanschlussstelle Kållered fiel der erste Schnee, was selbst Albin veranlasste, vom Gas zu gehen und ein paar Umdrehungen herauszunehmen, um nicht Gefahr zu laufen, geradewegs ins Gelände zu rauschen.

An der Abfahrt nach Åby fuhren sie von der Schnellstraße ab, die unmittelbar ins Herz der Stadt führte. Seine Leute würden also weder den Vergnügungspark Liseberg noch das Stadion in Ullevi oder wenigstens die Prachtstraße Göteborgs – Avenyn – zu sehen bekommen. Ihnen wurde klar, dass Stickan inkognito bleiben wollte, da er anscheinend hier draußen in Mölndal zu kampieren beschlossen hatte.

Direkt gegenüber der Trabrennbahn bog Albin unerwartet in eine Querstraße ein. *Familienhotel Galopp* war auf einem unansehnlichen kleinen Schild zu lesen. In den Ohren des Terminators klang es so… so angenehm gastlich.

Ihm wurde jedoch unmittelbar bewusst, dass sich die teuflischsten Auseinandersetzungen tendenziell in einer ähnlich anheimelnden Umgebung abspielten. Und da ihm das Ganze nicht gerade geheuer war, wappnete er sich.

Während der Schnee in großen, wässrigen Flocken herabfiel, wies ihnen Albin den Weg zwischen Hauswänden hindurch an einem Gartenzaun entlang in den Hinterhof. Der Schnee hatte bereits die lange vor ihnen geparkten, gut geölten Maschinen mit einer weißen Schicht überzogen, sodass sie wie kleine Leckereien vom Konditor mit einem Klecks Schlagsahne obendrauf aussahen.

Doch der Schein trog. Sie waren weitaus weniger unschuldig, als man hätte vermuten können. Eine von ihnen gehörte Stickan selbst, und die andere, unmittelbar daneben abgestellte, seinem Schläger Skull. Skull war ein Typ, neben dem sich selbst Albin als reiner Schwiegermuttertraum ausnahm.

Es zeigte sich, dass zu dem Hotel ein Gemeinschaftsraum gehörte, ein gemütlicher kleiner Salon mit Schonbezügen auf den geblümten Sesseln und einem alten Tandberg-Fernseher, der mittels einer Deckenaufhängung im Raum schwebte. Im Kamin flackerte ein elektronisch simuliertes Feuer im Stil der späten Sechzigerjahre. Und dort hockten sie in aller Ruhe – der Gangleader der Redskulls in seinem eingeschworenen Kreis – und harrten der Dinge, die da kamen, während die Fünfuhrnachrichten aus dem verschlissenen Lautsprecher des Fernsehers auf sie herabplärrten.

»Tag, Hasse«, sagte er kühl, als die verschneiten und innerlich erbosten Mitglieder der Gangsters hereingestiefelt kamen, »es wird aber auch langsam Zeit! Wir warten bereits!«

Der Terminator entfernte penibel die Eisklumpen aus seinem Bart und klopfte sich an den Oberschenkeln den Schnee von den Handschuhen. Er hatte durchaus nicht die Absicht, sich in der erstbesten Sekunde zu ergeben.

»Du hast, was das Ambiente angeht, ja einen gewaltigen Sprung gemacht, Stickan«, sagte er, während er sich im Raum umschaute. »*Familienhotel Galopp* – man höre und staune! Bei unserer letzten Zusammenkunft war noch das Flüchtlingslager *Global love* angesagt.«

Stickan grinste, wollte aber offensichtlich nur ungern an besagte Zeit erinnert werden. Dem Terminator fiel das nicht weiter auf, weil er immer noch mit der Reinigung seines Bartes beschäftigt war, doch Raymond und Kåge konnten seinem mürrischen Blick einen gewissen Unmut entnehmen. Sie merkten, wie sich die Stimmung der Kälte zum Trotz unweigerlich aufheizte und hofften inständig, dass sie bis zu eventuellen direkteren Handgreiflichkeiten wenigstens aufgetaut wären.

Skull trug ein Kopftuch um die Stirn gebunden, gelb mit schwarzen Totenköpfen drauf – passend zu seinem Namen. Das Stirnband gehörte zu seiner üblichen Aufmachung, ebenso wie eine kackbraune Ledermontur mit Fransen an den Hosenbeinen. Er konnte eine ansehnliche Zahl von Flecken auf dem Leder vorweisen, doch eine Reinigung kam überhaupt nicht in Frage. Bei den dunkelbraunen Flecken handelte es sich offenbar um eingetrocknetes Blut. Skull ritzte seine Siege nicht etwa in den Pistolenkolben, ihm diente das Blut seiner Gegner auf der eigenen Hose als Beweis. Die reinste Fundgrube für jedes DNA-Labor, das etwas auf sich hielt.

Skull trug ebenfalls Ringe. Fünf an jeder Hand – einen für jeden verdammten Finger. Und keine Polizei der Welt würde ihm die Ringe während einer Kontrolle abnehmen können.

Sie waren ja, verflixt noch mal, keine Schlagringe, sondern sein persönlicher Schmuck! Es war ganz einfach so, dass er mit einem schnellen Handgriff das Gehäuse rasch umdrehen und seine Klauen ausfahren konnte. Messerscharfe, lebensgefährlich geschliffene *slashers*, die in Sekundenschnelle – in welchem *fight* auch immer – die Bedingungen zu seinen Gunsten ändern konnten.

Raymond und Kåge konnten Skull nicht leiden.

Aber wer konnte das schon?

Am allerwenigsten der Terminator, der ihn in diesem Moment vollkommen ignorierte und stattdessen das Weiße in den Augen seines Bosses fixierte.

»Und was verschafft uns die Ehre dieser überstürzt einberufenen Konferenz, Stickan?«, kam er rasch zur Sache.

»Tja«, erwiderte Stickan und streckte teilnahmslos seine in robusten Lederstiefeln steckenden Beine aus, »man könnte es einen Geschäftsbesuch nennen.«

Stickan und seine Leute waren eigentlich in der Gegend um Stockholm zu Hause, mussten jedoch in Göteborg die Ankunft eines kolumbianischen Frachters persönlich überwachen, mit dessen Besatzung sie einige noch ausstehende Geschäfte abschließen wollten.

»Denn ich hatte eigentlich selbst ein paar Dinge zu Hause in Helsingborg am Laufen«, bemerkte der Terminator ungeduldig und ungewohnt anspruchsvoll.

Stickan sprang geschmeidig wie eine Katze auf die Füße, während Skull unmittelbar und wie ein treuer, beschützender Schatten dieselbe Haltung einnahm.

»Ach ja. Siehst du, das entspricht genau dem, was auch mir zu Ohren gekommen ist«, sagte Stickan in ungewöhnlich mildem Ton. »Es ist bereits per Buschtrommel zu uns gedrungen, dass du gewisse… Pläne hegst.«

Skull begann, an seinem Schmuck zu fingern – ein bisschen zerstreut, aber dennoch deutlich für jeden, der wusste, was diese Geste zu bedeuten hatte. Der Terminator erwiderte nichts, das hier gehörte unbestreitbar zu Stickans Ein-Mann-Show.

»Ich mag es nicht so gerne, wenn mir die Dinge hinter den Kulissen zugeflüstert werden, alter Knabe«, setzte Stickan hinzu, »und außerdem habe ich eine ganze Menge sehr fragwürdiger Gerüchte über dich gehört.«

»Was für Gerüchte?«, wollte der Terminator in leicht säuerlichem Ton wissen.

»Gerüchte über gefährliche Verbindungen.«

Worauf spielte er bloß an?

»Du weißt doch, wie das mit Gerüchten ist, Stickan«, entgegnete er zurückweisend und wirkte dabei viel selbstsicherer, als er sich tatsächlich fühlte. »Sie sind wie Fürze. Stinken entsetzlich, aber haben letztlich nicht besonders viel Substanz.«

Stickan schaute ihn fragend an, als versuchte er den Bluff des anderen zu durchschauen, was ihm aber nicht sofort gelang. »Du behauptest also, dass es nur ein paar Fürze waren?«

»Ja, was glaubst du denn?«

Kåge, Raymond und Skull glichen in diesem Moment auf geradezu lächerliche Weise dem Publikum bei einem spannenden Tennismatch. Ihre Köpfe drehten sich von einem zum anderen, immer abhängig davon, wo sich der pralle, unheilschwangere Rhetorikball gerade befand.

Stickan entschied sich unmerklich, den Bluff genauer unter die Lupe zu nehmen. Seine Oberlippe spannte sich ein wenig, sodass der gepiercte Ring an seiner Unterlippe gegen die entblößten Zähne klickte.

»Soll ich dir sagen, was ich wirklich glaube?«, brüllte er plötzlich unbeherrscht los, dass der Speichel nur so spritzte.

Es rasselte an seinen Händen, als Skull seine *slashers* mit einem metallisch klirrenden Geräusch ausfuhr, und Raymond und Kåge ließen als Antwort auf seine Herausforderung ihre Stilette aus den Ärmeln ihrer Lederjacken hinunter in die Hände gleiten.

Nane stand erneut der Schweiß auf der Stirn. Er konnte es nicht fassen! Wie konnte es nur angehen, dass er von der gestrigen Sexorgie in Gårdstånga in diese Hölle geraten war?

Jetzt war es Stickan, der die Bombe in Händen hielt, während die Zündschnur rasant abbrannte.

»Ich glaube, dass du im Polizeichor singst, du verflixter Mistkerl, das ist es, was ich glaube!«

Susanna machte einen beherzten Versuch, die Bedeutung der Worte, die sie mit Birgitta gewechselt hatte, abzuschütteln. Sie wollte sich mit Arbeit ablenken, doch das Gespräch über Knut Sahlman ging ihr einfach nicht aus dem Kopf, und ihre Erkenntnis holte sie ein ums andere Mal ein: die Erkenntnis, dass ihr Kollege Sahlman tatsächlich den Eindruck gemacht hatte, als hätte er dort oben im Kärnan Todesängste ausgestanden.

Sowohl Susanna als auch ihr Mann hatten früher bereits in den verschiedensten Fällen mit ihm zusammengearbeitet. Und ihr war klar, dass ihr Mann sie regelrecht auslachen würde, wenn sie heute Abend nach Hause käme und ihm erzählen würde, dass irgendetwas da oben in der ehemaligen Festung ihrem Kollegen Knut Sahlman einen unglaublichen Schrecken eingejagt hatte – ja, dass er fast außer sich gewesen war vor Angst.

Das Ganze ließ ihr einfach keine Ruhe, und aus diesem Grund beschloss sie, sich einen Ruck zu geben und ihn in seinem Dienstzimmer aufzusuchen. Möglicherweise hatte er Probleme, von denen keiner auch nur etwas ahnte? Dann sollte er doch zumindest die Chance erhalten, sich jemandem anzuvertrauen.

Sie klopfte vorsichtig an seine Tür und hörte, wie er eilig ein paar Sachen zusammenraffte.

»Ja, bitte?«, rief er, während er sich deutlich vernehmbar räusperte.

Sie öffnete die Tür und sah ihn mitten im Raum stehen. Er

hatte seinen Wintermantel übergezogen und eine verschlissene Jutetasche in der Hand.

»Ja?«, fragte er, während Susanna das Gefühl nicht loswurde, dass er sich offensichtlich ertappt fühlte.

»Oh, Entschuldigung, habe ich dich gestört?«

»Nein, nein. Ist schon okay«, versicherte er ihr. Doch seine Worte wirkten nicht direkt überzeugend.

Nachdem sie sich nun einmal entschlossen hatte, den Dingen auf den Grund zu gehen, fiel es ihr umso deutlicher auf, dass er sich irgendwie ausweichend verhielt, und sie entschied sich, ihn geradewegs darauf anzusprechen.

»Knut, wenn du irgendetwas loswerden möchtest, kannst du gerne auf mich zukommen.«

Er sah sie an, und für einen kurzen Augenblick machte er den Eindruck, als wollte er ihr tatsächlich sein cooles Machoherz ausschütten, bis ihm bewusst wurde, wer da eigentlich vor ihm stand.

Sie war die Mutter des Reviers – eine Vertrauensperson, an die sich alle wandten, die etwas loswerden wollten, denn man konnte sich wirklich auf sie verlassen. Es war nicht so, dass Sahlman ihr nicht vertraut hätte, doch es würde nur eines einzigen unbedachten Wortes bedürfen, eines winzig kleinen Versprechers, und dann würde die gesamte Belegschaft des Präsidiums über das innere Chaos, das gerade in ihm herrschte, Bescheid wissen.

»Danke für deine Fürsorglichkeit, Susanna«, erwiderte er steif und lächelte sie dabei ein wenig überfordert an, »aber es ist alles in bester Ordnung. Es ist nur so, dass…«

»Ja?«, versuchte sie ihn behutsam zu bestärken.

»…dass ich ein wenig in Eile bin. Ich habe nämlich einen Termin in Hässleholm.«

»Du meinst also, ich singe?«, brach es aus dem Terminator abschätzig hervor, der eine überzeugende Vorstellung davon gab, wie man den Ungläubigen spielte.

Er hatte gar keine andere Chance, als das Ganze wie einen verdammt blöden Scherz hinzustellen.

Denn wie sollte man im Handumdrehen ein bis unter die Zähne bewaffnetes Monster und einen stinksauren, aber leider fehlinformierten Fundamentalisten und seine sieben Zwerge ihrer Waffen entledigen – ohne gleichzeitig sowohl sein Leben als auch sein Ansehen aufs Spiel zu setzen?

Also zog der Terminator es vor, laut zu lachen. »Singen, das tue ich, verdammt noch mal, nur unter der Dusche!«

Skull schaute Stickan unsicher an, während er sich fragte, was er jetzt mit seinen *slashers* anfangen sollte.

Stickan schnaubte nur verächtlich und fixierte weiterhin den Blick des Terminators. »Was versuchst du hier eigentlich zu spielen, Hasse?«, fragte er drohend. »Worauf willst du hinaus?«

»Dasselbe könnte ich euch fragen«, antwortete der Terminator gelassen, während er innerlich vor Wut kochte.

Es kostete ihn einige Kraft, mit vorgetäuschtem Gleichmut Stickans tödliche Beleidigung einzustecken. Um seine Position zu bestärken, zog er in einer ausgesucht nonchalanten Geste die Handschuhe von den Fingern und legte sie auf einem der umherstehenden Sessel ab. Mit gespielter Ruhe hielt er die Finger über das künstliche Feuer, das unbeirrt und in schöner Regelmäßigkeit im Kamin vor sich hin flackerte.

Nun war es an Stickan, den Ball zurückzuspielen, und er selbst würde in Ruhe abwarten können, was sich der große Boss wohl einfallen lassen würde.

Raymond und Kåge waren ebenso irritiert wie Skull, Albin und die restlichen Jungs von den Redskulls. Sollten sie oder sollten sie nicht? Die Stilette begannen in den schwitzenden Handflächen langsam feucht und unangenehm lästig zu werden, während ihre geschliffenen Schneiden es ebenso wenig liebten wie Skulls *slashers*, noch länger zu warten.

»Was zum Teufel geht hier eigentlich ab?«, wollte Stickan wissen. Seine Augen hatten sich inzwischen zu schmalen, eisblauen Schlitzen verengt, denn er nahm dem Bürschchen aus Schonen seine Souveränität nicht ohne weiteres ab. Er gebärdete sich definitiv zu raffiniert, um die Wahrheit zu sagen.

»Es geht um – Zusammenarbeit«, klärte ihn der Terminator auf.

»Zusammenarbeit?«

»Klar! Mehr zu erreichen, indem man als Partner in der Kommune auftritt anstatt als Gefahr für die Allgemeinheit!«

Stickan traute seinen Ohren nicht. »Ist es das, was du vorhast? Springst du deswegen mit diesen kostümierten Fritzen von der Gemeindeverwaltung und den anderen Schreckschrauben herum?«

»Klar, was denkst du denn?«

»Und was glaubst du, macht das für einen Eindruck?«, entgegnete Stickan.

Die Gefahr war längst nicht vorüber, denn das Misstrauen saß nur allzu tief.

»Tja, eigentlich hättest du ein bisschen mehr Anerkennung zeigen können.«

»Warum denn das, verflixt noch mal?«

»Weil ich clever bin.«

»Meinst du!«, schnaubte Stickan erneut voller Verachtung.

»Du kannst ja wohl nicht behaupten, dass ich jemals den Klub enttäuscht hätte!«, konterte der Terminator.

»Kannst du dich dafür verbürgen, dass ich gepunktete Unterhosen trage?«, versuchte Stickan eine Retourkutsche.

Der Terminator ging nicht weiter auf diesen Aspekt des philosophisch durchaus interessanten Themas ein und setzte stattdessen einen mehr oder weniger gelangweilten Gesichtsausdruck auf.

»Komm schon, mach dich nicht lächerlich, Stickan. Sag

Dracula da drüben, er soll seine giftigen Klauen wieder einfahren.«

Stickan sagte nichts und ließ sich schwer in den Sessel zurückfallen. Doch er machte eine unmerkliche Geste. Das Geräusch scharfer Metallzungen, die sich enttäuscht in ihre Gehäuse zurückzogen, unterbrach für einige Zehntelsekunden die Stille in dem kleinen Nebenraum des Familienhotels. Das Fernsehen verkündete für den morgigen Tag noch niedrigere Temperaturen und zunehmende Windstärken – falls sie dann noch am Leben sein würden und ihre Nasen ein weiteres Mal in den Wind hängen könnten.

Bevor der Terminator sich setzte, glättete er sorgfältig den blumengemusterten Schonbezug des Sessels.

»Du spielst ein gefährliches Spiel«, klärte Stickan ihn auf. »Ist dir das eigentlich klar?«

Der Terminator nickte, während sein direkter Chef innerhalb der strengen Hierarchie fortfuhr, ihn zu ermahnen.

»Wenn einer zusammen mit… diesen anderen Gestalten gesehen wird, kann man in neun Fällen von acht davon ausgehen, dass er mehrstimmig singt. Und warum sollten wir in deinem Fall etwas anderes annehmen?«

»Weil ich einen Plan habe.«

»Und was beinhaltet dieser Plan?«

»Wie ich bereits sagte – Zusammenarbeit!«

»Du bist doch völlig verrückt!« Stickan spuckte auf den Boden. Eigentlich hatte er vor, ins Feuer zu spucken, verfehlte es jedoch knapp.

»Denk doch mal nach, Stickan!«, entfuhr es dem Terminator in oberlehrerhaftem Ton. »Worauf ist man ständig angewiesen?«, fragte er in der Absicht, seine Zukunftsvision auszubreiten.

Das war einfach – richtig banal und einfach.

»Geld?«

»Bingo, Stickan! Und wo bekommt man das Geld?«

»Auf der Bank, du Dämlack. Per EC-Karte. Und…"

«Genau, genau«, lobte der Terminator sein gelehriges Gegenüber mit einem freimütigen Grinsen, während die Versuchung, ihn weiter bloßzustellen, ihm regelrecht unter den Nägeln brannte. »Aber ich rede von Geld, an das man leicht herankommt.«

Stickan wirkte jetzt etwas aufgeschmissen, und der Terminator genoss seinen kleinen Triumph.

»In der Gemeindeverwaltung!«, half er ihm auf die Sprünge und setzte sich im Ohrensessel zurecht, während er seinem etwas unbeholfenen Schüler Zeit ließ, den Inhalt seiner Worte zu erfassen.

»Ach Quatsch, du spinnst«, brachte Stickan zuletzt unsicher hervor. »Das weiß doch wohl jeder, dass gerade die Gemeinden am wenigsten Geld haben.«

»Denkste!«, korrigierte er ihn mit einem überlegenen Lächeln und bewegte seinen ölverschmierten Zeigefinger in einer zurechtweisenden Geste, »nur wenn es um Belange wie Pflege, Schule oder Betreuung der Alten geht. Aber es gibt ansehnliche Ressourcen für… sagen wir mal, Maßnahmen zur Ankurbelung sozialer Projekte.«

Allmählich begann Stickan zu begreifen. Etwas in seinem Blick begann interessiert zu leuchten und er feixte plötzlich, sodass sein Piercingring ein weiteres Mal gegen die Zähne stieß. »Aha!«, sagte er zufrieden.

»Ja, genau!«, bestätigte ihn der Terminator.

Bis Stickan plötzlich der Haken an der Sache einfiel. »Aber wir sind ja kein gemeinnütziger Verein! Wir sind unser eigener Staat im Staat! Das ist doch unsere Geschäftsidee.«

Stickan wirkte mit einem Mal richtig enttäuscht, und der Terminator musste sein ganzes rhetorisches Geschick aufbringen, um ihn umzustimmen und wieder auf seine glänzende Idee einzuschwören.

»Sicher, aber wie glaubst du denn, können wir einen stabilen Staat im Staate errichten, wenn wir nicht annehmen, was der andere Staat uns anbietet, und darauf aufbauen?«

Stickans Augen leuchteten schließlich wieder, woraufhin er sich in konspirativer Manier zum Terminator hinüberbeugte, während das Feuer im Kamin dafür sorgte, dass der schöne Schein der Gemütlichkeit erhalten blieb.

»Du, diesen Plan, den du da hast«, begann er und legte seine Hand freundschaftlich auf die Schulter seines Gesprächspartners, »bist du wirklich davon überzeugt? Unter vier Augen: Ist er wirklich verlässlich, was die Zukunft anbelangt, ich meine, richtig verlässlich?«

Raymond und Kåge wagten endlich auszuatmen. Diese Zusammenkunft hier machte jetzt endlich den Anschein, als würde sie doch noch friedlich ausgehen, sodass sie tatsächlich Hoffnung hegen könnten, etwas Essbares zwischen die Zähne zu bekommen. Es machte einen ja vollkommen wirr im Kopf, neun Stunden ohne Verpflegung auszuhalten.

Skull stand ein wenig abseits am Fenster und schmollte. Er war unerhört enttäuscht, denn er hatte sich im wahrsten Sinne des Wortes darauf gespitzt, heute Abend seine besonderen Talente vorführen zu können.

Hill hatte nicht den Eindruck, dass es Sinn machen würde, trotz seiner großen Verspätung mit dem Auto zum Bahnhof zu fahren und damit das hart erkämpfte Treffen mit Catharina erneut zu gefährden. Wenn er den Wagen nähme, würde er gezwungen sein, einen Parkplatz zu suchen. Ein fast aussichtsloses Unterfangen, denn es schien so, als stünden im Zentrum von Helsingborg von Tag zu Tag weniger Parkmöglichkeiten zur Verfügung.

Da Knutpunkten unweit vom Polizeipräsidium gelegen und damit durchaus günstig zu Fuß zu erreichen war, würde er sich vernünftigerweise auf Schusters Rappen dorthin begeben. Er stellte also das Auto auf dem Dienstparkplatz ab und lief das restliche Stück in Richtung der Katakomben von Knutpunkten.

Das Einzige, was an diesem Wahnsinnsbau, der sich unterdessen rasch vor ihm auftürmte, von vornherein nicht vernünftig bedacht zu sein schien, waren die sozialen Folgen. Mit seiner Beleuchtung und seiner angenehmen Wärme, den bequemen Konsummöglichkeiten jeglicher Art und schließlich all seinen verborgenen Ecken und Winkeln hatte sich der Gebäudekomplex schnell zu einem Treffpunkt entwickelt, der soziale Randgestalten anzog wie Zuckerwasser die Wespen. Und infolgedessen ebenso Dealer und andere illegale Händler, die dort ihren höchst lukrativen Interessen nachgingen.

Da die knapp bemessenen Ressourcen der Polizei in Zeiten des allgemeinen Stellenabbaus ohnehin nicht ausreichten, konnte man hier Tag und Nacht die Männer der Sicherheitsdienste patrouillieren sehen. Sie kümmerten sich darum, dass die Kriminalität und das Austragen zwischenmenschlicher Tragödien in der Öffentlichkeit den allgemeinen Verkehr nicht zu stark beeinträchtigten und taten vor ihrem Publikum, das sich aus einem nicht abreißenden Strom von Reisenden zusammensetzte, stets so, als trügen sie die Verantwortung für die gesamte Gesellschaft.

Von Knutpunkten aus konnte man mit den verschiedensten Verkehrsmitteln und aus den unterschiedlichsten Anlässen heraus eine Reise antreten. Von hier fuhren Busse, Züge und Schiffe unablässig in alle möglichen Richtungen, während sich die Passagiere einzig entscheiden mussten, welches Fahrtziel sie ansteuern wollten. Viele kauften sich eine Fahrkarte, um mit einem besonderen Anliegen an einen bestimmten Ort zu gelangen, während andere eigentlich überhaupt nirgends so richtig ankamen.

Das waren die so genannten »Dauerausflügler«.

Einen Ausflug zu machen, bedeutete nämlich nicht, wie man hätte vermuten können, eine Fahrt hinüber nach Dänemark anzutreten, um dort einzukaufen. Einen richtigen Ausflug machte man nur dann, wenn man nicht an Land ging, sondern es vorzog, an Bord exklusiv und so lange man wollte zu speisen und dementsprechend den Sund per Schiff so oft passierte, wie man es eben beabsichtigte.

Auf genau so einem Ausflug war Hill vor etwas mehr als einem halben Jahr in einer der Herrentoiletten auf der Sundfähre *Aurora* brutal zusammengeschlagen worden. Offensichtlich verfügte das Gehirn über eine besondere Fähigkeit, das Unangenehme auszuradieren, denn er erinnerte sich nicht besonders stark an die Schmerzen. Stattdessen kam ihm in den Sinn, wie liebevoll Catharina ihn danach verpflastert hatte.

Heute Abend hatte er Lust auf eine bedeutend privatere Atmosphäre. Ein Zusammensein, das ihnen beiden ermöglichte, die neue Richtung, die ihr Leben gerade eingeschlagen hatte, nachzuvollziehen und gebührend zu feiern. Nachdem sie irgendwo in der Stadt eine Kleinigkeit gegessen hätten, wäre es sicher eine ausgezeichnete Idee, zu ihm zu gehen und es sich in seiner netten, kleinen Wohnung gemütlich zu machen.

Draußen hatte es angefangen zu schneien. Daunenweiche, weiße Flocken tanzten um ihn herum, als er beim Gerichtsgebäude um die Ecke bog und in Richtung Järnvägsgatan weiterging.

Die Fußgängerampel sprang gerade auf Rot um, als er oben in der Kurve, über die der Schienenverkehr in Richtung Bahnhof geleitet wurde, bereits einen der lilafarbenen Pendelzüge in den Tunnel hineinfahren sah. Er warf einen berechnenden Blick auf die wartenden Autos. Würden sie jeden Moment Grün bekommen und losfahren?

Kurz entschlossen beging er eine kleine Ordnungswidrigkeit, ignorierte das rote Signal und schaffte es gerade noch auf den gegenüberliegenden Bürgersteig, bevor die Autos anfuhren.

Er machte angesichts des Neuschnees bedenklich große Sprünge, behielt jedoch die Balance und erreichte sicher den Eingang zu Knutpunkten. Rasch befand er sich auf der Rolltreppe, die zu den Gleisen hinunterführte. Im Zickzack bahnte er sich einen Weg vorbei an sämtlichen Reisenden, die ein langsameres Tempo als er bevorzugten, und erreichte Gleis 2 genau in dem Moment, als *Nils Holgersson* sanft am Bahnsteig zum Stehen kam.

Die Luft hier unten im Tunnel war feucht und womöglich noch kälter als zu ebener Erde. Die steinerne Konstruktion der Bahnhofshalle schien gierig sowohl Nässe als auch Kälte zu speichern, und es roch intensiv nach Elektrizität und feuchtem Beton.

In der Hauptverkehrszeit war es nicht verwunderlich, dass es hier unten von Menschen nur so wimmelte, und für den Bruchteil einer Sekunde geriet er in Panik. Vielleicht hätte sie sich lieber nicht in dieses Getümmel begeben sollen – jedenfalls nicht in ihrem Zustand! Doch dann wurde ihm bewusst, dass sie wohl diejenige war, die sich auf solche Dinge am besten verstand. Sie war ja schließlich die Ärztin.

Als er sie endlich aussteigen sah, machte sie tatsächlich keinen mitgenommenen Eindruck. Obgleich sie als eine der Letzten den Zug verließ, strahlte sie förmlich vor überschießender Energie, was ihn einigermaßen verwunderte.

»Bist du nicht… müde?«, wollte er wissen, nachdem er sie mit einem Kuss begrüßt hatte.

»Müde? Nein, im Gegenteil! Schwanger zu sein ist ja wohl keine Krankheit«, lachte sie. »Es gibt mir anscheinend einen richtigen Kick. Ich fühle mich jedenfalls super!«

»Gut, gut.«

»Und außerdem bin ich wahnsinnig hungrig«, erklärte sie froh. »Wo können wir etwas essen?«

»Tja, wo du willst«, antwortete er etwas vage. »Worauf hast du denn Appetit?«

»Pizza. Oder chinesisch, oder warum nicht Steak? Eine

Vorspeise und ein richtig großes Steak mit viel Beilagen. Und Nachtisch! Eis... Eis und gegrillte Bananen.«

So viel also zu dem kleinen Imbiss, an den *er* gedacht hatte!

Hill wurde augenblicklich klar, dass die nächsten, noch verbleibenden acht Monate in dieser Hinsicht recht stressig werden könnten. Lachend nahm er Catharina beschützend in den Arm und schob sie zur Rolltreppe, die sie zu den Restaurants nach oben bringen würde.

»Hallo, Dunkelheit, hast du mich vermisst?«, flüsterte sie dem Schleier der Nacht zu.

Die Dunkelheit umhüllte sie ein weiteres Mal und gab ihr endlich wieder die Geborgenheit, die sie vor viel zu langer Zeit zuletzt gespürt hatte. Sie hatte die Schwärze der Nacht jedenfalls vermisst – und sie hoffte, dass diese sie auch vermisst hatte. Denn jetzt war sie erneut und mehr denn je auf sie angewiesen. Nach all den Verhören und fragenden Blicken, nach all dem lapidaren Argwohn fühlte sie sich nun endlich wieder von ihrer pechschwarzen, eiskalten Freundin beschützt.

Es war viel anstrengender gewesen, als sie es sich hätte vorstellen können: Rache zu nehmen und sein Recht einzufordern, ohne sich zu offenbaren. Doch zu ihrer großen Verwunderung merkte sie, dass diese Prüfung ihr auch eine gewisse Kraft verliehen hatte. Eine ungeahnte Kraft, ein Gefühl von Allmacht, das sie zugegebenermaßen unerhört verlockend fand.

Noch dazu hatte sich alles irgendwann wie von selbst ergeben. Es war wie eine genau vorgezeichnete Linie, der sie einfach nur zu folgen brauchte.

Sie hatte das Ganze natürlich nicht von Anfang an so geplant. Damals waren ihre Pläne bescheidener – ja, in ihrer ganzen Oberflächlichkeit sogar ziemlich lächerlich gewesen.

Doch dann war alles plötzlich so unglaublich leicht gegangen.

Und dieser rote Faden hatte begonnen, in ihr eine Art Eigenleben zu entwickeln. Auch wenn er nicht den Weg einschlug, den sie von Beginn an gehen wollte, so war es dennoch ein Leichtes gewesen, ihm zu folgen.

Denn *er* hatte sich ja keinen Deut verändert, danach.

Im Gegenteil.

Er war vielleicht sogar noch höhnischer und liebloser geworden. Überlegen und unaufhaltsam in seinem Entschluss, das Leben, das sie so sehr geliebt hatte, in Stücke zu reißen.

Also musste er verschwinden – auch er.

Beim zweiten Mal war alles so viel einfacher gewesen.

Ja, sie hatte es fast genossen. Hatte den lieblichen Geschmack des Sieges in ihrem vor Spannung ausgetrockneten Mund auf der Zunge zergehen lassen, während sie in Gedanken seinen sinnlosen Todeskampf im verschlossenen Arbeitszimmer verfolgt hatte.

Und vielleicht war das tatsächlich genau der Weg, der ihr zu einem neuen, unabhängigen Leben verhelfen konnte?

Sie war sich jetzt sicher. Sie musste nur vollkommen frei sein. So frei, dass sie, wie jedes Mal im Schutz der Dunkelheit, die Dinge unerwartet klar vor sich sehen konnte.

Und sie musste sich aus der Abhängigkeit befreien, um ihr Leben nach ihren eigenen Wünschen formen zu können.

Um das zu erreichen, würde sie sich von allen Zwängen und Einschränkungen lösen müssen – von allem und jedem.

Was sie begonnen hatte, musste sie nun logischerweise auch zu Ende bringen.

Denn sie besaß ja noch eine Kapsel, und das Einzige, was sie zu tun hatte, war, die Spritze aufzuziehen und …

# MITTWOCH 07:58:00

Der Mittwochmorgen war für Kriminalkommissar Joakim Hill fast so etwas wie eine böse Überraschung.

Zum einen, weil es aus leicht nachvollziehbaren Gründen am Abend zuvor ziemlich spät geworden war, zum anderen jedoch, weil man überhaupt nicht merken konnte, dass es bereits Morgen war.

Draußen herrschte noch immer finstere Nacht, als Gårdeman und er eine erste Zusammenkunft betreffend des Smitt- und Nilsmedfalles in Hills Dienstzimmer abhielten.

Es war genau 07:58 Uhr, und draußen begann es zu schneien.

In den frühen Morgenstunden war das Wetter unerwartet umgeschlagen. Ein von Norden kommendes Tief hatte dafür gesorgt, dass in den nordwestlichen Bereichen von Schonen ein ziemlich matschiges Gemisch in Form von Schneeregen heruntergegangen war. Der Niederschlag hatte jedoch bald abgenommen, und gleichzeitig war es wieder kälter geworden, was zur allgemeinen Verschlechterung der Straßenlage geführt hatte.

Die Nässe auf den Straßen war unmittelbar gefroren, und die morgendlichen Verkehrsteilnehmer wurden angesichts ihrer abgenutzten Sommerbereifung vom plötzlichen Kälteeinbruch wie jedes Jahr unangenehm überrascht. Während der eisige Wind zunahm, tat der Neuschnee sein Übriges.

Kurz gesagt, es herrschte das reinste Verkehrschaos.

Und weil zu allem Überfluss auch noch sechs der regulären Verkehrspolizisten aufgrund von Grippe krankgeschrieben waren, war der Druck auf Ulf Gårdeman an diesem Morgen entsprechend groß. Er erschien ihm zu diesem Zeitpunkt bereits vergleichbar mit dem Druck aufs Erdinnere.

Man erwartete aufgrund der widrigen Umstände natürlich, dass er als Verstärkung für die uniformierten Retter in der Not einspringen würde. In der Region lagen nämlich bereits zwei Sattelschlepper im Graben: einer an der Abfahrt Hyllinge, unmittelbar auf Höhe von City Gross, während der andere in der Nähe von Rydebäck liegen geblieben war. Zusätzlich waren unzählige PKWs auf dem spiegelblanken Asphalt so mir nichts, dir nichts von der Fahrbahn abgekommen, und die Fahrer harrten durchgefroren und meistenteils stocksauer am Wegesrand aus.

Gårdeman hatte noch keine zündende Idee, wie er die doppelte Arbeitsbelastung bewältigen sollte, nur eines war klar: Er musste seine noch unstrukturierten Eindrücke bezüglich der Mordfälle Smitt und Nilsmed mit seinem Kollegen diskutieren, bevor er sich dem Elend auf den vereisten Straßen würde widmen können.

Hill saß mit einem merkwürdig abwesenden, fast lächelnden Gesichtsausdruck an seinem Schreibtisch, und Gårdeman ahnte, dass sie natürlich nicht die ganze Nacht lang nur geredet hatten, die zwei Turteltäubchen.

Doch jetzt wurde es wieder Zeit, der grauen Wirklichkeit ins Auge zu sehen, und Gårdeman beeilte sich, zur Sache zu kommen.

»Berit Nilsmed hat ja anfangs zugegeben, dass sie Anne Smitt und ebenso ihren Mann für seine Liebesaffäre gehasst hat, bis sie es dann plötzlich wieder zurückgenommen hat«, fasste er zusammen. »Sie versicherte daraufhin, dass es ihr eigentlich inzwischen vollkommen egal war, was er tat, da ihre Ehe sowieso am Ende war.«

»Widersprüchliche Aussagen sind in Fällen wie diesen doch nicht ungewöhnlich«, erwiderte Hill, der zum Erstaunen seines Kollegen tatsächlich zugehört hatte. »Aber wie sieht es mit der finanziellen Seite aus? Wenn er sie verlassen hätte, dann hätte wohl auch sie finanziellen Schaden erlitten, die gefühlsmäßige Belastung mal dahingestellt, oder?«

Trotz seines entrückten Lächelns war Hill anscheinend ohne weiteres in der Lage, rational zu denken, ging es Gårdeman durch den Kopf, bevor er dessen unhaltbares Argument allerdings schonungslos entkräftete.

»Aber ihr Vater besitzt ja zwanzig Prozent der Aktien von *Nilco*«, erinnerte er ihn, »und somit wäre sie in der besseren Position, wenn man noch die Aktien hinzurechnet, die ausschließlich ihr gehören.«

»Tja, was haben wir denn eigentlich noch an möglichen Anknüpfungspunkten?«, fragte Hill nachdenklich, während sein Lächeln angesichts der Konfrontation mit den ungelösten Problemen des Vortags langsam aus seinem Gesicht verschwand.

»Nicht allzu viele«, antwortete Gårdeman. »Jedenfalls nichts, was der Staatsanwalt nicht unmittelbar verwerfen würde. Sie hat ein mögliches Motiv für den Giftmord in Råå, das aber nicht bekräftigt ist, jedenfalls noch nicht. Dennoch haben wir einen begründeten Verdacht, der uns ermöglicht, das Ganze weiterzuverfolgen.«

»Hat sie denn gestern noch mehr gesagt?«

»Nein, als sie erwachte, hat sie erst mal ihren Vater angerufen. Er ist anscheinend ziemlich wohlhabend und hat sich auf seine alten Tage irgendwo in Spanien eine Finca gekauft.«

»Aha.«

»Soweit ich es mitbekommen habe, hat sie ihm kurz erzählt, was geschehen ist.«

Hill sehnte sich verzweifelt nach einem Becher dampfenden, frisch gebrühten Automatenkaffee.

»Also: eine Frau wird in Råå mittels Gift ermordet«, rekapitulierte er mit ausgetrockneter Kehle. »Diese Frau hat ein Verhältnis mit dem Ehemann von Berit Nilsmed. Der Ehefrau ist die Affäre offenbar nicht egal. Sie gibt zu, dass ihr die Adresse der Geliebten bekannt war… und so weiter. Dann stirbt kurz darauf der Ehemann, offensichtlich auch an Zyanid. Das Ganze passiert im Obergeschoss, während wir unten mit Frau Nilsmed zusammensitzen. Tja…«

Eigentlich schien es, als hätten sie bereits Zugang zu allen wesentlichen Fakten, und dennoch gelang es ihnen nicht, diese miteinander in Verbindung zu bringen. Irgendetwas stimmte nicht.

»Wie war das noch mit der Aussage des Zeugen?«, wollte Hill wissen, während er sich gedankenversunken über das frisch rasierte Kinn strich.

»Meinst du den Alten mit der Dame im Popelinemantel?«, vergewisserte Gårdeman sich.

»Ja, genau.«

»Einen pelzgefütterten Popelinemantel besitzt sie offenbar, doch sie verneint konsequent, dass sie jemals vor der Tür von Anne Smitts Haus gestanden und spioniert hat.«

»Aber woher konnte sie denn wissen, dass sie jeden Montagabend zum Geburtsvorbereitungskurs ging?«

»Vielleicht hat er es ihr erzählt.«

»Wer?«

»Leif Nilsmed selbst. Er schien ja ziemlich bestrebt darin, seiner Frau alles, was mit seiner Liebesaffäre zusammenhing, auf die Nase zu binden.«

»Ja, es sprühte förmlich vor Hass in dieser Villa«, resümierte Hill und schüttelte den Kopf. »Also, ich glaube, ich habe dringend einen Kaffee nötig. Es ist heute Morgen einfach zu dunkel, um aus eigener Kraft heraus wach zu werden.«

»Stimmt, aber was hältst du davon, diesen Rentner aus Råå im Zuge einer Personenkonfrontation mit einer Reihe von Frauen in Popelinemänteln einen Blick auf sie werfen zu lassen?«, schlug Gårdeman vor.

»Du meinst hinsichtlich der Haltung und dergleichen?«

»Ja, so ungefähr«, antwortete Gårdeman.

»Das wird dem Staatsanwalt auch nicht ausreichen«, stellte Hill pessimistisch fest. »Und noch weniger dem Gericht.«

»Tja, wenn es im Zuge der Ermittlungen im Palme-Mord möglich war, dann...«, gab Gårdeman leicht säuerlich zurück, wobei ihm sofort klar wurde, dass dieses Argument in ihrem Fall wenig Bestand hatte. »Solange wir keine handfesten Beweise haben, können wir nichts anderes tun als warten«, fügte er hinzu und zog sich die Goretex-Handschuhe an.

»Vielleicht bringt uns die technische Untersuchung ja weiter. Was sagt denn Anderberg eigentlich?«, fragte Hill hoffnungsvoll.

»Nichts, jedenfalls bis jetzt«, entgegnete Gårdeman, der mittlerweile einen ziemlich gestressten Eindruck machte, weil er wusste, dass sie ihn draußen dringend benötigten. »Wie sollen wir deiner Meinung nach also weiter vorgehen?«

Er hatte kaum seine Frage formuliert, als das Telefon auf dem Schreibtisch heiser schrillte. Hill fuhr erschrocken zusammen und griff so rasch wie möglich nach dem Hörer, um dem Lärm, der sein Trommelfell zu dieser frühen Stunde traktierte, ein Ende zu bereiten.

»Ja, hier Hill?«

»Hallo, guten Morgen«, meldete sich Bengt Månsson aus der gerichtsmedizinischen Abteilung in Lund mit seiner unvergleichlich charmanten Stimme. »Ich habe die ganze Nacht an eurem neuen Fall – diesem Leif Nilsmed – gearbeitet. Und ich dachte, dass euch eventuell daran gelegen ist, möglichst schnell zu erfahren, was ich herausgefunden habe.«

»Danke, das ist sehr nett.«

»Ja, man tut, was man kann, um behilflich zu sein.«

Das glaubst du ja wohl selber nicht, dachte Hill, behielt seine Gedanken jedoch lieber für sich.

Månsson quasselte unbeirrt weiter. »Wie du sicher schon selbst weißt, ist die Todesursache identisch mit der von Anne Smitt. Es handelt sich im vorliegenden Fall also zweifellos um eine Zyanidvergiftung, und auch hier wurde das Gift vermutlich oral zugeführt, da wir, ebenso wie im vorherigen Fall, keine Spuren einer Injektion gefunden haben.«

Erzähl mir mehr von dem, was ich schon weiß, dachte Hill gelangweilt und zunehmend genervt, ließ den Gerichtsmediziner jedoch zu Ende reden.

»Ja, und was den Träger selbst angeht, bin ich so gut wie sicher.«

»Was weißt du über… den Träger?«, hakte Hill jetzt interessiert nach und setzte sich dabei kerzengerade in seinem Drehstuhl auf.

»Äh, nein, ich glaube, es ist nicht angebracht, den Ergebnissen aus dem Labor vorzugreifen«, lautete sein Rückzieher. »Dafür wissen wir noch zu wenig. Meine Vermutung könnte sich durchaus als falsch erweisen.«

Hill knirschte frustriert mit den Zähnen, sodass es in seinem Kiefer unheilvoll knackte.

»Sobald ich Näheres weiß, rufe ich dich an, vermutlich schon heute Nachmittag«, setzte Månsson hinzu und gähnte in den Hörer. »Oh, Entschuldigung. Ich glaube, ich sollte mich ein wenig ausruhen. Ich bin jetzt seit achtzehn Stunden auf den Beinen. Also, du hörst von mir!«

»Aber kannst du nicht…?«, fragte Hill in die bereits tote Leitung. »Danke und tschüss!«

»War das Lund?«, wollte Gårdeman wissen.

»Ja, aber leider nichts, was wir nicht schon wüssten. Eventuell erfahren wir heute Nachmittag etwas Neues.«

»Ja, hoffentlich! Denn das erschien ja verdammt mager.«

»Vielleicht sollten wir noch mal einen kleinen Plausch mit Berit Nilsmed halten, und zwar zu zweit. Findest du nicht auch?«

Gårdeman verzog leicht den Mund, denn er hatte die Befürchtung, dass Hill an das klassische Verhörmodell dachte.

»Der Böse und der Gute, aber nicht notwendigerweise Hässliche.«

Einer von ihnen würde aggressiv auftreten, vielleicht sogar die eine oder andere unverschämte Unterstellung ins Spiel bringen, während der andere eine eher beschützende Haltung einnahm. In Filmen überzeugte so etwas immer, also, warum eigentlich nicht? Wenn Berit Nilsmed tatsächlich schuldig war, würde sie ohnehin unter starkem innerem Druck stehen. Und sich in einem solchen Verhör eventuell leichter verplappern.

Gårdeman zog den Reißverschluss seines Overalls mit einer entschlossenen Bewegung hoch. »Okay, wann?«, wollte er wissen.

»Tja, ich würde die Ergebnisse aus dem Labor gerne noch abwarten. In der Zwischenzeit werde ich mich ein wenig mit der Lex Bäcker vertraut machen, während du mit Autos spielst.«

»Lex was?«, fragte Gårdeman nach.

»Ach, das erklär ich dir später«, vertröstete Hill ihn, »denn, wie ich sehe, hast du es ziemlich eilig, loszukommen, oder?«

»Na ja, ich persönlich eigentlich nicht«, seufzte Gårdeman, »aber die anderen vom Team!«

»Okay, dann starten wir unsere Aktion, sobald du zurück bist.«

Gårdeman drehte sich noch einmal im Türrahmen um. »Aber…«, hob er an, »eins verstehe ich noch nicht ganz. Wie soll sie an das Zyanid herangekommen sein? Dieses zerbrechliche kleine Frauenzimmer ist doch nervöser als ein arabischer Vollbluthengst in Jägersro.«

»Ja, das ist mir, ehrlich gesagt, auch ein Rätsel«, pflichtete ihm Hill bei.

»Du fährst aber nicht allein zu Nilsmed raus, oder?«, vergewisserte sich Gårdeman und schaute ihn ermahnend an. »Denn man kann ja nie wissen.«

»Schon klar. Du weißt doch, dass ich vorsichtig bin und immer die Regeln einhalte!«, versicherte Hill seinem Kollegen, als das Telefon erneut klingelte.

»Hoffen wir's«, lachte Gårdeman und verschwand, um sich dem schrecklichen Albtraum eines jeden Einwohners von Schonen anzunehmen. Winter für Winter suchte er die Straßen in ihrer Region heim, ohne sich rechtzeitig anzukündigen – Blitzeis.

Das Dienstzimmer von Polizeidirektor Harry Runsten in der sechsten Etage zeigte nach Westen. Für gewöhnlich bescherte ihm die exzellente Lage eine herrliche Aussicht über den Öresund und weiter bis nach Helsingør.

Doch am heutigen Mittwochmorgen war das Schneetreiben so heftig geworden, dass alles hinter einer einzigen weißen, von Feuchtigkeit durchdrungenen Masse verschwand, was ihn ungeheuer irritierte.

Nicht einmal ein Blick in die moderne, hochwertig eingerichtete Repräsentationssuite – der einige der stadtbekanntesten Innenarchitekten ihre professionelle Note verliehen hatten – konnte ihm heute auch nur ansatzweise ein wohliges Gefühl verschaffen.

Die moosgrüne rindslederne Sofagruppe war einwandfrei arrangiert, der rauchfarbene Beistelltisch blank gewienert, die Ölgemälde hingen in perfekter Höhe geometrisch zueinander angeordnet, und die handgewebten Wollteppiche dämpften seine Schritte und verliehen den Räumen zugleich ein luxuriöses, doch nicht minder wohnliches Ambiente.

Angesichts des fürchterlichen Wetters draußen, war es in den Räumlichkeiten des Polizeichefs geradezu angenehm warm und gemütlich. Dennoch wollte sich kein richtiges Behagen einstellen. Stattdessen kam es ihm vor, als würden Wind und Kälte von außen durch die hermetisch isolierten, dreifach verglasten Scheiben hinter seinem Schreibtisch dringen und ihm ihre eisigen Klauen auf die Schultern legen.

Er hatte sogar den Eindruck, dass die in neutralem Beige gehaltenen Chintzgardinen sich schicksalsträchtig in den Böen, die der aufgewühlte Sund herüberwehte, bauschten – objektiv gesehen war der Luftzug jedoch minimal. Runsten fühlte sich fast wie in einem frühen Hitchcock. Sie bewegten sich tatsächlich, in diesem Fall war allerdings die dezent aufstrebende Wärme des Heizkörpers die Ursache.

Harry Runsten zog den Pullover über die Hüften, so weit es möglich war, ohne die breiten, goldenen Eichenlaubembleme an den Schultern in Mitleidenschaft zu ziehen. Im kommenden Mai würde er sechzig Jahre alt werden, doch er gab immer noch – seinem Alter und einer gewissen beginnenden Korpulenz zum Trotz – eine große und stattliche Figur ab. Den größten Teil seines kräftigen, rotbraunen Haares besaß er noch, auch wenn jenes in den letzten Jahren einen bedenklich auffälligen Grauton angenommen hatte.

Normalerweise sprühte er in beneidenswerter Weise vor Energie, die er aus seinem unerschütterlichen Selbstbewusstsein bezog. Er hatte diese positive Ausstrahlung nicht zuletzt seiner über Jahre eigenhändig aufgebauten, glanzvollen Karriere zu verdanken, die ihrerseits natürlich wiederum von seiner Ausstrahlung profitierte. Er gehörte zu denen, die sich kraft ihrer Hände und mit einer gesunden Portion Vernunft im Schädel – wie er sich auszudrücken pflegte – von ganz unten hochgearbeitet hatten.

Jetzt plagten ihn allerdings seine sonst so kraftvollen Hände und Finger wie so oft bei feuchtkaltem Wetter, und er empfand stechende Schmerzen, die sich zu einem unheilvollen Memento mori auswuchsen.

Und dennoch erwuchs seine größte Sorge an diesem

eisigen Novembermorgen nicht aus seinem Rheumatismus, sondern aus der Tatsache, dass er sich so unglaublich bedrängt fühlte.

Wie er die Probleme in seinem Kopf auch drehte und wendete, er stand geradewegs mit dem Rücken zur Wand in einer Sackgasse. Ihm blieben nur zwei Möglichkeiten: sich entweder mittels einer unethischen oder einer unkollegialen Geste aus dem Schlamassel herauszuwinden.

Denn war man einmal Mitglied in dem ehrwürdigen Krognosorden – dieser höchst exklusiven Vereinigung, in die man ausschließlich aufgrund seines Erwerbs sozialer Meriten gewählt wurde –, dann bitte mit Leib und Seele! Wie intensiv er sich auch wünschte, das Telefonat, das er gestern am späten Abend zu Hause entgegengenommen hatte, einfach ignorieren zu können – er durfte es einfach nicht. Es war ausgeschlossen, einem Ordensbruder einen Gefallen abzuschlagen, selbst wenn es, wie in dieser Sache, ein höchst ungewöhnlicher und irregulärer Dienst war, der in seine beruflichen Befugnisse hineinreichte. Einen Ordensbruder zu verleugnen, käme dem Leugnen der eigenen Person vor der gesamten Ordensgesellschaft gleich. Harry Runsten befand sich demnach in einer äußerst unangenehmen Situation.

Es klopfte leicht an der Tür, und er wurde abrupt aus seinen ausweglosen, wirren Gedanken gerissen.

»Kommen Sie rein!«, sagte er in scharfem Ton und nahm wieder hinter seinem mächtigen Schreibtisch in lasierter Birke Platz.

Wenn ihm schon eine Auseinandersetzung bevorstand, konnte er sich ebenso gut hinter dem höchsten seiner administrativen Papierberge verschanzen und unmittelbar das Feuer eröffnen.

»Guten Morgen«, grüßte Joakim Hill, nichts Böses ahnend, und schloss die Tür hinter sich.

Er war überrascht gewesen, als der Chef vor einigen Minuten bei ihm angerufen und ihm mitgeteilt hatte, dass er ein paar Worte mit ihm zu wechseln gedachte. An und für sich hatte er nichts dagegen, sich nach oben in die sechste Etage zu begeben und die Aussicht über den Sund zu genießen – wenn auch das Wetter heute nicht gerade einen verlockenden Ausblick bot –, aber dennoch war er leicht verwundert über die Anfrage, besonders zu dieser Uhrzeit.

Runsten feuerte zur Sicherheit bereits den ersten Schuss ab, als Hill gerade die Türklinke losließ und sich ihm zuwandte.

»Hill«, begann er mit autoritärer Stimme, ohne dem Kommissar einen Stuhl anzubieten, »was sind das für Sperenzchen, die ich hinsichtlich des Schikanierens von Zeugen in den Mordfällen in Råå und Ramlösa hören muss?«

Hill sah aus wie ein lebendes Fragezeichen und fühlte sich auch so. Gleichzeitig fragte er sich im Stillen, in welche andere Dimension des Universums er hier so plötzlich geraten war.

Die Verwirrung setzte unglaublich schnell das rationale Denken außer Kraft, und ihm sausten die merkwürdigsten Assoziationen in rasender Geschwindigkeit durch den Kopf. Vielleicht sollte er sich einfach nur ganz langsam rückwärts aus dem Raum herausbewegen, die Tür hinter sich zuziehen und einige Sekunden abwarten, bevor er sie erneut öffnen und sich auf diese Weise in seine eigene Wirklichkeit zurückbegeben könnte?

»Verzeihung…«, begann er zögernd, während er sich irgendwo in seinem Unterbewusstsein fragte, warum ihm nicht angeboten wurde, sich zu setzen, »aber um welche Art von… Schikane sollte es sich in den genannten Fällen handeln?«

Harry Runsten hatte Joakim Hill nie zuvor einen derart klassischen Tadel ohne ersichtlichen Grund erteilt; dazu hatte er nie auch nur den geringsten Anlass gehabt. Im Laufe der Jahre hatten schon viele andere die verschiedensten Verweise bekommen, doch immer verdient. Und weil Runsten sich bewusst war, dass Hill nicht zu jenen gehörte, war dem Polizeidirektor die ganze Situation plötzlich noch unangenehmer als seinem Untergebenen.

»Es geht um Frau…«, sagte er und blätterte ein wenig gehetzt in seinen Unterlagen auf dem Schreibtisch, »Frau Berit Nilsmed.«

Hill starrte ihn an. Das Ganze war und blieb ihm ein Rätsel.

»Ich möchte, dass Sie unmittelbar aufhören, Frau Nilsmed zu schikanieren.« Runsten wurde unvermittelt deutlich, während er eilig den Ordner mit Notizen zuklappte und auf den Tisch knallte.

Hill bemühte sich, in den Äußerungen seines Chefs auch nur den geringsten Anhaltspunkt zu finden, sodass dieses äußerst merkwürdige Missverständnis in vernünftiger Weise aus dem Weg geräumt werden könnte, doch es erschien ihm, verflixt noch mal, unmöglich.

»Frau Berit Nilsmed«, erklärte Hill ein wenig zurückhaltend, »ist zu diesem Zeitpunkt die Hauptverdächtige in beiden Mordfällen. Wir haben zwar mit ihr gesprochen, ja, aber das kann man wohl kaum als Schikane bezeichnen.«

»Tja, wie dem auch sei, beenden Sie es bitte!«, schloss Harry Runsten abweisend.

Er wandte sich dem Fenster zu und merkte, dass er unweigerlich zu schwitzen begonnen hatte. Die weißen Flocken, die vor dem grauschwarzen Himmel turbulent hin- und herwirbelten, spiegelten auf unbehagliche Weise sein eigenes Befinden. Er drehte sich schnell wieder um und dem perplexen Hill zu.

»Das ist eine Order!«, unterstrich er seine Worte in bemüht strengem Tonfall.

»Aber«, beharrte Hill, »es gibt eine Menge weiterer Dinge mit Frau Nilsmed zu besprechen. Sie ist, was die Ermittlungen betrifft, für uns unerlässlich.«

»Sie sagten gerade eben *Hauptverdächtige*«, konterte Runsten trocken. »Gibt es überhaupt irgendwelche Beweise?«

»Nein«, gab Hill zu, »hingegen gibt es Indizien…«

»Hill, hier folgen wir den Regeln, und das fordert in jedem Fall eine gesicherte Beweislage!«

»Aber Indizien sind doch immerhin…«

»Kommen Sie mir nicht mit Indizien. Ich habe es ja bereits gesagt – sie reichen nicht aus, und das wissen Sie, Hill!«, schnaubte Runsten sichtlich irritiert. »Es gibt nichts Pathetischeres als… Indizien!«

Und ob es das gab, und das wusste er selbst nur zu genau. Ein unehrlicher Polizeibediensteter war weitaus schlimmer, von einem bestechlichen Polizeichef ganz zu schweigen!

»Und wie sollen wir weiterkommen, wenn nicht…«

»Das ist mir völlig egal, Hill, das liegt an Ihnen. Aber ich will nichts weiter hören in punkto Schikane, was diese Toch… – ich meine die Ehefrau betrifft!«

Hill schaute sein Gegenüber sprachlos an.

Er hatte schon mehrfach erlebt, dass schlechtes Wetter die Psyche von Menschen in reinen Wackelpudding verwandeln konnte, und er hoffte innerlich, dass es sich in diesem Fall ähnlich verhielt. Denn normalerweise hielt er große Stücke auf Harry Runsten. Er war ein ausgezeichneter Chef, ein Typ, der im Allgemeinen wusste, wovon er redete, da er das meiste bereits selbst in seiner langen beruflichen Laufbahn erlebt hatte.

Aber heute schien er wie ausgewechselt. Hill erkannte ihn kaum wieder. »Hat Frau Nilsmed denn selbst Anzeige erstattet?«, fragte er schließlich.

»Nein.«

»Darf man fragen, wer die Beschwerde eingereicht hat?«

»Ja, sicher«, antwortete Harry Runsten und bürstete umständlich ein paar Fusseln von seinem Hosenbein, »sicher dürfen Sie fragen. Und sobald Sie mir vernünftiges Beweismaterial vorlegen, werde ich Ihnen auch erzählen, wer Anzeige erstattet hat.«

Mit einer abschließenden Geste bedeutete er Hill unmissverständlich, dass die Audienz vorbei war, und der nun vollends verblüffte Kommissar war mehr als froh, aus diesem Karussell der Gefühle aussteigen und sich empfehlen zu können. Als Zeichen dessen, was er von der Unterredung hielt, zog er die Tür laut vernehmbar hinter sich zu und trabte wutschnaubend zurück in seine eigene Etage, während sich zwischen seinen Augenbrauen eine tiefe Furche bildete.

Dieser Tag hatte wirklich verdammt gut angefangen! Nicht einmal ein winziger Schluck Kaffee war ihm vergönnt gewesen!

Doch Joakim Hill sah nicht, wie der Polizeidirektor nun wieder allein in seinem außerordentlich aufwendig eingerichteten Dienstzimmer am Fenster stand und mit düsterer Miene hinausschaute. Das Schneetreiben hatte nachgelassen, und er konnte die ersten zögerlichen Sonnenstrahlen durch die Wolken dringen sehen.

Harry Runsten spürte alsbald, wie die rheumatischen Schmerzen in den Fingergelenken sachte abklangen und ihren eisernen Griff um seine ohnehin schon fröstelnde Seele lockerten.

Doch das half ihm nicht im Mindesten.

Auch er hatte diese Zusammenkunft wie ein Eintauchen in ein kaltes, ungastliches und zudem noch völlig fremdes Universum empfunden. Er hatte sich, entgegen seiner inneren Überzeugung, wie ein Schwein oder eher noch wie ein machtbesessenes Arschloch gegenüber einem seiner besten Männer benommen – ohne auch nur einen, wie auch immer gearteten, entschuldbaren Grund.

Wenn man von seinem Rang einmal absah.

Oberleutnant Agne Segerberg – der pensionierte, mittlerweile in Spanien lebende Vater von Berit Nilsmed – hatte zusätzlich zu seinem umfassenden Besitz von Aktien der *Nilco Import AB* einen bedeutend höheren Rang, was die geheimen Machenschaften im Krognosorden betraf, als Runsten selbst.

Als er also gestern spätabends anrief und sich darüber beschwerte, dass man seine Tochter in diesem unglücklichen Familiendrama verdächtigte, war es für Runsten eine Ehrensache gewesen, dem Ordensbruder, und noch dazu einem übergeordneten, seine vollkommene Loyalität zu erweisen.

Obgleich er genau wusste, wie vollkommen verlogen das Ganze war.

Knut Sahlman hatte die Ausrüstung zusammengepackt und stand an der Treppe zum Kärnan, wo er stampfend wartete, bis es zehn Uhr und die Festungsanlage für Besucher geöffnet werden würde.

Zuvor hatte er bereits einen anderen kurzen Besuch in der Stadt seiner Träume, oder sollte er besser sagen, seiner Albträume erledigt – Lund.

Denn er hatte allen Grund anzunehmen, dass einer der Dozenten an der Universität von Lund – wer auch immer das sein könnte – eine letzte, noch unbestätigte Annahme in seiner scharfsinnigen Theorie bezüglich der mysteriösen Phänomene in der mittelalterlichen Burg mit größter Wahrscheinlichkeit würde bekräftigen können.

Früh am Morgen, das heißt für seinen Geschmack viel zu früh, sozusagen noch mitten in der Nacht, hatte er sich also darangemacht, das Schloss seines eingefrorenen Autos zu enteisen, um sich daraufhin mit einem vor Kälte stotternden Motor in Richtung Süden zu begeben. Von der nächtlichen Dunkelheit umgeben war er mühsam über nicht gestreute, spiegelglatte Straßenkreuzungen geschlichen und hatte sich bald in langsam vorwärts kriechenden Autoschlangen wiedergefunden, die für seinen Geschmack unnötig viel Benzin verbrauchten. Doch mit selbst auferlegter

Ruhe war es ihm schließlich gelungen, sich mit den morgendlichen Staus abzufinden. Nur um am Ziel seiner beschwerlichen Reise einen möglicherweise ähnlich verschlafenen Bediensteten der Universität konsultieren zu können, noch bevor die allgemeinen vormittäglichen Sitzungen begannen, die sie alle für den Rest des Tages unerreichbar werden ließen.

Radio Stella hatte ihn während der Fahrt etwas aufgemuntert. Sie brachten gerade Lena Marlins letzten großen und bereits ziemlich abgedroschenen Hit, in dem sie sich sonst wo aufhielt, gefolgt von einem skurrilen Song von Alanis Morrisette.

Doch bald rauschte es nur noch, denn der Empfang war abrupt schlechter geworden. Da erst fiel ihm auf, dass er bereits die Anhöhe von Glumslöv passiert hatte und sich Landskrona näherte.

Südlich von Löddeköpinge holte ihn dann der aus nördlicher Richtung kommende Schneefall ein. Es verursachte ihm jedes Mal ein leichtes Ziehen in der Magengegend, wenn er als Autofahrer mit dem weißen, unheilbringenden pulvrigen Gemisch, das vom Himmel fiel, konfrontiert wurde. Wahrscheinlich nahm er deswegen den Fuß nicht schnell genug vom Gas, als er die Autobahn verließ und ins Fjelierondell einbog. Er geriet bedenklich ins Schleudern und brachte sein Fahrzeug erst in letzter Minute wieder unter Kontrolle. Dann reihte er sich ordnungsgemäß in die morgendliche Karawane ein, die sich wie ein abgasspeiender Drache ins Zentrum der Universitätsstadt fortbewegte.

Nach einer kleinen Weile hätte sich Sahlman gewünscht, an Hills Stelle zu sein. Dieser schien dank seiner Liebesbeziehung zu der niedlichen kleinen Frau Doktor Elgh einen beachtenswerten Überblick über die Stadt und ihre unergründlich komplizierte Verkehrsführung zu besitzen.

Es gab Kollegen in Helsingborg, die des Öfteren ziemlich

eng mit der Polizei in Lund zusammenarbeiteten. Jetzt bereute er, dass er selbst bei Bedarf immer nur zum Telefon gegriffen oder Kontakt per Fax aufgenommen hatte.

Er konnte nicht genau sagen, wie es kam, doch schließlich stieß er auf eine Parklücke direkt vor der Konditorei Lundagård, die er sogleich einem Minibus von einer lokalen Rohrinstallationsfirma vor der Nase wegschnappte, woraufhin er einen bösen Blick des Fahrers erntete. Die Konditorei Lundagård war ihm natürlich ein Begriff, doch sein letzter Besuch im Café war bereits Jahrzehnte her. Als er den Blick über die ansprechend dekorierten Kunstwerke im Schaufenster schweifen ließ und die große weiße Sahnetorte links im Schaufenster entdeckte, erinnerte er sich wieder, wo er war.

Das Gebäude der Universität wurde ziemlich oft in den Regionalprogrammen des Fernsehens gezeigt, und hatte man es einmal gesehen, so vergaß man es nicht so schnell wieder. Helgo Zetterwalls neoklassizistischer Bau vom Ende des neunzehnten Jahrhunderts drängte sich jedem zufälligen Besucher der Stadt – ob er es nun sehen wollte oder auch nicht – regelrecht auf: mit seiner dicken weißen, mit umfangreichen Ornamenten verzierten Fassade.

»Bingo«, sagte er zu sich selbst und stieg aus, wobei er mit seinen eleganten Schuhen direkt in den Schneematsch zu seinen Füßen trat. Während er leicht irritiert den Wagen abschloss, entdeckte er gegenüber der Konditorei die Lokalredaktion von *Sydsvenskan*. Gleichzeitig fiel ihm ein, dass er doppeltes Glück hatte. Er würde sich die Gebühren für die Parkuhr sparen können, da die übereifrigen Gebühreneintreiber in Gestalt von unerbittlichen Politessen sich nicht vor neun Uhr auf die verkehrswidrig geparkten Autos stürzen würden, und es war gerade mal 08:15 Uhr.

Als er vorsichtig die Kopfsteinpflasterstraße überquerte, sah er zu seiner Rechten die gewaltigen Türme der imposanten Domkirche gegen den düsteren Himmel aufragen. In einer merkwürdigen Assoziation erschienen sie ihm fast wie die Arme eines Kindes, die sich der Mutter entgegenrecken. Gott in weiblicher Gestalt – ein eigentümlicher, aber durchaus schöner Vergleich. Diese Assoziation beinhaltete eine weitaus angenehmere Vorstellung als die eines strengen und strafenden Patriarchen.

Insgesamt erschien ihm jedoch die heilige Stätte zu behäbig und abweisend, und er folgte der Straße weiter in Richtung der weiß verputzten Gipstorte. Dem Licht nach zu urteilen, das aus den hohen Fenstern des Universitätsgebäudes drang, nahm er an, dass er in eine freundlichere, nahezu anheimelnde Atmosphäre eintauchen würde.

Er rüttelte verzweifelt an den Türen verschiedener Seiteneingänge, bis er schließlich den Haupteingang hinter einem Brunnen entdeckte. Das altehrwürdige Portal bestand aus einigen massiven und hohen, mit Intarsien verzierten Türen, was die Entscheidung erschwerte, auf welche von ihnen er diesmal seine Kraft anwenden sollte.

Die mittlere machte einen entschieden abgenutzteren Eindruck, hervorgerufen durch jahrzehntelange Benutzung durch unzählige Studenten, die auf dem Weg zu ihren jeweiligen Vorlesungen durch eben diese Tür hindurchgeschleust worden waren. Folglich konzentrierte er seine Anstrengungen auf die anvisierte Tür, und es gelang ihm, mit einem einzigen kraftvollen Druck in die Hochburg der Gelehrsamkeit vorzudringen.

Eine elegante Frau mittleren Alters kam mit einem Arm voller Papiere aus einem der vielen Räume in den Eingangsbereich, und er beschloss, sie um Rat zu fragen.

»Oh, da müssen Sie sich an jemanden in der Verwaltung wenden«, mutmaßte sie und setzte ihren Weg quer durch die Halle zu einigen großen Anschlagtafeln fort.

»Aber dieses Gebäude«, wollte Sahlman etwas irritiert wissen, »ist doch die Universität, nicht wahr?«

»Ja, selbstverständlich«, bestätigte ihm die nun etwas resoluter auftretende Dame. Sie verzog ein wenig den Mund und strich eine kaum erkennbare Falte an ihrem Rock auf Höhe der rechten Hüfte glatt, »aber hier finden Sie nichts weiter.«

»Hier finde ich nichts weiter?«

»Nein, hier befinden sich nur die Diensträume der Rektoren.«

Sie betrachtete den so bemerkenswert uninformierten Mann aus dem Augenwinkel, während sie ein maschinengeschriebenes Protokoll nach dem anderen auf dem schwarzen Brett vor sich austauschte.

»Und ... wo finde ich sie?«, fragte Sahlman und fühlte sich ziemlich inkompetent.

»Wo finden Sie was?«, fragte die Dame zurück.

Ihr Tonfall spiegelte nun deutlich ihre Irritation wider. Dieser Mann schien ja aus einer völlig anderen Welt zu kommen, und er hatte nicht den geringsten Einblick in die ihrige. Das konnte man nur in zweierlei Richtungen deuten – entweder als Unverschämtheit oder als eine Missachtung des mittelalterlichen Weltbildes. Seit Menschengedenken umhüllte diese Weltsicht doch wohl die akademische Residenz als fest in ihr verankertes Zentrum.

»Wo finde ich die Universität?«

Sahlman warf unterdessen einen Blick nach oben in die sich über ihm erhebende gigantische weiße Kuppel, in der ein gewaltiger Kronleuchter angebracht war, dessen unzählig funkelnde Glasprismen das Obergeschoss hell erleuchteten. Er fühlte sich dort unten angesichts der grandiosen, gewölbten Dachkonstruktion regelrecht zwergenhaft. Der Anblick imponierte ihm, wenngleich auch das gesamte Gebäude etwas Suggestives, Philisterhaftes ausstrahlte.

»Ja, das kommt darauf an«, sagte sie.

»Das kommt darauf an?«

»Ja.«

Mit Todesverachtung führte sie eine Stecknadel zu den

Lippen, während sie eine alte Bekanntgabe des Rektors von der Tafel nahm und sie durch eine neue ersetzte.

»Worauf kommt es an?«, wollte er wissen.

»Es kommt darauf an, wen Sie suchen«, erklärte sie ihm.

»Aber das ist es ja gerade. Ich weiß es nicht genau!«, platzte es aus ihm heraus.

Er fragte sich, ob es wirklich so geschickt gewesen war, sich dermaßen unvorbereitet direkt in die Höhle des Löwen zu begeben. Er hätte vielleicht doch vorher anrufen sollen.

Die elegante Dame schien ihre Verärgerung gerade noch unterdrücken zu können und strich in einer Ersatzhandlung – wie in einem beherzten Versuch, in ihrem Amt als Sekretärin des Rektors der Universität Lund absolute Perfektion walten zu lassen – eine wiederum kaum erkennbare Falte ihres Rockes auf Höhe der linken Hüfte glatt.

Ihr war anzumerken, dass ihr nichts lieber wäre, als nicht weiter belästigt zu werden, sprich, dass er einfach aufgeben und seiner Wege gehen würde, sodass sie in Ruhe ihre Schriftstücke aufhängen könnte.

Doch er blieb unverdrossen stehen.

»Um was geht es denn?«, fragte sie schließlich.

»Ja also, es geht um Gehaltsauszahlungen.«

»Aha, dann müssen Sie sich in jedem Fall an eine Person in der Verwaltung wenden«, informierte sie ihn sichtlich erleichtert. »Fragen Sie, wenn Sie dort sind, im Büro nach.«

Doch er folgte ihrem Hinweis nicht und fragte weiter. »Und… wo genau befindet sich die Verwaltung?«, wollte er wissen.

Sie traute ihren Ohren nicht! War der Typ ein vollkommener Idiot? »Ver-wal-tung!«, verdeutlichte sie wie für einen geistig Minderbemittelten.

Dann kam ihr der Gedanke, dass er vielleicht… genau so einer war. Und keiner sollte sagen, dass man in Lund nicht auf geistig Behinderte Rücksicht nahm. Also legte sie ihren Papierstapel auf den Marmorboden und nahm ihn entschlossen beim Arm. Sie zog ihn in Richtung Ausgang durch das Foyer und beförderte ihn mittels der Betätigung eines behindertengerechten Türöffners ans – mittlerweile als solches zu erkennende – Tageslicht.

Sie zeigte in bemüht pädagogischer Manier nach draußen. »Hier nach links – direkt gegenüber in der Paradisgatan. Es ist ein großes graues Gebäude. Sie können es nicht verfehlen, nicht mal einer von der Kriminalpolizei könnte es verfehlen!«

Dann signalisierte sie ihm unmissverständlich, dass sie nun absolut nicht länger bereit war, sich auf weitere Fragen einzulassen, ob er die Wegbeschreibung nun verstanden hatte oder nicht.

Die gewaltige Tür schlug mit einem heftigen Ruck hinter ihr zu.

»Super, vielen Dank«, sagte Sahlman, doch er stand bereits alleine da. Zu seiner Rechten erhob sich ein mittelalterliches Gebäude aus rotem Ziegel, und der trockengelegte Springbrunnen lag jetzt direkt vor ihm. Er erkannte den Platz wieder. Von hier aus wurden die Lieder der Studenten am Abend des 30. April zur Walpurgisnacht im Fernsehen übertragen – dem romantisch besungenen Frühlingsbeginn, wo sich das zarte Grün der Bäume entfaltete und alles so schön und problemlos war. Das Lied von den glücklichen Tagen der Studenten…

Die Wärme des Frühlings war jedoch längst Geschichte, und außerdem sollte er der Straße nach links folgen.

Nach einem kurzen Spaziergang über gefrorenen Kies und entlang einer weiteren kleinen Straße mit Kopfsteinpflaster stellte er fest, dass er richtig gegangen war. Die Verwaltung war in dem weit und breit einzigen Gebäude untergebracht, das keinen mittelalterlichen Ursprung hatte. Es stach mit seiner im Funktionalismus erdachten Betonfassade hervor, möglicherweise aus Protest gegen alles Mittelalterliche an sich oder gegen Zetterwalls Romantik des neunzehnten Jahrhunderts.

Schön war es nicht, doch das spielte für Sahlman und sein Anliegen keine Rolle. Hauptsache, er bekam die wissenschaftlichen Aufschlüsselungen, die er brauchte.

Als er an der Information fragte, erhielt er eine knappe Antwort von einer weiteren Dame, die im Gegensatz zu der vorherigen allerdings noch etwas verschlafen in ihrer gläsernen Kabine saß. »Wenden Sie sich an die Finanzabteilung.«

Er wollte gerade nachfragen, wo sich diese befand, als er feststellen musste, dass sie die Sprechluke schon wieder geschlossen und sich die Kopfhörer ihres Diktiergerätes bereits wieder in die Ohren gestöpselt hatte.

Mithilfe einiger Hinweisschilder in der Vorhalle fand er heraus, dass die Finanzabteilung in unmittelbarer Nähe lag. Ihre Diensträume begannen, genauer gesagt, bei einer der nächsten Türen auf dem angrenzenden Korridor.

»Ja sicher«, antwortete eine bedeutend hilfsbereitere junge Frau hinter einem erschreckend hohen Stapel mit Rechnungen und Computerausdrucken, nachdem er angeklopft hatte und sich erkundigte, »natürlich können wir Ihnen Auskunft geben. Um welche Fakultät geht es denn?«

»Fakultät?«

»Jaa?«

Spätestens jetzt wurde es ihm völlig klar. Er hätte wirklich nicht herkommen sollen. Sie hatten sogar eine völlig eigene Sprache hier. Was zum Teufel war eine Fakultät?

Diese Bücherwürmer sollten vielleicht den Versuch, sich in der Nachtclubszene von Helsingborg zurechtzufinden, bleiben lassen, doch er hätte besser ebenso darauf verzichtet, in ihr Universum vorzudringen.

»Ja«, sagte sie und versuchte ihm, so gut es ging, weiterzuhelfen. »Womit befasst sich die Person, die Sie suchen, denn? Naturwissenschaft, Technik, Medizin oder Humanwissenschaften?«

Sie warf ihm einen Rettungsring zu, den er dankbar entgegennahm.

»Er… gräbt.«

»Er gräbt?«

»Ja, er beschäftigt sich vermutlich mit Archäologie oder dergleichen.«

»Gut, dann ist es die humanistische Fakultät!«, stellte sie fest und lächelte ihm aufmunternd zu.

»Okay«, seufzte Sahlman und fragte sich für einen kurzen Moment, ob sie wohl die eindrucksvolle Kristallkugel auf ihrem Schreibtisch regelmäßig zu konsultieren pflegte. Für diese Art Auskünfte schien sie sie jedenfalls nicht zu benötigen.

»Das bedeutet, dass Sie sich zum Palais d'Ask begeben müssen«, klärte sie ihn willig auf.

»Wie bitte, Palädask?«

»Ja, es ist überhaupt nicht weit, nur die Straße hier draußen entlang und dann nach rechts runter. Wir sind nur zuständig für LTH, also die Technische Hochschule und die Naturwissenschaften.«

Der Kompliziertheit der Bürokratie waren offensichtlich keine Grenzen gesetzt, wie überall. Zumindest war sie ihm behilflich; sie machte sich sogar die Mühe, eine Karte über den gesamten Universitätskomplex hervorzukramen, auf der sie ihm den genauen Weg beschrieb und ihm nochmals versicherte, dass es tatsächlich nicht besonders weit war.

Sie hatte gut reden; sie musste sich die Rutschpartie über den gefrorenen Boden, der innerhalb der letzten Stunde mit einer ansehnlichen Schicht Neuschnee überzogen worden war, ja nicht antun!

In Helsingborg war der Schnee sicher längst weggetaut, und er begann sich allmählich nach seiner Heimatstadt zu sehnen.

Trotzdem bedankte er sich höflich für die Hilfe und machte sich auf den Weg.

Es erwies sich schnell, dass auch diese Frau ihm keine falschen Versprechungen gemacht hatte. Der Weg war wirklich nicht weit gewesen, und als er schließlich in dem bemerkenswerten kleinen Gebäude aus der Zeit der Jahrhundertwende stand – das nach der Fassade zu urteilen eher Menschen aus einem Kammerspiel von Strindberg als moderne Bürokraten zu beherbergen schien –, fand er wiederum eine gute Seele, die ihm schließlich genau die Informationen zu geben vermochte, die er benötigte. Und außerdem noch einen Becher frisch aufgebrühten Kaffee.

Vielleicht fand die Dame ihn attraktiv – er nahm es jedenfalls an –, denn sie bot ihm geradeheraus an, sich zu der kleinen Gruppe zu gesellen, die gerade ihren Vormittagskaffee mit ein paar Keksen zu sich nahm. Er begnügte sich jedoch damit, einen guten Eindruck zu machen, leerte seinen Becher, verabschiedete sich daraufhin höflich und ging.

Noch bevor die unerbittlichen Politessen auf die Falschparker losgelassen wurden, war er wieder auf dem Weg nach Norden. Und obgleich es erneut zu schneien angefangen hatte und Sahlman sich darauf konzentrieren musste, nicht zu schnell zu fahren, war er ziemlich zufrieden. Er fühlte sich, als wäre er auf einer *mission impossible* hinter Feindeslinien gewesen. Siegesgewiss rief er Linda Persson von seinem Autotelefon aus an, sobald er die Bucht von Landskrona passierte und sich wieder in heimischen Gefilden befand.

Sie waren bei ihrem letzten Gespräch so verblieben, dass es vermutlich das geringste Risiko mit sich brächte, wenn er zu Beginn der regulären Öffnungszeiten kurz einen Blick in die Festung warf, und jetzt hielt sie ihm die Tür auf, als wäre er ein fester Mitarbeiter des Museums.

Sicherlich hält sie mich noch immer für einen komischen Typen, dachte Sahlman. Nach den Ereignissen am Montagabend musste sie ja geradezu den Eindruck haben, dass er in der Tat ein bisschen verrückt war – ja, fast wichtigtuerisch, oder nicht? Und allein die Tatsache, dass er plötzlich ahnte, was sie über ihn dachte, führte dazu, dass er sich ganz von selbst wie in eine Nussschale zurückzog und damit seine eigene Prophezeiung bewahrheitete: Knut Schalenmann, zu Ihren Diensten!

Außerdem vermutete er, dass sie Schwierigkeiten mit seiner Art hatte, da sie selbst so vollkommen anders war. So... normal.

Sie gehörte bestimmt zu denen, die es sich zu Hause gemütlich machten, anstatt sich in Kneipen herumzutreiben. Und die sonntags mit dem Picknickkorb in den Wald zum Pilzesammeln fuhren, anstatt bis nachmittags um halb drei zu schlafen, um anschließend noch ein wenig verpennt den Rest des Tages zu vertrödeln. Ob sie überhaupt Single war? Er hatte keine Ahnung. Und, vor allem, was sagte das schon? Außerdem bin ich ja nicht deswegen hier, rief er sich in Erinnerung.

Es handelte sich schließlich um eine reine Dienstangelegenheit. Eine Ermittlung bezüglich eines denkbaren und möglichen Verbrechens. Und wo hielt sich übrigens dieser Direktor auf?

»Bosse kommt bald«, versicherte ihm Linda. »Er hat heute Morgen einen Termin im Kulturamt. Es wird ja bald Zeit, das Midvinterljus-Festival zu planen, wissen Sie?«

»Ja, jetzt schon? Ist es denn bereits wieder so weit?«, fragte er beiläufig. Er war in der letzten Zeit nicht besonders auf dem Laufenden, was das kulturelle Leben der Stadt betraf, abgesehen von der Barkultur natürlich, doch von dem Lichterfest im Spätwinter, das als hochheilige kommunale Begebenheit angesehen und von Aktivitäten im gesamten Stadtkern begleitet wurde, hatte selbst Sahlman schon gehört.

»Doch, man muss rechtzeitig die Planung beginnen, denn die Konkurrenz um die Zuschüsse ist heutzutage ziemlich groß«, informierte sie ihn. »Sie können sich nicht vorstellen, was für Typen es gibt, die alles tun, um sich die Gelder unter den Nagel zu reißen.«

Er lächelte mitfühlend, obgleich er eigentlich keine Ahnung hatte, wovon sie redete. »Wohin kann ich übrigens meine Sachen stellen?«, fragte er in etwas dienstlicherem Tonfall.

»Hier hinter den Tresen, hier hinein«, bedeutete sie ihm rasch.

Er schlängelte sich an ihr vorbei in die winzige Ecke hinter dem glaseingefassten Kassenbereich. Unfreiwillig berührte sein Oberschenkel ihre Hüfte, doch er merkte sogleich, wie sie sich weiter an die Wand drückte. Okay, hier war sein Typ nicht besonders gefragt. So einfach war das!

»Ja, eigentlich wollte ich mich erst nicht darauf einlassen, für die Zeit, in der Bosse im Kulturamt ist, allein im Museum zu sein«, nahm sie das Gespräch in etwas spitzem Ton wieder auf, »aber er hat versprochen, so schnell wie möglich zurückzukommen. Und dann hat er mich damit getröstet, dass *Sie* ja hier sein würden.«

Sahlman entschied sich, ihre Aussage positiv zu deuten, was seine Stimmung besserte.

Man wird sehen, dachte er leichtfertig, während er der Tasche mit dem Fuß einen Stoß versetzte und sie damit endgültig in den letzten Winkel unter dem Tresen verbannte. Gleichzeitig sah er sie verwundert an und zuckte in einer gut einstudierten Geste nonchalant mit den Schultern.

»Ist doch klar, dass ich bleibe«, sagte er in beschützendem Tonfall. »Es wird sowieso viel zu tun geben, wenn das hier funktionieren soll. Und ansonsten könnte ich mich ja ein wenig fortbilden. Ich habe ziemlich wenig Ahnung von dieser Festungsanlage, zugegebenermaßen.«

Das nahm sie ihm ohne weiteres ab. Der Gedanke an seine kulturelle Bildungslücke entlockte ihr ein kurzes Lachen. Da er bisher unbestritten keinen besonders informierten Eindruck gemacht hatte, legte sie drei ausführliche Broschüren vor ihm auf den Tresen.

»Ich setze in der Zeit einen Kaffee auf«, teilte sie ihm mit und verschwand in dem kleinen Büro.

Und Kaffee war das, was Sahlman jetzt wirklich zu schätzen wusste. Davon konnte man an einem feuchtkalten, verschneiten Wintertag wie diesem nie genug bekommen. Mit einem Seufzer des Wohlbefindens lehnte er sich in seinem Stuhl zurück, schlug die erste kulturhistorische Broschüre auf und hoffte, dass sich bis auf weiteres keine Touristen dazu entschließen würden, die vereiste Treppe zum Kärnan zu erklimmen.

Sahlman und Linda Persson waren letztendlich nicht nur einer, sondern mehrere Becher heißen Kaffees vergönnt, während er seine Lektüre fortsetzte. Er ließ sich ab und an bestimmte Fachausdrücke erläutern, und sie erklärte ihm die verschiedensten Zusammenhänge mit einer Hingabe, die ihm durchaus gefiel.

»Doch das Beste ist, dass andauernd neue interessante Details ans Licht kommen«, dozierte sie zwischen einzelnen Schlucken des wärmenden Getränks. »Jede weitere Untersuchung bewirkt, dass man ein deutlicheres und vollständigeres Bild davon erhält, wie das Leben im Mittelalter hier in Helsingborg ausgesehen haben muss.«

»Wie bei dieser Restaurierung, von der Sie neulich sprachen?«

»Genau!«, bestätigte sie ihm euphorisch.

»Es ist also gar nicht so ereignislos und trist hier, wie es den Anschein hat?«, entfuhr es ihm, bevor er sich der Bedeutung seiner Aussage bewusst wurde.

Doch Linda Persson reagierte nicht im Mindesten auf sein herabsetzendes Urteil über das Kulturmonument. Erfüllt von ihrer eigenen Erzählfreude klärte sie ihn unbeirrt auf. »Oh, nein, im Gegenteil!«, versicherte sie. »Eigentlich geschieht hier immer etwas Spannendes.«

Nicht untypisch für eine Situation wie diese, wurden plötzlich Schritte auf der Treppe laut, und, wie sollte es auch anders sein, Bo Jernback erschien als erster Störenfried in der Tür. Es war zwar erst halb elf, doch seine Zusammenkunft im Kulturamt schien offensichtlich beendet zu sein.

Damit erübrigte es sich für Sahlman, noch länger zu bleiben. Außerdem wartete man sicher bereits im Präsidium mit einer Menge Papierkram auf ihn, da er damit zugegebenermaßen ins Hintertreffen geraten war, seitdem er so viel unterwegs war. Joansson hatte irgendeine Bemerkung darüber fallen lassen, und Sahlman würde ihm genauso gut entgegenkommen können, anstatt hier zu sitzen und zu warten – tja, auf was auch immer sie warten würden.

Vermutlich würde sowieso nichts vor dem frühen Nachmittag geschehen, wenn er seinen Berechnungen trauen durfte.

»Hier«, sagte er und reichte Linda Persson einen handlichen kleinen elektronischen Piepser. »Piepsen Sie mich an, wenn etwas Unvorhergesehenes eintreffen sollte. Ich komme dann so schnell wie möglich.«

Bo Jernback schaute fragend von einem zum anderen und zog seine höchst fehlerhaften Schlüsse. Was war hier eigentlich während seiner Abwesenheit vor sich gegangen? Er hatte wohl vollkommen unnötigerweise die Zusammenkunft frühzeitig verlassen. Die beiden schienen sich ja ausgezeichnet zu verstehen.

Sie ahnten seine Gedanken, doch Sahlman zog es vor, den Direktor seinen Vermutungen zu überlassen und seinerseits die Festung zu verlassen. Er hatte nicht die Absicht, irgendetwas zu erklären.

Außerdem gab es ja nichts zu erklären.

Hill war dermaßen sauer auf Polizeidirektor Runsten, dass er kaum einen klaren Gedanken fassen konnte, und erst recht keinen, der mit seinem aktuellen Fall zusammenhing.

Wie sollten sie überhaupt weiterkommen, wo er ihnen definitiv einen Riegel vorgeschoben und das Ganze noch mit einer Schraubzwinge gesichert hatte?

Nach der ausgegebenen Dienstanweisung durften sie eigentlich nicht einmal mehr bei ihr anrufen – vorausgesetzt, sie entschieden sich nicht dafür, die Herausforderung anzunehmen und ihrerseits das Feuer zu eröffnen, also im Klartext, sich bei der Staatsanwaltschaft über ihn zu beschweren. In einer prekären Situation wie dieser würden sie allerdings nicht allzu große Aussicht auf Erfolg haben, besonders dann nicht, wenn sie den Zeitfaktor berücksichtigten. Ganz abgesehen davon, dass ihn und seinen Kollegen eine derartige Maßnahme in der künftigen Zusammenarbeit mit der Polizeileitung teuer zu stehen kommen würde.

Er hatte so richtig Lust, auf alles zu scheißen, sich einfach krankzumelden und tanzen zu gehen.

Tanzen?

Bäcker wollte doch gestern tanzen gehen, fiel es ihm ein. Und plötzlich wurde ihm klar, dass kein Harry Runsten der Welt ihn daran hindern können würde, unter Anwendung von Bäckers ausgeklügelter Methode seine Ermittlungen fortzusetzen. Ihm würde zwar von nun an die formale Grundlage für ein Gespräch mit Berit Nilsmed entzogen sein, doch es sprach noch lange nichts dagegen, ein bisschen Lex Bäcker in die Praxis umzusetzen, und zwar am Ausgangspunkt in Råå!

Diese Strategie hatte sich so wunderbar einfach angehört: sozusagen alles und nichts auf einmal auf sich wirken zu lassen. Sie erschien Hill so kinderleicht und voraussetzungslos, dass er sich keine besonderen Probleme bei der praktischen Umsetzung vorstellen konnte.

»Das ist das Gesetz, welches besagt«, hatte Bäcker erläutert, »dass sich Beweise und Indizien wie Ringe auf dem Wasser ausbreiten. In einer Art Witterungsradius, könnte man sagen. Bewegen Sie sich also immer vom Ort des Verbrechens aus in einem größer werdenden Umkreis. Nehmen Sie sich die Zeit, die Sie brauchen – achten Sie auf die unmittelbare Umgebung und nehmen Sie die Schwingungen, die Personen und ihre Aussagen hinterlassen, wahr. Und vor allem, lassen Sie sich von Ihrem Spürsinn leiten.«

Hill machte sich also auf den Weg und nahm Witterung am Ort des Verbrechens auf, genauer gesagt, an exakt dem Punkt, an dem Anne Smitts Auto – oder vielleicht sollte man eher sagen, Leif Nilsmeds – am Montagabend geparkt war.

Er vergrub die Hände in den Taschen, starrte einen Moment lang auf die gefrorenen Reifenspuren, die dank des nur zaghaften Schneefalls jetzt noch deutlich auf dem Boden zu erkennen waren, hob dann den Blick wieder und ließ die Stimmung auf sich wirken.

Es war unglaublich ruhig hier. Eine abgeschirmte kleine Welt, weit weg vom Lärm und der Hektik der Stadt. Hier würde es im Frühling in den kleinen Vorgärten der Reihenhäuser herrlich bunt blühen. Alles würde wie unberührt im Sonnenschein erstrahlen, als wäre nichts geschehen.

So müsste Catharinas und sein Kind aufwachsen können, kam ihm in den Sinn. In einer scheinbaren Idylle, mitten in der zunehmend harten Wirklichkeit, von der sie umgeben waren.

Die kalte frische Luft reinigte seine Gedanken, und er bemühte sich, die Eindrücke der Umgebung in sich aufzunehmen, als er schließlich seine Wanderung durch das immer weihnachtlicher wirkende alte Fischerdorf Råå begann.

Dieser einzigartige Ort mit der eigenartig altmodischen dänischen Gemütlichkeit, nach der sich gerade in der Weihnachtszeit so viele sehnten und die jedes Jahr erneut einen guten Grund bot, den Trubel möglichst früh zu starten.

Hill selbst befand sich in diesem Moment auch im Strudel seiner Gefühle. Da war einerseits dieser positive Stress, der ihn beflügelte, weil er vor einer entscheidenden Wendung in seinem Leben stand. Nichts würde – im Guten wie im Schlechten – so bleiben, wie es war, und irgendwie gefiel ihm der Gedanke.

Und andererseits lauerte der nagende, negative Stress: die Vorahnung, oder besser gesagt das intuitive Wissen darum, dass die Welle der Zyanidmorde möglicherweise noch nicht abgeklungen war.

Gårdeman und er hatten die Faktenlage und die daraus resultierenden Möglichkeiten wahrscheinlich viel zu früh am Morgen diskutiert, als sie beide noch nicht so richtig fit gewesen waren, den Schlaf noch in den Augenwinkeln. Hill wurde das unangenehme Gefühl nicht los, dass sich das Ganze als viel schwieriger erweisen würde, als sie es sich mehr oder weniger im Halbschlaf ausgedacht hatten.

Alles sah bestechend klar aus: Frau Nilsmed hatte die Geliebte ihres Mannes aus dem Weg geschafft und dann offenbar beschlossen, dass er ihr genauso gut folgen könnte, woraufhin sie auch ihn unverzüglich in die ewigen Jagdgründe verbannt hatte. Das Motiv für Mord Nummer eins: Eifersucht, die nur schwer von verletztem Stolz zu unterscheiden ist. Das Motiv für Mord Nummer zwei: ein unversöhnlicher Rachedurst, der aus einer zerrütteten Ehe resultiert.

Und damit würde man einen Punkt unter dieses höchst unerfreuliche Ehedrama setzen können.

Oder?

Jetzt brauchten sie nur noch die Ergebnisse aus dem Labor abzuwarten und die Daumen zu drücken, dass diese ihre Hypothesen bestätigen würden. Daraufhin könnten sie, ohne rechtswidrige Übergriffe und ohne dem Polizeichef auf die Füße zu treten, Frau Nilsmed für immer Einhalt gebieten.

So oder ähnlich – fröhliche Weihnachten!

Oder?

Hill war sich auf einmal nicht mehr so sicher. Es verhielt

sich doch so – laut Bäcker –, dass ein richtig tüchtiger Spürhund sich von seiner Nase leiten ließ? Und er hatte so ein rätselhaftes Gefühl, dass sie noch nicht am Ende ihrer Ermittlungen angelangt waren.

Vielleicht sollte er auch versuchen, ein letztes, vervollständigendes Gespräch mit dem Rentner aus Råå zu führen, dessen heimliche Leidenschaft Anne Smitt galt? Obgleich er von sich aus mit seinem Bekenntnis zur Polizei gegangen war, schätzte Hill seine innere Gefühlslage so konfliktbeladen und konfus ein, dass ebenso gut *er* derjenige gewesen sein könnte…

Hill war an die Kreuzung von Kielergatan und Rååvägen gekommen. Rechts von ihm lag der Friedhof von Råå, und direkt vor sich konnte er das immer stärkere Blautöne annehmende Wasser des Öresund erblicken. Heute war es nicht hellblau oder flaschengrün, wie er es am schönsten fand, sondern dunkelgrau bis blau und mit einer aufgewühlten, von Strömungen durchzogenen Oberfläche, die sich drohend kräuselte und ein bevorstehendes Unwetter ankündigte.

Er schüttelte sich und bog schnell um die Ecke nach Süden in den Rååvägen, die eigentliche Haupteinkaufsstraße des Ortes, in der es nun angesichts der Vorbereitungen für den großen Weihnachtsmarkt am kommenden Sonntag nur so brodelte. ICA, Konsum und die Apotheke sorgten gleichermaßen zusammen mit Föreningssparbanken und der örtlichen Post für ein reges vorweihnachtliches Treiben. Zwischen ihnen drängten sich malerische kleine Boutiquen und mondäne Bekleidungsläden zusammen mit Pizzerien und Bäckereien.

Fischereiausrüstungs- und sonstige Kramläden schienen eher weniger mit seinem Fall in Verbindung zu stehen, vermutete Hill, als er an den verschiedenen Geschäften im Stil der Jahrhundertwende entlangging und sich von der Wärme und dem Licht in ihren Schaufenstern angezogen fühlte.

Auch wenn seine neuerliche persönliche Fahndungsstrategie praktisch »alles und nichts« erlaubte, setzte er seinen Weg sicherheitshalber fort und versuchte stattdessen, so viele Informationen wie möglich so schnell wie möglich in seinem Gehirn abzuspeichern.

Er kam an die Ecke, an der *Pingvin Press AB* lag.

Eine Druckerei!

Anne Smitt war ja Übersetzerin gewesen und hatte sich offenbar sowohl um das Layout als auch um das Druckverfahren für die Instruktionshefte von Nilsmed gekümmert. Vielleicht war es zu weit hergeholt – und dennoch die beste Verbindung, die ihm bisher eingefallen war.

Außerdem konnten seine steif gefrorenen Zehen ein bisschen Wärme vertragen, und so stieg er die kleine Steintreppe hoch und öffnete mit einem resoluten Griff die schwere Holztür.

Er war der Polizist, der aus der Kälte kam.

Im Laden roch es nach Druckerschwärze, und irgendwo in den hinteren Räumen hörte er eine Maschine in einem gleichmäßigen, einschläfernden Rhythmus hämmern. Eine Druckerpresse? Oder vielleicht ein Hefter, der unzuverlässig lose Blätter in eine zusammenhängende, verständliche Schrift verwandelte.

Hill wünschte sich, dass es so einfach wäre. Alle losen Enden des Falles zusammenzuheften, ein klares Bild zu erhalten und das Ganze als fertig betrachten zu können.

»Ja? Womit kann ich helfen?«

Der Mann hinter dem Tresen war so unvermutet aus einem kleinen Nebenraum aufgetaucht, dass Hill sich in seinen Überlegungen überrumpelt fühlte.

»Oh! Ja, also, mein Name ist Hill. Kriminalkommissar Joakim Hill«, verdeutlichte er und zeigte zuvorkommend seinen Ausweis. »Ich würde Ihnen gern ein paar Fragen aufgrund einer Ermittlung stellen. Ist das in Ordnung?«

Als Hill eine kurze Notiz zu dem Laden in sein Heft

schrieb, schien der Mann richtig misstrauisch zu werden. Doch in so einer Situation reagierten die meisten ähnlich. Mit der Polizei sprechen zu müssen, war vielen Menschen unangenehm, selbst wenn sie eine weiße Weste hatten.

»Worum geht es denn?«, fragte der Mann hinter dem Tresen skeptisch und schaute sich den Ausweis genauer an, bevor er ihn Hill zurückgab.

»Es geht um eine Frau, die am Montagabend in Råå gestorben ist. Sie wurde in ihrem Auto dort hinten in der Kielergatan gefunden.«

»Ach so, die!«

Hill wurde etwas wärmer an den Füßen, und zugleich schöpfte er Hoffnung. Die Strategie funktionierte offenbar! Hier gab es eine Verbindung, und hätte er nicht seinen Spürsinn eingesetzt, so hätte diese sich ihm vielleicht nie aufgetan. Bäcker würde stolz auf ihn sein!

»Ja, genau«, sagte er. »Bezüglich dieses Falles möchte ich Ihnen einige Fragen stellen. Sie arbeitete ja in der… Publikationsbranche, so könnte man es wohl nennen. Und Sie kannten sie also?«

Der Mann hinter dem Tresen hatte katzengrüne Augen, die Hills Blick ohne zu blinzeln erwiderten.

»Nein.«

»Aber ich dachte, Sie sagten, dass Sie die Frau kannten?«, versuchte es Hill erneut, der die abrupte Wendung des Gesprächs missbilligte.

»Nein«, korrigierte ihn der Inhaber der Druckerei wahrheitsgemäß. »Ich sagte nicht, dass ich sie kannte. Ich sagte nur, dass ich gehört habe, dass sie an dem Abend da hinten in ihrem Auto gestorben ist.«

Genau wie jeder andere hasste Hill eine einwandfreie Logik, wenn sie das eigene Wunschdenken so offensichtlich widerlegte.

»Sie gehörte also nicht zu Ihren Kunden? Und ließ nicht bei Ihnen ihre Übersetzungen drucken?«

»Nein.«
»Niemals?«
»Nein.«
»Sicher?«

Der Mann begann, etwas verlegen zu lächeln.

»Okay, ich bin vielleicht kein Genie, aber wenn wir mit einer Braut, die so aussah wie sie, Geschäftsverbindungen unterhalten hätten, dann wäre es mir, verdammt noch mal, sofort eingefallen!«

Hill nickte verlegen. »Natürlich. Aber Sie wissen, wer sie war, und so?«

»Wie ›und so‹?«, fragte der Mann erneut misstrauisch.

»Ich meine, haben Sie mit ihr geredet? Wenn Sie sie zum Beispiel auf der Straße getroffen haben, rein zufällig?«

»Nein.«

»Na gut«, seufzte Hill und steckte sein Notizheft und den Ausweis wieder ein. Er fühlte sich von seinem so genannten Spürsinn vollständig getäuscht.

»Nein«, verdeutlichte der Mann ein letztes Mal, als Hill bereits die Hand auf die Türklinke gelegt hatte, »ich habe sie nur manchmal vorbeigehen sehen, mit ihrem dicken Bauch und so!«

»Okay, danke für die Hilfe«, sagte Hill und stapfte wieder in die Kälte hinaus.

Die üblichen eingefahrenen Phrasen, die man alltäglich austauschte, kamen ihm in diesem Moment höchst eigenartig vor. Ihm war überhaupt keine Hilfe zuteil geworden, und dennoch wäre es ziemlich unhöflich gewesen, sich nicht für etwas zu bedanken, was er gar nicht bekommen hatte!

Der Schneefall wurde jetzt immer dichter. Die winzigen Flocken, die eben noch vom Himmel gerieselt waren, hatten sich mittlerweile zu größeren, makellosen Eiskristallen vereinigt, die sich unmerklich schnell wie eine weiße Decke über Straßen und Häuser ausbreiteten.

Autos kamen langsam angefahren und wurden in die Parklücken für Kurzparker am Bürgersteig gelenkt, aus denen sie nach Ablauf der Zeit wieder herausfuhren, wobei sie deutliche Spuren im Schneematsch hinterließen.

Die Leute in Råå waren trotz des Schneefalls emsig unterwegs, oder vielleicht gerade deswegen. Sie bewegten sich schlitternd die Fußwege entlang, grüßten einander und blieben hier und da auf einen kleinen Plausch stehen. Die weihnachtliche Atmosphäre nahm mit jeder kristallenen Flocke, die vom Himmel segelte, zu, und mitten im Getümmel konnte Hill zwei junge Mädchen ausmachen, die etwas aus den Körben an ihren Armen verkauften. Es hätte ihn nicht im Mindesten gewundert, wenn es sich um gewöhnliche Pfefferkuchen gehandelt hätte, die sie in der allgemeinen Feststimmung zu Zuckerbäckerpreisen anboten.

Keiner schien den Polizisten in ihm zu erkennen, wie er da etwas in Gedanken versunken in seiner wollenen Winterjacke an der Straßenkreuzung stand und nach allem und nichts Ausschau hielt. Er sah mehr aus wie… ein Angestellter der Stadtverwaltung. Die Leute beachteten ihn nicht weiter und gingen ihrer Wege, und genau wie der Rentner so intensives Interesse an Kommentaren über Anne Smitt gezeigt hatte, bemühte er sich jetzt, ihren vereinzelten Gesprächen zu lauschen, in der verzweifelten Hoffnung, auf diesem Wege zumindest irgendeine verwertbare Kleinigkeit zu erfahren.

»Kallt drauße hoid.«

»Jau! Wärklich!«

»Hädd ech nich Moder ehrn Pels geleehn, wör ech äfroorn!«

Das war jedenfalls nicht besonders aufschlussreich.

Die Mundart der Einheimischen war kaum nachvollziehbar für einen, der nicht in Schonen geboren war.

Doch Hill verstand, was sie sagten.

Sie hatten Recht, es war furchtbar kalt draußen heute, beinahe so, dass man wirklich erfror, bestätigte er innerlich die jungen Mädchen an der Bushaltestelle. Und er selbst wünschte sich ebenso, von irgendjemandem einen Pelz ausleihen zu können, so wie sie es getan hatten, wenn auch nicht unbedingt den von seiner Mutter.

Nein, das hier bringt mich nicht sonderlich weiter, dachte er pessimistisch und begann sich zu fragen, ob es nicht sinnvoller wäre, unmittelbar zum Präsidium zurückzufahren.

»Kaufen Sie Weihnachtsküsse! Fünf Kronen das Stück!«

Die Mädchen mit ihren bunt geschmückten Körben unterm Arm standen jetzt direkt gegenüber auf der anderen Straßenseite, sodass er deutlich ihre eifrigen Aufforderungen an die Passanten hören konnte.

»Unterstützen Sie unsere Klassenfahrt! Kaufen Sie einen Weihnachtskuss, für nur fünf Kronen!«, riefen sie mit durchdringenden Stimmen.

Sie wirkten geradezu aufgekratzt. Als existierte in ihren jungen Herzen nicht der geringste Zweifel daran, dass sie innerhalb kürzester Zeit tatsächlich das Geld für ihre ersehnte Reise zusammenhaben würden.

Eine Oma kaufte drei Stück. Sie würden eine nette Ergänzung zu den Kleinigkeiten im Nikolausstiefel der Enkelkinder abgeben. Hausgemacht und hübsch eingewickelt in rote und grüne Folie, waren die Küsse nahezu unwiderstehlich. Und gleichzeitig unterstützte man auf diese Weise noch die bedürftigen, so eifrig bemühten jungen Mädchen!

Die Mädchen knicksten etwas steif, legten die eingenommenen fünfzehn Kronen behutsam ins Portemonnaie und riefen aufs Neue ihre Weihnachtsküsse aus. Als sie Hill auf der anderen Straßenseite erblickten, überzeugten sie sich rasch, dass kein Auto angeschlittert kam, und überquerten dann blitzschnell die Fahrbahn, die nun unter einer merklich dicker gewordenen Schneeschicht lag.

Die Bediensteten der Stadt waren schon immer gute Kunden gewesen, denn sie hatten es oftmals so eilig, dass sie ihnen sogar das Wechselgeld überließen. Nach den Berechnungen der Mädchen hatte ein normaler Angestellter im Durchschnitt mindestens fünfundsechzig Kronen Kleingeld lose in den Taschen liegen. Und hatte man das Geld erst einmal griffbereit, so war es in den meisten Fällen auch leicht ausgegeben!

»Lieber Onkel, kaufen Sie einen Weihnachtskuss!«, zwitscherten sie ihm einschmeichelnd zu, wobei sie keinerlei Probleme damit hatten, ihn mit der betulichen Anrede völlig zu blamieren. »Unterstützen Sie unsere Klassenfahrt!«

Hill ließ sich von ihrer guten Laune mitreißen. Wahrscheinlich würden sie mit ihrem ausgeprägten Verkaufssinn tatsächlich ihr Ziel erreichen.

Er suchte in seiner Jackentasche nach Kleingeld.

Die Mädchen witterten sofort ihre Chance. »Seien Sie so nett, kaufen Sie zwei!«, lockten sie ihn. »Sie kosten nur fünf Kronen das Stück, kaufen Sie vier!«

Kicher, kicher.

»Okay, dann gebt mir zwei Weihnachtsküsse«, sagte Hill und spitzte scherzhaft den Mund zu einem Kuss.

Die Mädchen lächelten entzückt, hatten die Lage jedoch souverän unter Kontrolle. »Ach so, diese Sorte möchten Sie?«, fragte die ältere der beiden kess. »Okay, dann macht es aber fünfzig Kronen pro Stück!«

Hill wurde den Eindruck nicht los, dass er sich gerade ziemlich in die Nesseln gesetzt hatte.

Er hatte sich in ihrer kindlichen Vorstellungswelt völlig getäuscht. Sie waren keineswegs so klein oder unschuldig, wie er es angenommen hatte. Obgleich sie erst zwölf, dreizehn Jahre alt waren, wirkten sie schon wie wandernde Kleinunternehmer, die sich erstaunlich gut mit dem Prinzip von Angebot und Nachfrage auskannten.

»Nein, nein, ich möchte doch lieber zwei von denen in Folie, bitte!«, berichtigte er sich schnell und räusperte sich geniert.

Sie bekamen ihren goldenen Zehner, hüpften kichernd auf

staksigen Mädchenbeinen weiter die Straße entlang und überließen ihn seinen leuchtend bunten Süßigkeiten.

Zum Glück hatten sie keine Ahnung, welchen Beruf er ausübte! Er hatte ja nicht im Traum gedacht …!

Um sich irgendwie abzulenken, begutachtete er ausgiebig die verführerische Verpackung, während die Röte langsam aus seinem Gesicht wich. Er öffnete eine der knisternden Folien und betrachtete den Weihnachtskuss näher.

Dieser entpuppte sich als ein appetitliches, etwas ungleichmäßiges, selbst gefertigtes Schokoladenpraliné mit einer geheimnisvollen Füllung, das unheimlich lecker aussah! Hill hatte Lust, es sofort in den Mund zu stecken, hielt sich jedoch zurück. Nach dem peinlichen Erlebnis von eben erschien ihm der Genuss fast unmoralisch. Also steckte er beide Küsse in die Jackentasche, die nicht mit Wechselgeld angefüllt war, und ging zurück zum Auto.

Doch dieses merkwürdige Gefühl wurde er nicht los.

Das Gefühl, als hätte die Lex Bäcker entgegen seiner Überzeugung doch funktioniert, und er hatte tatsächlich etwas Wichtiges, vielleicht sogar Entscheidendes hier in Råå entdeckt.

Die Frage war nur – was?

## 14:29:55

Der Alarm von Linda Persson kam früher als erwartet. Es war gerade erst halb drei.

Sahlman war verwundert, aber dennoch vorbereitet. Er hatte seine Vorgehensweise bereits mit Joansson abgesprochen, der seinerseits natürlich aufs Lebhafteste protestiert hatte.

»Es kommt überhaupt nicht in Frage, dass du dich alleine dort hinbegibst, Knut«, hatte er empört vorgebracht. »Du weißt genauso gut wie ich, wie die Dienstvorschrift lautet! Ein Polizist startet niemals eine Fahndung auf eigene Faust – insbesondere dann nicht, wenn es sich um eine Tätergreifung handelt.«

»Aber wenn ich das hier nicht alleine erledige, wird es nie funktionieren!«, wandte Sahlman ein.

»Funktionieren und nicht funktionieren!«, schnaubte Joansson beinahe philosophisch.

»Genau so ist es aber. In diesem Fall habe ich praktisch keine andere Wahl, als mich allein auf den Weg zu machen. Es lässt sich aufgrund der besonderen Beschaffenheit der Festung nicht anders planen, und natürlich hängt es sowohl mit der Natur des Verbrechers als auch des Verbrechens an sich zusammen.«

»Es ist in jeder Hinsicht völlig unverantwortlich!«

»Aber versetz dich doch mal in die Lage des Museumspersonals«, beharrte Sahlman. »Wir müssen dafür sorgen, dass die Angestellten so bald wie möglich wieder sichere Arbeitsbedingungen erhalten!«

»Es gibt keine so genannten ›sicheren Arbeitsbedingungen‹, das solltest du wohl am besten wissen. Das da draußen gleicht einem Dschungel!«, konterte Joansson wie in einem schlechten Dialog einer amerikanischen Polizeiserie.

»Ach komm schon! Für uns vielleicht. Aber für das Museumspersonal? Bestimmt nicht!«, gab Sahlman zurück und machte eine wegwerfende Geste mit der Hand. »Du siehst entschieden zu viel fern, Joansson. Das bekommt dir gar nicht gut. Am Ende gruselt es dir noch vor deinem eigenen Schatten.«

Doch Joansson wollte sich nicht so leicht geschlagen geben, und Sahlman musste große Überzeugungsarbeit leisten, um ihn umzustimmen.

»Außerdem befinden sich die Mitarbeiter des Museums ja während der ganzen Zeit unten im Foyer. Sie können euch doch alarmieren, wenn etwas … schief gehen sollte.«

»Es *darf* nichts schief gehen!«, prägte Joansson ihm mit scharfer Stimme ein und schaute ihn dabei böse über den Rand seiner Lesebrille an, als gälte es, ihm auf diese Weise die Bedeutung seiner Ermahnung regelrecht einzubläuen.

Sahlman war ein routinierter Fahnder, der wusste, dass es manchmal notwendig war, sich die Vorschriften ein bisschen zurechtzubiegen, wie man hin und wieder oben in der Verwaltung zu sagen pflegte.

»Bedeutet das okay?«, vergewisserte sich Sahlman und hoffte, dass die Diskussion endlich zu seinen Gunsten entschieden wäre.

»Vielleicht.«

»Was heißt vielleicht?«

»Wenn du dich einen Augenblick lang für mich an die Rezeption setzen würdest? Ich müsste einige Angaben unten im Archiv überprüfen.«

»Abgemacht!«

Am Vormittag war es im Präsidium hektisch zugegangen. Bedingt durch die extrem schlechte Wetterlage waren viele Beschwerden bezüglich ungestreuter, spiegelglatter Gehwege, Eiszapfen, die lebensgefährlich von Dachrinnen hingen, und dergleichen eingegangen. Doch Sahlman, der in seiner polizeilichen Laufbahn schon einiges erlebt hatte, war damit einverstanden, Joansson als Gegenleistung für eine kleine Weile zu vertreten.

Das Einzige, was ihm wirklich Schwierigkeiten bereitete, war der Umgang mit dem Afrikaner.

Enduro Babele hielt sich jetzt den zweiten Tag in Folge im Präsidium auf und wartete genauso geduldig wie schon seine Vorfahren vor Tausenden von Jahren. Einen Anlass zum Warten hatte es immer gegeben: auf Regen, auf die Ernte – oder letztlich auf Gerechtigkeit. Und so hatte sich die Fähigkeit, ganz einfach abzuwarten, über Generationen hinweg weitervererbt; Enduro bildete in dieser Hinsicht nicht die geringste Ausnahme.

Gestern Nachmittag war es seinem Empfinden nach im Foyer ziemlich chaotisch zugegangen. Er hatte nicht ganz genau verstanden, um was es im Einzelnen ging, doch fand er es spannend. ›Großeinsatz‹ hatte er aufgeschnappt, und das in diesem nüchternen, sonst so friedlichen Land. Völlig untypisch für die Gewohnheiten der Schweden war man im Eingangsbereich hektisch hin und her gelaufen und hatte keine Zeit für ein Anliegen wie das seine erübrigen können.

Aus diesem Grund hatte er auch in den darauf folgenden Stunden nicht die Möglichkeit erhalten, mit jemandem zu sprechen, so dass er schließlich höflich »Sehr gute Nacht« gesagt und das Präsidium ungefähr mit Büroschluss verlassen hatte.

Am nächsten Morgen stand er jedoch wieder pünktlich um acht Uhr mit seinem blendend weißen Lächeln auf der Schwelle zum Foyer, um mit souveräner Selbstsicherheit im selben Besucherstuhl Platz zu nehmen und sein Warten fortzusetzen.

Enduro fühlte sich inzwischen richtig wohl bei der Polizei. Er hoffte zwar, dass er seine dauerhafte Aufenthaltsgenehmigung so bald wie möglich erhalten würde, doch selbst danach würde er öfter hierher zurückkehren – zu seinen Freunden im Polizeipräsidium.

Wenig Ahnung hatte er allerdings davon, dass der Terminus ›so bald wie möglich‹ innerhalb der schwedischen Bürokratie einen willkürlichen Zeitraum von ungefähr drei Monaten bis zu fünf Jahren umfasste. Unter gewissen Umständen auch noch länger.

Jetzt saß plötzlich ein anderer Polizist hinter dem Informationstresen, und er erschien ihm in der Tat etwas überfordert. Als wäre er nicht ganz so vertraut mit der Arbeit wie der vorherige – der richtige Chef. Doch Enduro tat sein Bestes, um den großen blonden Mann hinter der Glasscheibe aufzumuntern. Er setzte sein allerfreundlichstes Lächeln auf und streckte in einer optimistischen Geste seinen dunkelbraunen Daumen in Richtung Decke, sobald sich ihre Blicke trafen.

Sahlman, der sich mit der Bedeutung afrikanischer Gebärden nicht auskannte, kam unweigerlich der Gedanke, ob er jetzt vollends von bösen Mächten heimgesucht würde.

Erst Gespenster und nun das! Was würde ihm als Nächstes widerfahren?

Der Anruf von Linda erschien ihm fast wie eine Erlösung.

In der Innentasche seines Jacketts begann es auffordernd zu piepsen, und sicherheitshalber hatte er zusätzlich die Vibrationsfunktion eingestellt. Sahlman rief Joansson über Intercom aus dem Archiv zurück und warf sich den Mantel über, noch bevor dieser die Treppe hochkam. Er trat hinter dem Tresen hervor, um losspurten zu können, sobald die Ablösung erschien und stampfte bereits ungeduldig mit den Füßen auf den Boden.

Enduro Babele war gespannt, was nun wieder passieren würde, und stand ebenfalls auf. War er vielleicht endlich an der Reihe? Er näherte sich dem großen blonden Polizisten mit der exklusiven Kleidung.

»*Is it time now?*«, fragte er voller Hoffnung. »*We can go… upstairs?*«

Er zeigte nach oben und meinte damit die hochheiligen Säle der Entscheidungsfindung in der Abteilung für Ausländerfragen.

»Wie bitte?«

Sahlman starrte den Afrikaner verständnislos an, bis es ihm endlich dämmerte.

»Nein, nein. *No time! Please sit down and wait.*«

»*But you will go now yourself?*«, fragte Enduro interessiert.

»*Yes!*«

»*Where? To catch a thief?*«

Sahlman konnte nicht umhin, die aufrichtige Offenheit des Schwarzen zu schätzen. Er war neugierig und versuchte es nicht im Mindesten zu verbergen. Geradezu erfrischend!

In diesem Augenblick kam Joansson schnaufend die Treppe hoch und nahm seinen Platz hinter dem Informationstresen wieder ein. Sahlman überließ ihm dankbar jegliche weitere Verantwortung und verwies Enduro mit einer charmanten Geste in Richtung des Glaskastens, während er selbst sorgfältig sein Halstuch unter dem Kinn knotete.

Endlich Zeit für ein bisschen *action*!

»*No, not to catch a thief*«, erklärte er Enduro im Vorbeigehen. »*To catch ghost!*«

Die Bedeutung dieser Entsetzen einflößenden Information sickerte nur langsam in das Bewusstsein des Afrikaners und ließ ihn mit fragender Miene zurück, als Sahlman dem Präsidium längst mit schnellen Schritten enteilt war. Hatte er denn völlig missverstanden, wofür dieses Land stand?

Der Bericht aus der Gerichtsmedizin traf eine Viertelstunde vor Hill in seinem Büro ein.

Er lag bereits auf seinem Schreibtisch, als er die Jacke auf den Bügel hängte und die erlesenen Weihnachtsküsse neben dem Behälter mit den Stiften ablegte.

Später vielleicht, dachte er, wenn er sich von seinem peinlichen Erlebnis mit den beiden jungen Mädchen ein wenig erholt hätte, würde er die Pralinen bei einem schönen heißen Kaffee kosten.

Dann fielen ihm die Dokumente auf der Schreibtischunterlage ins Auge und sorgten für weitere Ablenkung. Mit einem Kribbeln in der Magengegend widmete er sich Anderbergs gerichtsmedizinischen Erkenntnissen zum aktuellen Mordfall.

Man hatte dieselbe Sorte Stanniolpapier im Papierkorb in Nilsmeds Arbeitszimmer gefunden wie zuvor in Anne Smitts Auto. Daraufhin hatte man aus nahe liegenden Gründen angenommen, dass das Zyanid in beiden Fällen in Schokolade eingeschlossen gewesen sein muss.

Die Techniker hatten tatsächlich Reste von Schokolade auf Leif Nilsmeds Untertasse gefunden und darüber hinaus eine Schale mit Pralinen, die auf dem Glastisch im großen Salon gestanden hatte, in Verwahrung genommen.

Enttäuschenderweise hatte sich gezeigt, dass die Pralinen ausschließlich Schokolade enthielten. Ganz gewöhnliche Bitterschokolade. Als Hill den Kriminaltechniker in der Gerichtsmedizin bezüglich näherer Erläuterungen zurückrief, bestätigte ihm dieser, dass man auch kein anderes Resultat erwartet hatte.

»Die sicherste Art, jemanden mit einem so starken Gift umzubringen, ist, die tödliche Dosis in ein einziges, dafür bestimmtes Medium einzubringen. Dann gilt es nur noch darauf zu achten, dass tatsächlich derjenige es zu sich nimmt, für den es bestimmt ist – und nicht aus Versehen ein anderer«, erklärte Anderberg.

»Ein ganzer Schokoladenkuchen zum Beispiel wäre demnach ausgeschlossen?«

»Nichts ist ausgeschlossen. Aber das Risiko, weitere Menschen zu töten – oder einen anderen, als man beabsichtigt hat –, erhöht sich eben mit zunehmender Prädestination des Trägers.«

Jetzt sprach also auch Anderberg von Trägern, und noch dazu von prädestinierten!

Hill konnte sich für ungewöhnliche Termini begeistern. Einer, den er besonders witzig fand, war ›sammelbar‹. Er war ihm das erste Mal aufgefallen, als Catharina und er zusammen ein Geschenk für das Kind einer Freundin aussuchen wollten. Dabei stach ihnen ein frecher kleiner Außerirdischer aus buntem Plastik ins Auge, der auf einem ansprechend dekorierten Regal thronte, doch der niedliche Gefährte sollte ein Vermögen kosten. Und das vermutlich nur deswegen, weil die Verpackung mit dem mehr oder weniger genialen Verkaufsargument *collectible* versehen war.

Hill hatte sich schon damals gefragt, welche Gegenstände eigentlich nicht sammelbar waren. Selbst Elefanten erschienen ihm sammelbar, wenn nur die Motivation, der Platz und natürlich das Portemonnaie groß genug waren! Im Moment fragte er sich gerade, ob nicht sein eigenes Zuhause demnächst auf eben diese Weise von kleinen, sammelbaren Plastikfiguren bevölkert werden würde, und er musste zugeben, dass ihm der Gedanke irgendwie gefiel, auch wenn er ihn vom Thema ablenkte.

»Okay, das Wahrscheinlichste ist – wenn tatsächlich *sie* die Morde begangen haben sollte –, dass sie also das Gift in jeweils nur ein Praliné injiziert hat«, folgerte Hill nachdenklich und bemüht, zum Thema zurückzukehren.

»Ja, es sieht ganz danach aus.«

»Berichtige mich, wenn ich falsch liege«, setzte Hill hinzu, »aber weist das nicht auch darauf hin, dass sie sich zu unterschiedlichen Zeitpunkten für die Morde entschieden hat und jeweils nur einen begehen wollte? Sonst hätte sie ihren Mann ja genauso gut am selben Tag wie Anne Smitt ermorden können, oder nicht?«

»Ja, das erscheint logisch«, bestätigte ihn Anderberg.

»Leider, denn ich bin eigentlich überhaupt nicht begeistert von weiteren Implikationen. Das könnte nämlich bedeuten, dass sie ein weiteres Mal morden wird, ich meine, sobald irgendwer ihre Pläne durchkreuzen sollte.«

»Wenn es sich nun tatsächlich um die betreffende Person handelt, und wenn sie noch mehr Gift besitzen sollte, würdest du sie dann festnehmen?«

»Vielleicht«, antwortete Hill, während er mit zunehmender Unruhe an das vom Polizeichef verhängte Verhörverbot dachte. Aus irgendeinem Grund sagte er Anderberg jedoch nichts davon. »In jedem Fall binden diese Indizien mit größter Wahrscheinlichkeit das Gift an das Nilsmedsche Heim. Das vermute ich jedenfalls. Ich werde gleich den Staatsanwalt anrufen und abklären, ob nicht diese Tatsache den Verdacht erheblich stärkt.«

»Okay, viel Erfolg! Ich werde unterdessen eine konfiszierte Ladung Ecstasy analysieren.«

»Na, dann viel Spaß!«

Ein Gespräch, das vermutlich in die Warteschleife umgeleitet worden war, richtete Hills Aufmerksamkeit erneut aufs Telefon und hielt ihn von seinem Vorsatz ab, sofort mit der Staatsanwaltschaft in Verbindung zu treten.

»Hill«, meldete er sich abwesend.

»Hallo, hier ist noch einmal Bengt Månsson«, hörte er die sachliche Stimme des Arztes am anderen Ende der Leitung. »Jetzt habe ich mich ein wenig ausgeruht, und ich schätze mal, dass du an den neuesten Laborbefunden interessiert bist.«

»Ja, klar, schieß los!«

»Die Ergebnisse bezüglich des Mund- und Mageninhalts von Anne Smitt sind gerade hereingekommen. Sie stimmen mit den Spuren der Substanz, die man in Nilsmeds Mundwinkeln gefunden hat, überein.«

»Schokolade?«, schlug Hill vor, als sein Anrufer gerade Luft holte. »Gewöhnliche Bitterschokolade!«

»Hää? Woher weißt du das?« Månsson hörte sich völlig geschockt an.

»Weil es mit unseren eigenen Resultaten übereinstimmt«, teilte Hill ihm schadenfroh und gleichzeitig ungemein befriedigt mit.

»So, tut es das?« Månsson klang jetzt regelrecht enttäuscht. Es galt besonders in akademischen Kreisen als Ehrensache, die neuesten Ergebnisse einer Untersuchung als Erster vorweisen zu können.

»Ja, unsere Techniker haben bereits die Schokoladenspur isoliert, und sie erscheint ihnen durchaus tragfähig«, sagte Hill genüsslich. »Denn die dunkle Sorte Schokolade wurde ja nicht umsonst Bitterschokolade genannt, oder? Eigentlich ist sie als Trägersubstanz geradezu prädestiniert.«

Månsson war unerwartet still geworden. Er konnte nicht umhin, sich seine Niederlage in diesem merkwürdigen männlichen Kompetenzgerangel einzugestehen, das natürlich offiziell überhaupt nicht zwischen ihnen existierte.

»Okay«, schloss Hill und spürte, wie ihn die Müdigkeit wieder einholte. Vielleicht wäre es doch besser, sich in Zukunft etwas mehr Schlaf als in den letzten Nächten zu gönnen?

»Ja, dann viel Erfolg, und grüß Catharina von mir«, sagte Månsson abschließend, und in Hills Ohren klang es merkwürdig aufdringlich.

»Ja klar, werd ich machen«, antwortete Hill automatisch. Doch seine Augen begannen plötzlich diabolisch zu leuchten. »Ach Bengt, eins muss ich dir noch erzählen. Catharina und ich erwarten ein Kind!«

Er konnte nur schwer ein schelmisches Kichern unterdrücken, das erst lange nachdem er den Hörer aufgelegt hatte abebbte.

Das böse Grinsen noch auf den Lippen, streckte er sich unbewusst nach einem der verlockenden Pralinés auf seinem Schreibtisch. Als er jedoch die Folie entfernen wollte, fielen ihm die Ausführungen Anderbergs wieder ein, und das Naschwerk verlor plötzlich jeglichen Reiz.

Der Terminator begann sich zu fragen, ob nicht, verdammt noch mal, sowieso alles längst zu spät sei.

Er hätte weitaus mehr damit gewonnen, rechtzeitig in Helsingborg zu sein, als er vor den anderen zugeben wollte, doch es war fast unmöglich gewesen, von Stickan und seinen Leuten da oben in Göteborg wegzukommen.

Als nach dem einleitenden Stellungskrieg gestern Abend das Eis endlich gebrochen war, konnte man sichtlich zusehen, wie der Chef der Redskulls zu seiner gewohnten, gemütlichen Persönlichkeit zurückfand. Er war mehr als zufrieden, den Terminator nun wieder als hoch geschätzten Geschäftspartner neben sich zu wissen.

Dass sein Spürhund Skull noch vor fünf Minuten mit seinen *slashers* Witterung aufgenommen hatte, kümmerte Stickan nicht im Geringsten: neues Spiel, neues Glück! Also versuchte er, den Kollegen aus Schonen für das Geschäft mit den kolumbianischen Händlern am folgenden Tag zu gewinnen, während er dem Terminator den zweiten selbst gebrannten »Christer Pettersson« anbot. Ganz nebenbei vertraute er ihm an, dass er nicht der Fitteste im Spanischen war.

Der Terminator konnte dieses Teufelszeug einfach nicht ablehnen. Dennoch missfiel ihm der Gedanke, nur des Schnapses wegen die Waffen strecken zu müssen, zumindest solange sich so ein Typ wie Skull im Hintergrund aufhielt und noch viel Wasser den Götaälven hinunterfließen musste, bis sich das Misstrauen gegen ihn legen würde.

»Das ist wirklich ein… tolles Angebot. Aber, wie ich schon sagte, habe ich ein paar eigene Sachen am Laufen«, wich der Terminator aus und prostete seinem Gastgeber zu.

Die Wahrheit war, dass er am liebsten nichts mit dem ganzen Scheiß zu tun haben wollte. Wenn Stickan nun unbedingt Schnee importieren wollte, dann war das seine Sache; doch was Geschäfte mit Kolumbianern anging, so konnte der Schuss ziemlich nach hinten losgehen. Es kursierte das Gerücht, dass sie besonders heimtückisch waren, und Eingeweihte meinten sogar, selbst die Russen seien im Vergleich zu ihnen knuddelige Teddybären.

»Okay, aber es war vvverdammt gut, dassu da warst«, meinte Stickan und grinste ziemlich angeheitert.

Er leerte seinen Schnaps in einem Zug und hatte dem Terminator, der es für gewöhnlich langsam angehen ließ, damit drei kleine Teufel voraus. Warum die Kontrolle über sich selbst verlieren und Scheiße labern? Es war tausendmal besser, wenn er das den anderen überließ.

»Aber ich musssagen, dasses«, lallte Stickan weiter und unterbrach sich nur für einen kleinen Hickser, »ein vvverdammt intresssantes Projekt iss, wassu da in Malmö am Laufen hast.«

»Mmm«, stimmte ihm der Terminator diplomatisch zu, sah jedoch von weiteren Kommentaren ab.

Stickan schlug sich energisch auf die ledernen Schenkel und richtete sich mühsam auf. Allmählich gewann er die Kontrolle über seine Beine und unterbreitete dem Gast selbstgefällig seine Pläne.

»Wie gesagt, Hassse. Wennu die Sache ins Rolln gebracht hast, reden wir wweiter. Vielleicht können wwir die Aktion nochn bissschen ausweiten, na ja – aber jetzt wollln wires erssmal rrrichtig lustig ham!«

Raymond und Kåge gefiel der Vorschlag offensichtlich, denn sie schauten erwartungsvoll auf. Endlich würden auch sie auf ihre Kosten kommen und sich einen Besuch in Göteborg, der ganz nach ihrem Geschmack war, genehmigen. In unmittelbarer Nähe lag ja schließlich Avenyn: ein Restaurant neben dem anderen und massenhaft Mädchen, die warteten. Warteten auf potente Männer mit Zaster. Kåge und Raymond fühlten sich ohne Zweifel direkt angesprochen, denn sie sprangen geradezu von ihren Sesseln auf. Selbst Nane war aus seiner Umnachtung erwacht, und seine Augen fingen an zu leuchten wie Christbaumkugeln.

Doch Skull lachte nur über diese dämlichen, naiven Gestalten. Er wusste ein bisschen mehr über Stickans eigene Vorstellung von »lustig ham« und war schon jetzt auf die Mienen der südschwedischen Spanferkel gespannt, wenn sie erst einmal kapierten, was sein Chef wirklich mit ihnen vorhatte.

Sie würden allesamt den Abend im Stall von *Åbytravet*, sozusagen direkt gegenüber des Hotels, verbringen. Stickan liebte Pferde – er konnte von den schnaubenden Vierbeinern einfach nicht genug bekommen. Er, der bei den meisten Vertretern seiner Spezies nicht übermäßig beliebt war, hatte sich vorher ordentlich mit besonderem Pferdefutter eingedeckt, und das sicherlich nicht zuletzt, um wenigstens von irgendwoher ein wenig Anerkennung zu erhalten.

Er hatte mit dem Stallmeister abgesprochen, dass er sich heute Abend mit seinen Freunden um die Pferde kümmern würde. Als eingefleischter Egozentriker, der er nun mal war, hegte er nicht den geringsten Zweifel daran, dass seine Gäste sein brennendes Interesse an den langbeinigen Kreaturen teilten. Vielleicht war es ihm auch ganz einfach egal.

Wie dem auch sei, Stickan strahlte vor Freude, als er Kardätschen und Mistgabeln an die Jungs verteilte und hingebungsvoll demonstrierte, wie man einen wiehernden Gaul vernünftig putzte. Skull stand etwas abseits an die Stalltür gelehnt und genoss den Anblick. Er fummelte etwas zerstreut an seinen *slashers*, während Albin draußen Wache schob.

Dem Terminator und seinen Leuten war es schließlich gelungen, sich irgendwann zu empfehlen, um endlich ein paar dringend nötige Stunden Schlaf zu bekommen. Und so war es de facto fast zehn Uhr am darauf folgenden Morgen, als der Chef der Gangsters auf seiner vereisten Harley-Davidson die ganze Meute wieder nach Süden dirigierte.

Sie hatten bereits die Abfahrt Helsingborg Nord passiert und fuhren auf dem Ängelholmsvägen in Richtung Stadt, als er seine Jungs plötzlich auf die rechte Spur winkte, anstatt links zu bleiben. Oben auf der Magnus Stenbocksgatan in der Nähe des Olympiageländes wurden oft Polizeikontrollen und ähnliche Spielchen durchgeführt, und er wollte um alles in der Welt nicht noch mehr Zeit verlieren. Dann doch lieber einen kleinen Umweg in Kauf nehmen!

Erst auf dem direkten Weg zur Wache, überlegte er, um den Handlungsplan in seinem Kopf zu strukturieren. Es geht vermutlich schneller, über die Kopparmöllegatan am Krankenhaus vorbei und dann weiter in die Südstadt zu fahren.

Er hoffte inständig, dass Gårdeman auf der Wache war. An und für sich wäre es auch okay, wenn er diesen Hill zu fassen bekäme. Doch wann immer er bislang etwas auf dem Herzen gehabt hatte, war Gårdeman sein Ansprechpartner gewesen.

Und Sahlmann?, überlegte der Terminator, als er sich plötzlich an das merkwürdige Zusammentreffen unten im *Utposten* erinnerte. Er hatte sich in der Zwischenzeit nicht besonders viele Gedanken darüber gemacht, doch nun fiel ihm ein, dass das Ganze irgendwie ziemlich absurd gewesen war: Beichtvater für einen ziemlich konfusen und zudem noch angeschickerten Polizisten zu spielen. Und dann noch nicht einmal für einen der cooleren Typen wie Gårdeman oder Hill, sondern für den richtig konservativen Snobbullen Sahlman.

Eigentlich durfte er das nur hinter vorgehaltener Hand äußern. Denn wenn der Kerl nun wirklich auf dem besten Weg war, verrückt zu werden, dann war es nie verkehrt zu wissen, wo die Bullerei ihren schwachen Punkt hatte.

Die Maschinen nahmen die gesamte Fläche für Kurzparker vor dem Polizeigebäude in Anspruch. Die Gangsters stellten sie dort in der frommen Hoffnung ab, dass keiner es auch nur wagen würde, unmittelbar vor dem Eingang der Wache an ihnen herumzufummeln.

Die Raumtemperatur innerhalb des Gebäudes brachte das Eis an ihren Bärten und Lederjacken zum Schmelzen. Schnell breitete sich das Tauwasser in einer unschönen Pfütze unter den Stiefeln des Terminators aus, als er auffordernd an die Glasscheibe über dem Informationstresen klopfte.

Joansson schaute ihn an, als hätte man ihn gerade aus dem Schlamm gezogen.

»Jaa?«, fragte Joansson schließlich.

»Gårdeman!«

»Tut mir Leid.«

»Was soll das heißen?«

»Er ist im Außendienst.«

Joansson konnte den Terminator absolut nicht ausstehen. Er gehörte noch zur alten Garde der traditionsbewussten Polizisten, die Gårdemans Zusammenarbeit mit der Motorradgang überhaupt nichts abgewinnen konnte. Es zählte zu den Grundfesten seiner Überzeugung, dass man schon aus Prinzip nicht mit solchen Typen verkehrte. Man sollte sie einfach einbuchten, Schluss aus. Hinter Schloss und Riegel bringen, sodass ordentliche und rechtschaffene Menschen nachts ruhig schlafen könnten.

Und jetzt stanken sie zu allem Überfluss auch noch nach Pferdescheiße. Er schüttelte angewidert den Kopf.

»Und Hill?«, beharrte der Terminator.

»Mal sehn.« Joansson nahm widerstrebend den Telefonhörer zur Hand, wählte Hills Durchwahl und starrte eine

Weile lang geradewegs in die Luft, bevor er den Hörer wieder auf die Gabel legte. »Er spricht«, teilte er ihm kurz angebunden mit. »Sie müssen sich gedulden.«

Wenn Joansson wirklich gewollt hätte, so hätte er natürlich über die Sprechanlage Kontakt mit Hill aufnehmen können. Doch er wollte nicht, denn er sah es absolut nicht ein, sich für solche Rocker wie diesen Anführer der Gangsters ein Bein auszureißen.

Sichtlich genervt nuschelte der Terminator etwas in seinen Bart und stiefelte aus Protest auf dem vom Schneematsch verdreckten Boden des Foyers auf und ab. Raymond und Kåge stiefelten wie treue Untergebene hinterher und erinnerten dabei ein wenig an die Bananen B1 und B2 mit ihren karierten Pyjamas aus dem Kinderprogramm, während Nane wieder einmal etwas abseits an der Wand lehnte.

Enduro Babele schaute die Männer in ihrer Lederkluft interessiert an. Vielleicht warteten sie auch auf eine Aufenthaltsgenehmigung?

Zu diesem Zeitpunkt kochte der Terminator bereits innerlich vor Wut. Er war es nicht gewohnt zu warten, hatte keine Zeit zu warten – und wollte auch nicht warten. Er besaß, kurz und gut, nicht denselben sozialen Code wie dieser Fritze aus Eritrea, der sich so gutmütig mit dieser Vorgabe abzufinden schien.

Irgendwie fühlte sich der Chef der Gangsters auf einmal beobachtet und schaute auf. Sein Blick begegnete Enduros unverwandtem, interessierten Lächeln. Abrupt hielt er mitten in einem großen Schritt inne und starrte den Schwarzen da hinten in seinem Besucherstuhl an.

Enduro war schnell klar, dass sie beide vieles gemeinsam hatten. Es war in der Tat eine beschwerliche und umständliche Prozedur, ein richtiger Schwede zu werden. Doch er war in seinem tiefsten Inneren davon überzeugt, dass es für sie alle letzten Endes gut ausgehen würde. Diese positive Sichtweise wollte er den Neuankömmlingen, die einen so dermaßen verzweifelten Eindruck machten, gerne vermitteln.

Also lächelte er noch ein bisschen aufmunternder.

Der Terminator wusste nicht, wie ihm geschah. Alle wollten ihm an den Karren fahren, und ihm wurde langsam richtig übel. Nicht genug, dass dieser alberne Typ da in seinem Glaskasten ihnen den Zutritt verwehrte; jetzt musste ihm auch noch so ein verdammter, von der Sonne gerösteter Somalier mit Annäherungsversuchen kommen!

Wenn er ein paar in die Fresse bekommen wollte, so sollte er es nur sagen!

»Hallo?« Joansson rief leicht irritiert seine Botschaft über den Korridor, und der Terminator wandte sich ihm noch irritierter zu.

»Was? Ach ja«, antwortete er und steuerte auf den Informationstresen zu.

»Hill kommt gleich runter«, teilte ihm Joansson noch kürzer angebunden mit.

»Das wurde ja auch Zeit«, murmelte der Terminator und gab seinen Jungs ein Zeichen, als er auch schon das elektronische Summen hörte und Hill in der Tür erschien.

Joansson war verdammt froh. Froh, dieses Ungeziefer aus dem Eingangsbereich verschwinden zu sehen, und froh, sich wieder in seine suspekte Passangelegenheit vertiefen zu können. Denn er war davon überzeugt, dass er den Mann ziemlich bald dingfest machen würde. Mit so vielen verdächtigen Stempeln, wie dieser Pass sie aufwies, sollte er sich ja nicht einbilden, die Polizei an der Nase herumführen zu können. Und schon gar nicht, wenn er die Sache in die Hand nahm!

Wenn das nicht nach Drogenhandel vom Allerfeinsten riecht, dann heiße ich wahrhaftig Egon, dachte Joansson.

Um die Mittagszeit schien es ein wenig milder zu werden, denn nun fielen große, weiche Flocken vom Himmel.

Die Temperatur war zuvor gestiegen, aber der Wind hatte extrem zugenommen, sodass die Gesichtshaut wie von Nadelstichen traktiert wurde. Was den übrigen Körper betraf, hatte Ulf Gårdeman ja zum Glück seinen neuen Goretex-Overall an.

Im letzten Frühjahr hatten sie die alte, unbequeme Lederkluft gegen das hochmoderne Raumfahrtsmaterial ausgetauscht. Dieses angenehm leichte und luftdurchlässige Goretex war eine vernünftige und dringend notwendig gewordene Investition für die Zukunft der Verkehrspolizei. Der eine oder andere seiner Kollegen war von der Neuerung nicht so überzeugt gewesen, weil einige Nähte nicht tipptopp in Ordnung waren, und so mancher lehnte ganz einfach alle Veränderungen kategorisch ab. Doch diese neue Schutzmontur hielt sie während ihrer Arbeit bei jedem Wetter vernünftig temperiert und ermöglichte ihnen eine weitaus größere Bewegungsfreiheit als vorher.

Und außerdem war sie richtig schick, fand Gårdeman. Vom Schnitt her voll im Trend und in ihrer ansprechenden blauschwarzen Farbkombination ziemlich modisch. Nein, man brauchte den alten, schweren und nach all den Jahren durchgeschwitzten Lederklamotten wirklich nicht nachzutrauern, wenn man die neuen erst einmal bei solchem Mistwetter getestet hatte.

Der Valiant fiel ihm schon ins Auge, bevor er sich dem Kontrollpunkt näherte. Er fuhr, verdammt noch mal, viel zu schnell für diese Witterungsverhältnisse! Nicht, weil er sich nicht an die vorgegebene Geschwindigkeitsbegrenzung auf der Strecke am Olympiastadion gehalten hätte, sondern eher, weil der Fahrer überhaupt nicht zu merken schien, dass es entsetzlich glatt auf den Straßen war.

Das Blaulicht der gut sichtbar geparkten Polizeiwagen hatte auf die meisten Fahrer den Effekt, dass sie die Geschwindigkeit drosselten, da bildete der Typ im Valiant keine Ausnahme. Er gehorchte der winkenden Polizeikelle, bog vorschriftsmäßig in die vorgesehene Parkbucht ein und wartete mit laufendem Motor.

Ulf Gårdeman näherte sich dem Wagen von hinten und dachte, er würde träumen. Das Erste, was er zu Gesicht bekam, war langes blondes Haar, das in fülligen Locken über die Schultern fiel.

Gårdeman reckte sich ein wenig kraftstrotzend und setzte der Kälte zum Trotz sein allerfreundlichstes Lächeln auf. Er überlegte, dass in einem Fall wie diesem eine milde Verwarnung wahrscheinlich weitaus angebrachter wäre als eine rohe Abmahnung.

Mitten in seinen anregenden Fantasien wandte ihm die Blondine ihr langnasiges, pickeliges Jünglingsgesicht zu und hielt ihm einen einwandfreien Führerschein durch die minimal heruntergekurbelte Scheibe entgegen. Das Ganze war ihm so unsäglich peinlich, dass er direkt im Erdboden hätte versinken mögen.

In seiner Verlegenheit versuchte Gårdeman den Kloß im Hals durch ein kräftiges Räuspern zu lockern, während Blondie das Ganze ziemlich lustig fand. Er grinste versonnen vor sich hin, wobei sich der Priem Schnupftabak, den er sich kurz zuvor zu Gemüte geführt hatte, wie ein kleines Kissen unter der Oberlippe abzeichnete.

»Also nee«, stichelte er mit einem neckischen Blick aus seinen klarblauen Kulleraugen, »was macht ihr Buschwindröschen denn bei diesem Mistwetter hier draußen?«

»Buschwindröschen?«

»Ja, klar, ihr blüht doch nicht auf, bevor nicht die Frühlingssonne ihre ersten Strahlen über die Wiesen schickt, oder?«

Das war ja total lustig – ein richtiger Scherzkeks! Gårdeman konnte sich kaum halten vor lachen. »Danke«, sagte er und reichte ihm mit ausgesucht professioneller Höflichkeit den Führerschein zurück. »Ich habe Sie herangewunken, um Sie darauf hinzuweisen, dass es unter den vorherrschenden meteorologischen Umständen angebracht wäre, eine moderatere Geschwindigkeit zu wählen.«

»Wie bitte?«

»Fahren Sie nicht so verdammt schnell, wenn es glatt ist!«, verdeutlichte Gårdeman.

»Aha! Okay«, nickte Blondie. »Jetzt hab ich's kapiert.«

Er fuhr sich mit den Fingern durch die Lockenpracht und kratzte sich am Kopf. »Kann ich jetzt abzwitschern?«

Gårdeman nickte, machte einen Schritt zur Seite und entließ den schönen Jüngling aus der Parkbucht. Der Valiant tuckerte auf die Fahrbahn hinaus. Dabei stieß er einige angestrengte Rauchwolken aus, bevor er beschleunigte und bald im selben hohen Tempo wie zuvor die Straße hinunterpflügte.

Gårdeman lockerte den stramm sitzenden Kinnriemen und schüttelte den Kopf. Was machte das Ganze hier eigentlich für einen Sinn?

Das strategisch günstig platzierte Neonschild von Nestlé hielt das ganze Jahr über Tag und Nacht Informationen, Ankündigungen und Hinweise für alle Verkehrsteilnehmer auf der Magnus Stenbocksgatan bereit. In riesigen leuchtend roten Lettern konnte man lesen LANGSAM FAHREN!, und er fragte sich, wie viele Verkehrsteilnehmer die Aufforderung überhaupt wahrnahmen.

Ganz anders war es, wenn während der Saison die Veranstaltungen des Sportvereins HIF im Olympiastadion direkt nebenan angekündigt wurden. Da genügte den Vorbeifahrenden der kleinste Hinweis auf der Informationstafel, um sich die Angaben aufmerksam einzuprägen. Und folglich füllte sich die breite Durchgangsstraße ebenso wie die umliegenden kleineren Zufahrtswege entlang eindrucksvoller Patriziervillen genau am angegebenen Tag und zur richtigen Zeit mit anreisenden Fußballfans. Doch LANGSAM FAHREN! war eine Botschaft, auf die offenbar keiner reagiert, sommers wie winters.

Gott sei Dank nur noch eine oder höchstens zwei Kontrollen bis zu seiner Rückkehr ins Präsidium! Die Mittagszeit war bereits so gut wie vorbei, und es wäre nicht verkehrt, demnächst etwas zwischen die Zähne zu bekommen. Die Kälte hatte ihn außerdem doppelt hungrig gemacht. Und danach würde er sich vermutlich den Rest des Nachmittags zusammen mit Hill in die Mordfälle vertiefen, sodass es geschickt wäre, vorher etwas zu essen.

Was die Ermittlungen anbelangte, wurde er das Gefühl nicht los, dass es vielleicht nicht ganz einfach werden würde, Berit Nilsmed zum Verhör einzubestellen. Sie wirkte zwar extrem labil, aber selbst bei so mageren und zerbrechlichen Persönchen wie ihr konnte man nie wissen, wie sie reagierten, wenn man die Situation forcierte.

Eines war ihm jedoch klar: Heute Abend würde er unter keinen Umständen Überstunden machen.

Er hatte Lena bereits beim morgendlichen Frühstück versichert – wenn auch in ziemlich verschlafenem Zustand –, die nicht zustande gekommenen gemeinsamen Abende nachzuholen. Es war höchste Zeit, endlich das köstliche Mahl zuzubereiten, das ihnen jetzt schon mehrfach verwehrt geblieben war. Kurzum, heute würden sie sich einen richtig gemütlichen Abend machen.

Gårdeman winkte den nächsten Autofahrer auf den letzten Platz in der Parkbucht, und der Fahrer hielt mit seinem Saab 900 im entferntest gelegenen Winkel. Ja, er fuhr fast mitten in die von Frost überzogenen Büsche. Viele Fahrer wurden unangemessen nervös, selbst wenn es nur um eine routinemäßige Kontrolle des Führerscheins ging, das war nichts Neues.

Warum in aller Welt hatten die meisten Menschen, die im Allgemeinen überhaupt nichts zu verbergen hatten, so unglaubliche Angst vor der Polizei? Und warum hatten die echten *bad guys* keinerlei Respekt? Er fragte sich, ob man nicht eine Art Zulage für die erschwerenden Umstände erheben sollte, denn in seinen Augen nahm diese Diskrepanz völlig unsinnige Proportionen an.

Der Mann im Saab sah schon auf den ersten Blick ziemlich komisch aus. Seine Mundwinkel hingen irgendwie ungewöhnlich herab. Vielleicht war er sauer, dass man gerade ihn herausgewunken hatte? Und er hatte unverhältnismäßig große Augen sowie eine ziemlich rote Knollnase. Irgendwie erinnerte der Typ an einen Clown.

Genau in dem Augenblick, als der Mann die Scheibe herunterließ, fiel es Gårdeman ein. Der lustige Traum von neulich. Der mit dem Clown und den Blumen!

Gårdeman musste innerlich grinsen. Hatte er gerade einen Witzbold angehalten, so würde sich ein Clown doch gut in die Reihe der skurrilen Spaßvögel einfügen. Nur ein kurzer Blick auf den Führerschein, dann würde er den Zirkushelden wieder entlassen und hoffentlich selbst zu seinem wohlverdienten Mittagessen kommen.

Er lächelte den Fahrer des Autos gutmütig an. Und starrte verständnislos geradewegs in eine Revolvermündung.

Es gab kein Zurück – keine, wie auch immer gearteten Möglichkeiten eines Neubeginns oder wenigstens die Erwägung alternativer Handlungsmuster.

Der Schuss fiel unmittelbar.

Er traf Ulf Gårdeman direkt in den Bauch, leicht nach links versetzt, genau unter dem Herzen.

Es fühlte sich so merkwürdig unwirklich und gleichzeitig so warm an in genau dem Grübchen, das Lena so liebte. Ein intensiv heißes Gefühl lenkte seine gesamte Aufmerksamkeit auf einen einzigen Punkt im Bauchraum. Er schaute den Mann im Auto fragend an. Das Ganze war ja wohl ein bisschen lächerlich, oder? Er wollte doch nur den Führerschein sehen…

Im selben Moment trat ein Schmerz in sein Bewusstsein, der einem glühenden Eisen glich. Ein unerträglicher Schmerz, der weder Scham, Beherrschung noch irgendeine

Begrenzung kannte, ergriff von ihm Besitz. Gårdeman schrie seine Empfindungen geradewegs heraus und sank auf dem verschneiten Asphalt auf die Knie, wobei sein heißer Atem in dampfenden weißen Wolken stoßweise seinem verzweifelt aufgerissenen Mund entwich.

Kleine zerzauste Atemwölkchen wurden von heftigen Windböen in Richtung Süden getragen.

Der Motor des Saabs heulte auf, als der Mann mit der Clownsnase zurücksetzte und dabei geradewegs in die Büsche fuhr, bevor er eine schlitternde Kehrtwendung auf dem ungeteerten Untergrund vollführte und schließlich die Straße mit Vollgas wieder hinaufraste.

Ein Gemisch aus Schnee und Kies spritzte von den schlingernden Reifen hoch und traf den gekrümmten Polizisten wie Hagelschauer im Gesicht und an den Händen. Hände, die sich krampfartig um die Wunde in seinem Bauch schlossen.

»Was zum Teufel riecht denn hier so penetrant?«, fragte Hill, noch bevor der Terminator sein Dienstzimmer betreten hatte.

»Es riecht nach Pferd«, klärte ihn der Chef der Motorradgang auf.

»Nach Pferd?« Hill glaubte, ihn falsch verstanden zu haben, doch der Geruch war so eindeutig, dass er nicht weiter auf die Begleitumstände eingehen wollte.

»Ja, aber kommen wir zur Sache.« Der Terminator zog ungeduldig eine Grimasse. »Wir haben Neuigkeiten für Sie.«

»Wow, wollen Sie sich endlich zum Palme-Mord bekennen?«

Der Terminator grinste ungehalten über Hills Witz. »Scherz beiseite, Hill! Ich glaube, das hier ist ziemlich wichtig. Hören Sie sich an, was Nane zu sagen hat.«

Er wandte sich um und schob Nane, der sich dicht an der Tür halbwegs hinter Kåge versteckt hatte, etwas näher zu Hills Schreibtisch hin.

»Komm her, raus mit der Sprache, du Dummkopf!«, ermahnte ihn der Terminator. »Erzähl dem Onkel von der Polizei hier genau das, was du gestern mir erzählt hast!«

Nane wirkte stur und schmollte ein bisschen, doch dann erinnerte er sich an den Stoß in die Magengegend und die geplatzte Lippe. Außerdem wirkte der Bulle hinter dem Schreibtisch ziemlich interessiert, also blieb ihm wohl nichts anderes übrig, als loszulegen.

»Es geht um…«, begann er, »das da in Råå… äh, den Mord am Montag.«

Hill merkte, wie ihm ein wenig schwindelig im Kopf wurde, ein bisschen als würde er Karussell fahren – würde er aus dem Ganzen unerwartet doch noch einen Nutzen ziehen können? Gerade jetzt, wo alles so unsäglich schleppend voranging, konnte er weiß Gott einen Durchbruch gebrauchen!

»Der Todesfall in Råå, ja. Was wissen Sie darüber?«, fragte er gespannt.

»Es war Zyanid, oder?«, fragte Nane zur Sicherheit noch mal, damit er nicht am Ende hier stehen und völlig unnötigerweise sein Bekenntnis ablegen würde.

»Und wenn es so war…?«

Der Terminator merkte Hills Ungeduld und kam ihm zuvor. »Komm zur Sache, du Idiot!«, fauchte er Nane an.

»Ich weiß, wer das Zyanid gekauft hat.«

»Woher wissen Sie das?«, wollte Hill wissen.

»Ich…«

Der Terminator versetzte Nanes Schulterblatt einen unzweideutigen Knuff, woraufhin dieser den Satz vollendete.

»…ich hab es verkauft.«

Das Karussell verwandelte sich augenblicklich in ein Glücksrad, das auf der Position mit dem Hauptgewinn stehen blieb, und Hills Schwindelgefühl verschwand.

»Verkauft?«, wiederholte er. »An wen?«

»An eine Braut.«

»Und welche?« Jetzt brach Hill unmittelbar der Schweiß aus, doch der unverwechselbare Geruch nach Anspannung durfte ihm kaum anzumerken sein, nicht bei dem Gestank, den seine Besucher mitgebracht hatten!

»Tja, ich weiß nicht«, sagte Nane und zuckte mit den Achseln.

»Sie haben also Zyanid verkauft und wissen nicht, an wen!«, entfuhr es Hill in leicht ironischem Tonfall.

»Ja.«

»Und von wem haben Sie es bekommen?«

Nane drehte sich unruhig nach hinten, um sich der moralischen Unterstützung seines Chefs zu vergewissern, und richtete sich danach mit Bestimmtheit auf.

»Über die Quelle kann ich nichts sagen«, behauptete er dann selbstbewusst.

»Aha, stumm wie ein Fisch, oder?«

»Ja«, bekräftigte Nane stolz seine neu erworbene Stärke. »Das ist die Bedingung. Kein Kompromiss.«

Hill schaute Nane an, wog die geringe Glaubwürdigkeit seines unsicheren Gegenübers gegen seinen eigenen, fast verzweifelten Bedarf ab und fasste rasch einen Entschluss.

»Okay, keine Quellen«, versprach er, »aber wie sah sie denn aus?«

»Stopp!« Nun mischte sich der Terminator ein und brachte unerwartet seine eigenen Vorstellungen ins Spiel. »Es gibt noch eine weitere kleine Bedingung«, erklärte er in geschäftsmäßigem Ton.

Hill war bereits leicht genervt, doch der Terminator stiefelte plötzlich auf seinen Schreibtisch zu, beugte sich vertraulich vor und flüsterte ihm etwas ins Ohr.

Hill wollte nicht glauben, was er gehört hatte. Das Anliegen des Terminators erschien ihm völlig absurd. Hatte er gesoffen? Der Kerl roch zu gleichen Teilen so extrem nach Schnupftabak, Schweiß und Pferd, dass es einen fast umwarf, doch sein Atem machte, verflixt noch mal, einen völlig nüchternen Eindruck!

»Also, wie sieht's aus?«, forderte ihn der Terminator triumphierend heraus. »Im Austausch gegen Nanes Wissen?«

Jegliche aufschlussreiche Information war in der augenblicklichen Lage nahezu jeden Preis wert, also blieb Hill kaum etwas anderes übrig.

»Okay, aber lassen Sie mich darauf hinweisen, dass wir bereits einen Teil wissen«, fügte er hinzu. »Erzählen Sie Ihre Geschichte, dann können wir die Fakten vergleichen.«

»Schieß los, Nane!«, forderte ihn der Terminator auf.

Und Nane erzählte seine Story zum zweiten Mal. Ohne den Namen seines Händlers preiszugeben, berichtete er über das merkwürdige Geschäft, das er an einem dunklen Abend vor ein paar Wochen am Bahnhof von Ramlösa gemacht hatte.

»Sie war ziemlich klein und hatte rotbraunes halblanges Haar, glaube ich. Aber man sah eigentlich nicht viel unter diesem Mantel, den sie anhatte«, beklagte er sich.

Hier warf Hill die Fangfrage ein. »Was für einen Mantel?«

Zweifellos würde die Antwort entscheidend den Beweiswert von Nanes kleinem Bericht beeinflussen. Wenn er nun von Wolle oder Fleece anfangen würde, wäre die Sache gelaufen, doch wenn er hingegen…

»Eine Art… ja, es war kein Pelz, eher so ein Stoff, den alte Omas tragen«, antworte Nane unbestimmt.

»Alte Omas? Was meinen Sie damit?«, fragte Hill nach.

»Na, so einen glänzenden Stoff ohne Falten.«

»Meinst du… Popeline?«, schlug der Terminator vor.

»Ja, genau, Popeline heißt der, ja! So einen hatte meine Alte immer, wissen Sie? Obwohl der hier richtig hochwertig war! Er sah total edel aus. Und dann war er noch mit Pelz gefüttert. Sogar die Kapuze.«

Hill stand auf und wechselte die Seite des Schreibtisches. Seine dunklen Thommy-Berggren-Augen begannen zu leuchten. Endlich würde die Sache interessant für ihn werden!

»Und Sie haben also das Zyanid vor ungefähr vierzehn Tagen am Bahnhof von Ramlösa an diese Frau verkauft, sagten Sie?«

»Ja, ja, das hab ich getan«, versicherte Nane eifrig, gleichzeitig hatte er jedoch das starke Gefühl eines *déjà vu*, obwohl ihm dieser Begriff nicht viel sagte.

»In welcher Form?«, wollte Hill wissen.

»Flüssig, glaube ich.«

»*Glauben* Sie?«

»Doch, es war flüssig.«

»Okay«, sagte Hill mit weitaus größerer Geduld, als er eigentlich bereit war aufzubringen, »ich meinte eigentlich, ob es in einer Flasche, Ampulle oder…?«

»Ach so, das meinen Sie! Äh, es waren Ampullen!«

»Wofür wollte sie es haben?«, fragte Hill weiter. »Hat sie das gesagt?«

»Sie wollte sich mit jemandem einen Scherz erlauben.«

»Scherz?«, platzte es aus Hill heraus. »Man scherzt ja wohl nicht mit Zyanid, oder?«

Hill schüttelte irritiert den Kopf und begann, in seinem Büro auf und ab zu wandern. Nane hatte unterdessen das zweite *déjà vu*-Erlebnis innerhalb kürzester Zeit, verbunden mit einem intensiven Empfinden, dass er sich gleich einen weiteren Stüber einfangen würde.

»Würden Sie die Dame bei einer Aufstellung verschiedener Personen identifizieren können?«, wollte Hill schließlich wissen.

»Ja sicher. Eine, die so viel auf den Tisch blättert, vergisst man nicht so schnell.«

»Wie viel hat sie denn bezahlt?«

»Drei Lachse.«

»Und wie viel bekam sie für ihre drei Tausender?«

Noch bevor Nane antworten konnte, rauschte es im Lautsprecher von Intercom. Hill war ziemlich genervt über die unerwartete Unterbrechung. Es tat einen Knall, als wäre am anderen Ende der Leitung irgendwas umgefallen, bevor Joanssons bestürzte Stimme in Hills Dienstzimmer drang.

»Allgemeine Mitteilung – Kollege angeschossen! Mitteilung an alle Abteilungen – Kollege schwer verletzt bei Verkehrskontrolle am Olympiastadion.«

Hill erstarrte innerlich. Noch bevor Joansson den Namen nannte, ahnte er bereits, um wen es sich handelte.

Draußen war es dunkel geworden, und innerhalb der Festung konnte man kaum noch die Konturen im grauen Dämmerlicht erkennen.

Sahlman hatte den beruhigenden Kontakt mit der Wirklichkeit hinter sich gelassen und war nun vollkommen auf sich gestellt. Er befand sich kriechenderweise auf dem Weg nach oben in Richtung Küchenetage. Seine Sig-Sauer hatte er hinten im Hosenbund eingeklemmt, und die eigens angefertigten Knie- und Handschützer hielten dank ihrer Befestigung mit Klettband ausgezeichnet.

Er kam sich vor wie in einem schlechten Hollywood-Film, und ungefähr so sah er auch aus. Das Oberteil aus schwarzem Trikot, hastig im Schutz des Tresens im Eingangsbereich übergestreift, hatte bei Linda Persson unerwartet einen Kicheranfall ausgelöst. Diese *Verkleidung* hatte sich also in Sahlmans mysteriöser Tasche befunden! Obgleich ihr selbst angesichts der Ernsthaftigkeit der Situation fast der kalte Schweiß ausgebrochen war, hatte sie sich vor Lachen kaum halten können. Er war ja immerhin ziemlich groß, dieser Sahlman, und jetzt sah er in seinen hautengen Hosen und dem eng anliegenden Polohemd mit Kapuze wie ein wandelndes schwarzes Streichholz aus.

Als er seine Wanderung über die Turmtreppe nach oben begann, hatte er ihr noch einen letzten bösen Blick zugeworfen. Sie hätte einem Polizisten im Dienst wenigstens etwas

Respekt erweisen können. Doch Linda konnte sich bei seinem Anblick nicht mehr beherrschen. Hatte man erst einmal diese komische Assoziation im Kopf, war es fast unmöglich, sie wieder loszuwerden: ein gigantisches lebendes Streichholz, ausgestattet mit einem Irrsinnsapparat als Schutzbrille, der auf einem Helm thronte.

Trotzdem war ihr bewusst, dass er ein ziemlich großes Risiko einging, und sie war überzeugt davon, dass nicht jeder es auf sich genommen hätte.

Bosse Jernback zum Beispiel sicher nicht! Er hatte sich relativ früh entschuldigt und das Museum verlassen, sobald er den Kriminalpolizisten die Treppe hatte hinaufkommen sehen. Und darauf verwiesen, dass man im Kulturamt noch nicht alle Entscheidungen getroffen hätte und man ihn dort erwartete. In diesen wirtschaftlich angespannten Zeiten war es doch wohl unerlässlich, seine Interessen so gut es ging zu wahren, oder nicht?

Linda bemühte sich, den komischen Anblick Sahlmans aus ihrem Bewusstsein zu verdrängen, und war dankbar, als er im mittelalterlichen Turmtreppenhaus nach oben verschwand.

Sahlman war seinerseits genauso dankbar. Zum einen, um nicht mehr diesen erniedrigenden Blick aus ihren hübschen Augen ertragen zu müssen – er offenbarte ihm nur allzu deutlich, was sie tatsächlich von ihm hielt –, zum anderen, weil seine Vorbereitungen sich als vernünftig erwiesen. Das Schaumgummi war dick genug, um die Handflächen und Knie zu schützen, und außerdem dämpfte es jeglichen Laut, der ihn möglicherweise während seines Auftrags hätte verraten können.

Linda hatte Geräusche aus dem Reichsratssaal kommen hören, so hatte sie sich jedenfalls ausgedrückt, doch so lange er sich nicht selbst davon überzeugt hatte, musste er mit äußerster Vorsicht zu Werke gehen. Er konzentrierte sich intensiv darauf, dass weder Schutzbrille noch Helm irgendwo an einen steinernen Vorsprung oder eine Metallöse an den Wänden stießen, denn Geräusche dieser Art würde er sich kaum erlauben können.

Vorsichtig setzte er ein Knie vor das andere und bewegte sich ruhig und sicher Stück für Stück dem Ort des Geschehens entgegen. Unter seiner rechten Hand konnte er jetzt die Holzschwelle zur Küchenetage spüren – und er hörte etwas.

Die Taube, die ihn vorgestern so erschreckt hatte, hatte sich nun offenbar für das darunter liegende Stockwerk entschieden. Vielleicht erhoffte sie sich hier mehr Ruhe. Jetzt gurrte und kollerte sie jedenfalls vergnügt von irgendeiner nahen Öffnung in der Mauer.

Doch Sahlman hörte mehr als nur das Gurren des Vogels. Er schob sich vorsichtig voran über die Schwelle und verharrte dort, ohne einen Laut von sich zu geben. Er hielt die Luft an und horchte. Hier schien sich jedenfalls keiner aufzuhalten.

Er atmete aus, doch das Geräusch war immer noch da.

Es schien sich vom Reichsratssaal aus die Turmtreppe hinunter fortzupflanzen, genau wie Linda es berichtet hatte. Doch es entsprach nicht dem, was er selbst am Montagabend gehört hatte. Jetzt kam es ihm eher wie ein dumpfes Knattern vor, ein ausdauerndes Prasseln, wie sie es erlebt hatte.

Sahlman lächelte zufrieden, auch wenn es hier keiner sehen konnte. Bisher lief alles wie am Schnürchen.

Er schlängelte sich lautlos auf dem Bauch vorwärts, und wenn Linda ihn jetzt gesehen hätte, hätte sie mit Sicherheit laut losgeprustet.

Denn jetzt glich er wirklich einem Streichholz auf der Flucht, das sich nun allerdings wie ein Chamäleon von der pechschwarzen Nacht in der Küchenetage schlucken ließ, um im Schutz der Dunkelheit weiter auf der Lauer zu liegen.

Hill sprang unmittelbar die Treppen zum Empfang hinunter, um weitere Auskünfte über das Schussdrama einzuholen. Genauso schnell war er allerdings auch wieder oben.

Es gab diesbezüglich im Moment nichts weiter für ihn zu tun. Gårdeman befand sich bereits im Operationssaal der Intensivstation, wo man sich um die akute Versorgung kümmerte und einen Eingriff vorbereitete. Eventuell würde man ihn per Hubschrauber in die Universitätsklinik nach Lund transportieren müssen, doch man hoffte allseits, dass dies nicht nötig werden würde. Viel mehr wusste man eigentlich noch nicht, und Hill hatte vollstes Verständnis dafür, dass das Krankenhauspersonal Wichtigeres zu tun hatte, als Pressekonferenzen zu geben.

Birgitta Svenningsson und Egon Lange hatten sich schon auf den Weg zu Lena Gårdemans Arbeitsplatz gemacht, um ihr die Nachricht zu überbringen und sie zum Lazarett zu begleiten. Ulf Gårdeman war am Leben, und die Jagd nach dem Verbrecher in vollem Gange. Doch in beiden Fällen war der Ausgang gleichermaßen ungewiss, und daran konnte auch Hill im Moment nichts ändern. Also versuchte er, sein Verhör mit Nane so gut es eben ging fortzusetzen.

»Das waren nicht wir!«, schoss es instinktiv aus dem Terminator heraus, sobald Hill den Raum betrat.

»Nein, wohl kaum«, stimmte ihm Hill zu. »Falls Sie nicht in der Zwischenzeit auf einen Saab 900 umgestiegen sind!«

Der Terminator schnaubte verächtlich, und Hill setzte sich mit erzwungener Ruhe hinter seinen Schreibtisch und wiederholte seine letzte Frage.

»Wie viele?« Er wusste selbst nicht mehr genau, was er gesagt oder nicht gesagt hatte. Das Einzige, was ihn auf seinem Posten hielt, war seine Disziplin und das nagende Gefühl – oder war es mehr eine Ahnung? –, dass sich in den nächsten Minuten wichtige Weichen in Bezug auf den Nilsmedfall stellen würden.

»Was?«, fragte Nane verwirrt. Seit dem Abbruch des Gespräches waren bereits fünf Minuten vergangen und damit der rote Faden in seinem unsortierten Hirn längst zwischen irgendwelchen Windungen verloren gegangen.

»Wie viele Ampullen?«, präzisierte Hill seine Frage.

»Aha… drei«, erinnerte sich Nane wieder.

Hill schaute ihn durchdringend an, sah jedoch nach einer kleinen Weile ein, dass er endlich alle Informationen zusammen hatte, die er benötigte. Zwei Ampullen waren verbraucht – die dritte allerdings könnte immer noch als tödliche Waffe missbraucht werden. Ohne jeden Zweifel schwebte jemand in akuter Gefahr. Diese Einsicht verschaffte ihm eine Handlungsfreiheit, die völlig unabhängig sowohl von der Staatsanwaltschaft als auch der Dienstanweisung des Polizeidirektors nach Taten verlangte, und er dachte nicht daran, auch nur eine halbe Sekunde länger als nötig zu warten.

Er stand auf und streckte sich nach seiner gefütterten Winterjacke.

»Ja, dann ist es wohl an der Zeit, Frau Verdächtig abzuholen«, sagte er abschließend. »Wir benachrichtigen Sie, sobald wir die Personenaufstellung organisiert haben, Nane.«

»Frau Verdächtig?«, murmelte Nane verwirrt, während der Terminator den Kommissar mit seiner eigenen kleinen Verhandlung aufhielt.

»Die Informationen waren doch außerordentlich aufschlussreich, oder?«, sagte er nach Anerkennung heischend.

»Ja, doch«, musste Hill wahrheitsgemäß zugeben.

»Gut, dann können wir uns also darauf verlassen, dass wir unsere kleine… Genehmigung bekommen werden?«

»Tja, abgemacht ist abgemacht, oder?«, bestärkte ihn Hill. »Obgleich ich nichts versprechen kann, denken Sie daran«, betonte er nochmals, »aber ich will sehen, was sich machen lässt.«

»*Frau*…«, murmelte Nane weiter vor sich hin, »Ja, aber…«

»Was gibt's, Nane?«, fragte der Terminator genervt. Jetzt,

wo der verrückte Kerl sein Bekenntnis gemacht hatte, könnte er ja wohl endlich die Klappe halten!

»Aber, äh... sie war doch zum Teufel keine... Frau!«, blubberte es aus ihm heraus.

»Was quatscht du da, du Idiot?« Der Terminator war nicht unbedingt scharf darauf, dass Nane plötzlich sein Bekenntnis ändern würde – nicht nachdem nun alles unter Dach und Fach zu sein schien.

Doch Hill horchte auf; irgendetwas in Nanes aufrichtig verwirrtem Tonfall weckte sein Interesse. »Wie meinen Sie das?«, hakte er nach.

»Ja, also, ich meine, sie kann doch keine Frau gewesen sein. Nicht mal in unseren Kreisen, oder, Terminator? Sie ging doch noch zur Schule, also! Todsicher, dass sie nicht älter als vierzehn war!«

Die Puzzleteile à la Lex Bäcker fügten sich auf einmal wunderbar in Hills Kopf zusammen, und das, was er noch vor einer Sekunde für völlig harmlose Beschreibungen ohne tieferen Sinn gehalten hatte, erschien in einem ganz neuen Licht. Schmerzlich grell und regelrecht bedrohlich!

Was hatte Sahlman letztens am Telefon gesagt? Die Illusion macht 80 Prozent aus. Oder warum nicht gleich 99 Prozent? Aber zum Glück nicht ganze hundert!

»Warten Sie hier!«, befahl er dem Terminator. »Gleich kommt jemand, der Sie hinausbegleiten wird!«

Instinktiv fühlte er nach, ob er seine Pistole bei sich hatte, und rauschte aus dem Büro. Dieses Mal würde sich Joansson sein blödes Gequatsche sparen können – hier galt es, Verstärkung anzufordern.

Nane hatte wie immer keinen blassen Schimmer, diesmal hatte der Terminator allerdings auch keinen. Doch er grinste zufrieden, denn ihm war zumindest klar, dass es sich hier um etwas Großes handeln musste.

Und für etwas Großes würde die Polizei wohl ein bisschen mehr berappen müssen.

## 15:29:33

Sahlman beeilte sich, die Situation auszunutzen, als dieses merkwürdige Geräusch aus dem Stockwerk über ihm für einen Moment aussetzte.

Er würde dadurch ein paar Sekunden gewinnen, ohne dass es auffallen würde, wenn er selbst den einen oder anderen Laut erzeugte. Denn der Verursacher dieser Geräuschkulisse wechselte vermutlich auch gerade seine Position.

Und dann würde die Stunde der Wahrheit kommen. Sahlman hoffte inständig, dass er den richtigen Ort als Versteck gewählt hatte. Er verfluchte inzwischen das Schaumgummi, da es nach kurzer Zeit schon begonnen hatte, sich im Bereich der Kniescheiben aufzulösen. Doch wenn alles nach Plan verlief, so würde er es sowieso nicht mehr allzu lange benötigen.

Er zog die Brille vom Helm herunter und setzte sie auf die Nase, wo er sie sorgfältig justierte. Mit einem geübten Handgriff aktivierte er die Nachtsichtfunktion, die in dem hochwertigen Schutzglas eingebaut war. Die Brille war ein Experimentiermodell, das mit lichtverstärkender Steuerung und Infrarotsensoren ausgestattet war. Anderberg und sein in der Elektrotechnik beheimateter Kollege Urban Lundh hatten es vom Militär entliehen. Sahlman hatte darum gebeten, die Spezialbrille für einige Stunden ausleihen zu dürfen, und sie hatten sich angesichts seines Interesses geehrt gefühlt. Wofür er sie benötigen würde, hatte er ihnen allerdings verschwiegen.

Um ihn herum erhellte sich plötzlich die Dunkelheit. Nicht in der Intensität, dass man alles taghell gesehen hätte, doch er konnte immerhin flimmernde, glühend rote Konturen erkennen. Sahlman fand den Weg in die so genannte Mädchenkammer, ohne zu stolpern oder sonstige Geräusche zu verursachen. Dort angekommen, suchte er sich einen strategisch günstigen Platz auf dem Boden und versuchte, seine Nervosität unter Kontrolle zu bringen.

Nach einer Weile musste er allerdings feststellen, dass er nicht endlos in dieser Position würde ausharren können. Das Alter forderte unerbittlich seinen Tribut, und diese Erkenntnis versetzte ihm einen empfindlichen Stich. Vielleicht würde er sich schon bald mit dem Gedanken anfreunden müssen, den Rest seiner polizeilichen Laufbahn am Schreibtisch zu verbringen. Sein Herz pochte wild vor Aufregung, doch unter Zuhilfenahme einiger atemtechnischer Übungen hatte er seinen Puls relativ schnell wieder im Griff. Mit zunehmender innerer Ruhe erhöhte sich auch sein Hörvermögen.

Er konnte zwar im Moment keine Geräusche wahrnehmen, doch ihm drängte sich das unangenehme Gefühl auf, dass jemand in der Nähe war – genau wie am Montag. Der Steinboden, auf dem er hockte, hatte seit dem Herbst übermäßig viel Kälte und Feuchtigkeit gespeichert, sodass er jetzt eine Atmosphäre erzeugte, in der man sich vorkam wie in Draculas Grabkammer.

Knut Sahlman begann zu zittern. Die Feuchtigkeit kroch hartnäckig über den Hintern die Wirbelsäule hinauf, von wo aus sie in sämtliche Rückenmuskeln und in die Gedärme drang, bis er schließlich am ganzen Körper fröstelte. Bald darauf war das Hinterteil taub und er verfluchte sich selbst, weil er keine langen Unterhosen angezogen hatte.

Aber jetzt – jetzt passierte etwas im Küchensaal!

Etwas begann sich zu rühren, doch es war immer noch genauso dunkel wie zu dem Zeitpunkt, als er sich bäuchlings durch den Saal geschlängelt hatte. Also war es noch nicht so weit, und er würde notgedrungen noch ein Weilchen in seinem steif gefrorenen Zustand aushalten müssen. Denn alles hing letztendlich von der Perfektion seines Agierens ab, das heißt, er würde genau zum richtigen Zeitpunkt geistesgegenwärtig handeln müssen.

Also biss er sich fest auf die Lippen, um seinem Zittern Einhalt zu gebieten.

Ein merkwürdiger grau-lilafarbener Lichtstreifen erschien an der Wand, und Sahlman wusste, dass es jetzt nicht mehr lange dauern würde.

Dann folgte ein leichtes metallisches Klirren, das ihm als willkommene Geräuschkulisse diente, um auf alle viere zu kommen. Danach begann das gleichmäßige Geknatter von neuem, und es kam tatsächlich aus der Küchenetage.

Sahlman machte sich bereit, atmete einmal tief durch – genau nach zen-buddhistischem Vorbild, wie er fand –, und genau im selben Moment fingen seine Zähne an zu klappern.

Er hatte ausgezeichnete, starke Zähne, die jetzt ohne Unterlass in rhythmischem Gleichklang ihre Vorstellung in der Dunkelheit gaben und das gleichmäßige Surren in der Küche abrupt stoppten.

Es wurde vollkommen still da drinnen.

Sahlman saß in der Hocke in der Mädchenkammer und biss die Zähne so fest zusammen, dass er den Blutgeschmack des Zahnfleisches wahrnehmen konnte.

Dann begann das Knattern plötzlich wieder von neuem.

Sahlman verlagerte das Gewicht vorsichtig auf das linke Knie und setzte den rechten Fuß sicher auf den unregelmäßigen Steinboden. Das Zähneklappern hatte endlich aufgehört, und es wurde Zeit, den Vorhang für die Schlussszene seines Hollywood-Films zu öffnen. Er fingerte am hinteren Hosenbund nach seiner Sig-Sauer, umfasste sie mit festem Griff und entsicherte sie.

Er bewegte sich in Zeitlupe vorwärts, bis er im roten Licht seiner Spezialbrille die Konturen einer sehr lebendig wirkenden Gestalt erkennen konnte. Sie hielt etwas in der Hand, das aus der Ferne wie ein Metalldetektor aussah und das dieses abscheuliche Knattern aussendete. Von wegen Gespenst – hier gab es anscheinend für einen Mensch aus Fleisch und Blut höchst triftige Gründe, das Museumspersonal und die Besucher der Festung über Wochen hin zu terrorisieren. Sahlman war brennend daran interessiert, zu erfahren, wofür es sich lohnte, diesen Aufwand zu betreiben.

Der Mann am anderen Ende des Saales war vollauf beschäftigt, bis das Knattern unerwartet verstummte und ein schwaches, kaum sichtbares Licht angeknipst wurde. Es warf einen dünnen grau-lilafarbenen Streifen, und Sahlman mutmaßte, dass es sich um eine Taschenlampe mit eingebautem Filter von höchster Qualität handelte. Gerade hell genug, um selber etwas erkennen zu können, ohne zwangsläufig von anderen gesehen zu werden.

Das imponierte Sahlman. Der Metalldetektor war weitaus winziger, als er ihn sich vorgestellt hatte, und der Mann hielt ihn ohne Mühe in der einen Hand, während er mit der anderen die Wand in nahezu rituell ausgeführten, gleichförmigen Kreisbewegungen abscannte. Als Sahlman sich vorsichtig entlang der Fußbodenleiste aus der Mädchenkammer schlich, stieg der Geräuschpegel abrupt an. Das Knattern nahm entsetzliche Ausmaße an, und er konnte mithilfe des eingebauten Sensors in der Brille erkennen, wie der Eindringling leicht zusammenfuhr, um kurz darauf die Faust zu einer Siegesgeste zu ballen.

Es schien, als hätte er gefunden, wonach er lange gesucht hatte. Das, worauf er seine Anstrengungen wie ein Besessener gerichtet hatte, war es offensichtlich wert gewesen, den Leuten im Museum einen furchtbaren Schrecken einzujagen. Oder wäre er sogar so weit gegangen, jemanden zu töten?

Sahlman wagte einen ersten vorsichtigen Schritt auf seinen leisen Strumpfsohlen in den Saal hinein, doch irgendwas in der feuchtkühlen, staubigen Luft innerhalb der Gemäuer regte seine Reflexe an.

Das Niesen kam für beide völlig unerwartet. Es eskalierte von einer Sekunde zur nächsten von einem leichten Kitzeln an der Nasenwurzel bis zur ungeheuren Explosion. Diese warf ihn gegen seinen Willen nach vorne, wobei er im Sprung über die Kante eines leicht hervorstehenden Steines im unebenen Boden stolperte. Er fing sich im Sturz glücklicherweise mit dem Helm am Wandvorsprung einer Nische ab, wodurch er rasch die Balance wiederfand. Dabei krachte allerdings die wertvolle Brille gegen das Gemäuer, was andersgeartete Nachteile mit sich brachte.

Doch der andere war zu allem Ärger der Schnellere.

Er löschte blitzschnell das Licht seiner Lampe, folglich erstarrten sie beide in der nunmehr undurchdringlichen Dunkelheit der mittelalterlichen Räumlichkeiten zu zwei unwirklichen, kaum wahrnehmbaren Schatten.

Sahlman versuchte, die Luft anzuhalten.

Er wünschte, er hätte doch diesen Kurs in Tai-chi-chuan belegt, zu dem er sich beinahe entschlossen hatte. Jetzt hätte ihm die perfekte Beherrschung seiner Körperkoordination unendlich nützen können. Stattdessen fühlte er sich von unsichtbaren höheren Mächten beherrscht, die ihm den kalten Schweiß auf die Haut trieben. Sofort bildeten sich Schweißperlen auf Stirn und Oberlippe. Perlen, die in der Kälte hier oben eisig und damit zu einer entsetzlichen Plage in seiner ohnehin schon ausweglosen Situation wurden.

Die nächste Explosion kam genauso überraschend wie die erste. Weniger als dreißig Sekunden, nachdem er das Kribbeln in der Nase zum ersten Mal verspürt hatte, explodierte eine weitere nasale Mine. Und schließlich noch eine, woraufhin der Anfall zum Glück abklang.

Somit war Sahlman außer Gefecht gesetzt. Mit einem krampfartigen Griff um seine rot gefrorene Nase merkte er, dass die Pistole in der anderen Hand ebenso schlaff und unnütz zwischen seinen Fingern hing wie am Montag.

Genau in diesem Augenblick drückte jemand eine bedrohlich scharfe Messerspitze unangenehm dicht an seine Halsschlagader.

Der andere hatte sich bereits nach Sahlmans erstem Nieser vom Schock erholt. Er hatte seinen Widersacher mithilfe seines graublauen Suchlichts deutlich erkennen können und ihn in seiner hilflosen Verfassung anvisiert. Somit war es ein Leichtes gewesen, ihn mitten im Raum zu stellen.

»Immer mit der Ruhe, was, Opa?«, ermahnte ihn der Mann jetzt, während er den Kriminalkommissar seiner Dienstwaffe entledigte, sie umgehend sicherte und in seinen eigenen Hosenbund steckte.

»Die Klinge ist eine Spezialanfertigung, sie gleitet durchs Fleisch wie durch Butter.«

Ulf Gårdeman hatte ganz außergewöhnliche Erlebnisse.

Clowns und Mädchen mit Schwammtüchern auf dem Kopf waren nichts gegen das, was er gerade träumte.

Er flog.

Er erhob sich vom Operationstisch, auf dem er gelegen hatte, schwebte der Länge nach über ihn hinweg und bewegte sich weiter in Richtung Decke.

Er hatte die Befürchtung, er könnte gegen die Gipsplatten stoßen, wenn er oben ankäme. Doch er brauchte keine Angst zu haben. Sein Körper streifte die Decke nur ganz sachte, glitt dann weiter an ihr entlang und drehte sich um seine eigene Achse. Er verharrte dort mit dem Gesicht nach unten und blieb in dieser Position da oben hängen.

Das war zweifellos das Wunderlichste, was ihm je passiert war, und er fragte sich, was das Ganze eigentlich sollte.

Und warum in Gottes Namen kümmerte sich keiner von allen, die unten standen, darum, ihn wieder herunterzuholen? Wollten sie ihn für den Rest des Tages hier hängen lassen?

Ohne auch nur das geringste Geräusch zu verursachen, schwebte er weiter an der Decke entlang – zum Licht hin, da drüben am Fenster. Es gab eine kleine Luke dort oben, die nicht viel größer als eine Lüftungsklappe war, und er schien auf dem Weg dorthin zu sein.

Durch diese Luke drang das einzige Tageslicht in den Raum, der ansonsten von starken Lampen intensiv und grell ausgeleuchtet wurde. Gårdeman sehnte sich jedoch nach dem Tageslicht.

Plötzlich hielt er inne. Zwängte sich sozusagen in die oberste Ecke und bekam unwiderstehliche Lust, über seine eigene absurde Situation zu lachen.

Hier hing er also nun! In einem Winkel an der Decke wie eine Spinne in Erwartung ihrer Beute. Er lachte aus vollem Hals.

Doch keiner der Anwesenden im Raum interessierte sich auch nur im Mindesten dafür, dass er sich dort oben so amüsierte, denn sein Lachen war offenbar vollkommen lautlos.

Das einzige Geräusch, das er hingegen vernahm, war das metallische Klirren von Skalpellen und Arterienklemmen, die ausgewechselt und in sterile rostfreie Schalen gelegt wurden, während um den Tisch herum ein sonderbarer Tanz vollführt wurde.

Zierliche Krankenschwestern bewegten sich routiniert und leichtfüßig wie Elfen um einige fest positionierte Gestalten, die sich mit breiten Schultern über etwas auftürmten. Ganz bestimmt waren sie mit etwas sehr Wichtigem beschäftigt, doch so sehr er sich auch bemühte, konnte er nicht erkennen, worauf sie ihre Aufmerksamkeit lenkten.

Außerdem war das grelle elektrische Licht so furchtbar hinderlich, einfach störend und ziemlich abstoßend.

»Blutdruck?«, wollte eine auffordernde Stimme wissen.

»40 zu 10. Puls kaum messbar«, zitierte ein grün gekleideter Narkosearzt die Werte auf seinem blinkenden Monitor, der einige Meter entfernt stand.

»Geben Sie eine Ampulle Ephedrin und eine Einheit Blut.«

Danach fand die Kommunikation wieder wortlos statt, und das Einzige, was Gårdeman hörte, war das schwache Fauchen des Blasebalgs vom Narkoseapparat.

»EKG?«, fragte die auffordernde Stimme weiter.

»Er hat Kammerflimmern«, erklärte der Narkosearzt.

»Herzmassage, und gib ihm eine weitere Ampulle Ephedrin!«

»Herzversagen!«, warnte der Mann am Monitor.

Eine Schwester rollte mit routinemäßigen Bewegungen den Reanimationswagen mit dem Defibrillator heran, und innerhalb von Sekunden war das Team bereit für eine elektrische Herzstimulation.

Der starke elektrische Stromstoß schickte Spasmen durch den Körper des Patienten. Da der erste von 120 Volt keinen nennenswerten Effekt zeigte, bereitete man sich auf eine Erhöhung der Voltzahl vor.

»Dyspnoe!«, stellte der Mann am Monitor des Respirationsgerätes fest. »Akute Atemnot!«

»Künstliche Beatmung und geben Sie ihm eine weitere Einheit Blut – jetzt sofort!«

»Beeilen Sie sich, sonst verlieren wir ihn!«, mahnte der Narkosearzt.

Gårdeman leuchtete ein, dass es da unten große Probleme gab. Doch warum beachtete ihn keiner, wo er doch immer noch oben an der Decke hing?

Ihm gefiel das Licht am Fenster, auch wenn er draußen nichts erkennen konnte. Und das Licht wurde immer heller. Bis ihm ein starker, fast blendender, überirdisch schöner Lichtstrahl entgegenschlug.

Er fragte sich, ob ein Spiderman, wie er es war, wohl um Erlaubnis fragen müsste, wenn er nach draußen wollte, befand jedoch, dass es bestimmt in Ordnung wäre, wenn er sich einfach auf den Weg machte. Man würde sicher nichts dagegen haben, wenn ein Klettermaxe sich nun einmal von einem solchen Phänomen angezogen fühlte.

Er streckte seine Hand aus und wollte das Fenster berühren.

Doch es gab kein Fenster.

Das Einzige, was existierte, war der wunderbare weiße Schein da draußen, und er wollte ein Teil davon werden. Jetzt, wo er in der Lage war zu fliegen, musste er zusehen, dass er hinaus in dieses wunderbare Licht käme.

»Los, machen Sie schon!«, ermahnte die auffordernde Stimme jetzt etwas eindringlicher. »Sehen Sie zu, dass Sie das Herz wieder in Gang bekommen!«

Ein neuer Stromstoß, diesmal 360 Volt stark, erreichte über den Defibrillator den Körper des Patienten.

Sie waren plötzlich so laut und irritierend, diese grün gekleideten Figuren da unten. Er hielt inne, zog sich ein wenig vom Fenster zurück und vergewisserte sich ein letztes Mal, womit sie in diesem unwirtlich erleuchteten Raum eigentlich beschäftigt waren.

Einer der breitschultrigen Giganten richtete sich unerwartet auf, warf irgendetwas mit einem lauten Klirren in eine der Schalen und drehte sich um. Mit den Händen auf Brusthöhe vor sich ausgestreckt konferierte er einen Augenblick lang mit einer der zierlichen Schwestern neben ihm.

Die Latexhandschuhe, die er trug, waren glänzend rot, und sein grüner Operationskittel war mit Blut befleckt.

Gårdeman nutzte die Situation, um einen Blick auf den armen Teufel da unten zu werfen, der ihnen offensichtlich extreme Schwierigkeiten bereitete.

Er staunte nicht schlecht, als er sich selbst – Ulf Gårdeman – völlig bleich und leblos auf dem Operationstisch liegen sah. Ein enormes, mit Blut getränktes Loch gähnte obszön in der Bauchgegend, direkt unter dem Herzen. Schläuche ragten aus seinem Mund, während Elektroden und Injektionsnadeln sich um die Fläche in seinen Armbeugen stritten.

Es sah nicht gut aus. Absolut nicht gut. Selbst er als Laie musste einsehen, dass die gelblich blasse Farbe, die sein Gesicht angenommen hatte, nicht gesund aussah.

Doch das Licht?

Er wollte doch zum Licht, dafür hatte er sich bereits entschieden.

Allein der Gedanke daran machte ihn glücklich.

Es sah so viel versprechend, so beruhigend aus.

Dort... da erschien es wieder!

»Er ist wieder im Sinusrhythmus!«

Die laute Stimme drängte sich ihm unangenehm schneidend auf.

Er wollte... er sehnte sich so nach...

»Jaa! Wir haben ihn! Den Ausreißer haben wir endlich eingefangen!«

Das Licht verschwand.

Nein!

Es sollte nicht verschwinden!

Er wollte nicht, dass es...

Es war so schön... so überirdisch friedvoll.

Nein!!!

Ein weißer Nebel führte ihn fort von dem tröstenden Licht und hüllte ihn in eine graue Dämmerung. Er hinderte ihn daran, frei zu schweben. Führte ihn schließlich wieder nach unten, hinunter in eine unangenehme Dunkelheit.

»Okay, wir haben ihn wieder in einem stabilen Herzrhythmus!«, konstatierte der Narkosearzt zufrieden.

Der breitschultrige Mann mit der auffordernden Stimme war sich seiner Sache ebenfalls sicher. Allen Erwartungen zum Trotz war die Operation gelungen, und sein Patient befand sich wieder außer Lebensgefahr.

Er nahm die letzten Stiche einer sauberen Naht vor: ein kleines handwerkliches Kunststück, das sich in Form einer knallroten Narbe quer über Gårdemans Bauch zog, und übertrug dem restlichen Team die Verantwortung für die Nachsorge.

»Vielen Dank, Sie haben allesamt gute Arbeit geleistet!« Er warf einen letzten Blick auf seinen Patienten auf dem Operationstisch, stellte fest, dass die Gesichtsfarbe inzwischen eine weitaus gesündere Nuance angenommen hatte, und fragte sich, wo der Kerl wohl gesteckt hatte.

Für den kurzen Zeitraum, in dem er klinisch tot gewesen war.

»Wie können Sie ernsthaft daran glauben, dass Sie unbeschadet hier herauskommen mit dem… ja, was immer Sie hier auch suchen mögen?!«, fragte Knut Sahlman in einem polizeilich autoritären Tonfall.

Der Suchende ließ unablässig den graublauen Strahl seiner Spezialtaschenlampe über Sahlmans Gesicht gleiten, sodass dieser nicht das Geringste sehen konnte. Doch hören konnte er. Er hörte, wie der Mann angesichts der hilflosen Worte seines Opfers vergnügt gluckste.

»Es gibt nur einen Ausgang, und der ist bewacht«, log Sahlman tapfer.

»Nur einen Ausgang?«, lachte der Suchende. »Soso, das denken Sie vielleicht!«

Sahlman hatte es tatsächlich gedacht, oder besser gesagt, Eingeweihte hatten es ihm versichert.

»Es ist in der Tat so. Und das wissen alle hier«, versuchte er es noch einmal, diesmal in der Überzeugung, unauffällig sein Grundwissen in Verbrechenspsychologie zum Einsatz gebracht zu haben.

Seiner Auffassung nach wurde man nicht aus purem Zufall zum Verbrecher. Zur kriminellen Mentalität gehörte oftmals ein großes Maß an Exhibitionismus, das sich in der Regel schnell offenbarte.

Sicher gab es so manchen geschickten Juwelendieb, der während seiner gesamten kriminellen Laufbahn anonym geblieben und als mythenumwobene Legende in die Geschichte eingegangen war. Die Entlohnung für sein ausdauerndes Schweigen bestand darin, dass er um die Gefängnisstrafe herumkam und sich somit ein Leben in stillem Luxus auf irgendeiner paradiesischen Insel einrichten konnte. Anderen Dieben wiederum reichte allein die stille Genugtuung darüber, die ganze Welt betrogen zu haben.

Doch dieses Verhalten gehörte eher zu den Ausnahmen im Leben eines Straffälligen. Das Bedürfnis, übermütig mit der eigenen Geschicklichkeit zu prahlen, überwog in den meisten Fällen. Sahlman tippte, dass auch der Mann, der sich ihm so bedrohlich von hinten genähert hatte, dieselbe schicksalsträchtige Mentalität aufwies.

»Ha!«, brachte dieser jetzt mit jugendlicher Verachtung hervor.

Sahlman fühlte sich in seiner Vermutung bestätigt und tastete sich auf dem dunklen Terrain der Psychologie weiter voran. »Was heißt hier ›ha‹?«, fragte er sarkastisch, während er inständig hoffte, dass ihm die Zeit, die er mit der Herausforderung des anderen zum Reden gewann, zugute kommen würde.

»Die glauben, sie wissen alles, ist es nicht so?«, schnaubte der Jüngling.

»Einiges sollten sie wohl wissen«, betonte Sahlman. »Sie arbeiten ja schließlich hier.«

»Aber sie haben nicht den Hauch einer Ahnung! Das kann ich dir versichern, alter Knacker!«

»Wovon haben sie keine Ahnung?«, setzte Sahlman seine Verzögerungstaktik fort, ohne sich anmerken zu lassen, dass es ihn empfindlich störte, wenn man ihn duzte.

»Sie haben von Tuten und Blasen keine Ahnung!«, beharrte der Suchende. »Die kapieren nicht, wie einfach es ist, hier hineinzukommen. Das heißt, wenn man es wirklich will!«

»Und wie einfach ist es?«, wollte Sahlman wissen, der tatsächlich neugierig geworden war und im Stillen darauf hoffte, dass dieser große Held endlich das verdammte Licht vor seinen Augen entfernen würde.

»Hast du nie *wall-climbing* geguckt? Hast du nie die Typen beobachtet, wie locker sie an den Wänden von Sporthallen hochturnen? Nicht mal, als sie in den Dachkonstruktionen von Knutpunkten geklettert sind?«

Die Frage war rein rhetorisch, und Sahlman antwortete nicht.

»Ich kann das ziemlich gut«, setzte er hinzu. »Verdammt gut sogar! Außerdem ist die Fassade mit all den Abschabungen von Baugerüsten, Spalten und sonstigen Einkerbungen wie gemacht dafür. Und was glaubst du, wer eine dunkel gekleidete Figur mitten in der Nacht den Festungsturm Kärnan hochklettern sieht? Bis jetzt jedenfalls noch keiner – nicht zuletzt deswegen, weil ich die Scheinwerfer auf der Südseite außer Funktion gesetzt habe!«

Sahlman wunderte das kaum. Birgitta hatte ihn ja bereits auf diesen speziellen Umstand hingewiesen.

»Letztlich war es nur noch eine Bagatelle, die Vormittagsstunden in den Toiletten abzusitzen und die Burg rechtzeitig zur Schließung in Besitz zu nehmen«, klärte der Suchende sein Gegenüber eifrig und prahlerisch auf.

»Natürlich, und einen Schlüssel haben Sie sicher auch nachgemacht, und solche Dinge, oder?«

Der Suchende antwortete nicht. Wahrscheinlich begann er Sahlmans Strategie zu durchschauen. Und die Tatsache, dass diesem die Zeit davonlief. Brüsk zwang er seinen Gefangenen in Richtung der Weltkugel, die mitten im Raum stand. Sahlman, der sie nicht bemerkte, stieß mit dem Oberschenkel dagegen, sodass er um ein Haar aufs Neue die Balance verloren hätte.

»He, können Sie nicht ein bisschen vorsichtiger sein, Bürschchen! Das Letzte, was Sie wollen, ist doch wohl, jemandem Schaden zuzufügen, oder nicht?«, warnte ihn Sahlman.

»Da solltest du dir nicht so sicher sein! Das, was ich suche, ist es durchaus wert – es ist sogar die Mühe wert, einen Bullen zu töten.«

»Bullen?«, wiederholte Sahlman. »Wieso nehmen Sie an, dass ich Polizist bin?«

»Das riecht man doch schon von weitem, Opa. Und außerdem wäre ich jetzt nicht mehr am Leben, wenn du ein anderer gewesen wärst.«

»Und wer, zum Beispiel?«, wollte Sahlman wissen, ohne darauf einzugehen, dass dieser Mistkerl ihn nicht nur durchschaut hatte, sondern ihn mit seiner Titulierung munter weiter degradierte.

»Zum Beispiel ein anderer, gut organisierter Schatzsucher«, fuhr ihn der Jüngere an und versetzte ihm einen weiteren Stoß, diesmal mit seiner Faust.

Sahlman wechselte rasch das Thema. »Was suchen Sie hier eigentlich?«

Er bemühte sich, ihn zu locken und ihm, der bereits so viel Mühe in sein Vorhaben investiert hatte, die Chance zu geben, die Welt – auch wenn es sich vorerst einzig um seine eigene Wenigkeit handelte – an seinen herausragenden Taten teilhaben zu lassen.

»Du würdest es nur zu gerne wissen, oder?«, sagte ihm der Suchende auf den Kopf zu, während sich Sahlman gut das höhnische Grinsen, das er dazu aufsetzte, vorstellen konnte.

Er spielte definitiv ein riskantes Spiel, denn der junge Mann schien wirklich bereit zu sein, jeden, der ihm in die Quere kam, umzubringen. Doch gleichzeitig war Sahlmans

Fahnderinstinkt geweckt. Er mochte Mysterien und war oftmals wie besessen davon, die Lösung eines Rätsels, das sich irgendwo im Alltäglichen verbarg, zu finden. Obgleich ihn das Wissen in diesem Fall teuer zu stehen kommen könnte. Wusste er erst einmal Näheres, hätte er längst nicht mehr den Status irgendeines zufälligen Beobachters. Er wäre dann ein außerordentlich gefährlicher Zeuge und befände sich damit in exakt der Lage, die schon viele im Lauf der Geschichte das Leben gekostet hatte – weil sie mehr wussten, als sie sollten.

»Ja, das würde ich«, antwortete er wahrheitsgemäß, »und außerdem hätte ich es gerne, dass Sie so freundlich wären, damit aufzuhören, mir in die Augen zu leuchten!«

»Okay«, meinte der Suchende.

Es klang fast gefügig.

Aber…

Er entfernte die Taschenlampe aus Sahlmans Blickfeld und hielt ihn stattdessen mit einem kräftigen Griff an seinem Trikot fest. Dabei kniff er ihm ziemlich unangenehm in die Haut um die Brustwarze herum, ohne dabei das Messer auch nur einen Millimeter von seinem Hals zu entfernen.

»Okay, du Abenteurer! Wenn du unbedingt darauf bestehst, dein Glück herauszufordern, zeig ich's dir!«

Der Suchende schob den Polizisten mit hartem Griff um den Modellglobus herum zur südlichen Wand und zwang ihn dort zu Boden.

Sahlman musste vor sich selbst zugeben, dass die ganze Geschichte äußerst unangenehme Züge annahm. Er fühlte sich einsamer denn je und dachte im Stillen, dass Joansson vollkommen Recht gehabt hatte. Er hätte auf den Dienst habenden Inspektor hören sollen.

Dieser Typ hier wusste offensichtlich ziemlich gut, was er tat. Nun wühlte er zwischen den Sachen, die über den Boden verteilt lagen, und fand, wonach er suchte. Und als würde die Tatsache, dass er dem angestrebten Gegenstand nun so nahe war, ihn dazu bringen, jegliche vorherige Vorsicht fahren zu lassen, knipste er plötzlich eine ganz gewöhnliche Halogenlampe an – und blendete damit seinen Gefangenen erst recht.

Sahlman konnte nichts dagegen tun, als ihm unvermutet die Hände mit einem kräftigen Kunststoffklebeband hinter dem Rücken gefesselt wurden. Dann schob ihn sein Peiniger rückwärts gegen die Wand und lachte spöttisch. Er hielt ihm immer noch die verdammte Lampe direkt vor die Augen, sodass er den Eindruck nicht loswurde, als wäre das verflixte Licht einer gewöhnlichen Halogenbirne das Letzte, was er überhaupt in diesem Leben zu sehen bekommen würde.

Dann richtete der Suchende endlich den Schein auf seine Ausrüstung. Sahlman konnte den Metalldetektor, den er bereits durch die – inzwischen ramponierte – Schutzbrille erkannt hatte, auf einer ölverschmierten Jeanstasche liegen sehen. Außerdem lagen dort Bürsten und Pinsel, Spezialspachtel, eine kleine Hacke und ein Plastikeimer.

Utensilien dieser Art waren Sahlman bereits während der Restaurierungsarbeiten an der Clemenskirche aufgefallen. Er hatte damals zwangsläufig die unterschiedlichen, ohne Zweifel sehr interessanten Arbeitsphasen – darunter auch die Ausgrabung des Mauerwerks – verfolgt, da die Kirche direkt auf seinem Heimweg lag. Auf diese Weise hatte er das Werk der Restaurateure Tag für Tag fortschreiten sehen.

Die Ausrüstung eines archäologischen Schatzsuchers.

Die Frage war nur, welche Art Schatz dieser Mann suchte.

Sahlman hatte keine Ahnung.

Jetzt griff der Suchende nach einem der Spachtel und bezog mit nahezu religiöser Präzision Position vor der Wand. Er setzte das Werkzeug an einem bestimmten Punkt an und begann, den Putz Schicht für Schicht mit einer Akribie abzutragen, die man kaum von einer Person mit seiner Gewaltbereitschaft erwartet hätte.

»Wenn Sie jetzt aufgeben, hätten Sie jedenfalls…«, unterbrach Sahlman sein hingebungsvolles Tun.

»Psst! Halt die Klappe!«

Sahlman dachte an sein eigenes Wohl und sagte nichts weiter. Stattdessen nutzte er seine Energie, um möglichst unbemerkt das zähe Klebeband um die Handgelenke zu weiten. Er zog und bog an seinen Fesseln, lockerte die Spannung und dehnte das Band erneut. Vielleicht… vielleicht? Jedenfalls erschien es ihm immer noch sinnvoller, als gar nichts zu unternehmen.

Mit regelrecht sinnlichen Bewegungen legte der Suchende den Stein frei, dem seine gesamte Aufmerksamkeit gegolten hatte, während Sahlman der Frage nachging, ob er überhaupt eine Chance hätte, jemals heil aus der Sache herauszukommen. Das Klebeband war stark, zäh und ausdauernd wie eine Hebamme, sodass er sich Gedanken machen musste, ob er nicht stattdessen am besten die Füße einsetzen könnte. Denn so ganz ohne Gegenwehr würde er diesen Grünschnabel nicht entkommen lassen!

Als der Suchende schließlich den Stein aus der Wand gelöst hatte, in der dieser mehr als ein halbes Jahrtausend eingemauert gesessen hatte, knirschte es gewaltig. Reste von Mörtel rieselten zu Boden, während die langen feingliedrigen Archäologenfinger vorsichtig den Ziegel aus seinem steinernen Gefängnis befreiten. Nun wurde ein Hohlraum sichtbar, und er führte direkt in die mächtige Wand – geradewegs in die Geheimnisse vergangener Zeiten.

Sahlman war sich nicht ganz sicher, doch er meinte zu beobachten, wie die Hand des Mannes zitterte, als sie sich äußerst vorsichtig in den Hohlraum vortastete. Sorgfältig wie bei einer gynäkologischen Untersuchung befühlten die schmalen Finger das Innere der Aushöhlung – und wurden tatsächlich fündig.

Der Suchende gluckste zufrieden, merkte dabei jedoch nicht, dass Sahlman die Situation nutzte, um auf die Knie zu kommen. Unterdessen zog er ein Bündel aus der Öffnung: einen kleinen, mit Staub und Mörtelresten überzogenen, schmutzigen Lederbeutel, dessen Schnürung verwittert war.

Sahlman hatte inzwischen einen Fuß aufgestellt und stützte sich mit der Schulter an der Mauer ab, um sich weiter aufzurichten. Es knackte ein wenig in seinen Knien, doch der Suchende schien überhaupt nichts um sich herum wahrzunehmen. Er war völlig auf den kleinen Lederbeutel fixiert, den er nun triumphierend in der Hand hielt.

»Ha!«, platzte es unerwartet aus ihm heraus, sodass Sahlman sich ertappt fühlte und sich dichter an die Wand presste. »Jetzt wirst du etwas zu sehen bekommen, das niemand außer uns zweien im Leben je bestaunen kann. Bist du bereit, Bulle?«

Er hielt den Inhalt des Beutels in den Lichtstrahl, als ginge es darum, Sahlman ein außergewöhnliches Geschenk zu präsentieren, dessen magische Eigenschaften erst noch erläutert werden mussten. Es funkelte und leuchtete, und soweit Sahlman es beurteilen konnte, bestand das begehrte Objekt ohne Zweifel aus Gold und edlen Steinen. Es handelte sich um eine Brosche, die in bewundernswert geschickter Weise angefertigt worden sein musste, doch sie war weder mit Diamanten bestückt, noch bestand sie aus hochkarätigem Gold, wie man es bei wertvollem Schmuck erwarten würde. Stattdessen bildeten die Steine in Verbindung mit dem Edelmetall ein ziemlich schlichtes Schmuckstück.

»Aber warum«, fragte Sahlman mit der Naivität eines Ahnungslosen, »warum treiben Sie so einen Wahnsinnsaufwand für ein solches Schmuckstück?«

»Weil nämlich, bester Herr Schutzmann«, klärte ihn der Suchende höchst zufrieden auf, »das, was Sie gerade betrachten, nichts Geringeres ist als das seit 1349 verschwundene Hochzeitsgeschenk von Königin Blanche de Namur. Und zwar genau jenes, welches sie am Morgen ihrer Hochzeit im Jahre 1335 aus der Hand von König Magnus Erikson im Schloss von Bohus in Empfang nahm!«

Nun konnte auch Knut Sahlman die Dinge in einen Zusammenhang bringen.

Nicht zuletzt begriff er, was für ein gewagtes Spiel der Suchende spielte und welcher Gefahr er selbst ausgesetzt war. Für die Erbeutung eines solchen Schatzes wäre ein Mord nichts Ungewöhnliches, und er – Sahlman – war immerhin der einzige Zeuge des Geschehens.

Der Schmuck, den er in dem starken Halogenlicht zu sehen bekommen hatte, war nicht nur wertvoll.

Er war vollkommen unschätzbar.

Die Reifen des schwarzen Saab quietschten und stanken nach Gummi, als er ins Schlingern geriet und sie sich am Bordstein rieben. Es schien, als sei der Teufel persönlich unterwegs.

Der Mann am Steuer erreichte auf der verschneiten Strecke bei vorgegebenen 50 km/h ganze 87 Stundenkilometer, denn er hatte drei Polizeiwagen mit angeschaltetem Blaulicht und Martinshorn hinter sich, die ebenfalls Vollgas gaben.

Als er die vereiste Kurve in dem kleinen Neubaugebiet zu eng nahm, verlor er fast die Kontrolle über seinen Wagen. In letzter Sekunde gelang es ihm jedoch, das Auto wieder auszurichten und seine Wahnsinnsfahrt durch ein Villenviertel in den Außenbezirken von Adolfsberg in Richtung der alten Obstanbaugebiete fortzusetzen.

Der mit Schnee vermischte Kies spritzte in den Kurven auf. Der Fahrer war sich durchaus im Klaren darüber, dass eine Schule in der Nähe war und jeden Moment ausgelassene Schulkinder auf die Straße springen konnten.

Doch das war ihm verdammt egal.

Er gab noch ein bisschen mehr Gas, denn er wusste, was Sache war. Polizistenmörder jagte man wie ein Tier –

und nun war er selbst die gejagte Beute! In seiner Vorstellung erschienen ihm die Blaulichter, die ihm auf den Fersen waren, wie Lötlampen, deren einziges Ziel es war, ihn mit ihrem Feuer zu vernichten.

Er hielt das Steuer in der einen Hand und kratzte sich mit der anderen am Bart; er hatte sich schon viel zu lange nicht mehr in Ruhe rasiert.

Die vergangenen Tage hatte er sich auf einer hektischen Reise nach Bulgarien und wieder hinauf nach Skandinavien befunden. Das Ganze war ziemlich anstrengend und aufreibend gewesen. Besonders die Rückfahrt war stressig gewesen, wo er doch hinter einer eigens dafür eingebauten Verkleidung in der Karosserie sechs Kilo Amphetamin verwahrt hatte.

Doch warum sollte er sich überhaupt rasieren?

Im Lauf der Jahre hatte er es als Vorteil empfunden, etwas ungewöhnlich auszusehen, und er wusste wohl, dass er einem Clown nicht unähnlich war. Bislang hatte es sich insofern positiv ausgewirkt, als ihm fast überall in Europa die Zöllner zugetan waren. Sie winkten ihn relativ selten heraus, als wollten sie jemandem, der allein schon durch sein Aussehen benachteiligt war, nicht noch unnötige Schwierigkeiten bereiten. Und genau dieses Prinzip hatte er sich auf seinen vielen ausgedehnten Geschäftsreisen zunutze gemacht.

Um ganz sicherzugehen, hatte er diesmal dafür gesorgt, vor Antritt der Fahrt eine Flasche billiges Eau de Cologne im Kofferraum zu versprühen. Denn man hatte ihm gesagt, dass selbst ein Spürhund vom Zoll, der möglicherweise Witterung aufnahm, von dem Geruch des Parfums so abgestoßen werden würde, dass er sich dem Fahrzeug kaum nähern würde.

Wie auch immer, er hatte jedenfalls alle Grenzkontrollen galant überstanden. Einmal hatte ihm jemand in einer Herrentoilette im dänischen Randers seine Aufwartung gemacht. Doch es handelte sich nicht, wie anfangs vermutet, um einen Fahnder in Zivil, sondern einen Schwulen, der sich von dem billigen Duft angezogen fühlte. Als dieser sein Ekel erregendes Angebot vor ihm ausbreitete, war für ihn das Maß voll gewesen, und er hatte ihn kurzerhand bewusstlos geschlagen, bevor er ihn auf eine der Toiletten verfrachtet und ihn dort sich selbst überlassen hatte.

Nachdem er daraufhin seine eigene Blase geleert hatte, war er ohne Unterbrechung nach Helsingør durchgefahren. Da die *Hamlet* von Scandlines Probleme mit dem Bugvisier hatte, war ihm nichts anderes übrig geblieben, als die Überfahrt nach Helsingborg bei der Konkurrenzgesellschaft HH-Ferries anzutreten. Kein Zollbeamter hatte auch nur einen Blick in sein Fahrzeug geworfen, und es war ihm regelrecht schwer gefallen, ein Grinsen zu unterdrücken. Er hatte also vollkommen unbehelligt die Kontrolle passieren können, ohne auch nur das Tempo zu verringern.

Ruck, zuck – Geld wie Heu! Die Ladung war unter der Hand knapp eine Million wert, und der ganze Zaster gehörte ihm!

Und dann kam dieser verdammte Bulle am Olympiastadion und wollte seinen Führerschein sehen!

Klar, dass er abgedrückt hatte.

Nur, wie zum Teufel sollte er sich dieser Verfolgungsjagd jetzt entziehen?

Dort!

Ein Stück entfernt gab es eine kleine Durchfahrtsstraße. Sie führte direkt auf den Österleden, der wiederum weiter unten die Autobahn erreichte. Er musste also nur dorthin kommen. Als er auf einem Zebrastreifen die Kurve zu stark anschnitt, erwischte er mit dem Kotflügel eine ältere Dame. Er hörte, wie das Metallgestell ihres kleinen Einkaufstrolleys zerbrach. Im Augenwinkel konnte er ihn weit durch die Luft fliegen und mit einem Knall auf der Fahrbahn landen sehen. Ein Liter Milch und ein in Plastik verpacktes Brot folgten im

Flug. Und die Frau, flog sie hinterher? Nein, da lag sie rücklings auf dem Bürgersteig und fuchtelte hysterisch mit den Armen um Hilfe. Verdammtes Weibsstück!

Aber vielleicht konnte er auf diese Weise einen der Polizeiwagen abhängen. Denn natürlich würden sie sich um alte, hilfsbedürftige Damen kümmern, diese Blaumeisen!

Er ging ein wenig vom Gas, um nach der Kurve das Pedal wieder durchzutreten und in voller Fahrt davonzubrausen. Der Motor beschleunigte willig, und er konnte im Rückspiegel tatsächlich feststellen, dass er nur noch zwei dieser lodernden Fackeln im Nacken hatte.

So war es schon besser.

Mit etwas Glück würden sie schon in der nächsten S-Kurve von der Straße abkommen. Er selbst kannte die Kurven in dieser Gegend im Schlaf, denn er besuchte des Öfteren eine Nutte im Orkanvägen.

Verdammt, wie ihm der Bart juckte!

Er warf erneut einen raschen Blick in den Rückspiegel, diesmal jedoch, um festzustellen, ob sich nicht irgendetwas zwischen den Barthaaren eingenistet hatte. Mann, wie entsetzlich es juckte!

Nun hatte er nur noch einen Wagen mit Blaulicht hinter sich.

Siegesgewiss hob er die Faust. »Yes!«

Die anderen Bullen mussten demzufolge in der steilen Kurve da hinten ausgestiegen sein, so hoffte er jedenfalls. Vielleicht waren sie ja direkt in die Obstwiesen gerauscht!

»Bon voyage!«, winkte er ihnen zum Abschied mit einem letzten Blick in den Rückspiegel hinterher und kratzte sich versonnen am Kinn.

Der Frontlader der Marke Volvo EL 70 C stand quer über die Straße geparkt, das gelbe, blinkende Warnlicht auf dem Dach.

Der Fahrer wollte gerade die letzte Fuhre Zementrohre für einen Neubau in der Sommargatan abladen. Er fand es eigenartig, in einer Straße, die Sommargatan hieß, mitten in der Kälte des Winters zu arbeiten. Doch bald würde er für heute fertig sein, sodass er seine Kinder von der Tagesstätte abholen konnte.

Der Saab hielt auf der geraden Strecke eine Geschwindigkeit von 101 Stundenkilometern, und die Kollision war demnach entsetzlich. Der Frontlader neigte sich. Mehr als dreizehn Tonnen gehärteter Stahl gerieten in Bewegung, die sich zu einem Besorgnis erregenden Schwanken auswuchs. Doch der Laster kippte nicht. Er stabilisierte sich auf seinen schweren 2 X 25-Zoll-Reifen und blieb wie durch ein Wunder stehen.

Der vordere Teil des Saabs hingegen wurde völlig platt gedrückt. Das ansonsten so robuste Metall wickelte sich wie Weichkäse um die gelb lackierte Breitseite des Frontladers, und als das nachfolgende Polizeiauto mit einer Vollbremsung hielt, konnte man nur noch feststellen, dass sich die Lenkstange durch das Steuer hindurch in den Brustkorb des Fahrers gebohrt hatte. Somit war er regelrecht aufgespießt worden, barmherzigerweise mit tödlicher Folge.

Barmherzig, weil bereits beide Beine in Kniehöhe von messerscharfen Metallkanten abgeschnitten worden waren, während das eine Auge vom zerbrochenen Rückspiegel ausgestochen und die rechte Gesichtshälfte von den scharfkantigen Scherben der eingedrückten Windschutzscheibe regelrecht abgetrennt worden war.

Er hätte die Verletzungen nicht einmal bis zum Eintreffen des Rettungswagens überlebt.

Der schockierte Fahrer des Frontladers kroch auf puddingweichen Beinen aus seiner Maschine, während die Polizisten einen Krankenwagen sowie Verstärkung über Funk anforderten.

»Ich… ich wollte doch nur«, gab er verwirrt von sich, »…und dann wollte ich die Kinder abholen. Wie konnte das passieren? Wie konnte das passieren? Wie…«

Der Polizist Roger Carlsson begleitete ihn fürsorglich zum angenehm warmen Polizeiwagen, setzte ihn auf den Rücksitz und hüllte ihn in eine Wolldecke.

»Versuchen Sie sich zu beruhigen«, sagte er in bestimmtem, aber mitfühlendem Tonfall, während er ihm bestätigend auf die Schulter klopfte. »Sie konnten nichts dafür, es war nicht Ihr Fehler. Bleiben Sie ein bisschen sitzen, Hilfe ist bereits unterwegs.«

»Aber wie… wie? Und wer holt die Kinder ab?«

»Versuchen Sie sich zu beruhigen«, wiederholte Carlsson, der bereits mehr als einmal Menschen im Schockzustand geholfen hatte. »Atmen Sie tief und gleichmäßig durch, dann geht es Ihnen bald besser. Wir kümmern uns um alles, alles wird gut.«

Er vermittelte in diesem Augenblick eine professionelle Ruhe, die er selbst überhaupt nicht empfand. Dieser Unfall war bisher der allerschlimmste, den er je gesehen hatte. Und er hoffte, dass ihm in Zukunft Anblicke wie dieser erspart bleiben würden.

Er ging zu seinem Kollegen, der in der Nähe des Autowracks stand. Es war völlig offensichtlich, dass sie nichts tun konnten, außer zu warten. Die Feuerwehr war bereits unterwegs, denn es gab wohl kaum eine andere Möglichkeit, als den Kerl mit einem Schneidbrenner aus dem Blechhaufen zu befreien. Carlsson schob sich mit einer verzweifelten Geste die Mütze in den Nacken. Obgleich es eiskalt war, stand ihm der Schweiß auf der Stirn. Er wischte sich ihn mit dem Handrücken ab.

Die Klappe des Kofferraums war durch die Stärke der Kollision aus ihrer Verankerung gesprungen und wogte nun weit geöffnet im stärker werdenden Wind. Jegliche Metallverbindungen im Heck des Wagens waren verzogen, und die Schweißnähte der eingebauten Geheimfächer gebrochen, sodass sich die Beutel mit dem wertvollen Inhalt über den Kofferraum verteilt hatten.

Scharfe Blechkanten hatten die Plastiktüten aufgeschlitzt, und der Wind hatte sich für einen kurzen Augenblick in die Öffnung am Heck verirrt. In kleinen Wirbeln forderte er nun das weiße Pulver zu einem ungestümen Tanz auf, blies es in die Luft und verschwand mit einem Großteil des beträchtlichen Marktwertes über die gefrorenen Wiesen.

Zur selben Zeit war man in den umstehenden neu erbauten Häusern im warmen Schein der Küchenlampe damit beschäftigt, das Abendessen zuzubereiten. Und vielleicht fragte sich der eine oder andere Hausbesitzer gerade, wie man die nächste Tilgungsrate eigentlich würde aufbringen können.

Während draußen ein ungewöhnliches Schneetreiben herrschte, das mit einer geschätzten Summe von einigen hunderttausend Kronen über die Dächer ihrer Häuser und weiter durch das Villenviertel davonstob.

Linda Persson gefiel das Ganze gar nicht.

Er war eigentlich schon viel zu lange da oben, dieser Sahlman. Und auch wenn sie nicht so recht wusste, ob sie diesen pompösen Besserwisser nun mochte oder nicht, so hatte sie jedenfalls angefangen, sich Sorgen um ihn zu machen.

Die etwas weniger machohaften Züge an ihm hatten gewisse Sympathien in ihr geweckt. Sie wollte einfach nicht, dass ihm etwas passieren würde, schon gar nicht hier in der Festung. Und dafür zu sorgen, lag letztlich in ihrer eigenen, höchst persönlichen Verantwortung.

Die Frage war nur, was sie machen sollte. Sie hatte sich neulich geschworen, keinen Fuß mehr dort oben in die Säle zu setzen, solange die Sache nicht geklärt war. Und außerdem hatte sie ja schon genug mitmachen müssen. Dennoch plagte sie die dunkle Ahnung, dass er ihre Hilfe benötigte, und sie fühlte sich versucht, ihre Prinzipien für dieses Mal aufzugeben und tatsächlich einen Blick in die oberen Stockwerke zu riskieren.

Obwohl sie annahm, dass dieses risikoreiche Unternehmen nicht durch ihre allgemeine Angestelltenversicherung gedeckt wurde, machte sie sich auf den unbehaglichen Weg die Turmtreppe hinauf. Auch wenn sie keine Ahnung hatte, was sie tun sollte, wenn sie Sahlman finden würde, war sie letztlich davon überzeugt, dass ihre Entscheidung richtig war.

Insgeheim fragte sie sich, wie es eigentlich so weit hatte kommen können. Als hätte sich die Wirklichkeit innerhalb von Minuten radikal verändert. Normalerweise war sie um diese Zeit längst zu Hause bei ihrer Katze und den Orchideen! Jedenfalls war sie dankbar, dass die Treppe aus Stein war, denn so konnte sie sich nach oben bewegen, ohne einen Laut von sich zu geben. Kein noch so geringes, verräterisches Knarren wird zu hören sein, dachte sie, als sie vorsichtig einen Fuß vor den anderen auf die ausgetretenen alten Stufen setzte.

Doch als sie dann ein Stück weiter oben ein undefinierbares Geräusch wahrnahm, hielt sie mit pochendem Herzen abrupt inne.

Jetzt drangen Stimmen an ihr Ohr, und sie schienen aus der Küchenetage zu kommen.

Sie lehnte sich gegen die eiskalte steinerne Wand und atmete ein paar Mal tief durch. Dort verharrte sie einige Sekunden, und nachdem sie sich beruhigt hatte, setzte sie den rechten Fuß auf die nächste Treppenstufe und arbeitete sich in der Dunkelheit weiter nach oben vor.

Nach oben zu den Stimmen.

Sie konnte nicht verfolgen, was dort oben verhandelt wurde oder mit wem Sahlman eigentlich sprach, doch sie erkannte jetzt deutlich seine Stimme. Und sie bezweifelte stark, dass die andere, so jugendlich aufmüpfige Stimme die eines Gespenstes war.

»…warum treiben Sie so einen Wahnsinnsaufwand für ein solches Schmuckstück?«

Jetzt konnte sie die Worte deutlich verstehen, sehen konnte sie jedoch nichts.

Dann drang unvermittelt ein Lichtschimmer aus einem der oberen Räume. Er kam zweifelsohne aus der Küchenetage, also setzte sie ihren Weg vorsichtig fort.

»Weil nämlich, bester Herr Schutzmann«, hörte sie eine zu hundert Prozent menschliche, aber beängstigend kalte Stimme sagen, »das, was Sie gerade betrachten, nichts Geringeres ist als das seit 1349 verschwundene Hochzeitsgeschenk von Königin Blanche de Namur.«

Die Stimme setzte im selben Moment ihren Monolog fort, in dem Linda vorsichtig einen Blick über die Kante des Türrahmens warf.

»Und zwar genau jenes«, erklärte sie gerade, »welches sie am Morgen ihrer Hochzeit im Jahre 1335 aus der Hand von König Magnus Eriksson im Schloss von Bohus in Empfang nahm!«

Linda blieb wie versteinert am Türrahmen stehen, und als ihre Augen sich an das starke Halogenlicht gewöhnt hatten, konnte sie den eben erwähnten Schmuck erkennen. Das ziselierte Gold, die handgetriebene Einfassung, die mystisch schimmernde Amethysten und Rosenquarze umschloss, war wunderhübsch – geradezu fantastisch! Wie eine antike Brosche auf einer Volkstracht, nur viel erlesener! Ganz sicher war sie ziemlich alt. Das letzte Mal, als sie so ein Schmuckstück gesehen hatte, befand es sich hinter alarmgesichertem Glas im Nationalmuseum.

Und dieser Mann hielt den Schmuck ganz offen in seiner Hand, während er behutsam über die Oberfläche strich, als wäre es die zarte Haut seiner Geliebten. Endlich hatte er also nach all diesen aufreibenden und trostlosen Wochen gefunden, was er so heiß begehrte.

Und was würde er jetzt mit dem Polizisten anstellen?

Was er in Händen hielt, war vielleicht Milliarden wert! Und Sahlman war der Einzige, der es ihm entwenden konnte.

Die Frage war leicht zu beantworten.

Er würde es nicht zulassen.

Linda beobachtete, wie der junge Mann den Schmuck in die linke Hand legte und mit der rechten die Pistole aus seinem Hosenbund zog. Er entsicherte die Waffe mit einem Furcht erregenden Klicken.

»Äh…«, röchelte Sahlman angestrengt.

Ihm war selten so wenig Zeit zum Nachdenken geblieben. Verzweifelt suchte er etwas, das ihm einige Sekunden Aufschub verschaffen würde.

»…es ist übrigens ein schöner Schmuck, nur woher wussten Sie, dass Sie ihn hier finden würden?«

»Jetzt ist es wohl nicht mehr nötig, die Informationen geheim zu halten, nehme ich an«, antwortete der Mann mit dem exhibitionistischen Eifer, auf den Sahlman so verzweifelt gehofft hatte. »Ich war einer der Assistenten bei der letzten Restaurierung. Ich habe bereits in der mittelalterlichen Architekturgeschichte geforscht, und als Leute für das Projekt gesucht wurden, habe ich nicht lange gezögert.«

»Wussten Sie es da bereits?« Sahlman verschlug es beinahe die Sprache.

»Nein, nicht bevor ich das Quellenmaterial während der Restaurierungsarbeiten studiert habe. Ich fand den Hinweis in einem Abschnitt aus *Libellus de Magno Erici rege*, der berühmten Schmähschrift über Magnus Erikssons Regierungszeit.«

Der Assistent redete munter drauflos, verlor sich vollkommen in seinem Lieblingsthema und schenkte seinem interessierten Gegenüber ahnungslos kostbare Zeit. Und Sahlman hütete sich, seinen Redefluss zu unterbrechen.

»Vieles in dem Werk ist allerdings reine Verleumdung«, informierte ihn der junge Mann enthusiastisch, »aber ein ganzer Teil gibt Aufschluss über reale Geschehnisse. Wie dieses Kapitel, in dem berichtet wird, dass ein Schmuckstück – und zwar ein sehr hochwertiges – irgendwo in diesen Mauern versteckt liegen soll.«

Er machte eine weitschweifende Geste in Richtung der Wände. Sahlman schnappte nach Luft, weil er dachte, dass nun endgültig sein letztes Stündchen geschlagen hatte, aber er lag mit seiner Vermutung zum Glück falsch. Mit seiner ausholenden Bewegung wollte der Mann eigentlich nur das Ausmaß dieser fantastischen Geschichte andeuten. Sahlman hatte die Sache also von vornherein richtig eingeschätzt: Wenn man so viel Mühe auf eine Aktion verwendet hatte, wollte man die Bühne nicht unbedingt inkognito verlassen.

»Aber warum«, versuchte Sahlman den hauchdünnen Faden weiterzuspinnen, »warum hat man so einen wertvollen Schmuck eingemauert?«

»*Libellus de Magno Erici rege* ist von den größten Feinden des Königs verfasst worden«, klärte ihn der Suchende in lyrischem Tonfall auf, »demzufolge hat man es getan, um der Kirche die rechtmäßige Rückzahlung von Anleihen zu verweigern…«

Sahlman hatte offenbar genau das richtige Thema angesprochen und die historische Ader, die den Suchenden zu seinem Ziel geführt hatte, getroffen. Er ließ ihn einfach munter weiterreden.

Doch unvermittelt hatte er den Eindruck… oder litt er bereits unter Halluzinationen? Irgendetwas erschien flüchtig auf der Turmtreppe, oder irrte er sich?

»…aber vermutlich wurde er versteckt, damit er nicht in Feindeshand fallen würde, genauer gesagt an die dänischen Truppen, die 1360 während der Krise um Schonen die Festung belagerten.«

Von seinem eigenen ausführlichen Sachwissen fasziniert, dozierte der Suchende wie aus einer fernen Welt. Bis er völlig abrupt seine Geschichtsvorlesung unterbrach und sich dem Unumgänglichen zuwandte.

»Du verstehst sicherlich, dass ich dich nun, nachdem du alles gesehen hast, nicht länger leben lassen kann«, erklärte er in nahezu bedauerndem Tonfall.

Sahlman sah sich gezwungen, einen neuen roten Faden zu finden. Das Klebeband, das seine Hände zusammenband, war nachgiebiger geworden, doch er benötigte einfach noch mehr Zeit.

»Aber… das müssen doch noch mehr Forscher als Sie geahnt haben, oder?«, brachte er hervor, sobald sich die Worte ansatzweise in seinem Kopf geformt hatten.

»Tja, vielleicht, aber ich bin eben zuerst gekommen.«

»Und das Personal hier im Museum?«

»Ha!«, rief der Mann und schnaubte voller Verachtung. »Wie ich schon sagte, die haben nicht den geringsten Durchblick.«

»Sie haben ihnen mit Ihrem audiovisuellen Spektakel doch einen ziemlichen Schrecken eingejagt, oder?«, beeilte sich Sahlman zu fragen und spielte damit seinen allerletzten Trumpf aus.

»Ja, das war wirklich nicht besonders schwer. Es bedurfte nicht gerade außergewöhnlicher Spezialeffekte, um die Weiber hier zu Tode zu erschrecken. Einen Kassettenrecorder, ein paar holografische Projektionen und Gummimesser, das war alles. Den Rest hat ihre eigene Fantasie erledigt.«

»Aber wo haben Sie so etwas gelernt? Ich dachte, Sie wären Experte für das Mittelalter.«

Sahlman redete einfach drauflos, während er verzweifelt seine Fessel um die Handgelenke zu lockern versuchte. Sie hatte sich in der Zwischenzeit zu einem schmalen zähen Band verklebt, das jedes Mal schmerzhaft die Haut einschnitt, wenn er sie dehnte.

»Ferienjob im Theater, als ich fünfzehn war«, lachte der Mann. »Interesse am Film. Alles kommt einem früher oder später zunutze, oder nicht?«

»Sagen Sie, wie alt sind Sie eigentlich?«

»Was geht dich das eigentlich an, Opa?«

»Nur eins noch«, warf Sahlman ein, »wenn Sie mich jetzt erschießen, werden Sie viele Jahre hinter Gittern verbringen. Um genau zu sein, so viele, dass Sie alle verdammte Lebensweisheit, die Sie jemals erworben haben, aufbringen müssen, wenn Sie wieder auf freiem Fuß sind, denn dann gehören Sie selbst zur alten Garde, Junge!«

In seiner Erregtheit holte Sahlman tief Luft, spannte wütend die Handmuskeln und zerrte am Klebeband. Das Band gab unerwartet nach und riss die Haare darunter mit sich, was einen ekelhaften Schmerz erzeugte. Doch er war bemüht, sich nichts anmerken zu lassen.

»Sicher, wenn mich jemand einbuchtet, dann vielleicht!«, schnaubte der Jüngling erneut. Er war viel zu sehr damit beschäftigt, seine immense Bedeutung nach außen zu kehren, um Sahlmans kleinen Erfolg zu merken.

»Sobald hier oben ein Schuss fällt, wird das Personal den Sicherheitsdienst alarmieren«, log Sahlman, während er in Gedanken die Vorteile eines Nahkampfes gegenüber einem schnellen Tod mittels einer Kugel in den Kopf erwog.

Der Prahler spuckte voller Verachtung auf den Boden.

»Wenn es einen Sicherheitsdienst geben würde, dann wäre er schon längst hier gewesen. Für wie dumm hältst du mich eigentlich? Und das Personal – Pustekuchen! Wenn es hier oben knallt, dann scheißen die sich da unten in die Hosen, das kann ich dir versprechen. Und bevor jemand hier hoch kommt, bin ich längst über alle Berge.«

Am Rande seines Blickfeldes bemerkte Sahlman, wie sich ein Schatten aus der kompakten Dunkelheit des Treppenhauses löste. Es fiel ihm schwer, sein intensives Interesse nicht durch einen unvorsichtigen Seitenblick zu offenbaren.

»Sie denken also, dass es sich nur um kleine Dummchen handelt?«, fragte er atemlos, während er sich hinter seinem Rücken die letzten Reste des Klebebandes von den Händen riss. »Ich meine die Leute vom Museumspersonal?«

»Das kann man wohl laut sagen.«

»Aber sie wissen auf jeden Fall, wer Sie sind«, log Sahlman erneut.

»Ach Quatsch!«, platzte es aus seinem Gegenüber heraus. Die Wut war jetzt deutlich in seinen Augen zu sehen.

Gleichzeitig wuchs der Schatten in der Türöffnung.

»Doch, das stimmt«, beharrte Sahlman. »Sie können sich an Sie erinnern, von den Restaurierungsarbeiten her. Sie haben sogar Ihren Namen im Honorarverzeichnis gefunden. Irgendetwas muss sie misstrauisch gemacht haben…«

Der junge Mann sagte eine Zeit lang nichts, entschied sich dann jedoch, den Bluff näher zu untersuchen. »Dummes Zeug, ich bekam meinen Lohn direkt von der Universität. Es war ja immerhin deren Projekt.«

»Helsingborg hat Kopien davon erhalten… und außerdem«, fügte Sahlman hinzu, während er zur Wahrheit überging, »tauchen Sie im Verzeichnis der eifrigen und geschickten Kletterer bei den *Climb-ups*-Wettkämpfen in der Stadt auf, und die Kopien dieser Liste liegen im Polizeipräsidium.«

Das überlegene Auftreten des Jungspunds verschwand, und er offenbarte eine zunehmend labile Seite. Das barg eine gewisse Gefahr in sich, doch Sahlman versuchte, sich diese Unsicherheit zunutze zu machen.

»Halt die Klappe!«, schrie der Eindringling jetzt aufgebracht. »Keiner hat auch nur ein Fitzelchen Ahnung, das kann ich dir versichern. Diese verkorksten Tanten da unten – den dämlichen Direktor mit eingerechnet – wissen ja kaum, wie man sich den Arsch abwischt!« Dann hob er drohend die Pistole. »Und du verdammter Kerl, du redest mir ein bisschen zu viel!«

Er visierte sorgfältig den imponierenden Nasenrücken des Polizisten an, während dieser nur mit größter Mühe verbergen konnte, wie froh er war.

Froh, Linda zu erblicken, wie sie mit ihrer geballten Wut direkt hinter dem jungen Mann stand.

Sie hielt mit beiden Händen den Heftapparat umklammert – diesen uralten schweren Heftapparat aus den Fünfzigerjahren, mit dem sie sich bewaffnet hatte, als sie ihren Posten im Eingangsbereich verlassen hatte. Dann nahm sie eine stabile Position ein und holte aus.

Der Schlag traf ihn hinter dem rechten Ohr. Er war kräftig genug, um die Glocken der Domkirche in seinem Kopf Sturm läuten zu lassen. Das Ohrläppchen wurde zum Teil abgerissen, was zur Folge hatte, dass sich das Ohr merkwürdig verbog. Der Mann erstarrte für einen kurzen Moment, riss dann die Arme in die Luft und spreizte eine verzweifelte Sekunde lang die Finger, sodass sowohl die Pistole als auch der Schmuck aus seinen Händen glitten und mit einem dumpfen Klirren zu Boden fielen.

Dann versank er in einem schwarzen Strudel, verlor das Bewusstsein und fiel haltlos nach vorne. Direkt in die Arme des nunmehr von seiner Fessel befreiten Sahlman.

Der Suchende hatte ganz offensichtlich zu Ende gesucht.

Linda lehnte sich zitternd gegen die Wand, während Sahlman seine ohnmächtige Last vorsichtig auf den Boden legte. Er sah sich das jugendliche Gesicht des Mannes genau an. Es wirkte so friedlich. Völlig unschuldig und rein, abgesehen von dem kleinen roten Rinnsal, das gleichmäßig von seinem verletzten Ohr hinabrann.

»Das war für die verkorksten Tanten, du verdammter Grünschnabel!«, schimpfte Linda und übergab ihre altmodische, bestialische Waffe dem Vertreter der örtlichen Polizei.

»Ziemlich untypisch für eine Lady, besser gesagt ganz schön roh und brutal!«, kommentierte Sahlman lächelnd ihren Einsatz und nahm den schweren Hefter in Empfang.

»Es ist genau so, wie du gesagt hast, mein Junge«, schloss Sahlman philosophisch und tat so, als wollte er die überalterte Büromaschine ein weiteres Mal gegen den Bewusstlosen auf dem Boden erheben, »…alles kommt einem irgendwann zunutze, früher oder später, nicht wahr?«

Man sah kaum den achteckigen persischen Teppich im Eingangsbereich, denn im gesamten Haus war es völlig dunkel.

Die weißen Lilien in den großen chinesischen Vasen konnte man nur erahnen. Der Türbogen reflektierte matt das Licht der Straßenlaternen und wies ihr den Weg in den Salon.

Heute Abend brannte kein Feuer im Kamin, doch aus einem bestimmten Winkel spiegelte sich das Licht von draußen im Glas der Familienfotos, die in massiven Goldrahmen auf dem Kaminsims thronten.

Hätte sie nicht gewusst, dass dort in dem hintersten der beiden hellgelben Ledersofas tatsächlich jemand zusammengekauert saß, wäre ihr die Anwesenheit der anderen nicht aufgefallen.

Doch sie hatte ja bereits angenommen, dass sie dort sitzen würde. Jetzt hörte sie, wie die andere atmete. Es waren ruhige und gleichmäßige Atemzüge – geradeso, als wäre eine schwere Last endlich von ihren Schultern genommen worden.

»Sitzt du hier in der Dunkelheit?«

»Es scheint … das einzig Vernünftige zu sein, was ich tun kann.«

»Ja, ich verstehe, was du meinst. Macht es dir etwas aus, wenn ich mich ein bisschen zu dir setze?«

»Nein, natürlich nicht, komm nur!«

»Bist du traurig?«

Ein leichtes Rascheln war zu hören, als die andere ihre Stellung auf dem Sofa änderte und die Füße auf den Boden setzte, um für sie beide Platz zu machen.

»Nein, du?«

»Nein.«

Sie setzte sich zu ihr aufs Sofa und legte den Arm um ihre schmalen Schultern.

»Du«, sagte sie mit einem zaghaften unsichtbaren Lächeln, »leg doch die Füße wieder aufs Sofa, wenn du es möchtest. Er ist nicht mehr da, er kann uns nicht mehr bevormunden.«

»Mmm«, murmelte die andere kaum hörbar als Antwort. Dann zog sie erleichtert die Füße wieder hoch und vergrub sie zwischen den Kissen, auf genau die Art und Weise, wie es ihnen bisher nie erlaubt gewesen war.

Ein Auto bog um die Kurve und fuhr die Straße hoch. Die Lichtkegel tanzten in der Biegung, warfen ihren Schein über die Villen des stillen kleinen Viertels und erhellten für einen Augenblick die Farbfotografien auf dem Kaminsims.

Man konnte Leif Nilsmeds siegesgewisses Lächeln in Richtung Kamera erkennen und sehen, wie er sie beide beschützend an sich drückte: jede an einer Seite des Familienoberhauptes, der Hund zu ihren Füßen.

Das Bild war von einem exzellenten Fotografen vor zirka drei Jahren aufgenommen worden. Und sie hatten es als Weihnachtskarte an Freunde in der ganzen Welt geschickt. Allen Geschäftsfreunden sowie den alten Bekannten und potentiellen Kunden hatte die glückliche, fortschrittliche Familie Nilsmed *Fröhliche Weihnachten* gewünscht.

Und nun war er weg.

»Wirst du ihn vermissen?«

»Nein.«

Es blitzte ein letztes Mal in dem Rahmen auf, bevor das Auto hielt und die Scheinwerfer erloschen.

»Und du?«

Der besondere Ernst der Situation erforderte eine Sekunde Bedenkzeit, obgleich die Antwort bereits auf der Hand lag.

»Nein.«

Wie verabredet gaben beide einen tiefen Seufzer von sich und mussten angesichts ihrer gleichzeitigen Reaktion kichern.

»Nein, wie soll man jemanden vermissen, der einen so schlecht behandelt hat? Der einen lieben sollte, es aber nicht tat.«

»Ja, das stimmt. Das tat er wirklich nicht.«

»Nein, jedenfalls nicht in den letzten Jahren.«

Dann saßen sie eine Weile still nebeneinander. Ließen sich von der Ruhe, die sein plötzlicher Tod mit sich gebracht hatte, wie in eine weiche Decke einhüllen. Im Nachbarhaus wurde die Gartenbeleuchtung eingeschaltet, und der schwache Schein breitete sich träge auf dem rauchfarbenen Glastisch aus. Dort standen ein Glas und eine Flasche.

»Was trinkst du?«

»Wein.«

»Hoppla! *Du* trinkst Wein?«

»Okay, okay, ich weiß. Ich wollte… einfach abschalten.«

»Ja, klar, ist doch in Ordnung. Kann ich auch einen Schluck bekommen?«

»Natürlich, warum nicht? Ich hol dir ein Glas.«

Zum Barschrank waren es nur ein paar Schritte. Dort standen all die teuren Flaschen, die er nie mehr würde austrinken können. Chivas, McAllen, Dubonnet und Larsen. Doch es kümmerte sie nicht. Sie nahm ein Weinglas, tastete sich zurück zum Sofa und füllte es zur Hälfte.

Die rote Flüssigkeit leuchtete, und sie machten es sich jede mit ihrem Glas in den weichen Polstern gemütlich.

»Skål«, sagte sie, »auf die Freiheit!«

Die Gläser klirrten beim Anstoßen, und ihr Klang bekräftigte ihren gemeinsamen Neubeginn. Heute Abend grölte keine Musik aus dem oberen Stockwerk. Kein Unglück musste mehr mit ohrenbetäubenden Dezibelstärken übertönt werden.

»Auf die Freiheit!«

Der Wein war schwer und mit einer rauchigen Note versehen, und er hinterließ einen kräftigen, feurigen Nachgeschmack. Auf der Zunge kündigte sich bereits ein neues Lebensgefühl an.

»Und was machen wir jetzt?«

»Ich weiß nicht genau, aber ich will jedenfalls machen, was mir gefällt.«

»Du?«

»Ja, ich meine damit natürlich … uns beide.«

»Es klingt unglaublich unwirklich, dass wir jetzt endlich vollkommen frei sind.«

»Ja, fast.«

Ein weiteres Auto kam die Kurve hochgefahren. Die Lichtkegel drangen ebenso wie beim vorherigen Auto durch die Fenster ihres Wohnzimmers, wo sie abermals ihren kleinen wilden Tanz über die Wände aufführten. Der Schein war unverschämt aufdringlich. Sie schauten einander ertappt an, als ihr vertrauliches Gespräch so abrupt beleuchtet wurde.

»Wieso fast?«

»Es … es gibt ja fürs Erste noch so viel zu tun.«

»Das stimmt, doch nun können wir wenigstens zusammen kämpfen. Du wirst sehen, dass sich alles finden wird.«

»Ja … doch, natürlich.«

Sie nahm noch ein Schlückchen Wein.

»Hast du nicht auch Lust, dazu etwas zu naschen?«

»Ja, irgendwas sündhaft Gutes.«

»Hier, ich habe noch eins, bediene dich!«

»Mmm, oh ja, die mag ich am liebsten. Und du?«

Das Licht, das von draußen hereinströmte, war wirklich störend. Warum konnten sie nicht die Scheinwerfer ausschalten?

»Ach, nimm nur, es ist das Letzte.«

»Wie lieb von dir, du bist immer schon viel zu uneigennützig gewesen.«

»Ja, vielleicht.«

Das Zellophan knisterte verheißungsvoll, als sie die fest zusammengedrehten Enden der Verpackung löste. Es würde ungemein gut tun! Keiner würde mehr darüber bestimmen können, was sie in ihrem eigenen Heim zu tun oder lassen hätten! Ihm wäre schon längst die Galle übergelaufen, wenn er gewusst hätte, dass wir hier auf dem Sofa sitzen und Schokolade naschen, dachte sie genüsslich. Allein schon der Gedanke machte die Verlockung noch unwiderstehlicher.

Das Klingeln an der Tür kam wie ein Schock.

Es unterbrach den kaum begonnenen Genuss der Freiheit und störte sie in einem für sie so wichtigen Prozedere.

Sie kam erstaunlich schnell auf die Füße, aber da klingelte es bereits auffordernd ein weiteres Mal. Und dann noch einmal, bevor sie endlich den Hörer des Türtelefons erreichte. Casper bellte empört aus einem der Räume im Obergeschoss.

»Verschwinden Sie, bevor wir die Polizei rufen!«, schimpfte sie.

»Hier ist die Polizei! Joakim Hill, öffnen Sie auf der Stelle!«

Sie tat genau, was die dominierende männliche Stimme von ihr verlangte – so wie sie es schon immer getan hatte. Noch bevor sie darüber nachdachte, hatte sie ähnlich einem Pawlow'schen Hund reagiert und den automatischen Türöffner gedrückt.

Sie merkte ihren Fehler erst, als es bereits zu spät war.

Er hatte es so bequem gefunden. Er – der bedeutsame Direktor der Firma *Nilco Import AB* – wollte sich die Mühe ersparen, jedes Mal selbst an die Tür zu gehen und sie von Hand zu öffnen. Also hatte man den Türöffner nicht nur für das Tor zum Grundstück, sondern auch für die Haustür konzipiert.

Sie hörte Schritte auf dem Kiesweg näher kommen, während der Hund beharrlich sein Bellen vom Gästezimmer aus fortsetzte. Es hörte sich ebenso unglücklich an wie am gestrigen Nachmittag.

Jetzt blieb ihr nur, in Sekundenschnelle zu reagieren und alles auf eine Karte zu setzen.

»Beeil dich, es kommen Leute!«, rief sie etwas außer Atem in Richtung des Salons. »Iss es schnell!«

Hill stieß die Tür auf und stürmte zusammen mit der abendlichen Kälte und dicht gefolgt von Susanna Avehed und Lasse Beckman ohne Umschweife in die Diele der Nilsmedschen Residenz.

Sie stand völlig unbeweglich vor den Urnen mit den weißen Lilien.

Erstarrt wie eine Schaufensterpuppe in einem nächtlich verlassenen Kaufhaus blickte sie die Polizisten an, und Hill begriff, dass er und seine beiden Begleiter vermutlich auf absurde Weise ihre eigene stumme Pose widerspiegelten.

Alle, außer ihr – die mit einer neu erworbenen, nahezu aufgesetzt wirkenden Ruhe aus dem Salon kam.

»Aber liebe Malin, beruhige dich doch!«, sagte Berit Nilsmed selbstsicher und lachte dennoch etwas geniert angesichts des Pralinés, das sie zwischen Daumen und Zeigefinger hielt. »Ab jetzt können *wir* bestimmen, ob wir in diesem Haus Süßigkeiten essen wollen oder nicht!« Denn was war die ganze Selbstbestimmung wert, wenn man seine Freiheit nicht unmittelbar nutzte?

Sie leckte sich fast trotzig die Lippen, führte die Hand in Richtung Mund und freute sich offensichtlich auf den hemmungslosen, erlesenen Genuss.

Hill überlegte nicht lange. Wie ein Pfeil, dessen Bogen bis zum Äußersten gespannt war, schoss er quer über den Flur. Es war ihm vollkommen egal, was sie dachte oder wie man sein Handeln aufnehmen würde.

Er holte mit der rechten Hand aus, sparte nicht an Kraft und fuhr ihr mit einer heftigen Bewegung über den Mund – genau in dem Bruchteil der Sekunde, in dem sie versuchte, sich die Schokolade zwischen die Lippen zu schieben.

Das Praliné flog ihr aus der Hand, und im selben Moment wurde der Kopf so heftig zur Seite geschleudert, dass ihr mahagonifarbenes Haar aus der Façon geriet und ihr ins Gesicht fiel.

Das Naschwerk landete an der Wand, hinterließ auf der

hochwertigen Tapete einen leicht schmierigen Abdruck wie von einem Siegel und rollte weiter. Bis es schließlich auf dem Marmorboden vor einem der verschnörkelten Sockel liegen blieb.

Malin starrte kurz auf das Praliné und streckte sich augenblicklich danach wie nach einem schönen, aber leider verflossenen Traum. Die Bewegung geschah so ruckartig, dass ihr Kopftuch sich löste und heruntergliitt und das ebenfalls mahagonifarbene Haar locker über ihre Wangen fiel.

Doch Susanna war schneller.

»Stopp, stehen bleiben! So ist es gut, und nun immer mit der Ruhe. Stell dich ein wenig weiter nach hinten und halte die Hände so, dass wir sie sehen können. Okay, bleib dort stehen!«

Es schien zweifellos absurd, einem Kind Handschellen anzulegen, doch Susanna hatte allen Grund zur Vorsicht. Jede Spur des sonst so ansteckenden Lachens, das Hill an ihr so mochte, war aus ihrem Gesicht gewichen, als sie den Mechanismus des Schlosses betätigte und die Hände des Mädchens gefesselt waren.

Man hatte es hier weder mit einer ungezogenen Lotta aus der Krachmacherstraße noch mit einer Pippi Langstrumpf, die an Bord geht, zu tun. Nein, das junge Fräulein Nilsmed hatte bereits ihr eigenes Kapitel in der schwedischen Geschichte des Verbrechens geschrieben. Und doch war sie ein jämmerlich verschrecktes kleines Mädel mit staksigen Beinen, das sich verwirrt fragte, was eigentlich um sie herum vorging und warum die Dunkelheit sie nicht länger in Schutz nahm, wie so oft zuvor.

Wer ist hier eigentlich das Opfer, dachte Susanna in einem Anflug von Mitleid. Die Erfahrung zwang sie jedoch, ihren Mutterinstinkt umgehend zu verdrängen. Denn es herrschte nicht der geringste Zweifel daran, wozu dieses unberechenbare Wesen fähig war, und es gab genügend Gründe, froh zu sein, dass endlich alles vorbei war.

Sobald Hill sich mit einem Blick über die Diele versichert hatte, dass Susanna die Lage unter Kontrolle hatte, konzentrierte er sich auf die Frau am Boden.

Berit Nilsmed war auf dem persischen Teppich auf die Knie gesunken. Sie ließ den Kopf hängen und schniefte hilflos, während ihr blutiger Speichel auf die kostbare Wolle tropfte. Die auf dem wertvollen Bodenbelag dargestellte Kriegsszene färbte sich wirklichkeitsgetreu in effektvoller und zugleich unheimlicher Weise rot.

Er hockte sich neben sie auf den Boden. »Es tut mir Leid…«, sagte er und legte entschuldigend seine Hand auf ihre Schulter, die sich im Takt ihrer Schluchzer hob und senkte. »…aber ich konnte nichts anderes tun. Sie wären tot, wenn Sie es in den Mund genommen hätten. Und zwar auf der Stelle. Genau wie Anne Smitt und Ihr Ehemann.«

Zu seiner Verwunderung spürte er, wie sie ihren Kopf an seine Brust lehnte. Sie schien zu verstehen, und er legte beide Arme um ihre Schultern und zog sie mit sich vom Boden hoch. Sie verharrte eine Weile an ihn gelehnt und weinte ihre hilflose Trauer an seiner weichen Jacke aus.

Schließlich fasste er mit einer entschlossenen Bewegung ihr Kinn, hob ihren Kopf und schaute ihr verweintes Gesicht an. Er hatte ihre Oberlippe an der schwächsten Stelle verletzt, genau dort, wo sie durch den Schlag ihres Mannes geplatzt war. Sie blutete noch immer und hatte begonnen anzuschwellen. Berit Nilsmed schniefte, und Hill reichte ihr sein sauberes Taschentuch.

Er kam sich vor wie in einer klassischen Filmszene. Die Vorstellung, für einen kurzen Augenblick in die Rolle von Clint Eastwood zu schlüpfen, verlieh ihm die Kraft, sie eindringlich anzuschauen.

»Sie wären gestorben, Frau Nilsmed. Innerhalb von Sekunden – verstehen Sie mich?«

Jetzt sah sie ihm zum ersten Mal in die Augen, schluchzte

noch einmal, nickte dann aber. »Ja«, versicherte sie ihm. »Ist schon okay.«

Er war froh, trotz des spontanen Verständnisses Susanna und Beckman als Zeugen dabei zu haben. Für den Fall, dass sie die Dinge zu einem späteren Zeitpunkt völlig anders sehen würde und ihn persönlich zur Rechenschaft ziehen wollte.

Er führte sie behutsam zu einer der römischen Chaiselonguen im Eingangsbereich und setzte sich eine Weile neben sie, während er über sein Handy Verstärkung anforderte.

Berit Nilsmed beruhigte sich langsam.

Sie schaute zu ihrer Tochter hinüber, die immer noch ängstlich auf dem Boden saß und verständnislos auf ihre viel zu plumpen Armbänder starrte.

Berit Nilsmed sah ihre Tochter an, wie sie es nie zuvor getan hatte.

Sie?

Sie, die sie vor langer Zeit einmal gestillt hatte. Sie, die ihr gerade eben noch zugeprostet und die mit ihr auf ein glücklicheres gemeinsames Leben angestoßen hatte?

Es war… unfassbar!

Und doch völlig glasklar!

Berit Nilsmed wandte sich abrupt Hill zu.

»Aber wie hat sie es geschafft…?«

»Wir alle sind zu weitaus mehr in der Lage, als wir ahnen, wenn der Druck, unter dem wir stehen, nur groß genug ist. Glauben Sie nicht auch?«

Berit Nilsmed schnäuzte sich und schaute geradewegs ins Leere. Vielleicht untersuchte sie im Geiste die Überbleibsel ihres einst so perfekten Daseins, das nun unwiderruflich zerstört war.

»Sie hat schon lange unter den familiären Umständen gelitten, oder?«

Sie nickte, versuchte jedoch gleich darauf zu protestieren.

»Das sollte keine Anklage sein«, beeilte er sich, hinzuzusetzen, »doch nun wird es darauf ankommen, die Ursachen zu verstehen.«

Er konnte in ihren Augen erkennen, dass sie wusste, was er meinte. Und dennoch erwartete sie eine Erklärung von ihm.

»Aber wie…? Haben Sie es denn die ganze Zeit gewusst?«, fragte sie schließlich.

»Nein, das kann ich Ihnen versichern. Wenn wir es auch nur geahnt hätten, dann wäre Ihr Mann jetzt noch am Leben.«

Sie zuckte schuldbewusst zusammen, doch er setzte seine Ausführungen fort.

»Ich fürchte, wir haben nur das Dreiecksdrama wahrgenommen und beinahe zu spät gesehen, dass noch weitere Personen eine entscheidende Rolle spielen.«

Sie lachte bitter, obgleich die geplatzte Lippe schmerzte.

»Sie lachen?«

»Wie soll man sonst auf die Ironien des Lebens reagieren?«

Er wusste nicht, was er antworten sollte, doch sie kam ihm zu Hilfe.

»Sie verstehen – diese Frau und das Liebesverhältnis, wofür er alles, was wir jemals hatten, opferte, wurde letztlich zum Opfer seines rücksichtslosen Verhaltens. Die ganze Liebschaft – inklusive ihm selbst! Genau wie Sie es so richtig angedeutet haben.«

Hill sagte nichts. Was sollte er sagen? Er stellte dennoch fest, dass sie weitaus pragmatischer war, als er sie anfangs eingeschätzt hatte. Wahrscheinlich würde sie das Ganze irgendwie meistern.

»Die Leute aus der Kinderpsychologie sind unterwegs, um Malin zu holen, denn sie soll mit keinem sprechen, bevor nicht eine Untersuchung durchgeführt worden ist«, sagte Susanna diskret.

Hill nickte und musste das Mädchen, das immer noch zusammengesunken am Boden saß, ein letztes Mal anschauen. Er wünschte, dass es nie so weit gekommen wäre. Und er wünschte nichts sehnlicher, als bei ihrem Anblick nicht schon wieder das Bild des toten, ungeborenen Kindes vor seinem inneren Auge sehen zu müssen.

Doch es gelang ihm nicht.

Mit einem Kloß im Hals wandte er sich ab und war mehr als froh, einige kurze Worte mit Beckman wechseln zu können.

Der hatte sich unerschütterlich als Wächter vor das denkwürdige, klebrig glänzende Schokoladenpraliné am Fuße des Sockels gestellt. Beckman mochte für gewöhnlich Pralinés. Er konnte, um die Wahrheit zu sagen, wenn er erst einmal angefangen hatte, nicht genug von diesen erlesenen Schokoladenkunstwerken vernaschen.

Doch dieser kleinen Süßigkeit, die in ihrem erbärmlichen Zustand den edlen Fußboden der Nilsmedschen Diele verschmierte, konnte er ohne weiteres widerstehen. Sie sollte dort liegen bleiben, bis Anderberg mit seinen Leuten anrückte.

Und als sie dann endlich kamen, umhüllten sie die Kostbarkeit sorgfältig mit kräftigem PVC und verschlossen den Beutel ungeheuer akribisch.

## 18:35:15

Es war nach halb sieben am Abend, als Berit Nilsmed endlich mit dem Krankenwagen in die Ambulanz des Hospitals in Helsingborg gefahren wurde und die Techniker das Beweismaterial zusammengetragen, eingesammelt und sich auf den Weg gemacht hatten.

Der arme anhängliche Hund machte einen unglücklichen Eindruck, als ein Assistent ihn mitnahm, um ihn zum Tierschutzverein von Helsingborg zu bringen, wo man versprach, sich bis auf Weiteres um ihn zu kümmern.

Hill verließ die Nilsmedsche Residenz als Letzter und in der Hoffnung, niemals wieder hierher zurückkehren zu müssen.

Das Leben hat weitaus mehr als Reichtum zu bieten, dachte er, während seine Schritte verhalten auf dem öden Kiesweg knirschten. Und es war so offensichtlich, dass kein Vermögen der Welt die Tragödie, die sich hinter dieser luxuriösen Fassade abgespielt hatte, hätte ungeschehen machen können.

Das Tor fiel mit dem gleichen vibrierenden Surren hinter ihm ins Schloss wie vor ein paar Tagen, als er zum ersten Mal das Anwesen betreten hatte. Ein Streifenwagen wartete ein Stück weiter unten an der Straße. Die Dienst habenden Polizisten wärmten ihre Hände an Pappbechern mit dampfendem Kaffee von McDonald's.

Er winkte ihnen müde zu, setzte sich hinters Steuer seines

eigenen Wagens und wollte gerade den Zündschlüssel herumdrehen, als er sie sah.

Sie war im Lauf der letzten Tage fast so etwas wie eine gute Bekannte geworden, und heute Abend kam es ihm vor, als wäre sie eine alte Freundin. Jemand, dem man einfach nicht den Rücken zukehrte, wie abgespannt man sich auch fühlte. Er drehte den Schlüssel zurück in die Ausgangsposition, hob die Hand zum Gruß und stieg wieder aus dem Auto.

Von der sensationslustigen Pressemeute, die zum wiederholten Mal vor der Villa ausgeharrt hatte, bis Beckman ihnen endlich eine – wenn auch magere – Beute für ihre Rubrik vor die Füße geworfen hatte, hielt sich keiner mehr vor Ort auf. Lotta Jönsson war als Einzige nicht mit den anderen zurück in die Stadt gefahren, obgleich sowohl der Krankenwagen als auch die Techniker zu diesem Zeitpunkt bereits abgefahren waren. Sie hatte bis weit nach Redaktionsschluss geduldig auf ihn gewartet.

»Hallo«, sagte sie etwas verfroren, »wissen Sie – sie war immerhin eine Kollegin. Können Sie mir nicht sagen, was eigentlich wirklich geschehen ist?«

Er räusperte sich, und sein Atem stand wie eine weiße Rauchwolke zwischen ihnen in der schwarzen Nacht. Sie zog himmelwärts, löste sich auf und verschwand irgendwo auf dem Weg zu den Sternen wie ein unsichtbarer Bote auf der Fahrt in den Weltraum.

»Ich kann Ihnen kein Exklusivinterview geben, das wissen Sie ja.«

»Ja, natürlich. Ich wollte nichts schreiben, es ist längst zu spät. Ich würde das Ganze einfach nur gerne verstehen.«

»Was gibt es da zu verstehen?«, fragte er matt. »Sie ist tot, und wir können sie nicht wieder lebendig machen.«

»Aber warum ist es gerade ihr passiert? Ich meine, es gibt doch viele andere Frauen, die ähnlich wie sie sind und es trotzdem schaffen. Bekommen genau das, was sie haben wollen und leben ihr Leben glücklich bis zum Schluss. Warum musste es bei Anne nur so schief laufen?«

Er schüttelte den Kopf, schlug den Kragen seiner Jacke im Nacken ein wenig höher und blies seinen warmen Atem auf die auskühlenden Finger.

»Ich weiß es nicht. Ich weiß es wirklich nicht«, antwortete er. »Wir Polizisten beschäftigen uns nicht mit diesem Aspekt der Sache. Wir kommen, wenn alles vorbei ist, sammeln die Reste ein, finden im besten Fall jemanden, den wir hängen können – und dann gehen wir wieder.«

Sie warf ihm einen ironischen Blick zu und prustete völlig unerwartet laut los, sodass ihr weiß gefrosteter Atem dem seinen auf dem Weg in den Weltraum nachjagte. »Und das soll ich Ihnen glauben? Dass Sie ein vierzehnjähriges Mädchen hängen? Deshalb?«

Sie machte mit ihren dicken wollenen Handschuhen eine weitschweifende Geste in Richtung der Nilmedschen Villa. Hill verstand, dass sie wohl kaum das Objekt an sich meinte, sondern eher das Elend, das in diesem Haus seinen Ursprung genommen hatte, und sah ein, dass er ihr wirklich nicht so schnell den Rücken würde zuwenden können.

Er lächelte etwas müde. »Okay, wie lautet denn Ihre Theorie?«, wollte er wissen.

Lotta Jönsson von *Kvällsposten* seufzte tief, warf einen kurzen Blick in den sternenklaren Nachthimmel und bekannte Farbe.

»Ja, mein Gott! Wir saßen in verschiedenen Vorlesungen nebeneinander, sie und ich. Ist doch klar, dass man sich Gedanken macht. Seit Montagabend grübele ich über diese Sache. Ich habe versucht, mir ein Bild zu machen, mich in ihre Situation hineinzuversetzen, von dem Tag an, wo sie diesen Kerl traf, bis zu der Sekunde, in der sie starb.«

»Hmm.«

Hill vergrub die Hände in den Jackentaschen und fühlte sich mit einem Mal viel frischer als zuvor, jetzt, wo sie dabei waren, eine direkte Verbindung herzustellen. Und der Frage nachgingen, wie Anne Smitt wirklich gewesen war.

»Wie ich es auch drehe und wende, komme ich immer zu demselben Schluss«, überlegte sie.

»*Which is?*«

Er war immer noch Clint Eastwood, nun allerdings in der eiskalten Nacht der Wüste. Er war der stille, aufmerksame Einzelgänger, der bald wieder in die Dunkelheit der Nacht hinausreiten würde, und sie vertraute ihm alles an.

»Anne war Solipsist«, klärte ihn Lotta Jönsson auf, die auch ein paar Semester Philosophie studiert hatte. »Und zwar von Kopf bis Fuß, deshalb konnte es praktisch gar nicht anders enden.«

»Wie bitte?«

»Was?«

»Meinen Sie, sie war religiös?«

»Nein, Solipsist.«

»Können Sie mir das bitte näher erklären?«

»Sie hatte bereits diese Einstellung, als ich sie zum ersten Mal traf. Solipsismus ist eine philosophische Lehre, die besagt, dass man selbst, und nur man selbst, vollkommen wirklich ist. Das eigene Leben ist ein Traum, und alle anderen sind die Statisten, wie im Theater. Da sie für einen selbst nicht wirklich sind, braucht man auch keine Rücksicht auf sie oder ihre Gefühle zu nehmen. Sie sind einfach nur da, um das eigene Leben interessant zu machen.«

»Mein Gott, was für ein Blödsinn …«

»Ja natürlich, aber sie hat tatsächlich daran geglaubt. Sie lebte regelrecht nach dieser Philosophie und nutzte alles und jeden zu ihrem eigenen Vorteil aus. Brachte die schmachtenden Jungs in ihrer Klasse dazu, ihre Aufsätze zu schreiben und die Hausaufgaben für sie zu machen, und überredete uns Mädchen, die Gruppenarbeiten – oder Partys – zu organisieren und sie regelrecht anzuhimmeln.«

»Aber… warum haben Sie sich nicht dagegen gewehrt?

Oder mit ihr darüber gesprochen? Hat denn keiner irgendwann mal protestiert?«

»Möchten Sie wissen, warum Anne Smitt ihre Journalistenausbildung beendete, noch bevor sie ihr Examen hatte?«

Er hob in einer verlegenen Geste die Schultern, weil er wusste, dass sie es ihm sowieso erzählen würde.

»Weil ein gewisser Lektor Mattsson sich weigerte, ein Verhältnis mit ihr einzugehen. Und zwar ein Verhältnis, dessen Ziel es sein sollte, ihr das Semester anzuerkennen, obwohl sie sich kaum an der Uni hatte blicken lassen.«

»Und was hat sie dann gemacht?«

»Sie hat die Wirklichkeit verändert.«

»Die Wirklichkeit verändert?«

»Ja, sicher. Wenn ihr eine Situation nicht gepasst hat, hat sie sich einfach entzogen. Sie knallte die Tür zum Zimmer des Lektors so heftig hinter sich zu, dass es im ganzen Korridor zu hören war, ging dann ihrer Wege und ward nicht mehr gesehen. Das Letzte, was ich gehört habe, war, dass sie sich professionelle Übersetzerin nannte und nach Råå gezogen war.«

Lotta Jönsson spürte seine Zweifel.

»Wenn Sie Anne Smitt gekannt hätten, würden Sie verstehen«, erklärte sie ihm. »Sie hatte einfach eine unglaubliche Ausstrahlung.«

»Ja, aber zum Teufel…«

»Nein, ich glaube, Sie verstehen nicht«, beharrte Lotta Jönsson, und etwas in ihrer Stimme ließ ihn seine Einwände zurückstellen und ihren Ausführungen zuhören. »Filmsternchen mögen ja Charme haben, aber sie hatte eine magische Macht über die Menschen, denen sie begegnete. Und dabei handelte es sich nicht nur um Menschen, von denen sie einen direkten Nutzen hatte. Im Gegenteil, je weniger sie ihr bedeuteten, desto mehr Mühe verwendete sie oftmals darauf, sie mit ihrem Charme zu umgarnen. Das galt auch für völlig fremde Leute. Viele hätten sich dafür verbürgt, dass sie die wunderbarste Frau war, der sie bisher begegnet waren. Und viele werden sie genauso in Erinnerung behalten, bis sie selbst irgendwann sterben.«

Sie atmete tief durch und sog dabei die feuchtkalte Nachtluft ein, bevor sie weitersprach.

»Andere hingegen fanden ihr rücksichtsloses Streben nach Glück total abstoßend und waren der Meinung, dass sie früher oder später bekommen würde, was sie verdiente. Rücksichtslosigkeit erzeugt Hass, und derjenige, der hasst, schlägt irgendwann zurück. Ist es nicht so?«

Joakim Hill war derselben Ansicht, aber ihm fiel nichts ein, was er hätte erwidern können. Mit einem Schlag hatte Lotta Jönsson auch seine Vorstellungen von der Person Anne Smitt zunichte gemacht. Von einem erhöhten Sockel war die zur Heiligen Erhobene in rasanter Fahrt auf den Boden der Tatsachen befördert worden, wo sie in Windeseile zu einem berechnenden Raubtier mutierte.

»Dieser Nilsmed«, führte Lotta Jönsson weiter aus, »hat sie bestimmt als seine Eroberung betrachtet. Er hat geglaubt, dass er den Ton angeben und sie immer schön nach seiner Pfeife tanzen würde. Aber es war mit Sicherheit genau anders herum. Er hatte vermutlich noch nicht einmal den Hauch einer Chance. Nicht die geringste …«

Sie merkte, dass sie sich im Verhältnis zu ihrer relativ frischen Bekanntschaft viel zu sehr engagierte.

»Entschuldigung«, sagte sie, und jetzt sah er, dass sie nach all dem Warten ebenfalls erschöpft war, »aber wie man es auch betrachten mag, glaube ich nicht, dass Anne Smitt das Opfer des Dramas ist. Es hat eher die Familie getroffen, die zu einer austauschbaren Kulisse für ihre Vorstellungen wurde. Und nicht zuletzt für ihre Pläne, es zu etwas zu bringen, ohne sich anstrengen zu müssen.«

Hill schwieg lange, denn es gab nicht viel mehr zu sagen. Mit ihrer Analyse hatte sie die letzten fehlenden Puzzleteile zu einem vollständigen Muster zusammengefügt, und er sah sich nicht in der Lage, etwas gegen ihre Schlussfolgerungen einzuwenden.

Vielleicht hatte sie vollkommen Recht. Wenn es sich so verhielt, würde es in jedem Fall eine Menge erklären.

So ungern er selbst auch das engelsgleiche Bild der toten Frau trüben wollte, das sich ihm in die Netzhaut geprägt hatte, so war ihm doch eines klar geworden: Er wollte für nichts in der Welt so werden wie sie, die ganz offenbar Traum und Wirklichkeit nicht unterscheiden konnte – eine solche... Solipsistin.

»Danke«, sagte er schließlich, »danke, dass Sie mir das erzählt haben.«

»Hmm.«

»Und... haben Sie vor, etwas darüber zu veröffentlichen?«

»Nein«, sagte sie und wärmte ihre eiskalte Nase. »Warum sollte ich alles nur noch schlimmer für seine ohnehin schon geplagte Familie machen. Und ihre ebenso, was das betrifft.«

»Aber Sie können doch ein Buch schreiben«, schlug er ermutigend vor. »Einen Krimi oder so was in der Richtung – wenn ein bisschen Zeit vergangen ist und die Leute alles wieder vergessen haben.«

»Tja, vielleicht«, sagte sie mit einem leicht gefrorenen Lächeln. »Wer weiß?«

»Okay, ich muss jetzt fahren.«

»Na klar. Wir hören voneinander!«

»Ja genau«, versicherte er ihr und winkte zum Abschied, während sie vorsichtig über den vereisten Schnee lief. Er hätte ihr gerne angeboten, sie mit in die Stadt zu nehmen, doch sie war natürlich mit ihrem eigenen Auto gekommen. Sie hatte keinen bonbonblauen Suzuki wie Catharina, aber einen genauso kleinen roten Fiat.

Er hoffte, dass die Heizung in dem winzigen Gefährt ebenso gut wie in seinem eigenen Volvo S 70 funktionierte, und als er den kleinen italienischen Floh die Straße hinauftuckern sah, sehnte er sich ganz plötzlich danach, Catharina so bald wie möglich wieder fest an sich zu drücken. Als wollte er sich in ihrer Gegenwart versichern, dass er selbst in einer realeren und wirklicheren Welt lebte, als Anne Smitt es je getan hatte.

Er fuhr über die Autobahn zurück in die Stadt, doch er war so müde, dass er nicht einmal die Kraft aufbrachte, sich über die modernistische Missgeburt von künstlerischer Gestaltung, die den neu erbauten Kreisel schmückte, aufzuregen.

Demnach musste er todmüde sein, denn normalerweise trieb ihn dieses so genannte Kunstwerk regelmäßig in den Wahnsinn.

Ulf Gårdeman spürte den weichen Griff um seine Hand. Es war das Erste, was er überhaupt spürte, seit…

Dann schlug er unvermittelt die Augen auf und starrte an die Decke.

Aber er war nicht dort.

Es war alles leer – weder die Fenster noch das Licht waren zu sehen. Nur eine ganz normale Zimmerdecke.

Über sich konnte er kunstfertig gebogene Konstruktionen von Rohrleitungen erkennen, die sich über ihm wanden wie Außerirdische in einem Science-Fiction-Film. An den metallenen Rohren hingen Flaschen. Flaschen mit verschiedenfarbig schimmerndem Inhalt, von deren unteren Enden Schläuche herabführten.

Er folgte ihnen mit den Augen, diesen roten, weißen und gelben Schläuchen, aus denen die Flüssigkeit nach unten tropfte. Sie endeten genau in seinem eigenen Arm. Dann glitt sein Blick schläfrig zur Seite, wo er sie auf einem Stuhl neben sich sitzen sah. Lena Gårdeman hatte den Kopf nach vorn geneigt, als würde sie beten, obgleich sie überhaupt nicht religiös war.

Lena, wollte er sagen. Doch es kam kein Laut über seine Lippen. Sie waren völlig ausgetrocknet und gesprungen, und die Kehle fühlte sich an, als hätte sie jemand mit einem Reibeisen bearbeitet. Dort hatte während der Operation der Intubationsschlauch gesessen.

War das Ganze ein Witz?

Nein, nun erinnerte er sich. Es hatte wie ein Witz begonnen und mit unerträglichen Schmerzen geendet. Als Nächstes erinnerte er sich an den Schmerz… dann kam das Licht. Er fragte sich, wo es geblieben war. Und… wann er es wohl wiedersehen würde.

Irgendwie war er tief betrübt darüber, es verloren zu haben.

Lena bewegte den Kopf.

Seine Augen suchten die ihren, und ihn erfasste ein warmes Gefühl, als er plötzlich begriff, was er stattdessen hatte.

Mit seiner unglaublich kraftlosen Hand drückte er ihre schmalen Finger. Sie zuckte erschreckt zusammen, hob den Kopf und sah, dass er aufgewacht war.

Sie begegnete mit ihren rotgeränderten Augen seinem verschwommenen, glasigen Blick. Dann richtete sie sich auf ihrem Stuhl auf und erwiderte vorsichtig seinen Händedruck. Es zuckte ein wenig in ihren Mundwinkeln, doch sie lachte nicht. Es war, als ginge der eine hoch und der andere herunter, und für einen Augenblick konnte er ihre Miene nicht deuten, bis er sah, dass in ihren Augenwinkeln Tränen glitzerten.

»Also, ich frage mich nur«, sagte sie schließlich mit erbärmlich krächzender Stimme und schob ihre Finger zwischen die seinen auf der Decke, »ist es das hier, was du dir unter einem gemütlichen Abend vorgestellt hast, mein Liebster?«

Oben im alten Festungsturm war jetzt alles hell erleuchtet.

Einige hartgesottene Touristen nahmen an, dass man jetzt

auch abends geöffnet hatte – wie man es vom Kontinent her kannte –, und begannen erwartungsvoll ihren Anstieg die Außentreppen hinauf, wo sie von Polizisten abgewiesen wurden.

Die alte Festung hatte seit der kriegerischen Zeit von Magnus Stenbock nicht mehr so viele Leute in Uniform gesehen. Auch wenn es sich in diesem Fall nicht um kämpferische Soldaten, sondern um Vertreter der öffentlichen Ordnung handelte, die damit beschäftigt waren, Beweismaterial für die bevorstehende Gerichtsverhandlung zu sichern.

Die Wandkonstruktionen, die sich tatsächlich als ungewöhnlich geschickte Anfertigungen aus spezialbehandeltem Latex auf einer Glasfiberunterlage erwiesen, waren bedeutend raffinierter, als Sahlman anfänglich geahnt hatte.

Der Suchende hatte sie in jedem Stockwerk in bereits natürlich vorhandene Nischen oder Einbrüche in die Mauer eingesetzt, um so wenig Aufsehen wie möglich zu erwecken. Die Arbeit war so gekonnt ausgeführt, dass selbst Direktor Bo Jernback auf seinen – zwar seltenen, aber dennoch vorkommenden – Inspektionsrunden nicht darauf aufmerksam geworden war.

Sie waren als beidseitig verwendbare Scheiben konstruiert. Die eine Seite war mit einer perfekten Imitation der dahinter liegenden Wand versehen. Die andere hatte eine speziell präparierte Oberfläche für die Projizierung von Hologrammen, die jeweils so ausgerichtet wurde, dass sie die Bilder aus den in die Türrahmen der Zwischengeschosse eingelassenen Projektoren sichtbar machen konnte.

Mit einem einfachen Handgriff konnte der Suchende die Lamellen wenden, und sobald er jemanden näher kommen hörte, schaltete er mit einer Fernbedienung die Geräusch- und Laserlichtanlage ein. Die Spukshow war innerhalb von weniger als zehn Sekunden im Gange. Und erst als Linda und Anna begannen, richtig aufdringlich zu werden, hatte er handgreiflichere Methoden anwenden müssen. Das Gummimesser konnte schließlich zusammen mit der anderen Ausrüstung in der Mädchenkammer sichergestellt werden.

»Warum zum Teufel…«, seufzte Polizeitechniker Larsson, einer von Anderbergs Leuten, während er unter Hochdruck arbeitete, » warum muss sich alles auf einmal abspielen?«

»Warum…?« Sahlman traute seinen Ohren nicht. Es war ja wohl offensichtlich, warum es sich genau so verhielt! »Weil ihr genauso gut wisst wie ich, dass die einzige Möglichkeit, diesen besessenen Juwelendieb festzusetzen, war, ihn auf frischer Tat zu ertappen«, entgegnete er empört, gerade so, als hätte Larsson sein gesamtes Vorgehen kritisiert. »Wenn er sich nur für eine gewisse Zeitspanne außerhalb der allgemeinen Öffnungszeiten im Kärnan aufgehalten hätte, wäre ihn das nicht teurer zu stehen gekommen, als dass man ihm vielleicht ein bisschen auf die Finger geklopft hätte!«

»Okay, okay«, versuchte Larsson ihn zu beruhigen und setzte seine Pinselei am Ziegelabschnitt fort, »immer schön cool bleiben!«

Doch Sahlman war bereits cool, genauer gesagt ziemlich durchgefroren nach all den Strapazen, und zudem verspürte er schon wieder einen unangenehmen Niesreiz. Vielleicht war tatsächlich eine Erkältung im Anflug? Es würde ihn jedenfalls nicht weiter verwundern. Obgleich ihn der Gedanke übermäßig störte, denn er hatte in den kommenden Tagen weitaus Besseres vor, als mit einer Wärmflasche im Bett zu liegen und Bamyl einzunehmen.

»Schön cool bleiben – du hast leicht reden!«, schnaubte er. »Was hätte ich denn deiner Meinung nach machen sollen? Ihn bitten, auf einen Zeitpunkt zu warten, der euch Technikern besser passt?«

Larsson schüttelte den Kopf, antwortete jedoch nicht. Er sah ein, dass Sahlman allen Anlass hatte, sauer zu sein. Wäre es heute Abend nicht so glimpflich abgelaufen, dann hätten sie jetzt vielleicht die näheren Umstände seines Todes untersuchen müssen.

Sahlman nahm unterdessen einen Becher mit heißem Kaffee entgegen, den Linda ihm in seine steifgefrorenen Finger drückte. Er würde ihr später danken – ihr danken und ihr eine Frage stellen.

Sobald die Wärme und das beruhigende Nervengift sich in seinem Körper ausbreiteten, schämte er sich ein wenig für seinen Ausbruch.

»Warum beklagt ihr euch denn eigentlich, Jungs?«, fragte er in einem weitaus freundlicheren Tonfall und mit echtem Interesse. »So extrem viel Arbeit habt ihr doch mit dieser Sache nicht, oder?«

»Mit dieser nicht, nein«, antwortete Larsson und legte einen entscheidenden Fingerabdruck an der gemauerten Wand frei, in der der Ziegel gesessen hatte, »aber mit all dem anderen Kram.«

»Wie, welcher andere Kram?«, hakte Sahlman nach, während ihm aufging, dass er für eine ganze Weile von der Wirklichkeit abgeschnitten gewesen war.

»Hast du es etwa nicht gehört, Knut? Gårdeman hat heute kurz nach dem Mittag einen Schuss verpasst bekommen.«

Sahlman glaubte und hoffte, dass er falsch gehört hatte. Bestürzt machte er einen Schritt nach hinten und stieß zum zweiten Mal gegen den Globus. Es knarrte Besorgnis erregend, als er sich an der Kante abstützte.

»Nein, verdammt! Sag, dass es nicht wahr ist!«

An und für sich waren Ulf Gårdeman und Knut Sahlman nicht die engsten Freunde, doch sie hatten natürlich oft zusammengearbeitet und respektierten sich. Aber da war noch etwas anderes: Sahlman kam der Gedanke, dass heute jeder von ihnen in einen geladenen Pistolenlauf geblickt hatte – und er selbst offensichtlich mit mehr Glück.

»Doch, leider stimmt es«, versicherte ihm Larsson und richtete sich auf. »Doch… er lebt auf jeden Fall«, fügte er hinzu und steckte das Beweismaterial an den vorgesehenen Platz in der Tasche mit den technischen Ausrüstungsgegenständen.

Knut Sahlman schaute auf. »Er lebt? Mein Gott, ich dachte…«

»Ja, er hatte Glück. Wir haben aus dem Lazarett die Nachricht erhalten, dass sein Zustand während der Operation recht kritisch war, aber sich nun endlich stabilisiert hat. Aber…«, sagte Larsson zögerlich und sammelte seine Utensilien zusammen.

»Ja?«

»Jedenfalls haben sie den Teufel gekriegt. Ich habe es gerade erfahren. Sie müssen ihn in einer wahnsinnigen Hetzjagd verfolgt haben, und wenn ich es richtig verstanden habe, endete das Ganze mit einem entsetzlichen Crash in einem Neubauviertel irgendwo in Adolfsberg. Und dort befinden sich also unsere restlichen Leute.«

»Okay«, sagte Sahlman und befreite die Weltkugel von seinem Körpergewicht, »jetzt verstehe ich, dass ihr heute alle Hände voll zu tun habt.«

»Allerdings. Und als wenn das noch nicht genug war, erreichte uns Hills Anruf aus Ramlösa mit der Bitte um Verstärkung ungefähr 30 Sekunden, bevor du selbst Hilfe angefordert hast.«

»Was? Ist Hill schon wieder da draußen?«

»Ja, aber es sieht so aus, als könnte er jetzt den Fall wirklich zu den Akten legen, so gespenstisch er auch gewesen sein mag.«

»Apropos gespenstisch«, erinnerte sich Sahlman und winkte zwei uniformierte Kollegen zu sich heran. »Es wäre vielleicht das Beste, wenn ihr den Herrn Kulturminister hier in die Ambulanz bringt. Das Pflaster auf seinem Ohr reicht nicht aus, wie ich sehe; die Wunde muss wohl doch genäht werden.«

Der gerade erwachte Experte für die schwedische Geschichte des Mittelalters murmelte mürrisch etwas vor sich hin, widersetzte sich jedoch nicht. Er drückte ein blutiges Taschentuch an das verletzte Ohr und glotzte säuerlich, da das Spiel für ihn nun endgültig aus zu sein schien. Der Schmuck war bereits vom Sicherheitsdienst in Verwahrung genommen und in einem gepanzerten Wagen zum Flugplatz nach Ängelholm transportiert worden, um schließlich nach Stockholm gebracht zu werden, als Anwärter auf einen gebührenden Platz im Nationalmuseum.

Vielleicht würde es ihm doch noch gelingen, ein paar Tricks aus seinem großen Repertoire zur Anwendung zu bringen?

Er hoffte, dass die Notaufnahme in den oberen Stockwerken des Krankenhauses lag. Von dort wäre es ein Leichtes zu entkommen, einfach über ein Balkongeländer und sich abseilen…

»Und übrigens«, warnte Sahlman die Kollegen vor, »lasst ihn nicht aus den Augen, Jungs. Er ist ein richtiger Teufel, was Fassadenkletterei angeht. Verriegelte Fenster wären also von Vorteil.«

Der junge Mann warf ihm einen wütenden Blick zu und wollte ansetzen, ihn zu beschimpfen, als es plötzlich im Treppenhaus über ihnen ziemlich polterte.

Assistent Jönsson war gerade dabei, die audiovisuelle Anlage, die so erfolgreich die Verbindung zur Welt des Spuks hergestellt hatte, nach unten zu bugsieren. Doch wie er die Ausrüstung in den Windungen auch ausrichtete, stieß die metallene Umhüllung immer wieder gegen die Mauern des engen Turmtreppenhauses.

»Soso«, stellte Sahlman mit gespielter Enttäuschung in der Stimme fest, »das hier sind also die Repräsentanten der Geisterwelt? Dann kann ja jetzt endlich wieder Ruhe im Turm einkehren.«

»Du brauchst sowieso nicht damit zu rechnen, dass dich hier in Zukunft Gespenster terrorisieren werden, du blöder

Bulle«, versicherte ihm der Kletterexperte, während er sich ungehalten aus dem harten Griff der Polizisten zu winden versuchte. »Sobald ich wieder frei bin, werde ich mich persönlich an dir rächen!«

»Immer mit der Ruhe«, entgegnete Sahlman. »Außerdem ist es nicht gerade ratsam, zu den Anklagepunkten, die bereits gegen Sie vorliegen, noch einen weiteren, zum Beispiel Bedrohung von Polizeibeamten, hinzuzufügen.«

Der junge Mann schnaubte verächtlich. Er war nicht der Typ, der sich von anderen irgendetwas sagen ließ.

»Wie dem auch sei«, fügte Sahlman unerwartet hinzu, »ich muss wirklich zugeben, dass Ihre Show einen ziemlichen Eindruck auf mich gemacht hat.«

Sein Gegenüber starrte ihn mit großen Augen an, während er selbst sich die Abenteuer des Montagabends in Erinnerung rief und verlegen lachte.

»Es war tatsächlich sehr überzeugend, was Sie da oben im Gästesaal im dritten Stockwerk veranstaltet haben«, lobte er ihn. »Ziemlich gespenstisch, wenn Sie mich fragen.«

Der Suchende schaute ihn verständnislos an. War der Typ jetzt völlig durch den Wind, oder was faselte er da für wirres Zeug?

»Im dritten Stockwerk? Wovon redest du da«, fragte er konsterniert, während er vergebens an seinen Handschellen rüttelte. »Im dritten Stock habe *ich* nichts veranstaltet!«

»Hallo, wie war dein Tag heute?«, fragte Joakim, sobald er Catharinas Nummer in der Notaufnahme des Universitätskrankenhauses in Lund gewählt hatte.

»Tja, ein bisschen stressig, muss ich zugeben«, antwortete sie.

Doktor Elgh hielt sich gerade im Ruheraum der Dienst habenden Ärzte auf, um sich ein wenig zu entspannen, bevor in den kommenden Nachtstunden eine nicht abzuschätzende Flut von Notfällen auf sie einstürmen würde.

»Erzähl«, ermunterte er sie, wobei er durchaus an jedem noch so unbedeutenden Detail interessiert war, das ihm ihre Arbeitswelt näher brachte.

Sie legte die Füße auf einen alten ausrangierten Untersuchungshocker und lehnte sich in ihrem Bürostuhl genüsslich zurück. Die Beine taten ihr ein bisschen mehr weh als sonst. Wenn es schon im dritten Monat so anfing, wie sollte es dann erst im neunten werden?

Doch das war egal, denn ihre gute Laune ließ sie sich dadurch nicht verderben. Sie hatte Lust, mit ihm zu reden, wenn er nun schon einmal Zeit für sie hatte. Nach diesem hektischen Arbeitstag war es die reinste Erholung, in Ruhe zu telefonieren.

»Unter anderem kam ein ziemlich seniler älterer Herr mit einem verletzten Fuß«, berichtete sie. »Er wollte mitten im Winter den Garten umgraben und hat sich dabei die scharfe Kante irgendeines Werkzeugs ins Fleisch gerammt. Es war eine ziemlich tiefe Wunde, die wie verrückt blutete. Doch er hat sie zu Hause einfach mit Zeitungspapier umwickelt, das er mit einem alten Gürtel befestigte, und sich ein Taxi hierher genommen.«

Hill schmunzelte am anderen Ende der Leitung und spürte, wie auch er sich endlich wohlig entspannte. Es spielte keine Rolle, was sie sagte, ihm war es einfach nur wichtig, ihre Stimme zu hören.

»Tja, er erhielt einen provisorischen Verband, und dann haben sie ihn in eines der Untersuchungszimmer gesetzt und ihn gebeten, auf die Ärztin zu warten«, erzählte Catharina weiter. »Doch er dachte nach ungefähr drei Minuten, es wäre bereits eine ganze Stunde vergangen, und so machte er sich selbst auf die Suche nach der Dame.

Anhand der Blutspur, die er hinter sich herzog, als der Verband sich lockerte, haben wir ihn durch das gesamte Krankenhaus verfolgen können. Für sein Alter und seine Verletzung hat er eine ziemliche Wegstrecke zurückgelegt.

Er ist mit dem Fahrstuhl durch das ganze Gebäude hoch- und runtergefahren, und wir durften anhand der Konsistenz des Blutes herausfinden, wie frisch die Spuren waren… Die reinste Detektivarbeit.«

Er hörte sie schlucken und von irgendetwas abbeißen. Er hatte so eine Vermutung, dass sie eine der leckeren Zimtschnecken aus dem Automaten in der Klinik aß.

»…schließlich hat ihn jemand stoppen können. Er wollte sich gerade ein Omelett in der Cafeteria bestellen. Jedenfalls konnten wir dann endlich die Wunde nähen.«

»Zum Glück! Aber dann hattet ihr Ruhe, oder?«, fragte er hoffnungsvoll.

»Glaubst du! Er hatte leider vergessen, wo er war und aus welchem Grund, und entschied sich plötzlich, zur Arbeit zu gehen. Er war Richter gewesen. Und als wir ihn nicht wegließen, zitierte er eine Unmenge von Paragraphen des schwedischen Rechts. In dieser Hinsicht funktionierte sein Gedächtnis einwandfrei.«

»Sag mal«, begann Hill, der das Gespräch gerne ein wenig in die Länge ziehen wollte, »was hat man als Arzt eigentlich für Möglichkeiten, wenn ein Patient mitten in der Behandlung gehen will? Führt das nicht zu einem Dilemma?«

»In diesem Fall befand sich der Mann so offensichtlich in einem verwirrten Zustand, dass wir ihn mit gutem Gewissen festhalten konnten, bis er verarztet war und wir seine Tochter erreichten.«

»Klingt nach einem ziemlich heftigen Tag.«

»Na ja, und dann hatten wir noch einen Junkie hier.«

»Einen Drogenabhängigen?«, brachte Joakim erstaunt hervor und setzte sich in seinem Stuhl auf. »Du warst ja wohl hoffentlich nicht in der Nähe, oder?«

»In der Nähe? Ich habe ihn gestellt!«, erklärte sie stolz.

Er verzog das Gesicht, als er daran dachte, wie unberechenbar Rauschgiftsüchtige auf Entzug sein konnten, wo immer sie auftauchten. »Ich dachte, wir wären uns darüber einig, dass du alles etwas vorsichtiger angehen lassen willst«, erinnerte er sie, »immerhin trägst du nun Verantwortung für zwei.«

»Ja klar, ich habe ihn vorsichtig gestellt«, betonte sie.

»Wie denn, wenn ich fragen darf?«

»Als er mit den Jackentaschen voller Morphinampullen aus den Lagerräumen der Apotheke stürmte, habe ich ihm einfach ein Bein gestellt.«

Er sah die Szene vor seinem inneren Auge und musste lachen. »Gut gemacht, meine Süße!«

Er hatte sie noch nie so genannt, doch sie genoss es. Und sie freute sich auf weitere liebevolle Kosenamen – mein Herz, Liebste und sogar… Mama.

»Danach musste eigentlich nur noch der Sicherheitsdienst den Scheiß wegmachen«, sagte sie schließlich. »Wahrscheinlich habt ihr den Fall dann auf den Tisch bekommen, oder?«

»Na, na. Was sind denn das für Töne!?«

»Was denn?«, fragte sie ahnungslos. »Darf man nicht ›Sicherheitsdienst‹ sagen?«

»Nein, ›Scheiße‹«, erklärte er. »Ich habe gelesen, man soll möglichst nur positiv denken und auch so sprechen, wenn man Nachwuchs erwartet. Und eigentlich sollte man auch keine Junkies jagen, oder?«

»Ha! Da soll sich das Kleine am besten von Anfang an dran gewöhnen. Überleg doch selbst, wie es bei uns ist. Eine Unfallärztin als Mutter und einen Kriminaler als Vater – da wird das Kind wirklich *alles* mitbekommen!«

Beide verstummten für einen Augenblick.

»Ach übrigens«, sagte er unvermittelt. »Wie machen wir das eigentlich, Catharina? Wird es ein Elgh oder ein Hill?«

Sie legte die Zimtschnecke zur Seite und nahm die Füße vom Hocker. »Joakim?«

»Ja?«

»War das gerade eben ein *Antrag*?«

Die kurze Stille kam ihm wie eine Ewigkeit vor. Er war selbst überrascht, was er gesagt hatte, obgleich er es schon mehrere Tage auf der Zunge gehabt hatte. »Ja, das kann man so sagen.«

»Aha«, sagte sie zögernd.

Keiner sagte etwas, und Hill starrte vor sich ins Leere. Oh nein, das geht in die Hose, dachte er.

»Dann wird es ein Hill, nehme ich an«, sagte Catharina schließlich.

Hill schluckte angestrengt. »Äh, war das ein *Ja*?«

»Ja!«

An beiden Enden der Leitung wurde es still. Der Beschluss, den sie soeben anstatt mit Champagner und Kerzen so unprätentiös über das Telefonnetz gefasst hatten, war der Start in ein völlig neues Leben. Es würde ein spannendes, risikoreiches und manchmal vielleicht auch beängstigendes Abenteuer werden. Und gleichzeitig wunderschön.

Catharina fand als Erste die Sprache wieder.

»Übrigens, wie war es denn bei dir heute?«

»Bei mir?«, antwortete Hill schüchtern. »Ich habe einer vermögenden Frau eins aufs Maul gegeben!«

## DONNERSTAG 10:11:33

Was hatte es eigentlich mit der Lex Bäcker auf sich? Du wolltest es mir doch gestern erzählen«, fragte Gårdeman am nächsten Vormittag noch etwas matt.

»Es ist etwas, dass du dir vielleicht selbst hättest zu Herzen nehmen sollen. Nämlich verdammt genau hinzuschauen«, antwortete Hill von seinem Besucherstuhl am Krankenhausbett aus.

Gårdeman grinste vorsichtig.

»Auch wenn einem die Dinge auf den ersten Blick wohl bekannt und ziemlich ungefährlich vorkommen«, fügte Hill hinzu und hob ermahnend den Zeigefinger in Richtung seines bettlägerigen Kollegen.

»Der Goretex-Overall war schuld!«, wandte Gårdeman ein.

»Der Goretex-Overall?«

Der Kollege war ganz offensichtlich noch nicht so ganz von den Nachwirkungen seiner Narkose befreit, wie Hill angenommen hatte. Lag er jetzt etwa da und fantasierte?

»Ja, genau«, beharrte Gårdeman, wobei ein unverkennbares Leuchten in seine Augen trat, »die neuen Uniformen sind eben nur fast perfekt. Sie sind zwar leicht, regenundurchlässig, wärmespeichernd und angenehm zu tragen, aber leider nicht schusssicher!«

Er versuchte, zurückhaltend über seinen kleinen Scherz zu lachen. Der Kies, der ihm ins Gesicht gespritzt war, hatte unschöne Wunden auf seiner Haut hinterlassen, die sein Lächeln ziemlich absurd aussehen ließen – in etwa so, als sei Frankenstein persönlich von den Toten auferstanden. Doch der Arzt hatte ihm versichert, dass der entstellende Schorf in ungefähr zehn Tagen abgeheilt sein würde.

Schlimmer war es allerdings mit der Operationsnarbe am Bauch. Sie spannte und verwandelte sein Lächeln in eine schmerzverzerrte Grimasse. Der Arzt hatte ihm geraten, ein kleines Kissen gegen den Bauch zu drücken, um die Anstrengungen des Hustens oder Lachens zu mildern, woraufhin Lena gleich eins von zu Hause mitgebracht hatte. Der Bezug war mit einem Pinguin versehen, und Gårdeman hatte schon jetzt das Gefühl, dass Joansson es unglaublich witzig finden würde. Wahrscheinlich würde er von nun an im Präsidium nur noch Pinge genannt werden.

Doch was spielte das schon für eine Rolle – das einzig Wichtige war, dass er LEBTE! Jedes Mal, wenn er darüber nachdachte, jubelte er innerlich vor Freude, wenn er bedachte, wie äußerst knapp er mit dem Leben davongekommen war!

Hill ersparte ihm die Mühe zu sprechen und erzählte ihm stattdessen, wie die Geschichte draußen in Ramlösa zu Ende gegangen war. Er erklärte seinem Kollegen, wie all das, was in den letzten Tagen bereits wie auf einer passiven Datenbank in ihren beiden Köpfen gespeichert war, in dem Moment begann, zusammenzupassen, als Nane sein Bekenntnis ablegte und ihm damit den Schlüssel zum Rätsel lieferte. Und wie er sich angesichts der Worte wie auf einer Rutsche durch Zeit und Raum plötzlich in Gedanken in der weihnachtlich herausgeputzten Hauptstraße in Råå befand. Sein Unterbewusstsein hatte sofort begonnen, die Puzzleteile, die ihm dort begegnet waren, nach der Methode zusammenzufügen, die ihm der legendäre Fahnder aus Lund mit auf den Weg gegeben hatte.

Vor seinem inneren Auge tauchten die verfrorenen jungen

Mädchen an der Bushaltestelle auf. Ein Junge würde nie auf die Idee kommen, sich von seinem Vater Klamotten zu leihen. Die Blöße würde er sich nicht unbedingt geben. Doch Mädchen waren da anders. Sie liehen sich gerne die Sachen der Eltern, je nachdem, was sie gerade schick fanden, zum Beispiel einen Pelzmantel.

Es passte perfekt in Malin Nilsmeds Pläne, sich für die langen Stunden ihres Spionierens vor dem Haus von Anne Smitt den warmen Pelz ihrer Mutter auszuleihen.

Gleichzeitig musste Hill an die weihnachtlich geschmückten Körbe der Mädchen denken, die mit charmanter Verschlagenheit ihre Weihnachtsküsse feilgeboten hatten.

*Unterstützen Sie unsere Klassenfahrt! Kaufen Sie einen Weihnachtskuss, für nur fünf Kronen!*

Vielleicht hatte Malin genau denselben Spruch an die hochschwangere Freundin ihres Vaters im mitternachtsblauen Mitsubishi gerichtet, um sie zum Verzehr des Giftes zu bewegen?

Und Anne hatte Malin natürlich erkannt, ohne jedoch ihre Absichten zu ahnen. Es hätte ja sein können, dass sie sich durch ihre unerhebliche Freigebigkeit ein wenig *goodwill* bei der Tochter ihres Liebhabers zu erkaufen gedachte. Oder vielleicht fand sie auch einfach nur die Idee witzig.

Wie auch immer folgte auf diese Vision die Einsicht, dass nun vermutlich Berit Nilsmed die Nächste wäre, die das letzte der heimtückischen Pralinés würde probieren dürfen.

Nane hatte während seines Bekenntnisses darauf hingewiesen, dass noch eine weitere Ampulle mit der tödlichen Substanz existieren musste, was Hill schließlich einen stichhaltigen Grund für sein Handeln geliefert hatte. Zu diesem Zeitpunkt befanden sich viele der Kollegen bereits im Einsatz, besser gesagt auf der Jagd nach dem dunklen Saab 900, in dem man einen Polizistenmörder vermutete. Einen Mörder, der auf dem besten Weg war, sich aus dem feinmaschigen Netz, das sich unmittelbar nach dem Alarm bildete, herauszuwinden. Unterdessen war es Hill gelungen, Susanna und Beckman aufzutreiben, mit denen er sich Hals über Kopf nach Ramlösa begab.

»*Shit!*«, sagte Gårdeman, der sich weitaus mehr aufregte, als ihm eigentlich gut getan hätte. »*Shit*, wir hätten es viel früher begreifen müssen!«

»Hätten wir?«, meinte Hill nachdenklich. »Hätten wir es denn wirklich gekonnt? Im Nachhinein scheint alles so glasklar, doch wenn man zu dem Zeitpunkt zurückgeht, an dem wir zuletzt miteinander darüber gesprochen haben, hätte genauso gut Berit Nilsmed die Mörderin sein können. Oder sogar jemand, von dem wir bis dahin nichts wussten. Frau Nilsmed hätte ja auch einen Liebhaber haben können, oder?«

Hill schaute auf seine Hände, die mit angestrengten Gesten die Gültigkeit seiner Schlüsse zu unterstreichen versuchten. »Und wer von uns wäre zu dem Zeitpunkt bereit gewesen zu sagen, dass ein vierzehnjähriges Mädchen den Tod zweier Menschen – sogar dreier mit dem Ungeborenen – verursacht hat?«

»Nein, wohl keiner«, gab Gårdeman matt zu.

Mit einem Mal fiel Hill auf, wie müde sein Freund eigentlich war. Er hatte schwarze Ringe unter den Augen, und die gesprungenen Lippen waren mit hässlichem, dunklem Schorf überzogen, der die blutarme Haut noch bleicher erscheinen ließ.

»Nein, mein Freund«, sagte Hill und stand im selben Moment auf, in dem die Krankenschwester zur Tür hereinkam. Sie brachte schmerzstillende Medizin und hatte auf ihrem Tablett außerdem noch ein Glas Saft und ein Stückchen Kuchen. Mit einer routinierten Bewegung hielt sie Gårdeman ein Fieberthermometer ans linke Ohr.

Hill sah ein, dass es Zeit war zu gehen.

»Jetzt ruh dich erst mal ein bisschen aus, du Kämpfer«, setzte er hinzu. »Wir unterhalten uns später weiter. Ich schaue heute Abend auf dem Heimweg noch mal zu dir rein.«

In letzter Sekunde besann er sich, dem frisch operierten Gårdeman nicht, wie man es oftmals in Filmen sah, aufmunternd auf die Schulter zu klopfen. Er hielt an der schweren Tür des Krankenzimmers inne, wandte sich noch einmal um und betrachtete den Kollegen in seinem Krankenbett. Um ihn herum war bereits ein Meer aus Blumen arrangiert – Grüße von all denen, die froh waren, dass er dem ersehnten Licht trotz allem doch noch den Rücken gekehrt hatte.

»Übrigens«, sagte er, »du musst dich ein bisschen beeilen, gesund zu werden, hörst du, denn Lena und du, ihr seid zur Hochzeit eingeladen.«

»Wie bitte? Meinst du…?«, sprudelte es aus Gårdeman heraus. Die Reaktion war anscheinend etwas zu heftig für seine in Mitleidenschaft gezogenen Bauchmuskeln, denn er verzog schmerzhaft das Gesicht.

Die Schwester warf Hill einen bösen Blick zu und bedeutete ihm gleichzeitig zu gehen, damit ihr Patient sich endlich entspannen könnte. Aber Gårdemans Grimasse ging rasch in ein fröhliches Lächeln über.

»Hast du tatsächlich doch noch die entscheidende Frage gestellt, du Spätzünder?«

»Ja, ja! Also wird demnächst Hochzeit gefeiert, und zwar bevor sie ein Kleid in Übergröße bestellen muss.«

»Heiratet ihr kirchlich?«, wollte Gårdeman wissen.

»Nee, wohl kaum.«

»Aha, dann wird es also im Rathaus stattfinden, oder?«

»Nein.«

»Aber wo denn sonst?«

»Im Schnellimbiss.«

Ulf Gårdeman hoffte, dass er sich in seinem angeschlagenen Zustand verhört hatte.

»Wir dachten, das wäre eine gute Idee. Ich habe ja keine

Eltern mehr, wie du weißt, und Catharina hat nur ihre geschiedene Mutter, die sich keinen Deut darum kümmert, was sie tut oder lässt. Und wir haben uns ja bei *Rolles* in Lund kennen gelernt. Dort wird also sowohl die Zeremonie als auch das nachfolgende Fest stattfinden.«

Gårdeman konnte es nicht fassen.

»Also sieh zu, dass du ruckzuck wieder fit bist, denn am dreißigsten Januar nächstes Jahr kannst du Fritten und Hamburger futtern, bis du…«

»Vielen Dank«, sagte Gårdeman und hob abwehrend die Hand, »aber ich bin ja gerade erst geplatzt!«

Der Terminator wartete ungeduldig im Foyer des Polizeipräsidiums auf Kommissar Hill und war stinksauer auf Joansson, der ihn nicht alleine nach oben in Hills Dienstzimmer lassen wollte.

Er hatte das Gefühl, hier noch paranoid zu werden, besonders, wenn dieser schokoladenfarbene Gentleman da hinten in seinem Besucherstuhl ihn weiterhin aufmunternd angrinsen würde.

Warum saß er eigentlich Tag für Tag dort?

War er vielleicht ein Spion, so eine Art *undercover cop*, der darauf zu achten hatte, wer hier ein und aus ging? Der Terminator war bereit, ihn aller denkbaren Schlechtigkeiten zu beschuldigen, denn kein normaler Mensch würde ja wohl die Geduld aufbringen, einfach bis in alle Ewigkeit zu warten, oder? Doch er kannte Enduro Babele nicht.

Plötzlich glaubte er zu spüren, dass dieser Bengale da hinten direkt durch ihn hindurchschaute. So wie er alles ohne jegliche Zurückhaltung beguckte und dabei auch noch milde lächelte.

Der Terminator hatte so etwas noch nie zuvor erlebt. Als wäre er durchsichtig und seine sorgfältig verborgene Schläue läge vollkommen blank. Kein angenehmes Gefühl, um nicht zu sagen extrem unbehaglich. Vielleicht handelte es sich auch um schwarze Magie oder so etwas? Er empfand es jedenfalls wie eine seelische Durchleuchtung.

Vielleicht sollte er doch noch mal mit Sahlman, dem Obersnob, sprechen? Es gab anscheinend noch mehr Phänomene, die nicht ohne weiteres zu erklären waren.

In dem Moment hörte er das Klackern von Absätzen aus dem Korridor. Die Tür wurde geöffnet, und er vernahm eine ausgesprochen sexy klingende Stimme.

»Enduro Babele? Befindet sich hier ein Enduro Babele?«

Sie war ziemlich hübsch, die Polizeiassistentin, in deren straffem Tagesablauf sich endlich eine Lücke aufgetan hatte, sodass sie sich Babeles Fall annehmen konnte. Der Terminator hätte viel lieber mit ihr als mit Hill gesprochen.

Doch es war, wie es war. Er hatte den Deal ja schließlich mit Hill gemacht.

Dennoch schaute er dem Afrikaner ziemlich neidisch hinterher, als dieser der kessen Polizeiangestellten folgte.

Er fragte sich, wie diese exotischen Typen eigentlich dauerhaft so verdammt gute Laune haben konnten. Und noch dazu mitten im arschkalten Winter? War das irgend so eine Yogascheiße, die sie auf Trab brachte, oder was?

Und wie lange würde es eigentlich noch dauern, bis dieser Hill endlich zurück wäre?

Joakim Hill war direkt vom Krankenhaus zur Staatsanwaltschaft heruntergegangen, wo er viel mehr Zeit verbrachte, als er eigentlich beabsichtigt hatte.

»Wir haben einen Bericht von Dr. Mendelson aus dem Krankenhaus erhalten, in dem eine Lippenverletzung einer Zeugin erwähnt wurde. Können Sie das erklären?«, hatte der zuständige Staatsanwalt Tor Stenlund mit strengem Blick gefragt.

»Es ist im Polizeibericht über die gestrige Festnahme draußen in Ramlösa beschrieben«, antwortete Hill geduldig. »Dort ist alles genauestens vermerkt, einschließlich einer

Erklärung der Geschehnisse als ein, wie soll ich sagen, notwendiges Übel durch die Verletzte selbst.«

»Ach so«, sagte der zuständige Staatsanwalt schroff und blätterte in dem vor ihm liegenden Bericht, »Ist die Erklärung der Geschädigten auf unlautere Weise zustande gekommen?«

»Es gibt zwei Zeugen, die Ihnen die Richtigkeit meiner Aussage bestätigen können, Assistentin Susanna Avehed und Assistent Lasse Beckman. Die Tochter war eine weitere Zeugin, doch sie hat sich bisher überhaupt nicht geäußert. Außerdem ist sie die Hauptverdächtige und befindet sich gegenwärtig in der Jugendpsychiatrie zur psychologischen Untersuchung.«

»Aber eine Verletzung ist immerhin eine Verletzung«, beharrte Stenlund dogmatisch.

»Ich hatte die Wahl. Ich hätte sie entweder ein mit großer Sicherheit zyanidhaltiges Schokoladenpraliné essen lassen oder rasch eingreifen können.«

»Gab es denn wirklich keine andere Möglichkeit?«

»Hier«, sagte Hill und schrieb einige Ziffern auf einen Zettel, den er Stenlund reichte, »das ist die Telefonnummer von Berit Nilsmed in der Beratungsabteilung der Frauenklinik.«

»Sie meinen, ich soll dort anrufen und das überprüfen?«

»Bitte, tun Sie das.«

»Na ja, das wäre vielleicht etwas weit gegriffen. Es ist ja nicht so, dass ich Sie für irgendetwas zur Rechenschaft ziehen will.«

Es war befreiend, das zu hören, und dennoch wurde Hill das Gefühl nicht los, dass es genau das war, was Stenlund vorhatte. »Rufen Sie an!«, forderte er ihn auf. »Ich wäre froh, wenn Sie es täten.«

»Nein, nein! Das ist sicher nicht nötig.«

»Na gut, dann gehe ich davon aus, dass Sie meinen Bericht absegnen?«

»Doch, sicher.«

»Können wir dann zum nächsten Punkt kommen?«

»Okay. Doch eine Verletzung ist immerhin eine Verletzung. Und wir wollen doch keinerlei Missstimmung innerhalb der Polizei aufkommen lassen, nicht wahr?«

»Nein, natürlich nicht«, seufzte Hill und wechselte das Thema. »Wie gehen wir im Hinblick auf die Tochter nun weiter vor?«

»Malin Angelica Nilsmed, ja«, las der zuständige Staatsanwalt. »Wir müssen das Ergebnis der psychologischen Untersuchung abwarten. Wie alt ist sie, sagten Sie? Vierzehn? Dann können wir keine Anklage erheben. Das ist wohl eher ein Fall für das Jugendamt, möglicherweise in Zusammenarbeit mit der Psychiatrie.«

Hill seufzte erneut. Das einzig Positive daran wäre, dass der arme Rentner aus Råå anonym blieb.

Dennoch fand er die junge Dame für ihr Alter ziemlich gerissen und keineswegs kindlich, was die Durchführung ihrer Pläne betraf. Wenn sie sich nun tatsächlich im Dickicht ihrer hasserfüllten Seele verirrt hatte, so war es ihr doch meisterlich gelungen, alles Wissenswerte in Erfahrung zu bringen und daraufhin ihre Pläne mit Bewusstheit und einigem Geschick in die Tat umzusetzen. Und alles im Schutz des kompakten elterlichen Desinteresses gegenüber dem, was sich in ihrer abgeschlossenen Teenagerhöhle zusammenbraute.

Würde sich jetzt also die Tatsache, dass sie in ihrem Alter noch nicht strafmündig war, als immunitätsstiftend erweisen? Der Fötus in Anne Smitts Bauch war ein Junge gewesen, der Halbbruder des Mädchens. Ein vollkommenes, wohl geformtes kleines Geschöpf, dem sie nicht die geringste Chance gegeben und mit dem sie kein Erbarmen gehabt hatte.

Der Gedanke war abstoßend, doch dass seine empfindsame Reaktion auf das tote Kind seine eigene Unruhe widerspiegelte, war ihm zu diesem Zeitpunkt noch nicht bewusst. Und dennoch vermischten sich in seinem Kopf die Bilder des toten Jungen von Anne Smitt mit dem winzigen Geschöpf in Catharinas Bauch.

»Tja, es ist wirklich die Frage«, setzte der Staatsanwalt hinzu, ohne die Gedanken von Hill ahnen zu können, »ob wir das Mädchen überhaupt nachweislich des Verbrechens bezichtigen können. Ich denke, in ihrem Alter gestehen die jungen Leute alles Mögliche, nur um am nächsten Tag ihr Geständnis zu widerrufen. Sie kann ja jederzeit behaupten, dass sie ihrer Mutter nur ein Praliné anbieten wollte und keine Ahnung hatte, dass es vergiftet war.«

»Aber wir haben noch andere Indizien«, betonte Hill, »wir haben Nane.«

»Nilserik ›Nane‹ Norman, ja«, zitierte Stenlund, nachdem er erneut den Bericht zu Rate gezogen hatte, »ein stadtbekannter Verbrecher und Lügner. Wenn das Ganze gerichtlich überprüft werden sollte, was es aller Wahrscheinlichkeit nach nicht wird, so würde es jedem mittelmäßigen Anwalt gelingen, die Aussage des jungen Mannes zu zerpflücken, bis am Ende nur noch Krümel übrig bleiben.«

»Schon möglich«, gab Hill zu, »doch es dürfte für Malin nicht leicht werden, den Umgang mit dem Gift zu leugnen.«

»Den Umgang?«

»Ja, Zyanidwasserstoff hat die Eigenschaft, leicht von der Haut aufgenommen zu werden, allein schon durch die Handhabung. Wir haben natürlich sofort eine toxikologische Analyse der Blutprobe von Malin angefordert, und wenn sich darin nicht minimale Spuren finden, dann fresse ich einen Besen.«

Er hatte zwar keinen Besen zur Hand, doch der Staatsanwalt würde es diesmal hoffentlich nicht so genau nehmen. Außerdem war sich Hill seiner Sache so sicher, dass er mit seiner Bemerkung kaum etwas riskierte.

Darüber hinaus hoffte er innerlich – um der Tragödie wenigstens einen Sinn abgewinnen zu können –, dass die Nilsmedtochter als psychisch krank eingestuft werden würde.

Wenn man sie einige Jahre behandelte, hätte ihre kranke Seele vielleicht eine Chance zu heilen. Und sicherlich würde ihre Mutter sie nicht im Stich lassen.

»Ja«, sagte Stenlund und sah gestresst auf seine Armbanduhr, »dann warten wir also das Resultat ab und schauen, was die Voruntersuchung an Ergebnissen liefert. Wenn Sie mich jetzt entschuldigen würden, denn man wartet bereits auf mich. Ich muss zu einer Verhandlung…«

»Okay, dann hören wir später voneinander«, antwortete Hill und stand etwas mühsam auf. Er hatte sich wahrscheinlich am gestrigen Abend, als er sich auf Berit Nilsmed gestürzt hatte, einen Muskel überdehnt. Es schmerzte höllisch in der Seite, und er verzog das Gesicht ganz ähnlich wie Gårdeman vorhin.

»Oh, ist Ihnen nicht gut?«, fragte der Staatsanwalt, während er den Kommissar beunruhigt über den Rand der geschliffenen Gläser seiner Lesebrille betrachtete.

»Nur eine leichte Verletzung vom Einsatz gestern Abend, aber eine Verletzung ist ja immerhin eine Verletzung«, grinste Hill. »Vielleicht sollte ich meinerseits jemanden verklagen?«

Doch Stenlund antwortete nicht, und Hill machte sich auf den Rückweg zum Polizeipräsidium. Er trottete über den immer noch weißen frischen Neuschnee, der über Nacht gefallen war und den Eindruck erweckte, als wollte er die Wirklichkeit mit einer schönen, täuschend echten Reinheit überziehen.

Auf dem Präsidium wurde er vom Terminator empfangen, der schon eine ganze Weile vor der Rezeption auf und ab gestampft war. Doch wie um alles in der Welt sah er eigentlich aus?

»Da schau mal einer an!«, begrüßte Hill ihn überrascht.

»Was ist denn?«, fragte der Terminator leicht säuerlich.

»Ich meine Ihre Aufmachung«, sagte Hill ironisch. »Schicke Krawatte, wenn Sie mich fragen. Und der Grund für diesen totalen Stilwechsel?« Plötzlich fiel ihm ein, was auf der Tagesordnung stand. »Ja, natürlich!«, sagte er. »Kommen Sie, dann werden wir sehen, was wir für Sie tun können.«

Der Terminator folgte Hill die Treppen hinauf und warf Joansson, der ihn durch die Glasscheibe so überaus interessiert musterte, einen zornigen Blick zu. Was gab es da eigentlich zu stieren – hatte er etwa noch nie einen Mann im Anzug gesehen?

Der Terminator und Kåge waren ungefähr gleich groß, und gestern Abend war Kåge nach längerem Nachdenken eingefallen, dass er eventuell noch etwas in seinem Kleiderschrank hatte. Etwas, das er dem Boss leihen konnte.

Die Kreation bestand aus einem hellgrauen, silbermelierten Anzug aus Kammgarnstoff mit mehr als reichlich bemessenen Schulterpolstern. Er saß ein wenig eng, sodass der Terminator den Bauch einziehen musste, um das Jackett zuknöpfen zu können. Beim Binden der schwarzen Samtkrawatte hatte er sich von Kåge helfen lassen müssen. Die zu den Zehen hin spitz zulaufenden Mückenjäger hingegen, die im Übrigen perfekt an seinen Füßen saßen, hatte er eigens tadellos geputzt.

Über dem Arm hielt er einen schäbigen alten Tweedmantel, den er irgendwo in den eigenen Katakomben aufgetrieben hatte.

Das Ganze sah in Kombination mit den roten Haaren des Terminators zum Totlachen aus.

»Mein Gott, Sie sind ja ausstaffiert, als würde Ihnen der Prozess gemacht«, sagte Hill und wandte sich dem Terminator zu, der hinter ihm den Korridor entlang trabte. »Oder als wollten Sie zum Zirkus?! Woher haben Sie denn bloß dieses extravagante Teil? Aus dem Antiquitätenladen?«

»Ach, hören Sie auf«, antwortete der Motorradrocker gereizt.

»Schon gut«, lachte Hill und öffnete die Tür zu seinem

Raum. »Setzen Sie sich, dann schauen wir, ob es geklappt hat.«

Hill nahm autoritär auf seinem Schreibtischstuhl Platz und griff resolut nach dem Telefonhörer. Der Terminator schien sich wie zu Hause zu fühlen und ließ sich auf den kanarienvogelgelben Besuchersessel gegenüber fallen. Endlich brauchte sich Hill einmal keine Gedanken darüber zu machen, ob der Bezug Ölflecke aufweisen würde, nachdem der Terminator darin gesessen hatte.

»Hallo, Barbro, hier ist Joakim Hill«, meldete er sich. »Ich wollte wissen, wie es gelaufen ist. Du hast doch die Kopien von dem Vorschlag der Polizeileitung erhalten, nehme ich an? Ja, das Papier mit der Förderung gesellschaftlich relevanter Maßnahmen im Hinblick auf interkulturelle Integrationsbestrebungen.«

Hill wartete ihre Antwort ab. »Sicher«, sagte er dann, »von unserer Seite aus spricht nichts gegen eine Berechtigung. Nennen wir es einen auf Vertrauen basierenden, kulturellen Einsatz.« Dann konzentrierte er sich erneut auf ihre Ausführungen und nickte hier und da stumm. Schließlich brauchte er überhaupt nichts mehr zu sagen, dafür redete seine Gesprächspartnerin umso mehr.

Der Terminator konnte nicht verstehen, was sie sagte, doch er hörte, wie sich ein nicht abreißender Strom von Informationen in Hills Ohr ergoss, ohne wieder zum Vorschein zu kommen. In Ermangelung einer sinnvollen Beschäftigung kaute er ungeduldig auf seinen ölverschmierten Fingernägeln, merkte dann jedoch, dass sie entsetzlich schmeckten, und legte daraufhin die Hände in den heute ausnahmsweise silbermeliert glänzenden Schoß. Er sehnte sich nach seinen eigenen gewohnten Lederklamotten.

»Okay«, sagte Hill nach einer ganzen Weile, »vielen Dank, Barbro, wir hören voneinander.«

Er legte den Hörer zurück auf die Gabel, während ihn der Terminator auffordernd anschaute.

»Und?«

Hill bemühte sich um einen sachlichen Gesichtsausdruck und versuchte, nicht allzu ironisch zu klingen. »Willkommen im gemeinnützigen Verein, Junge!«

»Was hat sie gesagt?«

»Ja, sie hat am Memorandum zu den allgemeinen Integrationsbestrebungen teilgenommen, und wenn Sie sich beim Gespräch mit ihr nicht völlig daneben benehmen, haben Sie und Ihre Leute die Möglichkeit, während des Festivals zum Midvinterljus einen eigenen Stand in Knutpunkten zu eröffnen. Als Repräsentanten unseres facettenreichen Kulturbildes können Sie dann mit der Information über Ihre Organisation einen Beitrag leisten.«

»Und wie sieht es mit dem Zuschuss aus?« Der Terminator machte ein besorgtes Gesicht.

»Ja, das hängt davon ab, was Sie mit Barbro aushandeln«, erklärte Hill. »Wenn alles klappt, erhalten die Gangsters für ihren Einsatz einen Kulturbeitrag von der Gemeinde, genau wie andere so genannte Künstler.«

Der Terminator seufzte erleichtert. »*Yes!*«, brachte er hervor und ballte selbstbewusst die Faust. »*Yes!!!*«

»Aber denken Sie daran, dass Nane natürlich eine Weile hinter Gitter muss«, erinnerte ihn Hill. »Es geht nicht an, dass Leute, die auf offener Straße mit Zyanid handeln, frei herumlaufen.«

»Er hat von mir schon eine Abmahnung bekommen«, erklärte der Terminator, als wäre er der Gerichtshof persönlich.

»Dann wird er wohl doppelt bestraft werden«, sagte Hill. »Doch im günstigsten Fall erlassen sie ihm einiges für seine Hilfsbereitschaft.«

»Das will ich aber auch stark hoffen«, entgegnete der Terminator.

»Okay«, sagte Hill und begann demonstrativ in seinen Bergen von Akten zu wühlen.

Das Gespräch war beendet. Er hatte noch viel Schreibarbeit zu erledigen, bevor er den Fall Anne Smitt auf den Stapel fürs Archiv würde legen können, und es wurde höchste Zeit, das Durcheinander zu ordnen und die Fakten zu Papier zu bringen.

»Und vergessen Sie nicht«, ermahnte er ihn zum Schluss, »ich habe Ihnen nur den Kontakt mit der Gemeinde vermittelt. Alles weitere liegt an Ihnen. Machen Sie sich am besten gleich auf den Weg zum Kulturamt, Barbro wartet auf Sie!«

»Okay, okay.«

Der Terminator war bereits an der Tür und zwang sich in seinen Tweedmantel, als er innehielt und die Hand zum Gruß erhob.

»Und danke noch mal für die Zusammenarbeit!«

»Ach Quatsch!«, rief Hill und verschanzte sich hinter seinem Schreibtisch. »Sagen Sie das bloß nicht zu laut! Es könnte mich meinen Job kosten!«

Knut Sahlman hatte einen kleineren Schock erlitten, als ihm die Bedeutung der Abschiedsworte des Suchenden aufging.

Nun stand er sozusagen wieder am Anfang und war genauso metaphysisch verwirrt und lebensphilosophisch unzufrieden wie vor der dramatischen Ergreifung des Täters im Festungsturm!

Doch irgendwann hatte er beschlossen, das Ganze einfach zu ignorieren. Hatte der Schale mit dem Goldfisch einen Gutenachtkuss aufgedrückt und schließlich wie ein Stein bis zum nächsten Morgen durchgeschlafen. Er erwachte mit dem festen Vorsatz, seinen neuerlichen Sinneszustand mit einer anderen, weitaus schöneren Herausforderung zu begrüßen.

Deshalb erklomm er ein weiteres Mal die verschneite Holztreppe zur mittelalterlichen Burg. Sein beruflicher Auftrag war zwar beendet, doch heute war sein Motiv eher privater Natur.

Linda machte einen müden und mitgenommenen Eindruck hinter dem gläsern eingefassten Kassenbereich, wo sie verschiedene Broschüren ordnete. Gleichzeitig merkte man ihr an, dass sie nach der Beendigung des gestrigen Dramas insgesamt entspannter, ja geradezu erleichtert war.

Er konnte sie gut verstehen, denn sie hatte letztlich *ihn* verstanden.

»Hallo«, sagte er und zog umständlich seine Wildschweinlederhandschuhe von den Fingern. »Wie geht es Ihnen heute?«

»Danke, gut, ganz okay. Und selbst?«

»Wunderbar, danke.«

Er stand vor ihr am Tresen und strich befangen seine Handschuhe glatt. Als hätte er Schwierigkeiten, zur Sache zu kommen. Doch sie kam ihm zuvor, während er immer noch dastand und nervös am Leder fingerte.

»Ist die Arbeit da oben nun vollständig abgeschlossen?«, fragte sie.

»Ja, sicher. Die Techniker haben alles, was sie benötigen, und wir haben unseren Mann. Er wird nicht widerstehen können, alles bis ins kleinste Detail zu schildern. Er ist viel zu stolz auf seine handwerklichen Fähigkeiten und wird sich die Chance, sich ein wenig brüsten zu können, wohl kaum entgehen lassen.«

»Was ist das nur für ein Kerl?«

»Überhaupt keiner.«

»Überhaupt keiner?«

»Er hätte etwas aus sich machen können. Er hätte mit seinem verblüffenden Fund berühmt werden können. Wie die Entdecker des Regalschiffes Vasa oder das archäologische Team in Uppåkra. Er hätte sich seine Bekanntheit für eine große Karriere zunutze machen können. Aber nein, das reichte ihm nicht. Er wollte lieber alles für sich allein haben. Deshalb nahm er auch einen enormen Kredit für die hochwertige Ausrüstung auf. Und nun steht er vollends ohne was da, abgesehen vom Gerichtsverfahren, dem er entgegenfiebern kann.«

Sie dachte über seine Worte nach, doch ihre Frage stand immer noch im Raum.

»Aber er muss doch einen Namen haben. Nach all den Unannehmlichkeiten, die er uns hier im Museum bereitet hat, möchte ich wirklich wissen, wie er heißt.«

»Mikael, er heißt Mikael Rasmusson.«

Sie nickte, denn es war einfach gut, es zu wissen. Dann lachte sie geradeheraus. »Vielleicht sollte man tatsächlich etwas in dem Stil hier aufziehen«, sagte sie dann, und Sahlman merkte, dass sie um einen lockeren Tonfall bemüht war. »Hier und da ein paar mit Stimmen unterlegte Hologramme installieren, um Besucher anzulocken und die Touristen in Stimmung zu bringen, oder?«

»Glauben Sie mir«, versicherte er ihr, »die Stimmung in den alten Sälen da oben reicht voll und ganz aus.«

»Es war wirklich extrem gruselig dort oben«, gab sie zu.

»Ja, das stimmt.«

»Ich kann verstehen, wenn Sie es albern finden, doch ich fand es die ganze Zeit über ziemlich unbehaglich.«

»Ich finde es keineswegs albern. Im Gegenteil, es hat mir imponiert, wie Sie mit der Situation umgegangen sind. Die meisten hätten mit Sicherheit völlig die Fassung verloren.«

»Es hat Ihnen imponiert?«

Gegen ihren Willen genoss sie das Kompliment des Mannes, den sie am gestrigen Abend vor dem Schlimmsten bewahrt hatte.

»Ja, Sie haben mir zweifellos das Leben gerettet«, versicherte er.

»Ach… ich war jedenfalls ganz schön wütend auf diesen Aufschneider«, sagte sie etwas geniert.

»Nun schmälern Sie bitte nicht Ihren Verdienst, Linda. Sie waren mutig, und ich möchte Ihnen gerne in irgendeiner Form danken.«

Sie lächelte, diesmal vorbehaltlos.

»Also, gestern war Zahltag, und ich wollte Sie fragen, ob ich Sie vielleicht irgendwann zum Essen einladen darf«, setzte er hoffnungsvoll hinzu.

»Gern«, sagte sie und nickte. »Wann?«

»Was halten Sie von heute Abend?«

»Ausgezeichnet! Wann und wo?«

»Vielleicht im *Oscars Trapp* gleich hier unten? Um sieben Uhr? Soweit ich weiß, herrscht dort eine unglaublich authentische mittelalterliche Spukstimmung.«

Sie lachte und fügte hinzu: »Genau das Richtige für uns ›Ghostbusters‹, oder?«

Sie hörten Schritte auf der Außentreppe. Vermutlich näherte sich der erste und gleichzeitig letzte Tourist, denn es dauerte nicht mehr lange, bis das Museum für heute schließen würde.

Sahlman hielt es für besser, sich auf den Weg zu machen. Doch er fingerte erneut nervös an seinen wildschweinledernen Handschuhen. Eins wollte er noch loswerden, bevor er ging.

»Ja, also, Sie haben am Montag völlig Recht gehabt, Linda«, gestand er ihr beschämt ein. »Ich habe gelogen. Es ist wirklich etwas ziemlich Merkwürdiges dort oben passiert. Doch das kann ich Ihnen ja beim Essen erzählen.«

Sie lächelte erneut, und er wusste, dass sie ihm zuhören würde, wie dämlich seine Geschichte auch klingen mochte.

Enduro Babele hatte sowohl einen Putzeimer als auch einen Wischmopp von der flotten Polizeiassistentin mit den hochhackigen Schuhen und dem knappen Rock erhalten.

Er hatte ihr mit ausgewählten Worten klar gemacht, dass er hart arbeiten und zum Wohl der schwedischen Gesellschaft beitragen wollte. Und sie hatte daraufhin sein Schicksal in ihre gepflegt manikürten und überaus resoluten Hände genommen.

Genau wie er von Anfang an überzeugt gewesen war, hatte sich das lange Warten gelohnt. Nach einigen Telefonaten hatte sie ihn kurzerhand zum Aushilfsraumpfleger ernannt, ihn mit einer Arbeitsausrüstung versehen, die von Svea Rikes Arbeitsschutzorganisation höchstpersönlich geprüft und für angemessen befunden worden war, was ihn wiederum umgehend zu einem richtigen Schweden machte.

Sie hatte ihm erklärt, dass es sich hiermit keinesfalls um einen festen Job handeln würde – denn den dürfte er gemäß der aktuellen Einwanderungsbestimmungen mit seinem jetzigen Status noch nicht ausüben –, sondern dass er das Ganze mehr als eine Art Beschäftigungstherapie während des Wartens auf weitere Beschlüsse bezüglich seines zukünftigen Schicksals betrachten sollte. Sozusagen als Versuch, einen Hilfesuchenden bei Laune zu halten, mit dem man gleichzeitig den akuten Personalmangel in Folge der Grippewelle innerhalb der bei der Polizei angestellten Raumpfleger ausgleichen konnte.

Von seinem intensiven Wunsch beflügelt, einen positiven Eindruck zu hinterlassen, glichen Enduro Babeles Bewegungen einem Tanz, bei dem er mit dem Wischmopp in konzentrischen, kreisförmigen Pirouetten über den vom Schneematsch verunreinigten Fußboden im Foyer des Polizeipräsidiums hinwegwirbelte. Innerhalb kürzester Zeit war der Boden blitzblank gewienert, sodass er sich in einem Werbespot für Reinigungsprodukte hätte sehen lassen können.

Als Joansson zurückkam, starrte er erschreckt auf das Szenario. Er hatte doch nur einen kurzen Blick ins Archiv geworfen und wunderte sich, was in Gottes Namen in der Zwischenzeit geschehen war.

Hatte sich nicht Stina Everman vor einigen Augenblicken noch um ihn gekümmert? Was machte er dann also hier? War er jetzt völlig verrückt geworden?

»Everman!«, rief er über Intercom, »sind Sie so nett und

kommen bitte kurz ins Foyer? Aber ein bisschen dalli!«, fügte er kaum hörbar hinzu.

Im selben Augenblick kam Hill vom Bäckerladen am Marktplatz zurück, wo er sich ein appetitliches belegtes Brötchen und ein Flasche Zitronenlimonade geholt hatte, und wollte gerade die Treppe zu seinem Dienstzimmer hochgehen, als Joansson ihn zurückhielt.

»Hill! Hast du zufällig Zeit, mir etwas über diesen Kerl hier herauszusuchen?«

Joansson hielt Hill den verdächtigen Pass vor die Nase. »Über ihn wird höchstwahrscheinlich so einiges im Register stehen. Leider habe ich noch keine Zeit gehabt, dem Ganzen auf den Grund zu gehen. Ich habe jedoch die Vermutung, dass er ziemlich viel Dreck am Stecken hat. Jedenfalls mit dieser Menge an Stempeln – wenn du verstehst, was ich meine.«

Zur Sicherheit wedelte er noch ein bisschen mit dem Pass vor Hills Gesicht herum.

»Marokko, Sri Lanka, Bolivien, die Niederlande und Thailand, man schaue sich das an!«

Hill warf einen Blick auf die Stempel, nahm den Pass an sich und nickte. »Okay«, sagte er, »ich werde sehen, was ich tun kann.«

Hill verschwand im Treppenhaus, und im selben Moment hörte Joansson Evermans Absätze über den frisch geputzten Boden klappern. Das Geräusch war ihm bekannt, besonders, weil er wusste, dass es von einem Paar attraktiver Waden verursacht wurde.

»Ja?«, sagte Everman und schaute Joansson fragend an.

Joansson flüsterte ihr aufgebracht ins Ohr. »Was zum Teufel soll das hier bedeuten? Wolltest du dich nicht um den Typ kümmern?«

»Doch«, gab sie stolz zurück, »schau doch, wie schön sauber es geworden ist!«

»Aber, aber was tut er denn hier?«, zischte Joansson.

»Was er tut? Er ist unsere neue Reinigungsaushilfe. Siehst du das denn nicht?«

Joansson hielt sich die Hände vor die Augen, als ihm klar wurde, wie sie vorgegangen war. »Du meinst…?«

»Ja, sicher! Er wird in Zukunft dafür sorgen, dass es hier im Foyer sauber und rein ist, jedenfalls bis Weihnachten. Und dann sehen wir weiter.«

»Aber… er hat ja nicht einmal eine Aufenthaltsgenehmigung!«

»Nein, aber es war kein Problem, eine Sondergenehmigung zu bekommen. Das ging ganz schnell. Bei dieser übergangsweisen Aufenthaltsgenehmigung handelt es sich ja sowieso nur um eine Formalität.«

Joansson war stinksauer, doch Stina Everman merkte es nicht. Ihr Blick ruhte mit nahezu mütterlichem Stolz auf Enduro Babele, der mit seinem Mopp gerade um die Regale mit den Informationsbroschüren herumsauste.

»Und sieh doch, wie gründlich er arbeitet!«, fügte sie hinzu und klopfte Joansson freundlich auf den Arm. »Außerdem hast du jetzt ein wenig Gesellschaft hier draußen bekommen, oder?«

Ohne seine Antwort abzuwarten wandte sie sich um und verschwand mit resoluten Schritten durch den Korridor.

Joansson murmelte etwas Unverständliches. Er hatte sich gerade von seinem Schock erholt, als Hill ihn über die interne Sprechanlage rief.

»Joansson?«

»Ja, was gibt's?«

»Diese Passangelegenheit, die du abgeklärt haben wolltest…«

»Ja?«

»Ich habe etwas gefunden.«

Joansson spitzte die Ohren und richtete sich erwartungsvoll in seinem Drehstuhl auf. »Und was?«

»Im Computer, genauer gesagt auf dem Server, liegt diesbezüglich ein Gesuch von irgendeinem Minister in Stockholm vor.«

Joansson wurde still, doch Hill klärte ihn schonungslos weiter auf.

»Dein Mann ist offensichtlich ein geschätzter Reiseführer mit akademischer Ausbildung, der sich darauf spezialisiert hat, die Bediensteten aus dem Außenministerium auf ihren Reisen rund um die Welt zu begleiten. Jetzt hat sich die Bewilligung seines neuen Passes hier verzögert, und das Ministerium droht mit Repressalien, wenn er ihn nicht spätestens heute Abend zum Abflug seiner Maschine nach Stockholm in Händen hält. Er soll den Premierminister auf dem Weg zu seinem offiziellen Besuch nach Japan begleiten.«

Joansson sagte kein Wort. Sein Mund fühlte sich entsetzlich trocken an.

»Joansson? Hallo, bist du noch da?«, wollte Hill wissen.

»Äh…, ja, sicher.«

»Joansson?«

»Ja? Was ist denn?«

»Hast du nie in den Computer geschaut?«

»Äh, ich dachte…« Joansson wollte nur ungern vor Hill zugeben, dass er alles, was mit Computern zu tun hatte, hasste.

»Was dachtest du?«, wollte Hill weiter wissen.

Doch Joansson antwortete nicht auf seine Frage. »Ich werde das regeln«, sagte er stattdessen abweisend und beendete schnell das Gespräch. Er schwitzte unbehaglich, als er den Finger vom Knopf der Sprechanlage löste.

Der effektive Putzmann stand unerwartet vor seiner Glaskabine und klopfte vorsichtig an die Scheibe.

*»Problem, Chief? Need help?«,* fragte er.

Joansson starrte den freundlich lächelnden Mann erbost an und sah mit einem tiefen Seufzer ein, dass er sich geschlagen geben musste. Dieser Tag war für ihn gelaufen.

*»No problem – you Enduro wash!«,* antwortete er.

Enduro Babele aus Eritrea, von Beruf studierter Zivilingenieur, nickte und wandte sich wieder seiner Arbeit zu.

# 15:33:48

Knut Sahlman hatte es auf dem Weg nach Norden in Richtung Krankenhaus ziemlich eilig. Der Schneematsch, der die Straßen an diesem späten Nachmittag überzog, hüllte die Stadt unerbittlich in eine winterlich graue Anonymität.

Die Weihnachtszeit hatte den Helsingborgern offenbar neuen Schwung verliehen. Sie hatten die Kräfte der Dunkelheit der letzten Wochen besiegt und bejahten nun in vollen Zügen die frohe Botschaft des Kommerzes.

Menschen, die sich noch vor ein paar Tagen angesichts des schlechten Wetters und des Windes hinter dem warmen Ofen verkrochen hatten, wagten sich jetzt mit neuer Energie aus ihren Häusern und strebten voller Erwartung in die City.

Dort hatte das Leben einen hektischen Rhythmus angenommen, obgleich die meisten sicher von den Morden gehört hatten, die sich in den letzten Tagen nicht weit von hier ereignet hatten. Es war auch nicht ganz auszuschließen, dass der eine oder andere sogar Gerüchte von einer Gespensterjagd in der stolzen Festung oberhalb der Stadt aufgeschnappt hatte.

Doch das war gestern – und heute war ein neuer Tag!

Sahlman wunderte sich, wie leicht sich seine Schritte trotz des feuchtkalten Wetters, das seine empfindlichen Knie beeinträchtigte, heute anfühlten. Nach den heftigen Niesattacken des gestrigen Nachmittags hatte er eigentlich erwartet, eine Erkältung zu bekommen. Doch als er heute Morgen aufgewacht war, hatte er sich unglaublich fit gefühlt, geradezu wunderbar!

Und jetzt fühlte er sich noch besser, denn nun würde er endlich unter Beibehaltung seiner Selbstachtung seinen Bericht verfassen können. Er hatte gerade über Handy mit Joansson gesprochen, der allerdings merkwürdig gedämpft klang.

Wie auch immer. Jedenfalls hatte Sahlman ihm mitgeteilt, dass oben im Kärnan nun soweit alle Untersuchungen abgeschlossen waren und sich die merkwürdigen Ereignisse als ganz gewöhnlicher Kriminalfall entpuppt hatten. Und zwar genau so einer, wie er ihn am liebsten mochte. Sozusagen eine Nuss, die er eigens mit seinem Scharfsinn geknackt hatte

»Aber… hat es sich nicht um ein Gespenst gehandelt?«, hatte Joansson gefragt, bevor er seiner Zunge Einhalt gebieten konnte.

»Ein Gespenst? Nein, Joansson. Woher hast du denn den Unsinn?«, hatte Sahlman amüsiert zurückgefragt.

»Und was war es dann?«

»Tja…«, sagte Sahlman und zögerte den Genuss seines Triumphes noch einen Augenblick hinaus, »wir können es wohl mit Fug und Recht als außerordentlich starken Ausdruck einer neuen Geisteshaltung werten, oder was meinst du?«

»Meinen und meinen«, hatte Joansson ihn fast angeschnauzt. »Sieh nur zu, dass ich den Bericht morgen früh auf meinem Schreibtisch vorliegen habe!«

Peng!

Dieses Mal gehörte zu den seltenen, bei denen Knut Sahlman es regelrecht genoss, dass einer seiner Gesprächspartner mitten im Telefonat den Hörer auf die Gabel knallte. Es zauberte ihm geradezu für den gesamten Weg bis hin zu Hallbergs Treppen ein zufriedenes Grinsen auf die Lippen.

Auf Höhe der Rosenterrassen schaute er jedoch aus seinen vergnügten Gedanken auf und ließ sich von den umliegenden Lokalitäten für den bevorstehenden gemeinsamen Abend inspirieren. Warum nicht anschließend noch eine gemütliche Bar aufsuchen? Im selben Moment erblickte er den Terminator, der von der anderen Seite des Wendeplatzes her durch den Matsch gestapft kam. Sahlman erkannte den Rocker beinahe nicht mehr wieder. Irgendwie sah er heute merkwürdig aus, um nicht zu sagen, völlig verändert!

Zum einen lag es an diesem lächerlich altmodischen Kammgarnanzug, den er selbst nicht einmal zur Gartenarbeit anziehen würde. Woher hatte der Kerl nur diesen Fummel? Und zum anderen schien er stocksauer zu sein. Der Terminator war doch ansonsten, wenn man seinen Umgang in gewissen gesellschaftlichen Kreisen berücksichtigte, ein ziemlich beherrschter Typ!?

Er fluchte laut, sodass er fast im Schnee ausrutschte, bevor auch er aufschaute und Sahlman bemerkte.

»Oh… hallo!«, grüßte er bedächtig und versuchte vergeblich, die kalten Hände in die viel zu engen Taschen seines Tweedmantels zu zwängen. »Sind Sie immer noch hier oben in der spukenden Altstadt unterwegs?«

»Nein, eigentlich nicht«, antwortete Sahlman ausweichend. »Der Fall ist jetzt aufgeklärt.«

»Ach so«, gab der Terminator fröstelnd von sich.

Doch er schickte sich nicht an zu gehen, sondern blieb stehen, als läge ihm noch etwas auf der Seele.

»Ich muss Sie etwas fragen«, sagte er und kam rasch zur Sache. »Wie war das eigentlich?«

»Was?«, fragte Sahlman leicht verwirrt.

»Ja, also, ich meine diese übersinnlichen Erscheinungen, über die wir neulich sprachen. Wie waren die genau?«

»Tja, ziemlich erschütternd eigentlich«, gestand Sahlman, »wenn Sie verstehen, was ich meine.«

»Glauben Sie, dass es etwas mit Magie zu tun hatte, oder so?«

»Nein, es handelte sich um einen Assistenten.«

Der Terminator begriff nicht ganz, doch er war viel zu sehr mit seiner eigenen Problematik beschäftigt, sodass es ihn nicht weiter kümmerte. Er konnte dieses eigenartige Gefühl, das die Gegenwart des Afrikaners auf der Wache in ihm ausgelöst hatte, einfach nicht abschütteln. Als wäre er regelrecht in eine Sinnkrise geraten.

»Aber da war etwas… nicht wahr?«, beharrte er. »Irgendetwas Unerklärliches!?«

»Ja, es gibt weiß Gott einiges in der Welt, was einem ziemlich unerklärlich erscheint. Ihr neues Outfit, zum Beispiel.«

»Ach, hören Sie auf!«, sagte der Terminator leicht genervt, »es gibt Wichtigeres im Leben. Beispielsweise Erscheinungen, für die man nicht so mir nichts, dir nichts eine Erklärung parat hat, oder? Sagen Sie, hätten Sie nicht Lust, heute Abend ein Bier mit mir zu trinken? Dann könnten wir in Ruhe darüber reden.«

»Über Magie und Gespenster, meinen Sie?«

»Ja… ja genau!«

»Tja, es verhält sich leider so«, sagte Sahlman und musste angesichts seiner Überlegenheit innerlich grinsen, »dass ich, was diese Thematik anbelangt, im Moment gewissermaßen sehr gefragt bin! Sie müssen sich leider in die Warteschlange einreihen oder es zu einem späteren Zeitpunkt noch einmal versuchen.«

Sahlman bahnte sich rasch einen Weg durch den matschigen Schnee in Richtung Klinik, während der Terminator ihm mit offenem Mund hinterherstarrte. Für einen kurzen Moment hatte er tatsächlich völlig vergessen, wie sauer er eigentlich war.

Doch nach diesem kurzen gedanklichen Ausflug in die Welt der Geistwesen fiel ihm wieder ein, welche Wut er innerlich empfand, und er fluchte weiter, als er Hallbergs Treppen mit großen Sprüngen hinunterhechtete.

Denn diese Barbro vom Kulturamt hatte ihn nicht gerade

vom Hocker gerissen! Als er in ihrem Büro aufgetaucht war, hatte sie ihn erschreckt und voller Abscheu angestarrt und kurz angebunden erklärt, dass alle Aufträge betreffend der Kulturnacht leider bereits vergeben wären. Es hatte nicht im Mindesten geholfen, dass er sie über sein Engagement in gesellschaftlichen Fragen und kulturellen Ereignissen aufgeklärt hatte. Nein, bei ihr würde er nicht landen können, und an ihre Wäsche würde sie ihn auch nicht lassen.

Und alles nur wegen diesem verdammten Hill!

Er hätte sich selbst verfluchen können, dass dieser unzuverlässige Typ ihn hereingelegt hatte! Vielleicht hatte Hill sogar den ganzen Auftritt einschließlich der Demütigung durch dieses Frauenzimmer geplant, ja, vielleicht hatten sie beide es von Anfang an so beschlossen. Dann hätte er die wertvolle Information, mit der Nane aufgewartet hatte, einfach ohne Gegenleistung einkassiert und sich über Barbro aus der Sache herausgewunden!

Der Terminator dachte nicht im Traum daran, sich das bieten zu lassen! Das würde er diesem Schwein von Kommissar heimzahlen. Diesen Teufel würde er brandmarken, und wenn es seine allerletzte Tat wäre!

Es war doch zum Kotzen, dass man sich in dieser Gesellschaft nicht einmal auf die Bullen verlassen konnte!

Joakim Hill stand an der Fußgängerampel vor dem Krankenhaus und wartete auf Grün, doch als Sahlman völlig unerwartet neben ihm auf dem lebensgefährlich vereisten Bürgersteig auftauchte, war er alles andere als überrascht. Ihn würde heute nichts mehr aus der Fassung bringen!

»Hallo«, brachte Sahlmann fröstelnd hervor, während ihm aufging, dass er seinen Kollegen seit mehreren Tagen nicht gesehen hatte.

Das Schicksal hatte ihnen allen im Polizeidistrikt einen Streich gespielt und ihnen kostbare Zeit geraubt. Er war froh, dass nicht jede Woche so voll gepackt war wie diese.

»Oh, hallo, Knut«, grüßte Hill zurück und vergrub seine frierenden Hände tiefer in den Jackentaschen, »lange her, dass wir uns gesehen haben. Wie geht's?«

Würde es denn niemals Grün werden?

»Alles bestens«, antwortete Sahlman und schob seine Hände ebenfalls tiefer in die großzügig bemessenen Taschen seines Kamelhaarmantels. »Gratuliere übrigens! Ich habe gehört, dass du den Fall mit den Zyanidmorden aufgeklärt hast.«

»Ja, es sieht so aus. Und du hast den Kärnan von seinen mystischen Elementen befreit, wie Joansson mitgeteilt hat. Saubere Arbeit, mein Freund!«

»Tja, das ist jetzt auch abgeschlossen. Ich muss nur noch ein paar Details mit ... der Museumsangestellten abklären.«

Hill betrachtete Sahlman aus dem Augenwinkel und hatte für einen Moment den Eindruck, dass er ein wenig röter um die Ohren herum geworden war. Obgleich er schwer ausmachen konnte, ob nicht doch die Kälte dafür verantwortlich war.

Hill selbst hatte den Tag ebenfalls in bemerkenswert kühler Atmosphäre begonnen. Als der Polizeidirektor ihn zu sich in seine Diensträume im sechsten Stock gebeten hatte, war er nicht mit übermäßigem Enthusiasmus in den Fahrstuhl gestiegen. Nicht nach seinem letzten Besuch dort oben und der Behandlung, die ihm in den geheiligten Räumen so überraschend widerfahren war!

Doch dann hatte Harry Runsten ihm unmittelbar die Hand entgegengestreckt und ihn in ein bizarres Gespräch verwickelt.

»Gratuliere zu einer ausgezeichneten Polizeiarbeit! Ich wusste, dass Sie eine juristisch haltbare Möglichkeit finden würden, um den Fall zu lösen!«

Der Polizeichef machte eine einladende Geste in Richtung der moosgrünen Paradesofas, und Hill blieb nichts anderes übrig, als sich zu setzen.

»Ich bin stolz auf euch Jungs da unten«, setzte Harry Runsten seine Lobeshymne fort und reichte Hill das Etui mit den Zigaretten für Gäste. Doch Hill lehnte kopfschüttelnd ab. »Richtig stolz, muss ich sagen!«

»Danke«, sagte Hill und klang alles andere als dankbar.

Harry Runsten nahm in einem Sofa auf der anderen Seite des Beistelltisches Platz, und sein eingangs so freudestrahlender Gesichtsausdruck wich jetzt einem besorgteren Blick. Hill wartete gespannt, was sein Chef noch zu sagen hätte.

»Hill«, setzte der Polizeichef seine kleine Rede fort und richtete sich in den ledernen Polstern ein wenig auf, »ich hoffe wirklich, dass Sie mich neulich nicht missverstanden haben. Manchmal muss man als Chef zu etwas – wie soll ich sagen – unorthodoxen Methoden greifen, um seine Mitarbeiter auf die richtige Spur zu setzen.«

Er beugte sich in einer vertraulichen Geste nach vorne, bevor er weitersprach. »Ich wollte nur sichergehen, dass Ihre Ermittlungen in diesem bedeutenden Fall keinerlei Lücken für juristische Tricks offen lassen. Ich hoffe, dass das aus meinen Worten deutlich hervorging!?«

»Na ja…«

»Ja, wie auch immer. Sie haben jedenfalls ausgezeichnete Arbeit geleistet. Aber nun wollen wir auch gar nicht mehr viele Worte darüber verlieren, nicht wahr?«

Hill war dankbar, dass der Polizeidirektor sein Schweigen als Übereinstimmung wertete und stand erleichtert wieder auf.

»Gut, Hill, ganz ausgezeichnet!«, bemerkte Runsten schließlich etwas gelöster. »Und ich gratuliere nochmals! Doch nun muss ich leider zu einer Zusammenkunft. Aber ich freue mich bereits jetzt darauf, Ihren Bericht zu lesen.«

Hill war froh, mit dem Fahrstuhl wieder in die Abteilung der Kriminalpolizei hinunterfahren zu können, doch bevor er die Tür hinter sich schloss, erinnerte er den Polizeichef aus reiner Neugier – oder aus Formsache – an sein Versprechen.

»Übrigens«, begann er, »wer war es eigentlich, der Anzeige erstattet hat bezüglich des Schikanierens von Berit Nilsmed? Jetzt, wo wir die Beweise haben, wollten Sie mich doch informieren.«

»Ach, wissen Sie, kümmern Sie sich nicht weiter drum«, lachte Runsten angestrengt. »Alles in allem war es ein einziges dummes Missverständnis – vergessen Sie's!«

Doch das Vergessen fiel Hill nicht so leicht, und er grübelte selbst hier an der Ampel noch nach. Sicher dachte er nicht daran, irgendwem auch nur ein Wort von dem merkwürdigen Zusammentreffen zu erzählen, und er wünschte, dass er den unliebsamen Vorfall so bald wie möglich aus seinem Gedächtnis würde streichen können. Aber die Stimmung während seines heutigen Besuches beim Chef war ungewöhnlich misstrauisch und wenig vertraueneinflößend gewesen, sodass es sicher noch eine Weile dauern würde, bis sie beide darüber hinwegkämen.

Harry Runsten hatte es ebenfalls gewusst, besonders als er den Brief in seiner Hand spürte: den Brief an den Großmeister des Krognosordens, in dem er erklärte, dass er mit unmittelbarer Wirkung aus der Ordensgesellschaft auszutreten gedachte, da er die Befürchtung hegte, dass es seiner Mitgliedschaft unzuträglich wäre, angesichts seiner etwas sensiblen Position im Berufsleben doppelte Loyalität walten lassen zu müssen.

In Wirklichkeit war die Zusammenkunft, von der er behauptet hatte, dass er sie eilends besuchen müsste, der Gang zum Briefkasten gewesen. Es eilte damit in der Tat, denn der Brief brannte ihm bereits unter den Nägeln.

Hill hatte davon keine Ahnung, als er fröstelnd mit seinem Kollegen an der Ampel stand, während die Elektronik sich strikt weigerte, ihnen grünes Licht zu geben, damit sie endlich die Straße überqueren konnten.

Sahlman spähte den Bergaliden hinab, obgleich der Verkehr aus der anderen Richtung kam. Es hatte erneut zu schneien begonnen, und die Flocken schimmerten im Licht der Straßenlaternen.

»Übrigens«, wollte Hill wissen, »wie bist du eigentlich hinter das Rätsel seiner Inszenierungen gekommen, ich meine, den Spuk?«

Sahlman kicherte vergnügt, und Hill schaute ihn im gelblich-weißen Schein der Lampen fragend an.

»Hast du jemals von einer Firma namens *Holo Art* in Hässleholm gehört?«, fragte Sahlman und kicherte noch mehr.

»Nein, was ist das für eine Firma?«

»*Holo Art* ist ein ziemlich heruntergekommener kleiner Betrieb in einer halb verfallenen Scheune, unmittelbar bevor man in die Stadt hineinfährt. In dieser Scheune werden holografische Spezialprodukte hergestellt.«

»Holografische Spezialprodukte?«

Hill behielt die Ampel im Blick, während er über Sahlmans mysteriöse Schilderungen nachdachte. Doch sein Kollege klärte ihn schnell darüber auf, was es mit dieser Institution auf sich hatte.

»Ein Direktor Sluskus Linus Potrasker produziert pornographische Bilder mithilfe von Hologrammtechnik. Tja, wie soll ich es sagen? Es handelt sich um eine geringfügig unanständigere, mehrdimensionalere Pornographie als gewöhnlich.«

Hill schaute den Kollegen an und merkte plötzlich, dass der es ernst meinte. Jetzt ging ihm der Inhalt seiner Worte auf, und er grinste breit. »Und damit hat er dir geholfen, meinst du?«

»Du, er hat mir alles bis ins kleinste Detail erklärt. Er hat sich über Fasern und Lichtspiegelungen, reflektierende Beleuchtung und was nicht alles ausgelassen, sozusagen die ganze Palette.«

»Und warum war er so hilfsbereit?«

Jetzt schlug die Ampel für den Verkehr von Grün auf Gelb um, und die Autos gerieten bei dem verzweifelten Versuch, vor der Markierung des Fußgängerüberwegs zum Stehen zu kommen, ordentlich ins Schlittern.

»Ich habe ganz nebenbei die Bemerkung fallen lassen, dass wir eine ausgezeichnete Zusammenarbeit mit der Polizei in Hässleholm pflegen, und er verstand genau, wie das gemeint war.«

Hill verstand es ebenso und stellte fest, dass jetzt alle Rot hatten.

»Wohin willst du eigentlich?«, wollte Sahlman wissen und wechselte das Gesprächsthema.

»Ich wollte kurz zu Gårdeman reinschauen. Später schaffe ich es nicht, denn Catharina will übers Wochenende kommen.«

»Aha«, kommentierte Sahlman seine Worte. »Äh, hast du etwas dagegen, wenn ich dich begleite, ich meine für einen kurzen Besuch?«

»Nein, natürlich nicht«, meinte Hill und bemerkte dankbar, dass endlich auch die Fußgänger Knallgrün bekamen. Also kämpften sich die beiden Polizisten zusammen mit diversen Angestellten, die auf dem Weg zur Nachtschicht die Stempeluhr des Krankenhauses ansteuerten, durch den Schnee in Richtung Osten hinauf zum warmen, willkommen heißenden Eingang der Klinik.

Einige Arbeiter waren dabei, die Weihnachtsbeleuchtung über dem Eingang zu installieren. Der riesige Weihnachtsbaum stand bereits, und man startete gerade einen Versuch, die Beleuchtung einzuschalten, was allerdings nicht glückte.

Die weihnachtliche Hektik war selbst hier zu spüren, doch es lag noch etwas anderes als Geschäftigkeit in der Luft. Eine Erwartung, die nichts mit Konsum zu tun hatte, sondern eher die Erinnerung an vergangene glückliche Zeiten beschwor.

Denn nicht alle hier würden das kommende Weihnachtsfest erleben dürfen. Es gab Entwicklungen, die keineswegs vorhersehbar waren oder nach vorgegebenem Muster abliefen. Schicksale, die eine völlig andere Wendung genommen hatten, als zu erwarten gewesen wäre. Kurz gesagt, einige Menschen würden niemals wieder den Weihnachtsmann zu Gesicht bekommen.

»Glaubst du, dass Gårdeman zu Weihnachten wieder auf den Beinen ist?«, wollte Sahlman wissen, um das Schweigen zu brechen. Eigentlich dachte er nicht länger als bis zum Abend und war vollauf damit beschäftigt, die Minuten bis dahin zu zählen.

»Weihnachtsküsse! Kaufen Sie Weihnachtsküsse! Nur fünf Kronen das Stück!«

Hill erstarrte und schaute sich aufgrund des bekannten Ausspruches unangenehm berührt um. Tennissocken und Zimtschnecken waren schon hoffnungslos ausverkauft, nur Weihnachtsküsse schien es noch in Hülle und Fülle zu geben.

»Unterstützen Sie unsere Klassenfahrt! Kaufen Sie Weihnachtsküsse!«

Doch es waren zum Glück nicht die Mädchen aus Råå, sondern zwei pubertierende, pickelige Jungs in überlangen Bellbottom-Jeans und mit schräg auf den Kopf geklemmten Baseballkappen.

Vor seinem inneren Auge sah Hill ein weiteres Mal eine lachende Anne Smitt draußen in Råå ihren fatalen Weihnachtskuss kaufen, und er hatte den vagen Verdacht, dass ihn dieser Anblick nicht zum letzten Mal plagen würde.

»Wie bitte? Was hast du gesagt?«, entschuldigte er sich. »Ich hab nicht richtig zugehört.«

»Ich fragte, ob du glaubst, dass Gårdeman an Weihnachten wieder zu Hause sein wird?«, wiederholte Sahlman.

Plötzlich bekamen die Arbeiter die Elektronik in Gang, und die großzügig glitzernde Weihnachtsdekoration über dem Eingangsbereich des Krankenhauses erstrahlte in der zunehmenden Dämmerung wie ein gigantischer, nahezu überirdischer wegweisender Leitstern.

Die schmelzenden Schneeflocken auf ihren Krägen reflektierten das Licht, während sich Sahlman und Hill dankbar von den mächtigen Drehtüren in Empfang nehmen ließen.

»Ja, das glaube ich«, antwortete Hill. »Ich denke schon, dass er Weihnachten wieder zu Hause sein wird.«